문예신서
281

말로와 소설의 상징시학

《왕도》 새로 읽기

김웅권 지음

東文選

말로와 소설의 상징시학
《왕도》 새로 읽기

말로와 소설의 상징시학
《왕도》 새로 읽기

나의 부모님께

머리말

말로의 《인간의 조건》에서 테러리스트 첸이 장제스의 자동차를 기다리는 마지막 장면은 그의 내면 풍경을 매우 인상적으로 드러내고 있다.

"배들이 뿜어내는 연기로 짙어진 안개가 큰길 저 깊숙한 곳에서 (…) 보도를 조금씩 지워 가고 있었다. 바쁜 듯한 행인들이 그곳을 잇달아 지나가고 있었다. (…) 오늘밤 그들의 움직임은 아무런 목적이 없는 것 같았다. 첸은 강 쪽으로 (…) 소리 없이 흘러가고 있는 그 모든 그림자들을 바라보았다. 그들을 큰길 깊숙한 곳으로 몰아붙이는 저 힘, 그것이 운명 자체가 아니겠는가? 저 깊숙한 곳, 강의 어둠 앞에서 겨우 보일 듯한 아치형의 조명 간판이 죽음의 문 자체로 보였다. 희미한 시야속에 잠긴 간판의 거대한 글자들이 영원 속에 사라지듯이 이 비극적인 흐릿한 세계 속에 사라지고 있었다. 장제스가 탄 자동차의 경적 소리가 (…) 울리기 시작했다. 그것 역시 참모부가 아니라 불교의 시간들로부터 오기라도 한 것처럼(…)."[1]

　‘안개’ ‘밤’ ‘강’ ‘운명’ ‘죽음의 문,’ 강을 따라 그 문을 향해 환영처럼 사라지는 ‘행인들’ ‘영원’·‘불교의 시간들’과 같은 낱말들과 표현들에 잠시 주목해 보라. 그것들이 담아내는 여러 암시적·상징적 장치들을 분석해 첸의 세계를 명료하게 도출해 내지 않는다 할지라도, 독자는 그것들을 통해서 그의 내면에 자리잡은 비극적 인간 조건과 종교적 목마름, 혹은 구도적(求道的) 외침을 단번에 느낄 수 있지 않겠는가? 필자가 첸은 신비주의적 테러리즘을 통해 생멸을 초월하는 구원의 길을 치열하게 추구하고 있다고 말한다면, 독자는 이 인용문만으로도 그럴 수 있겠다고 공감하지 않을까? 그는 끊임없이 흐르는 존재의 강 너머 피안을 지향하고 있다. 그의 종교적 색채가 무엇이든, 그를 숙명처럼 몰아붙이는 것은 부동의 기원 혹은 ‘중심’을 향한 구심 운동이다.[2]

　필자가 이 장면을 예로 내세운 것은 그것이 다른 장면들보다 두드

---

1) André Malraux, *La Condition humaine*, Gallimard, 1933, in *Oevres complètes*, vol. I, "Bibliothèque de la pléiade", 1989, p.683. 번역본으로는 김붕구 역, 《인간의 조건》, 지식공작소, 2000. 301–302쪽(번역을 다소 수정했음). 앞으로 소설을 인용할 경우 원서 다음에 국내 번역본을 병기하겠으며, 프랑스어 책의 인용은 p.로 한국어 책은 쪽으로 표기하겠음. 이 번역서에 겁·억겁·무량겁과 같은 ‘불교적 시간들 (les temps bouddhiques)’이 ‘불타의 시대’로, ‘영원(les siècles)’이 ‘지나간 시대’로 번역되어 있으나 이는 첸의 종교적 세계에 대한 심층적 이해가 미흡한 데 따른 결과라고 판단된다. 첸을 비롯한 주요 인물들의 심원한 종교 정신에 대한 연구는 필자의 졸저, 《앙드레 말로—소설 세계와 문화의 창조적 정복》, 어문학사, 1995, 143– 247쪽 참조. 또한 이들의 형이상학적 세계를 소설에 내재된 상징시학의 관점에서 연구한 필자의 두 졸고가 있음. 〈소설의 상징시학 I—앙드레 말로의 《인간의 조건》을 중심으로〉, 《프랑스학연구》, 제22권, 2002, 121–143쪽. 〈소설의 상징시학 II—앙드레 말로의 《인간의 조건》을 중심으로〉, 《불어불문학연구》, 제50집, 2002, 77– 104쪽 참조. 또 미국에 발표한 필자의 졸고, "La Conscience de fou dans *La Condition humaine*," in *Revue André Malraux review*, vol. 27 1/2, Université de Tennessee, 1998 참조.

2) 데리다처럼 말하면, 이 초월적 시원은 현상계에 ‘흔적’만 남고 부재하는 ‘제1의 근본 기의’이자 혹은 ‘현전의 불변체’라 할 것이다.

러진 상징과 암시를 통해서, 소설 속에 지하 수맥처럼 흐르는 종교적 세계를 단적으로 보여 주기 때문이다. 오늘날 말로의 어떤 전문가도 이제 이 작가가 '절대적 불가지론자(agnostique absolu)'[3] 혹은 종교적 정신의 소유자라는 점을 부인하지 못하게 되었다. 그러나 이 규정에 무엇을 담아낼 수 있는지에 대해선 연구자마다 견해차가 많다. 말로 의 소설 세계는 동양의 3부작——《정복자》《왕도》《인간의 조건》 ——과 서양의 3부작——《모멸의 시대》《희망》《알튼부르그의 호도 나무》——이 대칭을 이루며 균형을 이루고 있다. 필자는 이런 대칭 적 구도가 이미 하나의 '의미적 코드'로 작용하고 있다는 점을 밝힌 바 있다.[4] 그것은 한마디로 소설 세계가 동·서양의 주요한 정신적 유산들을 지구적 차원에서 탐구하면서 이 두 봉우리의 대화를 시도 하고 있다는 것을 의미한다.

말로의 소설은 흔히 '탐구 소설(roman d'interrogation)'로 인식되고 있으며, 소설가도 이를 인정한 바 있다. 그렇다면 무엇에 대한 탐구 인가? 이 질문에 대한 시원스런 대답은 별로 주어진 게 없다. 단순히 실존적 인간 조건인가? 모든 종교는 본질을 제시하기 앞서 인간의 실존적 비극을 고발하고 있다. "실존은 본질에 앞선다"는 명제는 진

---

3) 클로드 타느리(C. Tannery)는 말로를 '절대적 불가지론자'로 규정하며 자신의 저서에 동일한 제목을 붙이고 있다. *Malraux, Agnostique absolu*, Gallimard, 1985. 그러나 그는 소설의 인물들을 심층에서 움직이는 종교적 정신을 파헤치지 못하고, 주로 소설들 이후에 나온 예술비평서들이나 에세이 등을 통해서 이런 규정을 내림 으로써 한계를 보여 주고 있다. 필자는 본서에서 《왕도》에서 펼쳐지는 종교적 세계 를 집중적으로 조명할 것이다.
4) 이 점은 필자가 학위 논문에서부터 지금까지 출간한 졸저와 졸고들에서 지속 적으로 주장해 온 것이다. 학위 논문은 Woong-Kwon Kim, *Quête et structuration du sens dans l'univers romanesque d'André Malraux*, thèse de doctorat, Université Montpellier III, 1990 참조.

리 탐구의 출발점에 서 있다. 그렇기 때문에 예컨대 파스칼이나 키에르케고르는 실존주의의 선구자로도 간주되고 있다. 이 실존적 비극에 조정적인 최고 원리 혹은 어떤 종교적 해석이 주어질 때, 그것은 이미 본질의 차원으로 넘어가고 있다. 존재의 비극에 대한 질문에 해답이 주어지지 않을 때, 이성의 무력과 한계가 정체를 드러낼 때 '부조리'라는 일시적 방편이 자리잡을 수 있다. 아니면 기존의 어떤 해결책도 거부한 채, 처음부터 끝까지 이 부조리가 유지될 수도 있다. 사르트르나 카뮈의 경우처럼 말이다.[5] 이런 입장에서 말로가 부조리 문학, 혹은 실존주의 문학의 선구자로 간주되어 사르트르 · 카뮈 · 보부아르와 함께 연구되기도 했다.[6] 그리고 적어도 소설에 관한 한 지금까지도 대부분 말로 연구자들이 이런 관점을 유지하고 있다. 그러나 이는 말로의 소설 세계를 제한적으로만 이해한 것에 지나지 않는다. 앞으로 필자가 본서에서 충분히 보여 주겠지만 우선 독자를 위해 말로가 얼마나 종교에 대해 지대한 관심을 보였는지를 단적으로 입증해 주는 인터뷰 내용을 하나 소개하겠다. 그는 기독교에 대한 자신의 태도에 관한 질문에 이렇게 대답하고 있다.

"나는 기독교보다는 종교라고 말하고 싶군요. (…) 물론 나는 종교적 현상에 매우 예민합니다. (…) 그러나 나에게 본질적인 것은 기독교보다는 종교 자체입니다. 그렇다면 종교에서 나를 붙드는 가치들은 어떤

---

5) 물론 사르트르는 부조리의 극복을 '예술'과 '역사 참여' 속에서 찾으려 했고, 카뮈는 생성을 긍정하는 '니체적 반항,' 곧 '행복'과 비극적 '투쟁'이라는 양면적 반항 속에서 찾으려 했다. 그러나 그들이 어떤 종교를 통해 부조리를 벗어난 것은 아니다.

6) 예컨대 B. T. Fitch, *Le Sentiment d'étrangeté chez Malraux, Sartre, Camus, de S. de Beauvoir*, Minard, 1964가 그런 경우이다.

것일까요? 한편으로 깊이이며, 다른 한편으로 아마 명상의 수준이라 불러야 할 것입니다. 종교의 명상 수준은 철학의 명상 수준보다 무한 히 더 심층적으로 숙고해 구상된 그 무엇입니다."[7]

그러니까 이 답변에 따르면 말로는 인간 조건의 실존적 비극에 침 묵으로 대답하는 부조리에 머물지 않고 끊임없이 종교적 명상을 해 왔다는 것이다. 그가 소설 속에서 이러한 명상을 해왔다는 암시를 드 러내는 또 다른 증언을 들어 보자.

"요컨대 나는 소설을 쓰기 위한 소설을 쓴 적이 결코 없습니다. 나는 계속적인 형태를 취하는 중단 없는 명상 같은 것을 추구했으며, 소설 은 이 형태들에 속하는 것입니다."[8]

따라서 우리는 이와 같은 명상이 소설 속에 소금처럼 은밀하게 녹 아 있으리라는 것을 유추해 볼 수 있다. 사실 말로의 소설 속에서 인 물들의 행동을 심층에서 받쳐 주는 것은 종교적·신화적 사유이다. 그러나 이것이 겉으로 드러나지 않게 극히 정교하게 시학적으로 처 리되어 있다. 그렇기 때문에 지금까지 이와 같은 측면이 제대로 파헤 쳐지지 않았다. 필자는 이런 점을 고려해 박사학위 논문에서부터 지 금까지 여러 연구를 통해 말로의 작품들을 새롭게 해석해 왔으며, 기 존의 이해와 인식틀을 바꾸어 보려고 노력해 왔다. 말로의 소설 세계

---

7) Entretien accordé pour la Rdio–Télévision yougoslavie et l'hébdomadaire belgrois *Nin*, le 5 mai 1969, in *Cahier de l'Herne André Malraux*, Edition de l'Herne, 1982, p.20.

8) 《피가로 리테레르》지와의 인터뷰, 1968. André Bricourt, *Malraux le malentendu*, 1986, pp.51-52에서 재인용.

는 두 가지 커다란 역사적 대변혁을 전제로 하고 있다. 하나는 서구를 떠받치고 있었던 가치 체계와 헤겔적 연속주의 역사관이 제1차 세계대전을 통해 총체적으로 해체되고 붕괴되었다는 사실이다.[9] 슈펭글러의 《서양의 몰락》은 이를 상징적으로 나타내 주며, 이 저서가 지식계에 준 충격은 너무도 잘 알려져 있다. 다른 하나는 20세기에 역사상 최초로 탄생한 지구촌 문명, 즉 다원적 통합 문명이 당면한 정신적 어둠과 방황이다. 말로는 이 문명을 '불가지론적 문명(civilisation agnostique)' 혹은 '탐구 문명'이라 규정한 바 있다. 주지하다시피 불교와 기독교의 진리 체계는 다르다. 종교적 다원론은 어떤 식으로든 극복해야 할 인류의 과제가 아닌가? 이러한 이중적 상황에 직면하여 말로는 인류의 새로운 정신적 빛, 혹은 제3의 길을 모색하는 과정으로서 소설적 여정을 떠났던 것이다. 이 여정은 인류가 남긴 동·서양의 종교와 신화를 편력하는 구도적 순례를 의미한다. 그리하여 말로는 아시아의 3부작에서는 불교와 노장 사상으로 대변되는 동양의 정신 세계를, 유럽의 3부작에서는 그리스 신화와 기독교로 대변되는 서양의 정신 세계를 탐구하고 있는 것이다. 그렇다고 그가 어떤 종교에 귀의했다거나 새로운 지평을 찾아냈다는 것은 아니다. 소설뿐 아니라 예술평론서들과 에세이들을 통해 생을 마감할 때까지 계속되는 그의 형이상학적 명상은 명상 자체로 끝난다. 필자가 볼 때 바로 여기에 '절대적 불가지론자'로서 말로의 위상이 있다.

그러나 이상과 같은 해석의 전망에서 말로의 소설이 연구된 사례는 전혀 없다. 필자는 이미 프랑스와 미국에 앙드레 말로 전문 학술

---

9) 앞으로 보겠지만 반세기 후에 푸코는 이것을 에피스테메로서의 '역사의 소멸'과 주체로서의 '인간의 죽음'으로 표현한다.

지에 논문들을 게재하면서 필자의 연구 결과를 알리는 작업을 해왔다. 감히 말하자면, 필자가 지금까지 온갖 어려움을 극복하고 학자로서 버텨온 데는 필자가 열어 놓은 해석의 지평이 프랑스 문학사에서, 나아가 세계 문학사에서 말로와 관련된 부분을 총체적으로 수정하게 해줄 것이라는 신념이 크게 작용했다.

이와 같은 학자적 신념이 맹신이었는지는 독자가 판단해 주리라 생각한다. 그러나 그것만 가지고는 이 책이 나올 수 없었다. 일생을 같이할 한 사람의 정신적 존재와 인연을 맺는다는 것은 행운이다. 문학도로서 필자는 20세기 프랑스 대작가들 가운데 한 사람인 앙드레 말로와의 만남을 긍정적 의미에서 운명이라 생각한다. 말로에게 종교적 정신은 문학과 역사 참여 속에서 행동을 뒷받침하는 토대이다. 필자는 그를 통해 종교에 대한 공부를 처음 시작했었으며, 종교적 정신을 통해 생활인의 고통을 극복해 왔다. 그 결과로서 이 책을 내놓게 되었음에 감사드린다.

본서는 필자가 학위 논문에서부터 지금까지 우여곡절을 겪으면서 연구하고 발표한 글들 가운데 《왕도》와 관련된 것들만을 새롭게 엮고 보완·추가해 나오게 된 것이다. 불교에 대한 지식이 부족해 보다 심도 있는 내용을 담아내지 못한 감이 있어 아쉬움이 남는다. 서양 사상의 편린들이 하나의 동양 종교 속에 흡수됨으로써 생성되는 폭넓은 지적 스펙트럼은 앞으로도 이 소설에 대한 많은 연구가 쏟아질 수 있는 가능성을 열어 놓고 있다. 필자는 말로의 다른 소설들에 대한 개별적 연구 결과도 계속해서 내놓을 계획을 세워 놓고 있다. 이 계획이 실현될 수 있는 여건이 주어지길 기대한다. 본서가 프랑스어 판으로 먼저 나오지 못한 상황을 안타깝게 생각하면서 프랑스와 미국, 기타 나라들에 번역되어 빛을 볼 수 있기를 희망해 본다. 아울러

어려운 상황 속에서도 필자의 이 졸저를 기꺼이 출간해 주신 동문선
의 신성대 사장님께 깊은 감사를 드린다.

서설
작품과 해석의 자유

1. 해석의 다양성

사르트르는 《왕도》의 두 주인공 가운데 한 사람인 페르캉이 "'할 수만 있다면 오랫동안 많은 사람들 가운데 존재하고' 싶다"[1]고 말하

---

1) J. -p. Sartre, "Préface" in Roger Stéphane, *Portrait de l'aventurier*, Bernard Grasset, 1965, p.19(이 서문은 1950년에 씌어짐). 소설의 인용문은 André Malraux, *La Voie royale*, Grasset, 1930, in *Oeuvres complètes*, vol I, *op. cit.*, p.412. 번역본은 김붕구 역, 《왕도로 가는 길》, 지식공작소, 2001, 79-80쪽 참조. 이 번역서에는 "굉장히 많은 사람들 속에 오래오래 살아 보겠다는 거야"로 번역되어 있다. 이 번역에서 특히 문제가 되는 것은 "살아 보겠다는 거야"이다. 작품을 꼼꼼히 읽는다면 "살아 보고 싶었지"(과거 시제)로 번역해야 한다. 이 번역서의 번역은 훌륭하지만 소설이 상징시학을 통해 완벽하게 코드화되었다는 점을 놓쳤기 때문이 필연적으로 문제가 있을 수밖에 없었다고 보여진다. 따라서 앞으로 필자는 이 번역서를 필요에 따라 수정하면서 참조할 것이다. 소설의 원제 La Voie royale을 《왕도(王都)로 가는 길》로 번역한 것은 작품의 일차적·표층적 독서에 충실한 것이나——필자가 본서에서 밝혀내겠지만——구도적(求道的) 차원에서 인간이 진정으로 가야 할 왕도(王道)라는 심층적 의미를 담아내지 못하고 있다. 따라서 원제가 지니고 있는 다층적·압축적 의미 코드를 살리기 위해서는 '왕도'로 번역하는 게 나을 것이라 생각된다.

고 있음을 지적하고, 죽음을 극복해 보겠다는 이와 같은 욕망을 부르주아 '유산 계급'의 '사치'로 규정하면서 비판하고 있다. 이미 세계적인 명성을 얻은 실존주의 철학자이자 작가인 사르트르의 이러한 비판이 독자에게 미쳤을 영향을 생각할 때, 말로의 전문가로서 필자가 느끼는 감회는 남다르다. 우선 위의 인용문에서 '싶다'는 말은 작품에서 '싶었다(voulait)'[2]로 읽혀야 한다. 이런 연장선상에서 페르캉은 사람들의 기억 속에 살아남고자 하는 세속적 욕망, 다시 말해 시간적·역사적 꿈을 덧없는 것으로, 과거지사로 치부하고 새로운 세계를 추구하고 있다. 그런데도 사르트르는 이 꿈을 현재화시켜 인물과 소설, 나아가 작가를 폄하하는 데 활용하고 있다.[3] 앞으로 보겠지만 소설의 심층적 독서와는 거리가 먼 이와 같은 해석이 한 시대를 풍미한 대철학자의 시선을 통해 나왔다는 사실은 비평의 문제를 진지하게 되돌아보게 만든다.

---

2) 소설에서는 '원했다'라는 이 조동사가 특히 이탤릭체로 되어 강조되어 있다. 사르트르를 착각하게 만들었던 것은 그 다음에 나오는 "나는 이 지도 위에 흔적을 남기고 싶어"(*Ibid.*, p.412. 같은 책, 80쪽. 번역본에는 "이 동남아시아 지도 위해 내 손자국을 남기고 싶어"로 되어 있음)라는 문장이 아니었나 생각된다. 이 표현이 현재시제로 되어 있음으로써 혼돈을 일으킬 소지가 있다. 그러나 다시 페르캉은 "나는 (…) 현재 내가 여자들을 원하듯이 그걸 원했다(Je voulais cela (…) comme je veux des femmes)"라고 말하고 있다. 장차 그의 모험의 동반자가 될 클로드와의 다음 대화를 보자. "왜 당신은 더 이상 그걸 원하지 않습니까?——난 평화를 원해."(*Ibid.*, p.412. 같은 책, 80쪽. 번역을 다소 수정했음) 따라서 페르캉은 이름을 남기겠다는 역사적 야망을 과거의 일로 돌리고 단념한 상태에 있음을 분명히 하고 있다. 현재시제를 사용한 문제의 표현은 심리적 갈등을 나타내지만 결국 과거지사로 정리되고 있다. 본론에서 다루겠지만, 독자는 두 사람의 대화 내용이 극도로 코드화되어 있음을 놓쳐서는 안 된다.

3) 말로는 흔히 '부조리 문학'의 선구자로 인식되면서 사르트르 및 카뮈와 함께 언급된다. 그러나 사르트르는 말로 및 카뮈와 사이가 좋지 않았다. 반면에 말로는 카뮈를 등단시켰고, 두 사람의 관계는 남달랐다. 남을 비판하는 것을 별로 좋아하지 않는 말로가 "사르트르의 문학을 좋아하지 않는다"는 정도의 언급을 하면서 침묵을 지킨 것과는 대조적으로 사르트르는 말로의 문학을 강하게 비판했다.

사르트르와 관련해서 한마디 더하자. 앞서 지적했듯이 말로는 프랑스 문학뿐 아니라 서양 문학 전체에서도 '부조리문학'의 선구자들 가운데 한 사람으로 간주되고 있다.[4] 물론 사르트르나 카뮈에 앞서 그는 '부조리'라는 테마를 소설 속에 도입했으며, 이 테마는 《왕도》에서도 분명하게 자리잡고 있다. 그러나 그들과는 달리 말로는 작품에서 부조리를 불가지론적 차원에서 출발점으로 삼고 있을 뿐이며, 궁극적으로는 그것을 초월하는 종교적 구원의 세계로 향하고 있다. 바로 이 점이 전적으로 간과되고 있는 것이다. 어떤 의미에서 볼 때 부조리는 사르트르가 받아들인 후설의 에포케(epochè), 즉 판단 중지나 데카르트적인 회의를 밀고 갈 때 나타나는 감정이라 할 수 있다.[5] 1973년에 말로는 기 쉬아레스와의 대담에서 이렇게 말하고 있다. "사람들은 부조리를 하나의 대답으로 삼았다. 그것은 하나의 질문이었다."[6] 그러니까 부조리 작가들이 이 테마를 '신화'로 만들면서 대답으로 삼았지만, 그의 경우 그것은 하나의 질문으로 인식되었던 셈이다. 따라서 이 질문에 대한 대답을 찾는 과정이 소설 속에 침윤되어 있는 것이다. 이 테마는 후에 다시 다루어질 것이다.

그러나 많은 말로 연구자들이 사르트르류의 실존주의적 관점을 채

---

4) 이에 관해서는 A. p. Hinchliffe, *The Absurd*, Methuen & Co Ltd, p.15 및 이하 참조. 이 책은 국내에도 번역·소개되었다. 황동규 역, 《부조리문학》, 서울대학교 출판부, 문학비평총서 4, 1978.

5) 에포케의 기원으로 거슬러 올라가면, 당연히 그리스의 회의주의자들이 나타난다. 그것은 "느낌·견해·풍습·판단의 모순적 다양성"을 전제한다. 그것은 다양한 "추구의 대상들이 동등한 힘"을 갖는 데서, 다시 말해 어느쪽을 부정할 수도 긍정할 수도 없는 데서 비롯된 귀결점이다. 따라서 당연히 부조리와 관련이 있다. 이에 관해서는 Roland Barthes, *Le Neutre*, cours au Collège de France(1977-1978), Seuil/Imec, "Traces écrites," 2002, p.251 참조.

6) Guy Suarès, Malraux, *celui qui vient*, Stock+plus, 1979, p.21.

택하고 있다. 예컨대 훌륭한 연구로 평가되는 피치의 《말로·사르트르·카뮈·S. 보부아르의 작품에 나타는 낯섦의 감정》[7]이 그런 경우이다. 그는 《왕도》의 또 다른 주인공인 클로드의 '잠재 의식'과 열대 밀림의 자연 세계를 동일화시키고 이것들과 싸우는 그의 의식적 자아를 부각시킨다. 그러면서 그는 전자의 매혹적인(fascinant) 두 힘을 사르트르의 '즉자(l'être-en-soi)'에, 후자를 '대자(l'être-pour-soi)'에 접근시키고 있다.[8] 이런 분석은 일견 설득력이 있지만, 극히 제한적이다. 왜냐하면 앞으로 보겠지만 소설의 코드화된 구조적 의미망이 드러날 때, 그것은 전적으로 자의적이라는 비판을 면할 수 없기 때문이다.

블랑쇼는 말로의 소설 세계가 지닌 독창적이고 탁월한 측면을 고찰한 글에서 의도적으로 《왕도》를 배제하고 있다. 작품을 평가 절하하는 이런 배제의 이유는 명시되어 있지 않지만 확실하다. 이 소설이 말로의 작품들 가운데 유일하게 역사적 명분으로부터 벗어나 있다는 것이다. 그 대신 그는 《인간의 조건》에 나오는 첸의 살인 체험을 언급하면서, 이 비극적 인물이 살인 후 '앎의 불가능성' 속에서 절망적으로 생을 마감한다고 피력한다.[9] 이 테러리스트가 도달한 종교 세계

---

7) Brian T. Fitch, *op. cit.*. 이 책에서 말로에 관한 연구는 "Splendeurs et misères du 'monstre incomparable,'" p.17-92 참조. 이 제목에서 '비교할 수 없는 괴물(monstre incomparable)'이란 표현은 《인간의 조건》에서 주요 인물 가운데 한 사람인 기요의 의식을 담아내는 완전히 코드화된 말이다. 피치는 그것을 격퇴하고 싸워야 할 대상으로 인식하면서 부정적으로 잘못 해석하고 있다. 그것은 인간 존재를 넘어선 초월적·구도적(求道的) 차원에 위치하는 '광인'을 나타낸다. 이에 관해서는 앞서 제시한 필자의 저서와 논문들을 참조.

8) *Ibid.*, p.31. 즉자(존재)는 사물과 같은 상태로서 사유가 부재하는 '충만한' 상태에 있는 부조리한 '잉여적' 존재이다. 대자는 '자유'와 '불안'을 속성으로 하는 투명한 의식을 말한다. 즉자 존재는 이 대자 존재가 불안으로부터 벗어나기 위해 지향하는 대상일 수 있기 때문에 '매혹적'이 되는 것이다.

를 꿰뚫었다면,[10] 그는 결코 이런 부정적 견해만을 나타내지 않았을 것이다. 마찬가지로 그가 《왕도》가 구도(求道) 소설이며, 이와 같은 구도적 차원에서 《인간의 조건》과 밀접한 관련이 있다는 점을 간파했다면 그런 성급한 배제는 하지 않았을 것이다.

국내에도 잘 알려진 문학사회학의 창시자 골드만은 《왕도》를 마르크스주의적 관점에서 접근한다. 그의 구조발생론적 연구의 출발점은 그가 내세운 가설 체계이다. 이를 간략하게 소개하면, 자본주의 경제 구조에서는 사용가치와 교환가치 사이에 괴리가 발생하기 때문에 인간과 사물의 관계가 왜곡되어 '물신 숭배' '사물화' 현상이 나타난다. 따라서 이처럼 타락된 사회를 문제적으로 받아들임으로써 소외된 개인들로 구성된 집단이 출현한다. 이들은 부정적으로 간주된 '매개 가치'를 통해서 질적인 가치를 추구해야 하는 '문제적 개인'으로 규정된다. 그들은 그들이 소속된 불확정적 집단이 지닌 개념화되지 않고 불투명한 의식, 즉 비전을 구현한다. 골드만은 이같은 경제 구조·사회·집단·문제적 개인의 개념들을 소설 분석에 도입하여 사회와 소설 사이의 구조적 유사성이 있음을 드러내고자 한다. 결론적으로 그는 자본주의가 카르텔 및 독점 경제 체제로 전환되는 시기의 사회적·경제적 구조와 소설 형태 사이에 '상동 관계'가 있다고 주장한다. 그는 《왕도》의 두 주인공 페르캉과 클로드를 위와 같은 문제적 개인이라고 보면서도, 이들에게 "삶의 의미는 무(無), 무력(impuissance), 그리고 특히 죽음의 위협을 극복하는 유일한 단 하나의 수단으로서의 행동에 있다"[11]고 말함으로써 독서의 한계를 드러내고 있다.

---

9) M. Blanchot, "Note sur Malraux," in *La part du feu*, Gallimard, 1949, p.207.
10) 본서의 머리말 7-8쪽 참조.

그는 자신의 가설 체계에 맞지 않는 것은 모조리 제외시킴으로써 소설 속에 나타나는 난해하고 코드화된 담화들을 비껴 가고 있다. 골드만의 연구는 방법의 구상에 따르는 해석의 위험을 보여 주는 중요한 사례라고 여겨진다.

피콩은 "인간의 조건에 대한 파스칼적 의식에 응답하는 것은 니체가 최초로 고발한 유럽의 허무주의"[12]라고 전제한 뒤, 《왕도》가 이 니체적 허무주의를 "모험의 고독한 영웅주의"를 통해 극복하려 든다고 평가한다. 그러니까 이 소설은 비록 개인적 차원이긴 하지만, 운명에 대한 프로메테우스적 저항을 담아내고 있다는 것이다. 피콩에 따르면, 소설의 배경이 되는 열대 '밀림'과 그 속에 살고 있는 '모이족'은 일체가 되어 '순수 운명'을 구현한다.[13] 페르캉이 모이족을 정복해 그들의 에로틱한 신앙에 입문했는데, 어떻게 모이족 모두가 그에게 운명을 나타낸단 말인가? 앞으로 보겠지만 작품에서 불교도들인 모이족의 정체는 전혀 다른 해석의 구도 속에 편입된다. 이 비평가의 책에는 말로가 직접 달아 놓은 50여 개의 주(註)들이 나타난다. 그럼에도 불구하고 작가는 자신의 소설 세계와 미학의 핵심은 전혀 언급하지 않고 대체적으로 연구자의 견해를 수용·보완하는 정도로 만족하고 있다. 바로 여기에 함정이 도사리고 있음을 피콩은 모르고 있다.

필자가 보기에 현재 프랑스에서 가장 활발한 연구 활동을 펼치는 말로 전문가는 장 클로드 라라이다.[14] 그가 최근 출간한 《앙드레 말로》에 따르면, 《왕도》의 페르캉은 계몽 사상의 이상에 따라 역사적으

---

11) L. Goldmann, *Pour une sociologie du roman*, Gallimard, idées/gallimard nº 93, 1964, p.146.

12) Gaëtan Picon, *Malraux*, Seuil, "écrivains de toujours" 4, 1979, p.87.

13) *Ibid.*, p.34.

로 구현된 '평등주의적·민주적 서구 사회,' 니체가 그토록 비판한 그 균질화된 사회를 탈출해 '봉건 제도의 잃어버린 낙원'을 정복하러 아시아로 모험을 떠난 다비드 마이레나[15]라는 인물로부터 태어났으며, 클로드를 만나기 전까지는 이와 같은 '봉건적 퇴행의 환상(fantasmes)' 속에서 살았다는 것이다. 그러나 그는 이 만남을 계기로 '미지의 삶의 형태'에 매혹되며, 이 삶의 핵심은 '왕도'를 따라 묻혀 있는 '사원들과 조각상들, 즉 예술 작품들의 삶'이라는 것이다. 그러니까 라라가 볼 때, 그들의 "진정한 모험은 상이한 문명들이 존재하는 만큼이나 상이한 삶들과 변모들을 약속하는 예술 작품들이 야기하는 매혹"[16]으로 설명된다.

라라의 해석에서 마이레나가 상당 부분 페르캉의 모델이 되었다는 점은 새로운 사실이 아니며, 소설 속에도 어느 정도 나타나 있다. 퇴

---

14) 고등사범학교 출신으로서 현재 캉 대학교 교수인 J. ‑C. Larrat는 최근의 *André Malraux*, Librairie générale Française, 2001을 비롯하여 1995년 이후로 4권의 앙드레 말로 연구서를 내놓았으며, 갈리마르 출판사에서 나오는 플레야드판 《말로 전집 *Oeuvres complètes*》 제3권, 1996에 실린 미완의 전기적 소설 《악마의 지배 *Le Règne du Malin*》의 텍스트를 확정하여 설명하고 주석을 달았다. 그는 특히 《말로, 문학의 이론가 *Malraux, Théoricien de la littérature*》(PUF, 1996)를 내놓아 주목을 받았는데, 이 저서에서 다루어진 말로의 문학 이론은 본서에서 후에 본격적으로 다루어질 것이다.

15) 마이레나는 19세기 후반의 모험가로서 안남과 메콩 강 사이에 있는 모이족 지역을 정복하여 자신의 왕국을 건설한 전설적 인물이다. 그러나 프랑스 식민 당국에 자신의 왕국을 바치는 대가로 거액의 보상금을 요구했으나 거절당했다. 이런 마찰과 경제적 이유로 프랑스에 돌아와 자기 지역을 방어하는 데 필요한 자금을 모으려 했으나 여의치 않았다. 아시아로 되돌아왔을 때는 식민 당국의 수배자 신세가 됨으로써 자신의 지역에 들어가지 못하고 싱가포르 근해의 작은 섬에 피신해 비참하게 생애를 마감했다. 이에 관해서는 Walter G. Langois, "Aux source de *La Voie royale*," in A. Malraux, *Oeuvres complètes*, vol. I, *op. cit.*, p.1146‑1147에 자세한 정보가 제공되고 있다.

16) J. ‑C. Larrat, *André Malraux*, *op. cit.*, p.59.

행적인 봉건주의에 사로잡혀 인도차이나로 모험을 떠나 모이족을 정
복한 후 자신들의 '왕국'을 건설한 단계까지만 보면, 마이레나와 페
르캉은 유사성을 드러낸다. 그러나 이 정복 사실은 소설이 시작되기
이전의 단계에 속하며, 페르캉이 이미 단순한 정복자가 아니라 이 종
족의 에로틱한 신앙, 나아가 종교에 입문해 있음은 여러 암시 장치를
통해 드러나고 있다. 그러니까 그는 라라가 말한 '봉건적 퇴행' 속에
살고 있었던 것이 아니라, 이미 새로운 세계로 '탈주선'을 긋고 있었
다. 또 그들이 전개하는 모험의 진정한 의미가 다른 문명의 예술과
만나는 것이라는 주장은, 소설에서 예술 작품의 발굴이 제2부에서
끝나고 제3부터 전혀 다른 전개가 시작된다는 점을 감안할 때 설득
력이 부족하다. 클로드를 통해 표현된 예술관이 말로의 예술관을 대
변하고, 조각상의 발굴 작업이 작품의 구도에서 중요한 역할을 한다
는 것은 새삼스러운 것이 아니지만, 두 인물의 모험 전체를 타자(다
른 문명)의 예술에 대한 경도로 귀결시키는 해석은 자의성이 너무도
강하다. 필자가 앞으로 밝히겠지만, 소설에서 예술관과 조각상 발굴
은 작품이 지닌 전체적 모험 구조 속에 하나의 단계를 형성할 뿐이
다. 그리고 다른 문화에 대한 두 인물의 관심은 전혀 다른 차원에서
전개된다.

2. 국내에 출간된 저서들

말로의 유해는 사후 20주년이 되던 1996년에 프랑스의 현 대통령
이자 당시 대통령이었던 자크 시라크가 참여하는 범국가적 행사를
통해 위인의 전당 팡테옹에 이장되었다. 팡테옹은 루소·볼테르·위

고·졸라 등 위대한 문인들과 다른 분야의 위인들의 유해가 안장된 성소이다. 그리고 2001년에는 말로 탄생 100주년을 맞이하여 프랑스에서 각종 기념 행사가 대대적으로 열렸다. 이 두 시점을 계기로 말로와 관련한 많은 책들이 쏟아져 나왔다. 이때에 맞추어 국내에 번역·소개된 책들은 모두 4종이며, 그 이전에 나온 것들로 현재 구입 가능한 책은 필자의 졸저를 포함하여 3종이 있다. 그러니까 말로 관련 서적은 현재 7종이 나와 있는 셈이다.

이제 이 저서들을 검토해 보자. 우선 저자의 국제적 명성에 걸맞게 프랑스에서 상당한 관심을 불러일으켰던, 장 프랑수아 리오타르의 《말로》[17]를 살펴보자. 저자는 이 책의 도입부부터 정신분석학자가 가정하는 '원초적 장면'[18]에 비견되는 가정적(假定的) 장면을 말로의 어린 시절에서 찾아내 작품 해부에 결부시키고 있다. 이 가정적 장면을 보면 18개월된 앙드레 말로는 어머니 베르트 옆에서, 생후 3개월이 채 안 되어 죽은 동생 페르낭 말로가 공동묘지에 매장되는 현장을 목격한다.

"〔시체를 담은〕 상자가 구덩이 속의 다른 상자들 위에 놓여졌다. 빛에 공포를 느낀 무언가가 구덩이 속에서 꿈틀거렸다. 지렁이들, 납빛 애벌레들, 거미류, 아이(어린 앙드레)는 보지 못하지만 그를 보고 있는 눈먼 짐승들, 한 무리의 손(手)들이 우글거리고 있었다. '대지는 손들

---

17) J. F. Lyotard, 이인철 옮김, 책세상 '위대한 작가들' 총서 11, 2001. 이 책은 원제 *Signé Malraux*로 말로의 유해가 팡테옹으로 이장되던 1996년에 그라세사에서 출간되었다. 원제를 직역하면 '서명자 말로' 정도가 될 것인데 많은 의미를 압축하고 있다.
18) 프로이트는 유아가 '외상적 체험'으로 목격하는 부모의 성행위 장면을 '원초적 장면'이라 불렀다.

로 가득 찼고, 어쩌면 그것들은 사람들이 없어도 홀로 살아갈 수 있고, 홀로 움직일 수 있으리라.' [19] 베르트는 후덥지근한 관리실 의자에 아이를 앉혔다. 아이는 다리를 늘어뜨리고 무덤 관리인의 털복숭이 손을 주의 깊게 바라보았다. '단순하고 자연스럽지만 눈(目)처럼 살아 있는 손. 죽음, 그것은 손이었다.' [20] (…) 장차 앙드레의 세계는 검은 상복을 입은 여인들, 죽은 아이들로 슬픔에 잠긴 어머니들, 그리고 과부들로 가득 차게 될 것이다."[21]

리오타르는 이 인용문에서 죽은 동생의 매장을 목도했으리라 추정되는 어린 앙드레, 두 돌도 안 된 그 앙드레가 받았을 충격의 내면을 상상해 단번에 말로[22]의 두 소설——《모멸의 시대》와 《왕도》——과 연결시키고 있다. 말로의 무의식에 새겨졌을 죽음과의 이 최초 만남은 그동안 어떤 연구자들도 착상하지 못한 것이 사실이다. 죽음과 관련해 앙드레가 받았을 최초 충격은 할아버지 알퐁스 말로(당시 68세)가 자신의 머리를 도끼로 쳐 자살한 사건으로 인식되어 왔다. 말로 자신도 이 의문의 자살을 다소 변형시켜 《왕도》《알튼부르그의 호도나무》《반회고록》에 에피소드로 활용하고 있다. 다음으로 제1차 세계대전에서 앙드레는 역사와 죽음을 전혀 다른 차원에서 만나며, 주지

---

19) *Le temps du mépris*, Gallimard, 1935, in *Oeuvres complètes*, vol. I, *op. cit.*, p.825. 번역본에는 《인간의 조건》, 148-149쪽으로 오기되었음.

20) *La Voie royale*, in *Oeuvres complètes*, vol. I, *Ibid.*, p.503. 번역본에는 178-179쪽으로 오기되어 있음. 《왕도로 가는 길》은 240쪽 참조.

21) 이인철 역, 앞의 책, 12-13쪽. 번역을 다소 수정했음.

22) 프랑스 문화에서 한 인물을 이름으로 부를 때와 성으로 부를 때는 전혀 다른 의미를 내포한다. 예컨대 여기서 필자가 앙드레 말로를 앙드레라고 말할 때, 그것은 한 사람의 사적인 개인을 의미한다. 반면에 말로라고 말할 때 그것은 작가로서의 공인(公人)을 의미한다.

하다시피 앙드레는 이 비극을 작품 창조에 적극적으로 도입하고 있다.[23] 알퐁스 말로의 경우를 제외하면, 말로는 앙드레로서 겪은 가족사의 비운을 '보잘것없는 작은 비밀 더미'[24]로 치부했던 게 사실이다. 그렇기 때문에 그는 회고록을 쓴 게 아니라 사적인 개인사는 모두 배제한 《반회고록》을 집필했던 것이다.

앙드레 및 말로가 현실적으로 죽음과 뗄 수 없는 인연을 맺고 살아왔으며, 이런 측면이 말로의 작품에 깊게 각인되어 있다는 점은 아무도 부인할 수 없을 것이다. 그렇지만 연구자들은 정신분석학적 해석을 싫어하는 말로의 입장을 받아들여 여인들에 둘러싸여 있던 그의 어린 시절이나 비극적 가족사를 직접적으로 끌어들이는 일을 자제해 왔다. 인간에게는 그런 운명을 넘어설 수 있는 '승리적 부분(la part victorieuse)'[25]이 존재하기 때문이다.

그러나 리오타르는 이와 같은 암묵적 터부를 과감하게 깨고 나왔다. 그렇기 때문에 《현대문학지》 '앙드레 말로 시리즈'에 이 저서에 대한 서평을 쓴 기 탈롱은 "우리에게 이 책은 절망적인 확인을 제시한다"[26]라고 쓰고 있다. 그러나 앞으로 보겠지만, 절망할 필요가 전

---

23) 그 이후를 보면, 그가 말로라는 공인으로 확고한 위상을 이미 확보했을 때 아버지 페르디낭 말로의 자살(1930), 어머니 베르트 말로 사망(1932), 스페인 내전 참가(1936-1937), 제2차 세계대전 참여(1939-1945), 말로의 두번째 여인 조세트 끌로티의 사고사(달리는 기차 아래로 미끄러져 두 다리가 절단되는 사고로 사망, 1944), 둘째 이복 동생 클로드의 죽음(레지스탕스 운동중 체포되어 처형당함, 1944), 첫째 이복 동생 롤랑의 죽음(레지스탕스 운동중 체포되어 강제 수용소에서 사망함, 1945), 20세 및 17세된 두 아들 피에르 고티에와 뱅상의 죽음(자동차 사고로 사망함, 1961) 등이 언급될 수 있다.
24) 《알튼부르그의 호도나무》에서 발테르의 이와 같은 인간 규정에 대항해 뱅상은 "인간은 자신의 비밀을 넘어선 존재이다"라고 단언한다. Editions du haut pays, 1943, in *Oeuvres complètes*, II, "Bibliothèque de la pléiade," 1996, p.659-660.
25) *Ibid.*, p.745.

혀 없다. 리오타르가 그처럼 작가의 입장을 의도적으로 무시하고, '반(反)프루스트적(antiproustien)' 세계를 지향한 말로의 작품에 정신분석학적 메스를 가한 것은 그의 자유에 속한다. 뿐만 아니라 프랑스를 진원지로 하고 있는 구조주의에서부터 통용된 선언, 즉 "저자는 죽었다"[27]는 말을 고려할 때, 어쩌면 그런 도전은 언젠가는 한번은 터질 예견된 사건이라 할 수 있다. 라캉[28]으로 대변되는 프랑스 정신분석학과 구조주의 혹은 포스트 구조주의를 생각할 때, 정신분석학적 해석을 비껴 간 말로의 작품에 대한 이 철학자의 접근은 지성계의 이목을 집중시킬 수 있는 필요 충분적 조건을 이미 갖추고 있었다 할 것이다. 말로라고 해서 왜 안 된단 말인가? 그는 어린 시절도 없고 부모도 없단 말인가? 그의 작품이 제아무리 탈정신분석학적이라 할지라도, 그것이 과연 거의 '종교'가 되다시피 한 정신분석학을 벗어날 수 있단 말인가?

그러나 이와 같은 관점, 즉 방법의 선택은 작품을 자의적 해석으로 몰고 갈 위험성을 이미 함축하고 있다. 방법은 이미 목표를 전제한

---

26) *La Revue des lettres modernes, André Malraux, réflexions sur les arts plastiques*, n°10 de la 'Série André Malraux' textes réunis et présentés par C. Moatti, Minard, Paris-Caen, 1999. p.224.

27) 저자의 죽음은 한마디로 텍스트의 자율적·자족적·독립적 성격, 혹은 상호 텍스트성을 강조한 것으로 독자의 몫을 부각시킨다고 보면 된다. 앞으로 다루겠지만, 그것은 말라르메로 거슬러 올라간다는 것이 일반적인 견해이다.

28) 예술 작품에 대한 말로의 반(反)정신분석학적(antipsychanalytique) 입장에도 불구하고, 같은 나이인 라캉과 말로의 관계는 우호적이었다. 에피소드 하나를 들면, 제2차 세계대전중인 1940년 말로는 포로가 되었다가 탈출한 후 남프랑스의 니스 근처에 있는 로크브륀-캅-마르텡의 라수코 별장에 임시 거처를 정해 두번째 부인 조세트 클로티와 생활하게 된다. 여기서 말로는 라캉과 임신 8개월 된 그의 부인 실비아(조르주 바타유의 부인이었음)을 맞이하여 해산(解産)토록 하는 등 극진한 대접을 한다. 이에 대해서는 S. Chantal, *Le Coeur battant*, Edition Rombaldi, "Bibliothèque du temps présent," 1979, pp.214-215 참조.

다. 70년대말에 바르트는 방법의 '강박 관념에 사로잡혔던' 구조주의 시절을 회상하면서 들뢰즈가 니체를 따라 구분한 '방법'과 '교양'의 대립을 상기시키고, 방법에서 벗어나 교양으로 이동한다. 방법은 이미 '사상가의 열의'나 '사전에 심사숙고한 결정'을 전제하기 때문이다.[29] 방법의 문제성은 후에 다시 거론하기로 하고 리오타르의 독창성으로 인정되는 부분을 간단히 살펴보자.

기 탈롱이 언급하고 있듯이 "이 예외적인 전기 작가는 특히 말로의 가장 모호한 측면, 즉 육체 및 충동(욕동)들의 역사와 관련된 측면을 제시한다."[30] 그는 서문이나 일러두기 혹은 서론도 거치지 않고 단번에 제1장으로 들어가면서[31] '베르트 혹은 거미'라는 충격적인 전략적 제목을 달고 있다. 제목이 앙드레의 어머니 베르트를 거미와 결합하고 있으니 독자의 시선을 단숨에 사로잡을 만하지 않는가! 여성의 양면성 모두가 벗어나야 할 두려움의 대상인 것이다. 부정적 입장에서 보면, 여성은 '대모신(les Mères)' '운명의 여신(les Moires)'[32] 혹은 '무덤 파는 여인(죽음의 여신; la Fossoyeuse)'과 연결되어 죽음과 공모적 관계로 어린 앙드레의 머릿속에 고정된다는 것이다. 그리하여 말로의 소설에서, 특히 《왕도》와 관련해서 보자면 만물의 보편적 '썩음'과 '해체'를 거울처럼 비추는 아시아는 '여성-밀림(femme-forêt)'과

---

29) R. Barthes, *Comment vivre ensemble*, cours et séminaires au Collège de France, Seuil/Imec, "Traces écrites," 2002, pp.33-34 참조. 바르트는 들뢰즈의 *Nietzsche et la philosophie*, PUF, 1962를 참조하고 있다. 들뢰즈 저서의 국내 번역본은 이경신, 《니체와 철학》, 민음사, 1998로 나와 있다.

30) *La Revue des lettres modernes, op. cit.*, p.226.

31) 원서는 부(部)로 나뉘어지지 않고 열일곱 개의 장으로 되어 있으나 이인철의 번역서는 4부로 나뉘어져 있다.

32) 그리스 신화에 나오는 Les Moires는 로마 신화에서 운명의 3여신 파르카(Les Parques)에 해당한다.

죽음이 일체가 된 운명이 영원히 반복되는 공간으로 나타난다. 이런 연장선에서 《왕도》는 "매음굴의 천진스러운 퇴폐와의 어쩔 수 없는 고별(단념)로 시작되고, 그 뒤를 잇는 모험——페르캉은 육체와 여성-밀림에 흔적을 파는 작업을 한다——역시 완전한 실패로 마감된다. 성적(性的) 차이가 말로의 방탕한 인물들에게 주는 교훈은 한결같다. 즉 여성을 향유하고자 하는 자는 자기 자신의 노예임이 드러나고 간음만을 생각하는 자는 상대를 건드릴 힘조차 상실한다는 것이다."[33] 따라서 '돈 후안'으로서 페르캉은 "거세되어 죽는다."[34] 결국 여성과 밀림, 그리고 죽음이 하나가 된 운명의 아시아에서 페르캉의 모험은 이 운명에 의해 무화(無化)되고 만다.

리오타르에 따르면 이와 같은 육체의 패배, 다시 말해 썩어 문드러져 소멸해야 하는 '비오스(bios)'의 숙명적 조건에 대항해 말로가 선택한 것이 남성적 글쓰기, 즉 '그라페(graphè)'이다. 그러나 이것은 여성적 밀림과 감옥에서 흘린 '검은 피'로 서명되어야 한다. 그러니까 《왕도》의 페르캉이나 클로드와 같이 모성적·폭력적 죽음의 세계를 통과한 작품만이 진정한 가치가 있다는 것이다. 그것만이 '매트릭스' 안에 갇힌 육체의 생성과 소멸의 영원한 반복——리오타르는 이것을 'la Redite'로 표현한다——으로부터 벗어날 수 있다.[35] 그러나 두 주인공의 모험이 개인적 차원에 속하고, 이 소설이 다른 소설들과는 달리 역사적 명분과 결부되지 않았다는 점에서 리오타르는 작품에 대한 평가를 부정적으로 내린다. 그러면서 그는 《왕도》가 출간 당

---

33) 이인철 역, 앞의 책, 323-324쪽. 번역을 다소 수정했음.
34) 같은 책, 331 쪽.
35) bios와 graphè와 관련된 부분은 이인철 역, 같은 책, 143-145쪽 참조.
36) 같은 책, 171쪽. 《왕도》는 출간된 후 프랑스의 가장 권위 있는 문학상 공쿠르상을 간발의 차로 놓쳤으며, 그 대신 엥테랄리에상을 받았다.

시에 《모멸의 시대》가 그러했듯이 예상 외의 평을 받았다"[36]고 주장한다.

이제 리오타르의 해석을 비판하기 위해 우선 죽은 동생 페르낭의 매장을 목도하는 어린 앙드레와 관련된 묘사로 되돌아가 보자. 텍스트는 그가 평가 절하하는 《모멸의 시대》와 《왕도》의 두 인물, 카스너와 페르캉이 드러내는 손(手)에 대한 의식 부분을 인용하고 있다. 전자는 감옥에서 석방된 후, 생사를 넘나드는 악천후와 싸우면서 비행한 끝에 막 프라하에 도착한 상황에 있다. 그는 프라하 시가지의 풍경 앞에서 생명력 넘치는 신비한 삶의 파노라마에 흠뻑 취하고 있다.[37] 그는 대지의 깊은 생명의 숨결을 비현실적인 꿈처럼 느끼면서 상점 진열장들에 비치는 갖가지 상품들을 바라보다가 장갑 가게 앞에서 문득 손을 의식한다. 여기서 텍스트에 인용된 문장 바로 앞부분을 보면, "그를 둘러싸고 있는 것 가운데 손으로 (…) 창조되지 않은 것은 아무것도 없었다"[38]라고 되어 있다. 그러니까 인용된 문장에서 손은 죽음의 비극적 인식과는 아무런 관련이 없다. 오히려 그것은 인간의 비극을 뛰어넘어 살아 숨쉬는 그의 창조적 위대함을 상징적으로 나타낸다 할 것이다. 필자는 이 문장을 동생의 매장을 목격하는 앙드레의 내면, '우글거리는 손들'과 결부시킨 리오타르를 전혀 이해할 수 없다. 그는 그 문장을 떼어 놓았다 자신의 의도된 방향대로 그냥 갖다 붙인 게 아닌가 싶다.

텍스트에서 《왕도》로부터 발췌한 두번째 인용문은 페르캉의 죽음

---

37) 이와 같은 도취는 《알튼부르그의 호도나무》의 뱅상이 중동에서의 모험으로부터 돌아온 후 마르세유 항에서 느꼈던 것과 유사하다. In *Oeuvres complètes*, vol. II, "Bibliothèque de la Pléiade," pp.653-655 참조.

38) *Le Temps du mépris, op. cit.*, p.825.

과 관련된 것이기 때문에 일단은 납득이 간다. 사실 "단순하고 자연스럽지만 눈처럼 살아 있는 손. 죽음, 그것은 손이었다"에서 상징으로 사용된 손의 심층적·역설적 의미를 해독해 내기 위해서는 페르캉의 코드화된 정신 세계에 대한 심도 있는 분석이 필요하다. 앞으로 필자가 검토하겠지만, 이 손은 앙드레의 심적 상태와는 전혀 다른 차원의 상징적 의미를 띤다. 그것은 페르캉이 구도적(求道的)·초월적 여정에서 최후의 순간에 만나는 최대의 내적 장애물을 가리키기 때문이다. 뿐만 아니라 이 주인공이 아시아의 밀림이 구현하는 '대모신'에 의해 '거세되어 죽었다'는 리오타르의 주장을 받아들일 수 없는 이유는 다음과 같은 문장 하나를 인용함으로써 충분하리라. 그것은 제4부 마지막 4장 처음에 나온다.

> "이제 더 이상 마을도 없다. 페르캉이 자신의 구원을 기다리는 첫 산봉우리들이 하늘과 맞닿아 있었다(Plus de villages: contre le ciel, les premières des montagnes dont Perken attendait sa délivrance)." [39]

죽어가는 육신을 이끌고 산봉우리로 올라가 자신의 '구원(délivrance)'을 기다리겠다는 페르캉의 의식과 리오타르의 해석, 즉 '거세된' 죽음 사이에는 연결될 수 없는 심연이 가로놓여 있다. 하나의 작품에 대한 설득력 있는 해석은 작품의 의미망을 유기적으로 엮어내는 요소들과도 모순되지 않아야 할 것이다. 리오타르의 해석은 소설의 코

---

39) *La Voie royale, op. cit.*, p.500. 《왕도로 가는 길》, 앞의 책, 234쪽. 번역서에는 "이제는 부락도 없었다. 처음으로 부딪치는 산봉우리들이 하늘을 가로막고 있었다. 페르캉은 어서 그 산을 넘고 싶었다"로 번역되었는데, 이는 페르캉의 정신 세계에 대한 이해 부족에서 오는 오역으로 보인다. 원문을 보아도 납득이 안 가는 번역이다.

드화된 의미망과는 전혀 맞지 않는 순전히 자의적인 것이다. 사실 그것은 임의적으로 덧붙인 정신분석학적 요소들을 빼면 새로울 게 없다. 그것은 그동안 반복되어 오고 일반화된 해석의 테두리를 벗어나지 못한다. 모든 문제는 전적으로 새롭게 코드화된 텍스트를 기존의 코드로 읽고 있다는 데 있다. 리오타르가 《왕도》에 대해 언급한 부분들을 조목조목 비판할 수 있겠으나 본론에서 전개되는 필자의 해석을 고려하여 생략토록 하겠다.

필자가 리오타르의 저서를 좀 길게 다룬 것은 그의 명성에 따른 이 책의 영향력 때문이었다. 이제 국내에 번역·소개된 나머지 책들을 살펴보자. 우선 리오타르의 저서와 같은 해에 소개된 레미 코페르의 《앙드레 말로》(부제: '소설로 쓴 평전')[40]가 있다. 이 책은 말로의 작품 세계에 대한 새로운 해석이 아니다. 그것은 이미 화석화되다시피 한 일반적 인식을 토대로 소설의 형식을 빌려 말로의 일대기, 특히 작품 창조에 얽힌 뒷이야기를 중심으로 재구성하여 독자의 관심을 끌려 하고 있다.

다음으로 피에르 드 부아데프르의 《앙드레 말로》가 1998년에 나왔다.[41] 이 책의 저자는 나름대로 말로의 소설 세계를 해석하고 평가하면서 뒷날에 작가가 '절대에 대한 탐구'로 경도된 점을 지적하고 있다. 그러나 전반적으로 볼 때 말로에 대한 일반화된 인식의 범주를 벗어나지 못하고 있다. 특히 그는 말로가 소설의 시기 이후부터 예술에 경도되어 절대를 탐구함으로써, "첫소설들을 쓸 당시의 반란자와

---

40) 레미 코페르(Remi Cauffer), 장진영 옮김, 《앙드레 말로》, 이룸, 2001. 원제는 *André Malraux le roman d'un flambeur*(직역하면 앙드레 말로, 한 도박꾼의 소설)이다.

41) 피에르 드 부아데프르(Pierre de Boideffre), 이창실 역, 《앙드레 말로》, 한길사, 1998. 원제는 *André Malraux: la mort et l'histoire*(직역하면 앙드레 말로: 죽음과 역사)이다.

〔예술적〕유산을 발견하는 일에 사로잡힌 명상가 사이에는 불일치가 있었다"[42]라고 말한다. 이는 소설 세계에 대한 그의 이해가 기존의 틀에 박힌 한계를 벗어나지 못하고 있음을 나타낸다. 이런 입장에서 그는 1950년에 자신이 《왕도》를 '말로의 작품에서 죽은 가지 하나'로 간주했던 점을 상기하면서, '자라지 못한 가지'[43]로 수정하고 있다. 그는 이 소설이 콘래드의 '《암흑의 중심》의 영향'을 받았으며 '이국주의와 형이상학'을 결합하고 있다는 평범한 해석을 내놓는다.[44] 그러면서 그는 "성적 도취와 전락의 마조히즘, 에로틱한 파괴, 그리고 급기야는 부조리하고 목표 없는 죽음——이러한 경우들을 다루면서 말로가 이렇게까지 멀리 나간 적이 없었다"[45]고 평한다. 이런 평가는 새로운 게 전혀 없다. 필자는 그의 견해와는 반대로 말로가 첫 소설들, 즉 《왕도》에서부터 절대를 추구하고 있음을 보여 줄 것이다.

그외의 번역서들로는 크리스티앙 비에 등이 풍부한 삽화를 넣어 집필한 《앙드레 말로》(부제: '인간의 조건이란 무엇인가'),[46] 그리고 장 라쿠튀르의 전기적 연구서 《앙드레 말로》(부제: '20세기의 신화적 일생')[47]가 나와 있다. 전자는 시각적 효과를 살려 일반 독자가 말로의 다이내믹한 삶과 예술, 혁명과 정치의 세계를 쉽게 접할 수 있도

---

42) 같은 책, 250쪽.

43) 같은 책, 66쪽.

44) 콘래드의 《암흑의 중심》과 《왕도》의 비교는 진부한 것으로, 필자가 보기에 두 작품은 전혀 다른 소설들로 보여진다. 이 점은 뒤에 다시 다룰 것이다.

45) 같은 책, 66-67쪽.

46) 크리스티앙 비에·장 폴 브리겔리·장 뤽 라스파유, 은위영 옮김, 《앙드레 말로》, 시공사, '시공디스커버리' 총서 037, 1996. 원제는 *André Malraux la création d'un destin*(직역하면 앙드레 말로. 한 운명의 창조)이다.

47) 장 라쿠튀르, 김화영 역, 《앙드레 말로》, 현대문학, 1995. 원제는 *Malraux une vie dans le siècle*(직역하면 말로, 세기 속의 삶)이다.

록 꾸며져 있다. 그것은 새로운 해석이나 주장을 내놓은 것이 아니기 때문에 특별하게 언급할 게 없다. 반면에 후자는 리오타르의 도전이 있기 전까지는 말로에 대한 지금까지 나온 전기적 연구서들 가운데 가장 권위 있는 역작으로 평가되어 왔다 할 것이다. 그것이 작품 연구에 전적으로 초점을 맞춘 것은 아니기 때문에 소설에 대한 독창적 해석을 내놓고 있는 것은 아니다. 작품에 대한 그의 이해는 기존의 연구들을 종합하고 있는 정도이며, 이를 토대로 말로의 위대한 신화적 삶을 재조명하고 있다. 《왕도》와 관련한 라쿠튀르의 다음과 같은 단언은 이 점을 웅변해 준다. "페르캉은 실패했기 때문에 무(無)에 이르고 말았다."[48] 하지만 그의 연구는 그동안 베일에 싸여 있었던 전설적·신화적 내용들, 예컨대 말로의 중국 혁명 참여가 허구라는 사실 등을 밝혀냄으로써 작가의 연구에 중요한 기여를 했다. 필자가 보기에 그의 책은 국내에 나와 있는 전기적 연구서 혹은 번역서 가운데 가장 훌륭하다고 판단된다.

이제 남은 것은 필자의 졸저 《앙드레 말로》(부제: '소설 세계와 문화의 창조적 정복')[49]와 송기형의 《앙드레 말로》(부제: '문학과 행동')[50]가 있다. 필자의 부끄러운 책은 본서에서 앞으로 수정·보완되어 다루어질 것이기 때문에 독자의 판단에 맡기겠다. 송기형의 저서는 기존의 해석과 인식을 토대로 한 말로의 간단한 소개서로 보면 될 것이다.

이상과 같이 살펴본 말로 연구는 말로가 동·서양을 넘나들며 자신의 예술 및 정신 세계를 구축했다고 표명한 사실과는 너무도 거리가 멀다. 말로는 말년의 한 인터뷰에서 이렇게 말하고 있다. "심층적 성

---

48) 같은 책, 150쪽.
49) 김웅권, 앞의 책.
50) 송기형, 《앙드레 말로》, 건국대학교출판부, 1995.

격에서 내가 받은 최초의 영향은 아시아 세계의 영향, 다시 말해 혁명 세계의 영향보다 무한히 더 큰, 다른 문명의 영향이었다."[51] 뿐만 아니라 그는 아시아가 자신에게 '정신의 다른 극점'[52]을 나타냈다고 말했다. 그런데도 아시아가 '여성-밀림'처럼 기껏해야 운명 혹은 비극적 인간 조건을 구현하는 공간이나 무대 정도밖에 안 된단 말인가? 비판은 작품을 제대로 읽고 해도 늦지 않다.

---

51) Entretien accordé pour la Rdio-Télévision yougoslavie et l'hébdomadaire belgrois *Nin, op. cit.*, p.19.

52) Roger Stéphane, *André Malraux, entretiens et précisions*, Gallimard, 1984, p.19.

제1장
새로운 해석의 모색

“책은 독자에게 순수하고 투명한 블록이다.
그는 그 책의 내부를 읽어내고 그것의 비밀을
간파한다.”

말라르메

1. 모든 것은 말라르메로 통한다

롤랑 바르트는 한 대담에서 이렇게 말하고 있다. “말라르메 이후
우리 프랑스인들은 아무것도 창안해 내지 못했으며, 다만 말라르메
를 반복할 뿐입니다. 우리가 반복하는 것이 그래도 말라르메라는 사
실은 얼마나 다행스러운 일인지요! 말라르메 이후 위대한 돌연변이
적 텍스트는 프랑스 문학 안에 존재하지 않습니다.”[1] 그러면서 푸코

---

1) 스티븐 히스와의 대담. “A Conversation with Roland Barthes” in *Signs of the Times*, 김희영 옮김, 《텍스트의 즐거움》, 롤랑 바르트 전집 12, 동문선, 1997, 164쪽에서 재인용.

처럼 그는 말라르메를 마르크스 및 프로이트와 함께 새로운 '담론성의 창시자들'로 간주하고 있으며, 영문학에서 말라르메에 버금가는 인물로 조이스를 인정한다.[2]

그러니까 말라르메의 시 세계는 그 자신 이후 현대까지 모든 문학의 원형이라는 논리가 성립한다. 특히 그것은 20세기 후반에 그토록 위세를 떨쳤던 구조주의자들의 주장, 예컨대 문학의 자율성, 구조화된 텍스트, '언어의 존재,'[3] 저자의 죽음, 담화의 불연속성, 독자의 부상 등 이른바 '글쓰기의 현대성'을 모두 담아내고 있는 셈이다. 또한 말라르메는 이미 '불연속성의 사유'[4]를 실천한 위대한 선구자인 것이다.

그런데 여기서 필자는 이런 질문을 제기해 보고자 한다. 만약 말라르메가 자신의 시학과 언어관을 서한이나 글을 통해 피력하지 않고 전적으로 침묵했다면, 그의 시 세계가 어떻게 해석되어 왔을까? 과연 그것이 지금과 같이 이해될 수 있을까? 아니면 그것의 해석을 둘러싸고 아직도 논쟁이 벌어지고 있을까? 말라르메 연구의 대가인 리샤르로부터[5] 푸코나 바르트에 이르기까지 이 시인을 언급할 때면, 그

---

2) 같은 책, 같은 곳. 푸코가 말라르메와 니체를 나란히 놓는다는 점을 감안할 때 아마 여기에 니체를 덧붙여야 할 것이다.

3) 푸코가 《말과 사물 *Les mots et les choses*》(Gallimard, 1966)에서 작가의 죽음과 함께 언급하는 개념으로서 스스로 자기 자신을 구성하는 언어를 말한다. 이와 더불어 그는 이 언어에 의해 형성된 담화를 '반담화(contre-discours)'라 부른다.

4) 이 불연속성의 사유는 데카르트 이후 헤겔에서 정점을 이룬 주체 중심의 연속적 역사나 진보, 혹은 계보 등 목적론적 '초자아'를 거부하고 믿지 않는 사유이다. 물론 어떤 의미에서 이런 연속성의 기원은 기독교의 섭리 사관으로 거슬러 올라간다 할 것이다. 연속성이 근대성의 특징을 이룬다면, 불연속성은 현대성의 특징을 이룬다 할 수 있다.

5) J. -P. Richard, *L'Univers imaginaire de Mallarmé*, Edition du Seuil, 1961. 푸코는 《말과 사물》에서 리샤르의 연구를 토대로 말라르메를 분석하고 있다.

의 시학과 언어관이 빠짐없이 등장한다. 정신분석학으로 기울어진 크리스테바까지 말라르메의 시를 분석할 때 이것들을 끌어들이고 있다.[6] 하지만 이것들이 저자에 의해 이미 제시되어 있지 않았다면, 이 것들과 동일한 시학과 언어관이 발굴되어 지금처럼 빛을 발하고 있을까? 아니면 아직 발견되지 못한 상태에서 상형문자처럼 해독이 계속되고 있을까?

그렇다면 바르트가 구체적으로 설명하지 않았지만 그의 뛰어난 통찰을 바꾸어 표현하면, 현대 문학의 모든 것은 말라르메로 통한다는 명제가 성립하며 소설의 경우도 여기서 예외가 될 수 없다. 현대 소설의 모든 기법들이 이미 말라르메의 시학 속에 그 씨앗을 잉태하고 있다는 말이 된다. 필자는 문학의 현대성을 특징짓는 가장 중요한 요소는 '불연속성'이라는 포괄적 개념이 아닌가 생각한다. 그것은 서구의 역사와 철학에서 인간과 세계에 대한 근대의 인식론적 틀, 푸코의 표현을 빌리자면 '에피스테메'를 총체적으로 전복하는 핵심어이다.[7] 소설의 차원에서 본다면 그것은 이야기의 선조적 시간성의 파괴, 목적의 폐기, 영화와 관련된 몽타주 기법, 이야기의 '파편화'·해체·병치·생략·단절·대조 등 많은 명칭의 소설적 기법들이 이 불연속성과 연결되어 있다.[8] 이 불연속성 때문에 작품의 의미는 저자

---

6) 김인환, 〈시적 언어의 형식과 그 해석 — J. 크리스테바의 말라르메 '산문' 분석을 중심으로〉, 《불어불문학연구》 제32집, 한국불어불문학회, 1996, 41-79쪽 참조. 김붕구는 《보들레르 — 평전·미학과 시세계》의 보유에서 말라르메의 '유추의 시학'을 소개하면서 자신의 시학을 언급한 이 시인의 여러 편지들을 인용하고 있다.(문학과 지성사, 1977, 438-441쪽 참조) 또한 최석 역시 《말라르메, 시와 무의 극한에서》(건국대학교출판부, 1997)라는 저서에서 말라르메의 여러 서한들과 글들을 인용하면서 시인의 미학을 설명하고 있다. 뿐만 아니라 김기봉 역시 《프랑스 상징주의와 시인들》에서 말라르메의 상징 이론을 설명하면서 그의 서한을 인용하고 있다.(앞의 책, 152-153쪽 참조)

에 의해 주어지는 것이 아니라 다만 사물들 상호간의 관계를 통해 암시되고 환기될 뿐이며, 그것의 '흔들림'이나 다층적 읽기가 나타난다. 이로부터 독자의 적극적 참여와 노력이 요청된다. 독자를 시 창작에 참여시키려는 말라르메의 의도는 너무도 잘 알려져 있다. 따라서 현대 문학에서 중요하게 거론되는 독자의 몫은 바로 그의 시학으로 거슬러 올라가는 것이다.

사르트르는 《문학이란 무엇인가》에서 "읽기란 인도된 창조이다"라고 규정하면서 작가는 인도의 "몇몇 푯말을 세워 놓는 것에 불과하다"[9]고 말하고 독자의 창조적 자유를 강조한다. 전체적으로 보면, 사르트르는 말라르메의 입장을 다르게 표현한 것에 지나지 않는다. 하나만 더 예를 들면 뒤라스의 소설 시학 역시 말라르메로 거슬러 올라감을 쉽게 알 수 있다. 그녀의 "독자는 작가가 여기저기 흩뿌려 놓은

---

7) 슈펭글러는 이미 《서양의 몰락》(박광순 역, 범우사, 1995)에서 헤겔의 서구 중심적인 연속적 보편사관을 비판하고 독립적이고 자족적인 문명들의 불연속성, 즉 불연속적 역사관을 주장하여 서구 지성계에 충격을 준 바 있다. 푸코는 《말과 사물》에서 중세 이후로 현대까지 네 시기로 구분하면서 이것들 사이에 '지적 하부 구조'로서의 인식론적 단절, 즉 에피스테메의 단절이 존재한다고 주장함으로써 이 불연속성을 서구 역사 내에서 도출해 내고 있다. 그에 따르면 중세와 16세기의 에피스테메는 '유사성'이고 17세기와 18세기는 '표상'이며, 19세기에서 20세기 중반까지는 '역사'이다. 그 이후는 역사와 이 역사를 이끌어 온 주체로서의 인간이 소멸함으로써 새로운 모색이 진행되고 있다는 것이다. 이 모색에서 중요한 학문으로 떠오른 것들이 인류학·정신분석학·언어학이다.
8) 말로 전문가인 프레이스타스(M. T. Freitas)는 앙리 르페브르를 따라서 불연속성을 "후기 사실주의적(post-réaliste) 현대성의 한 전형적 범주"로 규정하면서 말로의 《알튼부르그의 호도나무》를 '현대성의 글쓰기'란 차원에서 분석하고 있으나 상징주의에 대해서는 전혀 언급하지 않는다. 그러면서 그는 불연속성을 통한 "파편의 미학"이 "근대 서구 사회의 전반적 해체를 나타내는 훌륭한 예술적 표현으로 아방가르드들에 의해 채택된" 것이라고 일반화시킨다. "Une écriture de la modernité," in *André Malaux, Les Noyers de l'Altenburg, La Condition humaine*, Etudes réunies et présentées par C. Moatti, *Roman 20-50*(Lille), n° 19, 1995, p.72 et 76.
9) 정명환 옮김, 《문학이란 무엇인가》, 민음사. 1998, 66쪽.

표지들을 주의 깊게 따라가고 남겨진 침묵과 여백을 통해 숨겨진 현실을 감지할 수 있을 따름이다. (…) 작가는 직접적인 태도 표명 대신 암시와 함축에 의해서 직접 말하지 않으면서도 교묘하게 드러내는 방식을 사용한다. (…) 뒤라스의 글쓰기는 사물을 직접 명명함으로써 친숙함이라는 장막 뒤로 사라지게 하고 마는 용이성을 목표로 하지 않는다. 독자는 표면에 드러난 의미로부터 거리를 취하고 늘 깨어서 숨겨진 심층의 의미를 탐색해야 하며, 은유가 그 열쇠이다."[10]

이제 바르트가 왜 말라르메 이후의 문학은 "말라르메를 반복할 뿐이다"라고 단언했는지 이해가 되는 것이다. 말라르메의 상징주의 시학은 너무도 보편화되어 있어 이제 어떤 작가의 텍스트를 연구할 때 언급조차 되지 않는 정도가 되었다. 그것은 바르트가 마르크스와 프로이트의 예를 들어 설명했던, '매우 강력한 담론적 체계'로서의 '이데올로기권(idéosphère)'을 형성하여 문학 장에 굳어져 부지불식간에 유통되는 '자동적 산물이고 독립적 에너지원'으로 기능한다.[11] 따라서 라캉이 '프로이트로의 회귀'를 천명했듯이, 말라르메로의 회귀를 천명하여 그의 시학을 재창조하여 문학 장을 흔들 수도 있을 것이다.

2. 문학이론가와 소설가

그렇다면 말로의 소설은 말라르메의 시학으로부터 무엇을 물려받았는가? 필자가 '서설'에서 《왕도》를 다루면서 언급한 장 클로드 라

---

10) 은희경, 《은유, 그 형식과 의미 작용. 마르그리트 뒤라스 소설을 중심으로》, 서울대학교출판부, 2000년, 3쪽.
11) Roland Barthes, *Le Neutre, op. cit.*, p.122 이하 참조.

라는 《말로, 문학의 이론가》라는 중요한 책을 내놓았다.[12] 그는 이 책에서 말로가 20세부터 51세까지 펼친 문학비평과 관련한 모든 글들을 검토·연구하여 '문학이론가'로서 말로의 초상을 주조해 내고 있다. 우선 이 저서에서 주목되는 것은 그가 말로의 소설 세계를 다루는 것이 아니라 다른 작가들에 대해 소설가가 쓴 비평들, 혹은 문학 일반에 대해 쓴 글들이나 에세이들을 다루고 있다는 점이다. 사실 말로가 20세 때부터 발표한 적지 않은 이 비평들과 글들을 조명하여 그의 문학관의 변모 과정을 추적하는 것은 중요한 일이 아닐 수 없다. 그러나 이것들과 말로 자신의 소설 창작 사이에 어느 정도 관련이 있느냐는 별개의 문제일 수 있다. 따라서 말라르메의 경우처럼 그것들이 말로의 소설 세계를 해독해 내는 데 결정적 열쇠가 될 수도 있지만 그렇지 않을 수도 있다.

이런 점을 염두에 두고 필자의 방향과 관련해 라라의 책 내용을 간략하게 소개해 보면, 그는 우선 푸코와 바르트를 따라서 말라르메와 발레리를 언급하면서 단번에 말라르메를 20세기 이후 문학 담론의 '새로운 시대'를 열어 놓은 창조자로 간주하고 상징주의에 관한 젊은 말로의 입장에 초점을 맞추고 있다. 그러니까 문학의 자율성과 문학성은 말로에게도 초미의 관심사였다는 것이다. 그러나 그는 입체파 시와 상징주의에 관한 20대 말로의 여러 글들을 검토하면서 상징주의와 이 작가의 관계를 이렇게 설정한다. "발레리가 말라르메에게 귀중한 테마, 즉 시적 언어의 자기 목적성(autotélisme)이란 테마를 상징주의로부터 받아들인 반면에, 말로는 플로베르적인 예술가, 반항적 시인의 사회적 소외라는 주제에 보다 민감했다."[13] 소설 쪽으로 시

---

12) J. −C. Larrat, *op. cit.*

선을 돌려보면, 라라는 '생략(ellipse)' 기법에 대한 30년대 말로의 관심에 주목하면서, 이것을 현대 문학을 특징짓는 '문채(文彩; figure)'로 제시한다. 이 관심은 지드의 《새로운 양식》에 대한 말로의 비평에서 나타나는데, 여기서 그는 '몽타주'와 생략을 같은 것으로 간주하고, "모든 예술은 생략의 체계(un système d'ellipses)에 기초한다"[14]고 강조한다. 라라는 이와 같은 소설가의 주장에 대해 "모든 몽타주는 하나의 생략이다"[15]라고 부연 설명한다. 그가 대변하는 말로의 견해를 보자. "그러니까 《새로운 양식》이 일기 형식을 벗어나고 있다면, 작품이 그 나름의 몽타주를 통해서 그것에 고유한 의미를 구축하고 있기 때문이다. 이 의미는 저자에 의해 주어지는 것이 아니라 다만 '암시된다.' 포즈너가 이미 분석한 것은 이와 같은 새로운 독서 계약에 대한 호소이다. 따라서 예술가의 의지는 기껏해야 몇몇 장소들, 몇몇 풋말들을 밝혀 주는 데 만족하는 안내자의 의지이다. 이것들 사이에서 그는 현실의 모호한 밀림에 독자를 내맡긴다. (…) 몽타주 문학은 이야기를 파편화시키고 해체시킴으로써 의미의 억제를 체계화할 뿐이다."[16] 이 인용문에 나타난 입장은 앞서 다룬 사르트르의 것과 별로 다를 게 없다. 라라에 따르면 의미와 분리된 장면들의 병치 속에 드러나는 생략, 즉 몽타주의 미학이 말로의 《희망》에 가장 잘 적용되어 있다는 것이다. 물론 그는 구체적 예를 제시하지 않는다.

그러니까 라라는 말로가 생략이나 몽타주의 기법을 통해 불연속성

---

13) *Ibid.*, p.14.

14) Préface de Malraux, André Viollis, *Indochine SOS*, 1935, in *Larrat, Malraux Théoricien*…, *Ibid.*, p.281에서 재인용.

15) *Op. cit.*, p.278.

16) *Ibid.*, p.282.

의 미학을 구축하고 있음을 지적하지만, 이것을 말라르메의 시학과 전혀 접근시키지 못하고 있다. 그는 현대 비평을 선도한 블랑쇼·푸코·바르트 등의 문학 담론 속에서 절대적 위치를 차지하는 말라르메나 프루스트를 언급하며 문학적 '에피스테메의 대전복'을 이렇게 정리한다. "분명히 말해, 문학 텍스트는 그 자체 안에 그것의 정당화를 간직하고 있는 텍스트라는 점이 오늘날 인정되고 있는 것 같다."[17] 텍스트에 대한 이같은 관점은 과연 말로의 소설에 적용될 수 없는 것인가? 필자는 라라의 연구가 세 가지 문제점을 안고 있다고 생각한다. 첫째 그것은 생략이나 몽타주를 통한 불연속성의 미학이 상징주의 시학으로 거슬러 올라간다는 점에 전혀 생각이 미치지 못하고 있다. 이러한 한계는 문학 담론성의 새로운 창시자로서의 말라르메에 대한 바르트의 통찰을 제대로 인식하지 못하고 있음을 드러낸다. 두 번째로 라라의 분석은 비평가로서 말로와 소설가로서 말로를 구분하지 않고 혼동하고 있다. 말로는 사실 다른 작가들에 대해 많은 글을 썼지만 정작 자신의 소설미학을 드러내는 글이나 언급은 거의 하지 않았으며, 몇몇 연구자들의 질문들에 대해 그들의 의도에 맞추어 대답했을 뿐이다. 여기에는 예술가로서의 말로의 전략이 숨어 있다. 라라는 상징주의에 대해 말로가 쓴 비평들을 분석하면서 하나의 귀중한 자료를 놓치고 있다. 그가 비록 1920-1951년 사이에 씌어진 글들을 중심으로 검토하고 있지만 때때로 말로의 사후 작품인 《불안정한 인간과 문학》[18]까지 다루고 있다는 점을 감안할 때, 이 자료에 대한 그의 침묵은 놀라운 일이다. 아마 그 이유는 상징주의 시인들에 대한

---

17) *Ibid.*, p.6.
18) 이 에세이는 말로가 타계한 1년 뒤인 1977년에 갈리마르사에서 나왔다.

말로의 비평을 토대로 한 자신의 해석과 이 자료 사이에 모순이 있기 때문이 아닌가 생각된다. 이 자료는 1973년에 이루어진 기 쉬아레스와의 대담 속에 나타난다. 말로는 보들레르·랭보 등을 언급하며 이렇게 표명한다. "위대한 낭만주의 작가들 사이에는 상당히 유사한 무엇이 있습니다. 그러나 이상한 일이지만 나는 낭만주의에 대한 반작용, 즉 상징주의를 계승하고 있습니다."[19] 이 표명은 말로의 비평 활동과 소설 창작 사이에는 어떤 간극이 존재했다는 사실을 시사한다. 마지막으로 라라는 말로의 소설 세계를 깊이 있게, 그리고 새롭게 천착하지 않고 말로의 문학관을 정립해 내고 있다. 아마 그가 그렇게 했더라면 이 문학관은 다르게 나타났을 것이다.

그러니까 여기서 필자는 말라르메와 말로가 그들의 시학을 드러내는 데 전혀 다른 입장을 취했다고 생각한다. 말라르메는 자신의 시학을 서한이나 글을 통해 드러냄으로써 독자를 오히려 적극적으로 인도했다고 할 것이다. 이것은 다소 그의 문학관과 모순된다. 왜냐하면 시, 즉 텍스트는 그 자체 속에 그것의 정당화를 간직하고 있는데, 구태여 그런 서한이나 글을 통해 시학의 문을 여는 열쇠를 독자에게 줄 필요가 없기 때문이다. 말라르메는 문학의 자율성과 문학성은 텍스트 자체 속에 내재해 있으며 저자는 소멸한다고 말하면서도, 시의 해독 방법을 다 알려 주고 말았다. 그럼에도 그의 시 세계가 여전히 난해하지만 말이다. 반면에 말로는 다양한 비평 활동을 전개했음에도 불구하고 정작 자신의 소설 해독에 대해서는 전략적으로 침묵했던 것이다. 그가 자신의 시학의 문을 여는 단 하나의 유일한 열쇠를 묻어둔 곳은 작품의 내부이며, 독자로 하여금 그것을 찾아내도록 해놓

---

19) Guy Suarès, *op. cit.*, p.37.

았다. 따라서 말로는 말라르메보다 자신의 상징시학에 훨씬 더 충실하고 있다 하겠다.

그렇다면 말로가 개척한 소설의 상징시학을 밝혀내 그의 상징주의 소설을 해독해 내는 과업은 절대적으로 독자의 몫이다. 필자가 보기에 그것은 이중으로 어려움을 주고 있다. 첫번째 어려움은 시와 소설의 차이에서 비롯되는 것이다. 말로는 상징주의 시학을 소설적으로 완벽하게 재창조함으로써 시와는 다른 읽기 작업을 요구하고 있다. 그렇기 때문에 말라르메가 현대 문학에서 치지하는 비중이 그렇게 크고, 따라서 웬만한 비평가나 문학연구가라면 그의 시를 모르는 자가 없는데도 불구하고, 또 그의 상징주의 시학이 이미 확고한 '보편성'을 획득했는데도 말로의 상징시학을 발굴해 내지 못했던 것이다. 이런 연유로 말로는 《반회고록》에서 의미심장하게 이렇게 말했다고 생각된다. "언제나 나는 후대에 나의 작품을 읽게 될 사람들을 위해 글을 쓴다고 생각한다."[20] 두번째 어려움은 말라르메와는 달리, 말로가 어떠한 비평이나 글에서도 구체적인 열쇠를 제시하지 않았다는 점에 기인한다. 이런 사정 때문에 그의 상징시학은 지금까지 언급조차 되지 않았던 것이다. 이런 차원에서 필자는 말라르메가 시 밖에서 자신의 시학을 밝히지 않았다면 그의 시가 어떻게 읽혀졌을까라는 의문을 제기했던 것이다.

---

20) *Antimémoires*, in *Oeuvres compmètes*, vol. III, Gallimard, "Bibliothèque de la Pléiade," 1996, p.11.

3. 모색의 길

외국 문학, 그것도 한 작가의 소설을 전공한 필자는 말라르메를 잘 알지 못했다. 최소한의 기본적 소양을 갖춘 상태였다고나 할까. 바르트의 언급대로라면, 20세기 이후 문학에 대한 상징주의의 영향은 가히 절대적이라 할 것이다. 그러니까 말라르메 이후의 모든 작품은 그의 시학을 장르에 따라 반복하거나 변용한 것에 지나지 않는 것이다. 그러나 필자의 부족한 식견으로 보건대, 이와 같은 관점에서 20세기 문학사를 다룬 구체적 연구는 없다 하겠다. 어쨌거나 상징주의가 문학 전반에 미친 엄청난 영향과 파장은 충분히 짐작할 수 있다. 일반적으로 그것은 발레리 이후로 시에 집중된 것으로 인식되고 있다.[21] 소설로 말하면 프루스트가 상징주의의 영향을 가장 많이 받은 것으로 언급되기도 하나, 그의 소설이 상징주의 소설로 불리지는 않는다.[22] 또한 상징주의 소설이란 용어가 정착되어 있지도 않다.

이러한 상황에서 말로의 소설을 상징주의와 연결해서 연구한 사례는 전혀 없다. 다만 필자가 보기에 말라르메로 거슬러 올라가면서 연구를 심화시켰어야 했는데도 그렇지 못한 세 경우를 예로 제시해 보겠다. 우선 클로드 에드몽드 마니의 압축된 짧은 비평은 구체성은 결여되어 있지만 말로의 소설·시학에 관한 향후 연구들이 내놓는 대

---

21) 국내에 나와 있는 상징주의 연구서인 김기봉의 저서 《프랑스 상징주의와 시인들》에서도 상징주의의 영향은 발레리와 클로델, 나아가 아폴리네르 정도에서 마감되는 것으로 제시되고 있다. 소나무, '서강 인문 정신' 총서 002. 2000, 제1부 Ⅱ장 〈상징주의의 성쇠와 계보〉, 46-61쪽 참조.

22) 이와 관련해서는 찰스 차드윅, 박희진 역, 《상징주의》, 서울대학교출판부, 1978, 54-62쪽 참조.

부분의 결과들을 요약하고 있다고 말할 수 있다. 그녀는 말로의 소설에 나타나는 '해체(dislocation)'에 주목하면서 "이야기의 고전적 연속성이 소설 속에서 때로는 동시적이고 대개의 경우는 계속적인 장면들의 병치에 의해 대체되고 있다"고 지적하며, 하나의 장면에서 다른 하나의 장면으로 이동이 중간 단계 없이 이루어진다고 말한다.[23] 물론 그녀는 소설 속에 도입된 영화 기법을 놓치지 않고 상기시키고, 작품이 연속성을 희생시킴으로써 '이야기의 요철(relief du récit)'을 증대시키고 있다고 말한다. 그녀에 따르면, 이와 같은 '불연속주의(discontinuisme)'는 말로 소설에서 본질적이기 때문에, 독자는 "연장(延長)과 재구성의 노력을 통해서 작품 창조에 기여하도록 요청받고 있다."[24] '강박자(temps forts)'로 이루어진 소설을 읽기 위해서는 독자는 '상상력을 통해' 적극적인 개입을 하여 생략된 '약박자(temps faibles)'를 보충하지 않으면 안 된다는 것이다. 따라서 말로의 소설을 읽기 위해서는 독자의 적극적인 노력이나 참여를 요구하는 상징주의 시학을 우리에게 상기시키고 있다. 그러나 그녀는 이상하게도 상징주의 시나 시학에 대한 단 한마디도 언급하지 않는다.

두번째로 연구자들이 많이 인용하는 장 카르뒤네르의 연구를 검토해 보자. 그는 《인간의 조건》 속에 도입된 '몽타주' 기법을 다루면서 장면들 사이에 드러나는 '어조의 단절들(ruptures de ton)' '강렬한 대조들' 그리고 '병치'를 끌어낸다. 그러면서 그는 장면들의 이와 같은 병치의 목표가 "독자에게 인간의 조건에 대한 총체적이고 불연속적

---

23) Claude-Edmonde Magny, "Malraux le fascinateur," in *Esprit*, 1948, cité dans *Les critiques de notre temps et Malraux*, présentation par Pol Gaillard, Editions Garnier Frères, 1970, p.112.

24) *Ibid.*, p.113.

인 비전을 제시하는 것"이라고 해석한다. 소설 속에 배치된 상징들이 상징주의의 기법과 반대되는 기법을 드러낸다고 주장한다. 말로에게 상징은 추상적인 관념을 표상하기 위한 수단에 불과하다는 것이다. 요컨대 "말로의 지적(知的) 방식은 관념에서 표상으로 가는 반면에 '상징주의' 작가에게 그것은 반대이다. 즉 후자는 현실계로부터 출발해 관념의 세계에 도달한다"[25]는 말이다.

카르뒤네르는 불연속성을 《인간의 조건》에 집중해 다루고 있으며, 우리가 다루게 될 《왕도》에 대해서는 언급이 없다. 후에 보겠지만 불연속성은 인물들의 코드화된 담론들 자체 속에 은밀하게 내재되어 있는데, 그는 이 점에 대해 전혀 주목하지 못하고 있다. 한편 소설 속에 활용된 상징과 상징주의의 관계에 대해 그가 언급한 내용은 복잡한 문제를 제기한다. 필자가 연구한 바에 따르면 《왕도》는 불교의 탐구를, 《인간의 조건》은 불교와 노장 사상의 탐구를 문학적으로 형상화시킨 구도(求道) 소설이다.[26] 이렇게 볼 때 카르뒤네르의 주장과는 달리, 소설에서 상징의 기법은 상징주의 시학의 기법과 반대되는 것이 아니라 동일하다 하겠다. 왜냐하면 두 사상의 상징 체계는 현실계에 대한 각성으로부터 얻어진 관념의 결과물이며, 말로가 배치한 상징물들은 이 상징 체계 내에서 '차이'를 드러내는 확장과 변용이 되기 때문이다. 물론 이 차이가 소설가의 창조적 역량을 나타내 주는 부분이다. 이러한 관점에서 볼 때, 카르뒤네르의 해석은 소설 속에 내재된 심층적인 상징시학에 전혀 주목하지 못한 결과이다. 상징에

---

25) Jean Carduner, *La Création romanesque chez Malraux*, Nizet, 1968, p.122.
26) 《왕도》가 모험적 구도 소설이라는 사실은 본서에서 충분히 검증될 것이며, 《인간의 조건》이 혁명적 구도 소설이라는 주장에 대해서는 이 소설과 관련해 앞서 언급한 필자의 졸저와 논문들 참조.

대한 그의 반상징주의적 주장은 설득력이 없으며, 말로 자신이 상징주의를 계승했다는 공언과도 모순된다.

　세번째로 크리스티안 모아티의 《앙드레 말로의 '인간의 조건,' 소설의 시학》[27]은 발생론적 관점에서 원고와 작품의 연구를 통해 소설의 '새로운 미학'을 밝혀내려는 의욕을 담고 있다. 그녀는 이 저서에서 《인간의 조건》의 구조를 다루면서 '불연속성'의 기법을 여러 가지 다른 기법들—— '에피소드들의 전치(déplacement des épisodes)' '효과의 추구(effets recherchés)' '교대와 대조(alternances et contrastes),' '이야기들의 삽입(histoires enchâssées)' '효과를 노린 갑작스러운 종료(chutes à effet)'——가운데 하나로 다루고 있다.[28] 그런데 사실 그녀가 말한 불연속성은 '서술적 리듬의 다양성'에 속한 것이다. 그것은 혁명의 전진을 중심으로 한 인물들의 에피소드들 사이의 불연속성으로서, 인물들 개개인의 내적 비전을 밝히는 데는 도움이 전혀 안 된다. 또한 그것은 위에서 필자가 언급한, 인물들의 코드화된 담론들에 내재하는 불연속성과는 아무 상관이 없다. 모아티는 이 불연속을 간과하고 있으며, 카르뒤네르와 달리 상징주의 시학에 대한 언급도 없다. 불연속성과는 별도로 그녀는 '시인의 글쓰기'라는 소제목하에 '압축과 생략,' 그리고 '이미지의 취급'을 검토한 뒤 말로의 수사학이 '직유에서 은유'로 이동하고 있음을 밝히고 있다.[29] 특히 그녀는 이 압축과 생략의 기법 때문에 독자는 소설을 읽기 위해 스스로 "설명하고 해석해야 하는 노력"[30]을 기울여야 한다고 강조한다. 그럼에

---

27) C. Moatti, *La Condition d'André Malraux, poétique du roman*, editions Lettres Modernes, "Archives des lettres modernes" 210, 1983.
　28) *Ibid.*, pp.75-85 참조.
　29) *Ibid.*, pp.94-100 참조.
　30) *Ibid.*, p.97.

도 불구하고 그녀는 상징주의 시학에 접근하지 못하고 있다.

이와 같은 연구 상황 속에서 필자 역시 박사학위를 마칠 때까지 상징주의 시학에 대한 발상을 전혀 하지 못했다. 필자는 독자에게 참고가 되길 바라며 어떠한 과정을 거쳐 말로의 소설에 내재한 독특한 상징시학을 발견하게 되었는지 그 과정을 소개해 보고자 한다. 필자는 프랑스에서 말로를 연구하면서 오직 무언가 새로운 발견, 다시 말해 새로운 해석으로 학위를 받아야 한다는 일념으로 작업했을 뿐이다. 우선 모두가 그렇듯이, 필자는 말로의 소설을 읽은 다음 여태껏 나온 연구들과 관련 자료들을 검토했다. 그리고 말로가 쓴 소설 이외의 에세이들, 미술평론서들, 그리고 선별된 비평·대담·서문들을 읽었다. 그런 가운데 필자가 먼저 놀란 것은 말로가 동양에 관한 많은 글들을 썼고 대단한 전문가라는 의외의 사실이었다. 뿐만 아니라 그의 소설이 동양과 서양을 배경으로 각기 3부작으로 구성되어 대칭적 구도를 나타내고 있다는 점도 흥미로웠다. 아시아의 3부작은 《정복자》《왕도》《인간의 조건》으로 이루어지고, 유럽의 3부작은 《모멸의 시대》《희망》《알튼부르그의 호도나무》로 이루어져 있다. 그러나 이 대칭적 구도가 하나의 기호라는 점에 그동안의 연구는 전혀 주목하지 못했고, 따라서 이 기호를 해독하는 작업도 없었다. 이런 상태에서 필자는 말로의 소설 읽기의 모든 혼란이 바로 이와 같은 동·서양의 넘나듦에서 비롯된다는 어렴풋한 생각을 하게 되었다. 그리하여 동양의 3부작을 문단마다 요약해 가면서 철저하게 다시 읽게 되었다. 그러니까 원전으로 다시 돌아간 것이다. 그와 함께 말로가 쓴 소설 이외의 아시아 관련 글들과 에세이들을 꼼꼼히 검토했다. 필자는 여기서 말로가 소설에 대해 직접적으로 이야기하진 않지만 아시아와 자신과의 관계를 기존의 연구가 밝힌 것과는 다르게 설정하고 있음을 알았다.

예컨대 그는 필자가 앞서 인용한 것처럼 아시아가 자신에게 "정신의 다른 극점"을 나타냈다고 말하거나, "자신에게 최초 영향은 혁명보다 무한히 더 큰 아시아 문명의 영향이었다"고 표명했다. 뿐만 아니라 《반회고록》을 보면, 그는 '왕도'라는 제목을 붙인 부(部)에서 불교를 심도 있게 이야기하고 있다.[31] 이런 측면은 소설 《왕도》와 불교가 어떤 식으로든 관련이 있음을 암시하는 중요한 장치이다. 또한 소설 속 인물들의 수많은 담화들이나 묘사들도 여전히 풀리지 않는 암호처럼 다가왔다.

필자는 이런 얽힘들을 풀어내기 위해 말로 연구서들 이외에 주제별로 다른 책들을 읽기 시작했다. 이를 기회로 프랑스어로 된 불교와 인도 사상 관련 서적이나 노자와 장자의 작품을 읽게 되었다. 사실 필자는 프랑스 문학을 전공하고 있었으므로 동양철학이 비록 우리의 철학이지만 그것에 관심을 가질 수가 없었다. 말로 연구를 통해 불가피하게 그것에 이르게 되었던 것이다. 또한 《왕도》에 국한해서 이야기한다면, 이 작품에서 중요한 테마인 에로티시즘과 관련된 책들을 섭렵해 나갔다. 물론 여기에는 바타유의 명저 《에로티시즘》[32]도 포함되어 있다. 그러다가 우연하게도 인도의 에로티시즘 예술을 다룬 두 권의 책을 읽게 되었다. 하나는 막스 폴 푸셰의 《인도의 성(性) 예술》[33]이고, 다른 하나는 로베르 반 귈릭의 《고대 중국의 성생활》[34]이다. 후

---

31) 1972년 《반회고록》이 처음에 나왔을 때, 그것의 목차는 말로의 소설과 에세이의 제목들, 즉 '알튼부르그의 호도나무' '서양의 유혹' '왕도' '인간의 조건'이란 제목들로 구성되어 있었다. 그러나 1976년 말로가 타계한 해에 나온 '플레야드' 판 전집에서부터 이런 제목들이 사라지고 로마 숫자로 대체되었다. 이는 말로의 숨겨진 의도가 담겨 있는 것으로 보인다. 사실 소설의 제목을 붙인 부(部)들을 자세히 검토하면 소설 세계에 대한 많은 암시를 얻을 수 있다. 말로는 이런 제목들을 제거함으로써 자율적 텍스트로서의 소설의 원래 위상을 복원한 것이라 할 것이다.

32) G. Bataille, *L'Erotisme*, Editions de minuit, 1957.

자에는 부록으로 〈인도와 중국의 성의 신비주의〉라는 글이 실려 있다. 한편 이와 관련해 필자는 《왕도》가 출간된 지 2년 후에 말로가 데이비드 허버트 로렌스의 《채털리 부인의 사랑》 프랑스어 번역본에 쓴 서문에 주목했다. 왜냐하면 이 서문에서 말로는 이 에로티시즘 소설을 인도의 성(性) 사상의 관점에서 접근하고 있을 뿐 아니라, 이 관점이 《왕도》에서 페르캉이 개진하는 담론과 유사성을 지니고 있기 때문이다. 이 서적들과 서문, 그리고 《왕도》를 함께 읽어냄으로써 필자는 페르캉이 입문한 '에로틱한 신앙,' 즉 원주민 불교도들의 그 신앙이 탄트라 종파의 신앙이라는 사실을 최초로 발견하게 되었다. 이 발견은 필자에게 학문하는 보람을 최초로 안겨 주었다. 그것이 준 희열이 어느 정도였는지는 독자의 상상에 맡기겠다.

이때부터 소설 《왕도》에 대한 전혀 다른 해석의 지평이 열리기 시작했다. 원주민들과 관련된 여러 상징 장치들, 페르캉의 에로티시즘과 형이상학적 담론, 그가 설파하는 '인간의 조건'과 배경 묘사 등 모든 요소들이 구조적으로 맞물리면서 새로운 의미망을 형성하기 시작했다. 페르캉을 동반하는 클로드의 사유까지 재검토되면서 밀림의 상징 체계 자체가 흔들리기 시작했다. 그러니까 기존의 텍스트 해석과 전혀 다른 '의미의 흔들림'이 다가오기 시작한 것이다. 이렇게 해서 필자는 《왕도》가 탄트라 불교에 대한 탐구 소설이라는 해석을 내놓게 된 것이다.

이 읽기를 시발점으로 해서 다른 소설들에 대한 새로운 해석으로 나아간 것은 자연스러운 일이다. 왜냐하면 필자의 《왕도》 읽기는 말

---

33) M. −P. Fouchet, *L'art amoureux des Indes*, Idées/arts, Gallimard, 1957.
34) Robert Van Gulik, *La vie sexuelle dans la Chine ancienne*, Gallimard, 1971.

로의 소설 세계 전체를 흔들어 놓았기 때문이다. 특히 동양을 배경으로 한 다른 작품들, 즉 《정복자》와 《인간의 조건》에 대한 연구는 기존의 것과 전혀 다른 지평이 열렸기 때문이다. 그리하여 필자는 동양의 3부작을 동양 사상에 대한 탐구의 차원에서 재해석해 냈다. 다시 말해 《정복자》는 노장 사상을, 《인간의 조건》은 불교와 노장 사상을 결합해 탐구하고 있음을 상당 부분 밝혀냈다. 한편 이와 대칭되는 서양의 3부작은 서양 문화의 뿌리인 그리스-기독교 사상에 대한 재탐구로 해석의 방향을 잡아 나름의 성과를 거두었다. 따라서 두 3부작은 지구적 차원에서 동·서양의 문화적 대화라는 대칭 구도를 구축하고 있는 것이다. 이상이 필자가 박사학위 논문을 통해 도출해 낸 대체적 결과물이다. 귀국한 후 필자는 이 논문의 절반, 아시아의 3부작을 다룬 부분들을 재구성하고 다소 수정해서 저서로 출간한 바 있다.[35]

　그렇지만 박사학위 논문을 쓸 때까지 필자는 말로가 상징시학을 정치하게 독창적으로 재창조했다는 발상을 하지 못했다. 바르트의 표현이 상기시키듯이, 문학에서 상징주의 기법들이 너무도 보편화되어 있기 때문에 말라르메와 그의 시학은 언급될 필요도 없이 자연스럽게 작품 생산이나 분석에 활용되고 있는 실정이 아닌가! 그렇기 때문에 필자 역시 다만 소설들 속에 나타나는 암시와 상징 장치들을 다루는 차원에 머물러 있었다. 또 소설의 상징시학이라는 용어도 쓰지 않았다. 귀국 후 저서를 내기 위해 논문을 검토하고 재구성하는 작업을 할 때 비로소 필자는 상징주의와 말라르메를 생각하기에 이르렀고, 말로가 소설의 차원에서 자신만의 상징시학을 개척했다는 직관이 뇌리를 스쳐갔다. 이 상징시학이 그 어떤 소설가도 지금껏 도달하지 못

---

35) 김웅권, 앞의 책 참조.

한 경지에 이르고 있음을 직감했다. 그것은 평범한 응용의 차원을 넘어서기 때문에 독보적 위상을 확보하고 있는 것이다. 그렇지 않으면 그의 소설이 이처럼 새로운 해석을 기다리고 있지 않을 테니까. 필자에게 이같은 발상은 말로를 연구하기 시작한 지 12년 만에 얻은 실로 새로운 획기적 사건이었다. 필자는 이 발견을 졸저의 〈서론〉에서 언급해 놓았지만, 책에서 구체적으로 다루진 못했다. 따라서 그것은 새로운 연구 과제로 부상되었다.

그러나 필자가 처한 열악한 여건 때문에, 프랑스 문학사 및 세계 문학사와 관련된 이 폭발적 과제를 4,5년 동안 다루지 못하고 방치할 수밖에 없었다. 필자는 말로의 소설 세계가 전혀 다르게 읽혀져야 한다는 신념과 문학사를 뒤흔들 발견에 대한 믿음을 안고 학문적 꿈이 실현될 기회가 오길 고대했다. 그러나 필자의 학자적 사명감에 귀를 기울여 주는 사람은 없었다. 이 발견이 자연과학이나 공학에서 이루어졌다면 이렇게 외면당하지는 않았을 것이다.

그런 와중에 한국학술진흥재단의 개혁 프로그램이 실현되어 전임 교수가 아닌 학자도 단독 연구 과제에 대한 지원을 신청할 수 있는 자격이 주어지게 되었다. 필자는 이 프로그램이 실시되는 첫 해에 말로의 소설에 내재된 '소설의 상징시학'이라는 연구 과제로 지원을 신청했으나 보기 좋게 탈락했다. 필자가 마지막으로 희망을 걸었던 기회였다. 필자는 이제 학문의 포기를 결심해야 할 시점에 왔다고 생각했다. '소설의 상징시학'이 태어날 가능성은 사라졌다고 생각했다. 그런데 그 시점에서 2,3년 전 프랑스와 미국의 전문 학술지에 보낸 논문 두 편이 실려 책과 더불어 도착했다.[36) 이 때문에 또다시 고민했다. 그리하여 다음에 한번만 더 연구 계획서를 학술진흥재단에 제출하기로 결정하였다. 마침내 필자의 과제가 선정되어 '소설의 상징시학’은 빛을 볼 수 있는 기회를 맞이한 것이다. 참으로 우여곡절을 거쳐 그 이름이 세상에 나온 것이다. 대한민국에 깊은 감사를 드린다. 아울러 말로의 소설이 세계 문학사에서 새로운 위상을 확보한다면, 오직 대한민국의 지원 덕분이었음을 알리는 바이다.

필자는 이 연구 과제를 한국학술진흥재단의 지원을 받아 우선 2년 동안 《왕도》와 《인간의 조건》에 내재한 상징시학을 연구하여 발표했다.[37] 이 연구는 두 소설에 대한 그동안의 필자의 해석을 확고하게 다지고 보완할 뿐 아니라, 말로의 소설 세계에 대한 획기적 인식 전환을 가져오게 하기 위한 것이었다. 이 연구 결과를 통해 말로가 소설 속에 숨겨 놓은 보물이 드러났고 프랑스 문학사를 통해, 아니 세계 문학사를 통해 전대미문의 ‘소설의 상징시학’이 탄생했다.

이제 필자는 한편으로 이 결과물과 그동안의 다른 연구들을 종합하고, 다른 한편으로 계속해서 떠오른 여러 착상들을 가다듬어 《왕도》에 대한 총체적 해석을 내놓고자 한다.[38] 필자가 본 저서를 집필하는 해인 2003년은 이 소설이 출간된 지 73년이 되는 해이다. 그러니까 말로의 소설 세계가 전대 미문의 상징시학을 통해 새로운 빛을 드러내면서 다시 한번 세계 문학사를 두드리는 데 73년이 걸린 셈이

---

36) 하나는 “La Conscience de fou dans *La Condition humaine*,” *op. cit.* 이고, 다른 하나는 “L’érotisme mystique dans La Voie royale,” in *André Malraux, réflexions sur les arts plastiques*, n° 10 de la “Série André Malraux” de *La Revue des lettres modernes*, Minard, Paris–Caen, 1999임.

37) 김웅권, 〈소설의 상징시학 — 앙드레 말로의 《왕도》를 중심으로〉, in 《불어불문학연구》 제48집, 한국불어불문학회, 2001, 95–122쪽. 〈소설의 상징시학 I — 앙드레 말로의 《인간의 조건》을 중심으로〉, 앞의 책. 〈소설의 상징시학 II — 앙드레 말로의 《인간의 조건》을 중심으로〉, 앞의 책 참조.

38) 필자는 다른 소설들도 각기 연구 결과를 종합하여 단행본으로 출간할 계획을 가지고 있다.

다. 여기서 필자는 말라르메가 자신의 시학에 대해 전적으로 침묵했더라면 어떤 문학사가 전개되었을지 다시 한번 생각해 본다.

4. 방법의 문제와 책읽기

여기서 필자가 방법론을 공격할 생각은 추호도 없다. 20세기, 특히 후반에는 문학 연구의 다양한 방법들이 개화해 풍요로운 결실을 맺었으며, 많은 문학도들에게 길잡이가 되고 있음은 주지의 사실이다. 필자는 다만 방법의 위험성을 짚고 넘어가고자 할 뿐이다. 먼저 방법의 개발자들이 방법을 검증하기 위해 선택한 작품에 주목해 볼 필요가 있다. 개발자들이 그들과 동시대의 작가들, 다시 말해 한창 전성기에 있는 작가들의 작품을 선택할 경우는 상당한 위험 부담을 안게 된다. 특히 작품이 난해하거나 깊이가 있는 경우는 더욱 그렇다. 자칫 잘못하면 낭패를 당할 수 있다. 작품을 제대로 소화하지 못한 채 방법을 억지로 끼워맞추는 결과를 초래하기 때문이다. 그렇기 때문에 이런 위험성을 피하기 위해 고전으로 자리잡아 이미 많은 연구가 이루어진 작가의 작품이 선정되는 경우가 많다. 부담 없이 이 연구들을 토대로 한 차원 높거나 색다른 해석을 내놓을 수 있기 때문이다.[39]

___

39) 이와 관련해 예술가의 '창조성과 혁신적 정신'이 항상 기존의 예술관이나 미학을 깨고 새로움을 추구한다는 점을 고려할 때, 예술이론가들이 '생성중인 예술에 대해선 신중한 태도'를 표명하는 것이 일반적이라는 사실을 염두에 두자. 마르크 지므네즈(Marc Jimenez)의 연구에 의하면, 20세기 초엽에서 제2차 세계대전 사이에 나타난 많은 예술 운동에 대해 "위험을 무릅쓰고 이론적·철학적 해석을 감행한 미학자들은 드물다. 근대적 예술에 대한 최초 이론들은 60년대에 와서야 비로소 정연하고 체계적인 방식으로 개발되었다." 김웅권 역, 《미학이란 무엇인가 *Qu'est-ce que l'esthétkque?*》, 동문선, 2003, pp.11-12 참조.

예컨대 그레마스나 바르트의 경우를 보자. 그레마스가 다룬 작품들은 모파상이나 베르나노스 등 최소한 자신보다 한 세대 이전의 것들이다. 바르트의 경우 소르본대학교 교수 피카르와 '신구 논쟁'을 일으킨 저서 《라신에 대하여》에서 라신을 다루고 있다. 구체적 방법을 개발한 것은 아니지만 문학에 막강한 영향을 미친 푸코가 다룬 것도 고전이 된 작품들이다. 실패한 경우를 들라면 필자는 골드만을 들겠다. 골드만이 나중에 다른 작가들에 대해 내놓은 저서들은 언급하지 않겠다. 다만 그가 초창기 자신의 방법 검증 텍스트로 말로의 소설들을 다루었기 때문인데, 필자는 그의 책을 읽으면서 방법의 문제를 처음 느끼게 되었다.

두 사람의 연구자가 똑같은 방법으로 동일한 소설을 읽는다 해도 전혀 다른 결과가 도출될 수 있다. 방법은 하나의 틀인데 그 속에다 어떤 내용을 담아 빛을 발하게 하는가는 전적으로 방법의 적용자에게 달려 있다. 방법을 개발한 학자들이 위대한 것은 방법 자체 때문이 아니라 그 방법을 통해 새로운 해석을 내놓았기 때문이다. 그러니까 방법 자체는 아무것도 보장해 주지 않는다. 오히려 연구자의 교양이 방법의 성공을 좌우한다고 할 것이다. 방법의 풍요로움은 교양이 가져다 준다. 앞서 언급한 골드만의 사회학적 방법이나 리오타르의 정신분석학적 접근 자체가 문제될 것은 없다. 그런 방법들을 통해 내놓은 해석이 설득력이 있는지가 중요한 관건인 것이다. 필자는 어떤 엄격한 방법을 적용해 새로운 발견을 한 것이 아니었다. 오히려 방법으로부터 자유로웠기 때문에 그런 발견을 했다고 생각한다. 방법을 정하면 일단 모든 것을 그쪽으로 몰고 가며 그것에 맞지 않는 것은 배제하는 방향으로 나아가기 쉽기 때문이다.

말라르메 이후로 문학 및 문학 언어의 주체성과 자율성이 부각된 상황에서, 일반적 의미에서 구조주의적 방법이 '유기체적 생명'을 지닌 텍스트의 자율적 구조에 가장 적합하다 할 것이다. 필자는 프랑스의 여러 구조주의적 방법들 가운데 하나를 엄격하게 채택할 생각은 없다. 다만 그것들이 지닌 풍요로움을 때때로 필요에 따라 활용하면서 작품에 내재된 상징시학의 방법을 그대로 적용해 텍스트 읽기를 해보고자 한다. 이 방법도 크게 보면 하나의 구조주의적 방법이라 할 수 있다. 말라르메가 '사물들의 상호 관계의 환기'를 강조한 것도 이같은 맥락 속에서 이해되고 있기 때문이다.

이러한 읽기의 결과로 나온 텍스트의 의미 구조는 그 자체로 독립성을 지니면서 예술 작품의 자율성을 확보해 줄 것이다. 그러니까 아무런 사회적 · 역사적 상황이나 배경이 첨가되거나 작가의 사상이 개입되지 않고도 이 의미 구조는 자족적으로 존재하며, 그 자체로 문학성을 드러낸다. 그것은 하나의 관념, 순수한 이데아를 구현하는 구축물로서의 모습을 형상화한다. 그러나 아도르노의 주장처럼[40] 자율적 텍스트가 사회성을 반영한다는 점에 필자는 동감한다. 따라서 필자는 이 자율적 · 독립적 텍스트 구조와는 별도로, 부수적으로 말로의 사상과 시대 배경 등을 곁들여 책읽기의 깊이를 더하고자 한다.

물론 《왕도》의 클로드를 통해 대변되는 말로의 예술관에 따르면, 하나의 예술 작품은 시간과 더불어 이 작품을 낳은 시대와 역사, 그리고 예술가로부터 벗어나 예술만의 신비한 '초시간적 세계(l'intemporel)'로 진입한다 할 것이다. 그러면서 그것은 독자나 관객을 만나 끊임없이 새로운 해석을 부여받으며 변모의 생을 살아간다.[41] 이집트

---

40) T. W. 아도르노, 김주연 역, 《아도르노의 문학 이론》, 민음사, 1985, 163쪽 이하 참조.

의 예술 작품이나 그리스 예술 작품을 현대인은 결코 그 당시의 문명
이나 예술가의 관점에서 감상할 수 없다. 다시 말해 작품은 그것을
낳은 시대의 시간성과 역사성을 초월하는 것이다. 그럼에도 이 점을
받아들이면서 필자는 《왕도》를 낳은 작가의 시대 의식과 사상, 그리
고 사회적 배경을 검토하여 작품을 보다 풍요롭게 읽는 데 도움이 되
고자 한다.

---

41) 문학과 관련해 장 클로드 라라는 야우스가 《수용미학을 위하여》에서 자신의
이론을 개발하는 데 말로에게 빚을 졌다고 밝히고 있다고 지적한다. J. -C. Larrat,
op. cit, p.318 참조. 독자의 중요성을 강조한 이같은 측면은 별로 알려지지 않은 내
용이다. 하지만 그것은 이미 말라르메의 시학 속에 들어 있다.

제2장
상징시학 — 미로의 실마리

1. '왕도' 라는 제목

바르트가 표명한 대로라면, 그의 텍스트론 자체와 읽기 행위도 말라르메의 시학으로 수렴된다 할 것이다. 따라서 그가 《S/Z》[1]에서 발자크의 중편 소설을 작품으로가 아닌 텍스트로[2] 읽는 방법을 잠시 빌려 《왕도》의 제목을 해체하는 작업을 시도해 보자. 그의 코드 이론을 따라 이 제목을 하나의 '독해 단위(lexie)' 로 보면, 이 단위에는 '행동적 코드' 만 빼고 나머지 네 개의 코드가 중첩, 혹은 '압축' 되어 있다. 제목은 우선 '왕도(La Voie royale)' 란 무엇인가라는 의문과 수수께끼를 제시하며 이에 대한 대답을 지연시킨다. 그러니까 그것에는 '해석학적 코드' 가 담겨 있다. 넓게 보면 암호문처럼 엮어진 '직물' 로서의 텍스트 전체도 마지막까지 답을 지연시키는 작용을 한다. 왜냐하면 이 답은 텍스트 읽기가 다 끝날 때야 밝혀지기 때문이다. 그것도 독자에 따라 다르게 밝혀질 수 있다. 두번째로 제목은 'royale(왕의, 왕국의)'이란 형용사를 통해서 왕이나 왕국과 관련된다는 정보를 담고 있다. 따라서 그것은 '의미론적(의소적) 코드'를 포함하고 있다. 세번째로 이 형용사가 비유적으로 '완전한, 완벽한'을 의미함으로써 하나의 메타포를 함축하고 있다. 그러므로 제목은 또한 '상징적 코드'에 속한다. 네번째로 그것은 하나의 다른 문화를 가리키는 상호 텍스

---

1) 이 저서는 발자크의 중편 소설 《사라진 *Sarrazine*》을 바르트가 다섯 개의 코드에 따라 독특한 읽기를 한 작품이다. *S/Z*, Seuil, collection "point" 70, 1970. 바르트의 출발점은 텍스트가 상이한 여러 수준에 속하는 정보들을 제공한다는 발상이다. 이 정보들은 동일한 성격을 지니고 있지 않기 때문에 다섯 개로 분류할 수 있는데, 이것을 바르트는 다섯 개의 '작동적 코드(codes opératoires)'라고 부른다. 먼저 '해석학적 코드(code herméneutique)'가 있는데, 그것은 하나의 문제나 수수께끼를 제기하고, 이것들의 해결을 지연시키는 작용을 한다. 모든 책은 이런 문제의 제기와 해결의 과정을 담아낸다고 할 것이다. 이 코드가 가장 많이 나타나는 소설은 탐정 소설이다. 두번째는 '의미론적(혹은 의소적) 코드(code sémantique(sémique))'이다. 이것은 독자에게 지식을 가져다 주는 정보를 말한다. 소설 속에 나타나는 논조의 형태나 분석적 설명 같은 것을 말한다. 발자크나 졸라의 소설 속에서 볼 수 있다. 세번째는 '행동적 코드(code proaïrétique)'이다. 이것은 《민담 형태론》에서 프로프가 기능이라 부른 것에 해당하는 것으로 인물들의 행동들이 여기에 속한다. 이 코드가 많이 나타나는 장르는 예컨대 모험 소설이다. 네번째는 '상징적 코드(code symbolique)'이다. 이것은 상상계에 속하는 것이라 보면 되며, 넓은 의미에서 모든 상징·직유·은유는 여기에 속한다. 이 코드는 당연히 시에 많이 나타난다. 다섯번째는 '참조적 코드(code de référenes)'이다. 이것은 상호 텍스트를 구성하는 것이라고 보면 된다. 바르트는 이런 코드들을 적용하기 위해 텍스트를 '렉시(lexie)'라 부르는 임의적 독해 단위들로 나누어 분석하면서 중간 중간에 종합하고 자신의 이론을 정립해 나간다. 하나의 독해 단위에는 여러 개의 코드가 중첩될 수 있다. 중요한 것은 텍스트에서 지배적인 코드, 코드들 상호간의 관계를 도출하여 텍스트의 독창성을 드러내고 해석하는 일이다.

2) 바르트는 작품과 텍스트를 구분하여, 전자를 은밀한 최종적 기의(의미)를 찾아내야 할 해석의 대상으로서, 후자를 '이 기의의 무한한 후퇴'를 통해 의미 작용과 생산이 무한히 열리는 체험의 공간으로 규정한다. "그것(텍스트)의 영역은 기표이다." 바르트, 김희영 옮김, 《텍스트의 즐거움》, 앞의 책 , 37–47쪽 참조.

트성을 내포한다. 따라서 그 속에는 '참조적 코드'가 숨어 있다.

앞의 두 코드는 소설이 전개되는 가운데 명시적으로 밝혀지는 것들이다. '왕도'는 메남 강 하구에서 옛 크메르 왕국의 수도 앙코르까지 이어지는 왕성에 이르는 길을 나타내며, 소설 속에서는 밀림 속에 묻혀 있는 것으로 묘사된다. 뒤의 두 코드는 텍스트 구조의 심층적 분석을 통해서만 밝혀지는 보다 비밀스러운 묵시적 의미와 관련된다. '왕도'는 페르캉이 클로드(두 인물은 소설의 주인공임)를 동반하면서 펼쳐내는 모험 속에 코드화된 의미, 즉 시적 구도의 길이며 궁극적으로 이 시적 구도의 길은 하나의 개별적 종교의 상상계(un imaginaire)와 결합되어 있기 때문이다. 그러니까 앞의 두 코드와 뒤의 두 코드는 '두 개의 기호학적 차원'을 구성하고, 이 두 차원의 유희와 차이가 '텍스트의 움직임'을 지배하면서 그것을 긴장감 있게 이끌어 가는 동력이라 할 것이다. 그런데 문제는 이 코드 이론만으로 '왕도'의 상징적 코드와 참조적 코드가 정확히 무엇인지 밝혀낼 수 있느냐이다. 필자는 이에 대한 답을 유보하겠다. 가능과 불가능의 확률은 반반이 아닐까 생각된다. 그 대신 여기서 바르트의 코드 이론으로부터 말로가 《왕도》라는 소설 속에 텍스트 읽기의 열쇠로서 숨겨 놓은 '소설의 상징시학'으로 넘어가겠다. 사실 코드 이론을 적용하지 않아도, 이 상징시학을 찾아내 적용하면 위와 같은 정보들과 문제점을 도출할 수 있다. 필자는 이미 그렇게 하여 이런 정보들을 알고 있었으며, 그것을 바르트의 이론에 끼워맞추는 유희를 했을 뿐이다.[3] 이제부터

---

3) 상징시학의 주요 기법들인 불연속성·환기·암시·상징·유추 역시 말라르메가 체계화한 '작동적 코드들'로 불릴 수 있을 것이다. 왜냐하면 바르트의 코드 이론을 도입하지 않고도, 그것들을 통해 텍스트를 재구성하는 읽기를 수행할 수 있기 때문이다.

이 상징시학을 본격적으로 검토해 보자.

2. 불연속성

《왕도》에는 여기저기에 전략적으로 의도된 의미적 불연속성이 산재해 있는데, 특히 인물들의 대화에 나타나는 담론들이 그것을 보다 분명하게 표출하고 있다. 의미들의 미로를 드러내는 도입부를 집중적으로 분석해 보자. 도입부[4]는 전체적으로 볼 때 에로티시즘이란 테마를 중심으로 전개되고 있다. 일차적으로 본다면, 이 테마가 다양한 묘사들과 인물들의 담론들을 유기적으로 엮어 주는 매개 역할을 하고 있다.[5] 그러나 보다 심층적 차원에서 보면 이것들은 논리적 불연속성을 표출하면서 코드화된 의미들의 미로를 생산해 낸다. 묘사들은 두 사람의 대화의 배경이 되는 소말리아 해안의 달빛어린 밤, 전설적인 인물이 된 페르캉의 신비한 모습과 그에 대한 정보, 장님의 피리에 맞추어 반나(半裸)의 흑인 창녀들이 추는 에로틱한 윤무(輪舞), 클로드의 내면 풍경 등으로 구성되어 있다. 그리고 두 인물의 대화가 담아내는 담론들은 두 부분으로 나누어 볼 수 있다. 한편에는 페르캉의 에로티시즘을 구성하는 몇몇 코드화된 개념들이 있다. 예컨대 성(性)의 보조물로서의 여성, 상상력, 파트너의 '불가지적(agnostique)'

---

4) *La Voie royale, op. cit.*, p.371-373. 김붕구 역, 《왕도로 가는 길》, 앞의 책, 8-13쪽.

5) 그동안 이 에로티시즘은 그 정체를 밝혀 줄 문화적 코드가 즉각적으로 주어지지 않았기 때문에 단순히 운명에 대한 실존적 저항의 차원에서 읽혀져 왔다. 예를 들면 C. Moatti, *Le Prédicateur et ses masques*, Publications de la Sorbonne, 1987, p.217 이하 참조.

개념, 비인격성 등이 그런 것들이다. 여기다가 마조히즘이 첨가된다. 다른 한편에는 클로드가 페르캉의 이해할 수 없는 담론에 응대하기 위해 경험적으로 제시하는 사디즘이 자리잡고 있다. 여기서 편의상 바르트가 《S/Z》에서 시도한 것처럼 도입부의 처음부터 일련 번호를 붙여 독해 단위들로 나누어 보자.[6]

  1) "이번에는 클로드의 강박 관념이 갈등하기 시작했다. 그는 이 사내(페르캉)의 얼굴을 집요하게 바라보았다. (…) 그 모습은 강렬한 달빛 속에 잠긴, 소말리아 해안의 불빛처럼 어슴푸레했다. 해안에는 달빛을 받아 염전들이 반짝이고 있었다……. 집요하게 빈정대는 듯한 말투 역시 아프리카의 어둠 속에 사라져, 이 어렴풋한 옆모습 주위에 감도는 전설과 합류하는 것 같았다(…)"

  2) "젊은이들은 말이야 (…) 에로티시즘을 잘 이해하지 못한단 말이야. (…) 여자를 한 성(性)[7]의 보조물로서 생각하지 않고 이 성(性)을 여자의 보조물로서 생각하는 자는 사랑에 빠질 준비가 된 거지. 하지만 더 고약한 것이 있지. 섹스에 대한 강박 관념, 청춘 시절에 대한 강박 관념이 보다 강해져서 되돌아오는 시기 말이야. 온갖 종류의 추억을 먹고서……"

  3) "클로드는 자신의 옷에 밴 먼지·삼(麻)·양털 냄새를 느끼고는 약간 들춰진 거적문을 다시 바라보았다. 그 문 뒤쪽으로 조금 전에 팔 하나가 (털을 뽑은) 발가벗은 흑인 처녀를 그에게 가리켜 보였던 것이다. 눈부신 햇살을 받아 반짝이는 그녀의 오른쪽 젖가슴을, 또 에로티

---

  6) 필자가 제시하는 독해 단위들은 불연속성에 대한 분석에 편리하도록 임의적으로 나뉘어진 것이다. 바르트처럼 나눈다면 훨씬 더 세분하여 나누어야 할 것이다.
  7) 여기서 하나의 성이란 남성을 말함.

시즘, 광적 욕구를 그토록 잘 표현했던 두꺼운 눈꺼풀의 주름을 말이다. 페르캉은 '흥분이 극도에 다다를 때까지 가고자 하는 욕구'라고 말했다."

4) "페르캉은 이야기를 계속하고 있었다. '추억이란 변모하는 것이야……. 상상력이란 얼마나 비상한 것인지……. 자신 안에 있으면서도 자신에게 낯선…… 상상력…… 그것은…… 언제나 보상을 하지…….'"

5) "페르캉의 뚜렷한 얼굴 윤곽은 어스레한 빛으로부터 겨우 드러나 있었다. (…) 클로드는 자기가 생각했던 것이 페르캉의 이야기와 차츰 근접하고 있음을 느꼈다. 서서히 물결을 헤치며 (배를 향해) 다가오는 저 보트처럼. 노를 젓는 나란한 팔들 위로는 배의 불빛이 반사되고 있었다.

6) "'정확히 무슨 말을 하시고 싶은 겁니까?──언젠가 자네 스스로 이해할 것이네……. 소말리아의 매음굴에는 놀라운 광경들이 가득하지…….' (…) '놀라운 광경들이 가득하고 말고.' 페르캉은 이렇게 되뇌었다."

7) "'어떤 광경들일까?' 클로드는 이렇게 자문했다. 그는 곤충들로 둘러싸인 석유 램프의 반점들, 콧날이 반듯한 계집애들을 다시 바라보았다. (…) 장님의 피리에 맞추어 계집들은 둥그렇게 돌며 전진했다. 저마다 앞에 가는 계집의 너무도 탄탄한 엉덩이를 맹렬하게 두들기면서. 그러다가 갑자기 피리의 멜로디와 더불어 그들의 대열이 무너졌다. 저마다 피리의 관능적인 음조에 맞추어 소리를 지르며 멈추었다. 그리고는 머리와 어깨는 꼼짝하지 않고 눈은 지그시 감은 채, 팽팽하게 긴장된 몸으로 자신을 해방시키면서 불룩 솟은 젖가슴과 엉덩이의 단단한 살덩이를 끝없이 부르르 떨었다. (…) ……주인 마담은 미소짓고 있는 새파랗게 젊은 계집을 페르캉 쪽으로 떠밀었다. '아냐, 저기 있는 다

른 아이를 보내. 적어도 그 아이는 이 짓이 즐겁지 않은 모양이군.'"

8) "'사디스트일까?' 클로드는 이제 이렇게 자문했다. 샴(타이) 정부가 미복속 만족(蠻族)들과 관련해 그에게 부여한 사명 (…) 이 이야기되고 있었다. (…) '무언가 있긴 있지만 사디슴은 아니야…….' 페르캉은 긴 의자의 등받이에 머리를 기대고 있었다. (…) 집정과 같은 얼굴이 (…) 두드러지게 훤한 불빛 속에 드러났다(…)."

9) "클로드의 머리를 떠나지 않고 있던 사디즘이란 낱말이 하나의 추억을 떠올리게 했다. (…) '어느 날 친구들이 나를 파리의 어떤 누추한 창녀의 집에 데리고 간 거죠. (…) 그들은 한 사람씩 차례로 여자에게 접근해 엉덩이를 찰싹 때리고는 (…) 돈을 내고 나가 버렸지요(…).' (…) 페르캉은 자신의 말을 몸짓으로 뒷받침하려는 듯 오른팔을 내밀었으나, 주춤하면서 자신의 생각과 싸웠다. '— 본질적인 것은 상대를 **알 필요가 없다**는 것이지.[8] 상대의 성(性)이 다르기만 하면 되는 거야. — 상대가 특별한 삶을 지닌 존재일 필요가 없다는 말입니까? — 마조히즘에서는 더욱 그렇지. 그들은 오직 자기 자신과 싸우는 거지……. 상상력에다 우리는 우리가 원하는 것이 아니라 할 수 있는 것을 병합하는 거야……. 아무리 어리석은 창녀들이라도 들볶는 사내가 자기들과 얼마나 먼 인간인지 알지. 그 애들이 변태들(irréguliers)을 뭐라고 부르는지 아나? 지식인들(cérébraux)…….'"[9]

이상과 같은 아홉 개의 독해 단위를 요약해 보자.

---

8) 강조는 작가가 한 것임.
9) 코드화된 문장들이 많아 필요에 따라 번역을 다소 수정했음.

1. 클로드의 강박 관념 가운데 페르캉의 얼굴 및 전설, 그리고 소말리아 해안의 밤 묘사.

2. ① 페르캉과 클로드의 대화 시작.

  ② 에로티시즘에 대한 페르캉의 담론.

    * 남성의 보조물로서 여자.

    * 사랑에 대한 착각.

    * 섹스에 대한 강박과 추억.

3. 클로드의 시선에 잡힌 반라의 에로틱한 흑인 창녀 묘사 및 페르캉의 말 회상 : '흥분이 극도에 다다를 때까지 가고자 하는 욕구.'

4. 페르캉의 담론.

  * 추억의 변모.

  * 상상력의 역할.

5. ① 페르캉의 얼굴 묘사.

  ② 클로드의 내면 풍경: 해안의 보트와 배의 메타포.

6. 페르캉의 난해한 담론에 대한 클로드의 질문과 페르캉의 대답 회피.

7. ① 클로드의 자문(自問).

  ② 석유 램프 불빛을 둘러싼 곤충 묘사.

  ③ 장님의 피리에 맞춘 흑인 창녀들의 에로틱한 윤무 묘사.

  ④ 페르캉의 여자 선택. 마딤과의 대화.

8. ① 페르캉의 존대에 대한 클로드의 자문: 사딕한 존재인가?

  ② 페르캉에 대한 정보 서술.

  ③ 페르캉의 움직임 묘사.

9. ① 사디즘에 대한 클로드의 경험적 담론.

  ② 에로티시즘에 대한 페르캉의 담론.

＊ 상대방 파트너에 대한 불가지적 개념.
③ 클로드의 질문 : 파트너의 비인격성.
페르캉의 담론 : 마조히즘, 상상력 그리고 변태 성욕자들.

위의 독해 단위들을 보면, 텍스트의 전개가 대체적으로 묘사와 대화의 교대로 이루어지고 있음을 알 수 있다. 의미적 불연속성은 페르캉과 클로드의 대화를 나타내는 단위들(2, 4, 6, 9)이 표출하고 있다. 페르캉과 마담의 대화 한 문장이 마지막에 끼어든 일곱번째 단위(7)를 포함해, 묘사를 나타내는 단위들(1, 3, 5, 8)은 대화와 관련된 내면 풍경을 제외하면 담론의 불연속성과는 직접적 관련이 없다. 그것들은 대화의 배경으로 제시되고 있다. 그러나 엄밀하게 말하면 그것들 역시 불연속성에 암묵적으로 참여하고 있다 할 것이다. 왜냐하면 그것들은 이 불연속성을 받쳐 주는 장치들로 동원되었기 때문이다. 페르캉이란 불가해한 인물의 얼굴 묘사나 탐색적 정보, 혹은 밤의 배경(1, 5, 8)은 페르캉이 불연속적으로 개진하는 코드화된 담론과 상관 관계를 이룬다. 뿐만 아니라 에로틱한 윤무에 동원된 암시적·상징적·유추적 장치들——석유 램프 불빛을 둘러싼 곤충들, 장님, 원의 무너짐과 도취적 율동(7)——역시 페르캉의 에로티시즘과 불가분의 관계가 있다. 클로드의 내면 풍경(1, 3, 5, 8)은 한편으로 페르캉의 불투명한 정체와 담론을 포착하려는 심리적 움직임과 불안을 보여 주고, 다른 한편으로 페르캉을 향한 내적 접근과 미래의 두 사람 관계를 암시한다(5의 메타포).

불연속성의 중심 줄기를 구성하는 두 인물의 대화에서 불연속성을 주도하는 것은 페르캉의 담론이고, 클로드의 반응적 담론은 보조적 역할을 한다. 독해 단위 2, 4, 9에 나타나는 페르캉의 담론에 주목해 보자. 우선 독해 단위 2와 4의 담론이 코드화되어 있고 불연속적이라는 것은 단번에 드러난다. 특히 독해 단위 2의 말미에서부터 시작되는 생략 부호(point de suspension)는 단절을 문법적으로 나타내 준다. 이같이 이어지는 담론에 클로드의 질문——"무슨 말을 하고 싶은 겁니까?"——이 나오지만, 페르캉은 대답을 회피하고 창녀촌에 가득한 '놀라운 광경들'을 단순히 언급한다(독해 단위 6). 이 놀라움도 구체적으로 제시되지 않아 클로드는 "어떤 광경들일까?"라고 자문할 뿐이다(7).

독해 단위 9에서는 클로드가 사디즘에 대한 창녀촌 경험담을 이야기하는데,[10] 여기서 페르캉은 클로드의 이야기와 갑자기 단절되는 주장을 편다. "본질적인 것은 상대방을 알 필요가 없다"는 불가지적 개념은 그 앞의 대화 내용인 사디즘과 의미적으로 이미 단절되어 있으며, 여기서부터 이루어지는 두 사람의 대화가 불연속적이고 코드화되어 있다는 것은 말할 필요도 없을 것이다. 파트너의 '불가지적 (agnostique) 개념'을 이야기하는 페르캉에게 클로드는 상대방의 비인격적 개념을 말하는지 질문하고 있다. 그러나 페르캉은 자신의 이야기를 계속하면서 마조히즘·상상력·변태들을 연결 없이 뒤섞어 놓고 있다. 이와 같은 의미적 불연속성과 대화의 어려움은 결국 클로드로 하여금 "이 대화는 어떤 방향이 있는 것인가?"[11]라고 자문하게 만

---

10) 클로드의 경험 이야기는 페르캉의 담론과는 아무런 상관이 없는 것으로, 신비에 둘러싸인 페르캉이 '사디스트적' 존재인지 자문한 후, 대화를 하기 위해 기억 속에서 끌어낸 에피소드에 불과하다. 말로가 젊은 시절에 에로티시즘에 깊은 관심을 보이며 삽화가 든 에로틱한 책들을 은밀히 출간하는 데 관여했다는 점은 잘 알려져 있다. 그가 어떤 경로를 통해 동양의 신비주의적 에로티시즘에 접근했는지 알 수 없으나, 인도의 에로틱한 예술 작품들을 통해서 그것에 대한 관심을 보이기 시작했을 가능성이 높다.

든다.

페르캉이 개진하는 담론의 코드화에 따른 불연속성과 여타 소설적 장치들의 도입이 얼마나 치밀한 과정을 거쳐 이루어졌는지는 소설의 결정판이 나오기 전에 씌어진 원고들을 검토하면 너무도 분명히 드러난다. 1989년에 새로 출간된 《말로 전집》 1권에 실린 이른바 〈랜글로이스 포드 원고〉에는 페르캉이 라드크(Radke)와 파르케(Parker)라는 인물로 양분되어 있는데, 도입부의 페르캉 역할은 라드크가 맡고 있다. 여기서 라드크는 결정판의 페르캉보다 암시적 내용을 곁들여 좀더 자세히 자신의 에로티시즘을 이야기하고 있다.[12] 그럼에도 클로드는 그것을 제대로 이해하지 못해 쩔쩔매고 있다. 그리하여 대화 도중에 그는 "나는 당신 말을 잘 이해하지 못하겠습니다……"[13]라고 말한다. 또는 화자의 다음과 같은 설명이 곁들여진다. "이 대화에 담겨 있는 구불구불한(sinueux) 무언가가 그를 여러 번에 걸쳐 어리둥절하게 만들었고, 피로 때문에 그를 화나게 만들기 시작했다. (…) 클로드는 라드크가 성행위에 대해 말하려는 것인지, 아니면 그가 이야기하고 있는 그 상태에 의해 **예측할 수 없게**(imprévisiblement) 규정된 전혀 다른 행위에 대해 말하려는 것인지 알 수가 없었다."[14]

요컨대 의미적 불연속성의 중심 축인 페르캉의 담론이나 에로틱한 윤무의 여러 암시적·상징적 장치들은 작가의 전략적 글쓰기의 산물

---

11) *La Voie royale, op. cit.*, p.374. 《왕도로 가는 길》, 앞의 책, 12쪽. 번역본에는 "이 대화는 우리를 어떤 방향으로 이끌어 가고 있는 것일까?"로 되어 있는데, 수정했음.

12) 〈랜글로이스 포드 원고〉 도입부, in *Oeuvres complètes*, vol. I, *op. cit.*, p.1176 이하 참조.

13) *Ibid.*, p.1183.

14) *Ibid.*, pp.1184-1185. 강조는 작가가 한 것임.

로서, 소설 전체의 코드 체계가 드러날 때 해독될 수 있도록 되어 있다.

도입부 이외에도 의미적 불연속성을 드러내는 주인공들의 많은 담론들과 의식적 풍경들이 있으나[15] 구체적 검토는 생략하겠다. 독자가 이 부분들을 읽어 보면 필자의 주장을 수긍하리라 생각된다. 작품의 전체적 구조 차원에서 보면, 불연속성은 두드러지지 않는다. 부(部)들 사이에 또는 장(章)들 사이에 이야기의 불연속성이 존재하는 경우가 있지만 시간적으로 선조성을 이룸으로써 소설의 외관상 전개를 따라가는 데 별 어려움을 주지 않는다. 필자가 '외관상'이라 규정한 것은 텍스트의 코드 체계가 밝혀질 때, 이 전개가 상징적 차원에서 새로운 의미를 획득하기 때문이다. 결국 불연속성은 한편으로 인물들의 담론들, 다른 한편으로 이 담론들을 중심으로 한 묘사들에 집중되어 있다. 따라서 이것들을 해독하는 것이 텍스트의 전체적 의미망을 생산하는 데 중요하다 할 것이다.

---

15) 예컨대 *La Voie royale, op. cit.*, pp.386-387, 394, 398, 410, 413-414, 427, 447-449. 《왕도로 가는 길》, 앞의 책, 37-38, 52, 57, 77, 81-83, 107, 142-146쪽 참조. 번역에 다소 문제가 있으므로 원서를 보는 게 낫다고 판단됨. 페이지를 표시한 순서대로 불연속성을 나타내는 대목을 간략하게 소개하면, 1. 페르캉과 클로드가 모험 지역에 도착하는 것이 무엇을 의미하는지에 대해 대화하는 부분. 2. "삶에 주어진 궁극성의 부재"라는 말이 나오는 부분 전후. 3. 문명의 상호 침투 불가능성이 언급되는 부분. 4. 페르캉이 클로드에게 젊어서 죽으라고 말하는 부분. 5. "내가 무장한다면"부터 "이 여자들은 (…) 가능성들이다. 그렇다 내가 원하는 것은 (…)"까지. 6. "그는 (…) 길을 잃어버렸다" 부분. 7. "뱃속에 한방 맞는다는 것은 벌써 더 불안한 것이지(…)"부터 "생명의 분쇄에는 또한 무언가 (…) 만족할 만한 것이 있지"까지.

3. 환 기

난해함이 비교적 어렵지 않게 드러나는 불연속성에 비해 환기 (évocation)의 수법[16]은 독자가 세심한 기울이지 않으면 간과되기 쉽게 활용되고 있다. 우선적으로 그것은 페르캉과 클로드의 모험이 전개되는 밀림이란 공간, 그리고 이 공간 속에 살고 있는 원주민들의 문화적 정체성에 집중되어 나타난다. 그러나 환기가 궁극적으로 목표로 하는 바는 페르캉이 도달한 정신 세계와 텍스트의 의미 구조를 해독해 낼 수 있는 방향을 주고 분위기를 잡아 주는 것이다. 왜냐하면 페르캉은 이미 이 밀림 속에 살고 있는 미개한 원주민인 모이족들을 정복하고, 이들의 신앙에 입문해 있기 때문이다.

환기의 수법이 최초로 나타나는 때는 페르캉과 클로드가 밀림에 묻힌 예술 작품을 발굴하기 위해 벌이는 협상에서이다. 이때 페르캉은 그들이 모험을 함께한다면, "우리는 항상 불교도들 가운데 있을 것이

---

16) 보들레르의 시학을 계승한 말라르메의 시학에서 환기는 대상을 직접적으로 드러내거나 '명명' 하는 대신에 그것을 은밀하게 조금씩 불러일으키는 기법을 말한다. 따라서 독자는 환기된 '사물들의 상호 관계' 의 해독을 통해 텍스트의 의미망에 다가가도록 해야 한다. 말라르메가 한 대담에서 환기 및 암시와 관련해 언급한 내용을 보자. "한 대상을 명명하는 것은 시를 읽는 기쁨의 4분의 3을 말살하는 것입니다. 시의 기쁨은 조금씩 알아내는 데 있습니다——대상을 암시할 것, 여기에 꿈이 있어요. 그것은 상징을 구성하는 그 비의(秘義; mystère)의 완전한 구사입니다. 즉 한 대상을 조금씩 환기하여 한 영혼의 상태를 드러내 보이는 것, 혹은 거꾸로 한 대상을 택하고 거기서 일련의 암호 해독에 의하여 영혼의 상태를 끌어내는 것입니다." 김붕구, 《보들레르, 평전·미학과 시 세계》, 문학과지성사, 1977(1982), 439쪽에서 재인용. 환기와 암시의 구분은 모호한 측면이 있어 중첩되는 경우가 자주 있다. 그러나 필자는 일단 그것들을 구분해서 다루고자 한다. 《왕도》에서 소설적으로 활용된 환기는 앞으로 보겠지만 페르캉의 종교적 세계를 해독해 내는 단초로서 기능하고 있다.

네"[17]라고 말한다. 그들이 협상이 성공하여 밀림 속에 들어간 후에 제2부까지, 불교와 원주민 불교도들에 대한 환기는 불상들이나 절, 또는 불상을 다소 닮은 안내인을 통해 단속적으로 이루어진다.[18] 그 가운데 맨 먼저 나오는 부분 하나만 검토해 보자. 페르캉은 클로드와의 대화에서 이제 역사적·시간적(세속적) 야망을 단념했다고 표명하고 "여자들"과 "평화를 원한다"[19]고 말한다. 그 다음에 나오는 화자의 설명과 묘사를 보자.

"그는 행동한다고 말하는 것처럼 평화라는 말을 했다. 담배에 불이 붙었건만, 라이터 불을 끄지 않았다. 그는 그 불을 벽으로 가까이 가져가더니, 돌에 새겨진 조각상들과 돌의 이음선을 주의 깊게 바라보았다. 평화, 그는 그것을 그 속에서 찾고 있는 것 같았다. (…) 마침내 그는 작은 라이터 불을 껐다. 밤의 짙은 어둠이 벽에 다시 달라붙었다. 그들 위로 뒤덮인 어둠 속에 희미한 불빛만이 어리고 있을 뿐이었다 (아마 불상들 앞에 피운 향불에서 비치는 것이리라)(…)."[20]

이 인용문에서 페르캉은 '여자'와 '평화'를 벽에 새겨진 조각상들에서 찾고 있는 것처럼 묘사되고 있을 뿐 아니라, 향불이 피워진 불상들을 통해 그와 불교와의 어떤 관계가 암시되면서 환기되고 있다.[21]

---

17) *La Voie royale, Ibid.*, p.390. 《왕도로 가는 길》, 같은 책, 43쪽. 번역본에는 "여기선 도처에 불교라……"라고 번역되어 있는데, 이는 잘못된 것임. 원서를 보면 "Nous serions toujours parmi les bouddhistes……"로 표현되어 있다.
18) *La Voie royale, Ibid.*, p.412, 416, 436, 439. 《왕도로 가는 길》, 같은 책, 80, 88, 119, 123, 128쪽.
19) *La Voie royale, Ibid.*, p.412. 《왕도로 가는 길》, 같은 책, 80쪽.
20) *Ibid.*, p.412. 같은 책, 80쪽.

이같은 불교에 대한 환기가 계속되지만, 두 주인공이 원주민 불교도들과 직접적으로 접촉하는 장면은 나타나지 않는다.

그런데 이처럼 제1부와 제2부에서 환기되는 불교 세계가 제3부에서는 직접적으로 결코 환기되지 않는다. 제3부는 페르캉이 비(非)복속 부족인 스티앙족(모이족의 일파) 마을에서 그라보라는 인물을 구출하면서 부상당하고, 질병에 감염되어 죽음을 선고받은 뒤, 자신의 에로티시즘을 최후로 실천하는 내용을 담고 있다. 그렇다면 왜 이와 같은 환기의 단절이 이루어지는가? 그것은 작가의 전략적 의도에서 비롯된다고 생각된다. 그것은 페르캉이 이 마을과 벌이는 대결의 극적 효과와 긴장감을 고려한 다른 수법들로 대체되고 있다. 후에 다루겠지만 이 수법들은 다름 아닌 암시와 상징이다. 이 마을이 아무리 원시적이라 할지라도, 마을의 입구에서부터 불상들의 모습과 향불 피우는 장면이 묘사되어 나타난다고 가정해 보자. 그라보의 노예 상태와 페르캉의 대결에 집중될 독자의 주의와 관심을 고려할 때 그와 같은 묘사는 소설에 적용된 상징시학의 한계를 드러낼 확률이 크며, 《왕도》라는 작품 자체를 이끌어 가기가 어렵게 될 수 있다.

제4부에서는 다시 불교에 대한 환기가 단속적으로 계속된다. 4부는 클로드를 동반한 페르캉이 죽어가는 육신을 이끌고 자신의 지역을 방어하기 위해 산을 향해 상승 운동을 하는 내용으로 이루어져 있다. 이 환기들은 죽음을 향해 치닫는 페르캉이 드러내는 비극적 비전과 내면 풍경에 은밀하게 연결되어 있고, 다른 어떠한 환기보다 텍스트의 의미 생성에 결정적인 단서들로 작용한다. 4부에서 최초로 나

---

21) 앞으로 다시 다루겠지만 하나의 대상에는 환기 · 암시 · 상징 등이 중첩되어 나타날 수 있음을 염두에 두어야 한다.

타나는 불교의 환기는 페르캉과 첫번째로 동맹을 맺은 삼롱이라는
마을이 드러내는 '불교의 하얀 종들' [22]로 이루어진다. 이 마을은 페
르캉의 지역이 가까이 왔음을 '알리고' [23] 있다. 다음으로 이 삼롱 마
을에 이르러 '불교의 종들'과 불교적인 '라오스의 평화' [24]가 언급된
다. 이어서 가장 중요한 요소로서, 페르캉의 **부하들**과 이 지역 여러
마을의 사람들이 모두 '라오스 불교도들' [25]이라는 사실이 환기된다.
마지막으로 페르캉과 동맹을 맺은 불교도 추장인 사방의 모습과 그
를 둘러싼 불교적 세계가 페르캉의 시선을 통해 제시된다. [26]

이와 같은 환기들이 지시하는 것은 페르캉이 자신의 '왕국'을 건설
한 후 불교의 세계 속에서 살아왔으며, 불교의 세계에 입문해 있다는
것이다. 따라서 우리는 일차적으로 페르캉이 전개하는 에로티시즘과
인간 조건, 그리고 죽음의 초월 의식에 불교가 연결될 수 있음을 유
추해 볼 수 있는 계기를 마련한 것이다.

---

22) *Ibid*., p.498. 같은 책, 217쪽. 번역본에는 '하얗게 솟은 종탑들'로 번역되어
있으나 원문이 'quelques cloches blanches bouddhiques'로 되어 있는 바 '불교의 하
얀 종들' 혹은 '하얗게 솟은 불교 종탑들'로 번역해야 함. '불교'라는 수식어는 매
우 중요한 환기적 장치임.
23) *Ibid*., p.489. 같은 책, 217쪽.
24) *Ibid*., p.493. 같은 책, 222쪽. '불교의 종들'과 '라오스의 평화'가 '종탑들'
과 '라오스의 적막'으로 번역됨.
25) *Ibid*., p.494. 같은 책, 223, 225쪽.
26) *Ibid*., p.496, 498-499. 같은 책, 228, 232쪽.

4. 암시 · 상징 · 유추

앞서 잠깐 언급했지만, 밝혀둘 것은 하나의 대상에는──바르트의
코드 이론에서처럼──환기 · 암시, 그리고 상징이 중첩되어 나타날
수 있고 유추가 이것들과 맞물려 있다는 점이다.[27] 예를 들면 위에서
언급한 사방이란 인물과 관련된 불교 세계의 환기는 페르캉의 불교
입문에 대한 암시로도 볼 수 있다. 다른 한편 그것은 우리로 하여금
이 입문을 유추하게 해준다.

이런 측면을 고려하면서 페르캉의 에로티시즘의 신비를 풀 수 있

---

27) 유추(anaalogie)는 언어학적 · 철학적 · 문학적 · 과학적 정의와 유용성을 지니고
있다. 이에 대해서는 말라르메의 시 〈유추의 정령 Le Démon de l'anaalogie〉을 분석
한 최윤경의 논문 〈말라르메와 유추〉, 《프랑스학연구》, 2003년 여름, 233-236쪽
참조. 최윤경은 과학적 정의를 검토하지 않고 있으나 과학에서도 유추는 중요한 도
구로 활용된다. 그것은 바슐라르에 따르면 "다양한 것을 환원시키는 첫번째 요소"
로서 "다양한 대상들 사이의 관계를 확립함으로써 그것들의 다양성 속에 질서를 부
여해 준다": Isabelle Stengers et Bernadette Bensaude-Vincent, *100 mots pour
commencer à penser les sicences*, Les Empêcheurs de penser en rond, 2003, p.13. 여
기서는 말로가 말라르메의 상징시학을 계승하고 있다는 점을 고려해 뛰어난 유추
의 시인인 말라르메의 경우를 보자. 최윤경에 따르면, 그에게 "유추는 로고스와 잠
재적인 의식에까지 작용하는 사고의 구조이자 말이나 글로 표현되는 현상으로까지
나타난다. (…) 우리의 이성이 미지와 기지라고 구분해 놓은 경계를 넘나들며 즉각
적인 인식이 놓치는 부분까지 도달하는 것이 말라르메의 유추이다." 위의 책, 235
쪽. 그러니까 말라르메에게 유추는 로고스의 세계와 미토스의 세계를 자유자재로
넘나들고 결합하면서 사물들의 예기치 않은 의미적 관계망을 짜는 시적 재능이다.
감추어진 이 관계망을 해독하여 드러내는 것은 독자의 몫이다. 또 상징주의의 기원
인 보들레르로 거슬러 올라가 〈상응〉이라는 시를 보면, 상응은 곧 유추라는 논리가
성립할 정도로 우주가 거대한 하나의 '사원'으로 구축되고 있다. 보들레르의 '상
응'과 '우주적 유추'에 대해선 박기현, 〈낭만주의 상상력 연구 ─ 코울리지와 보들
레르〉, 《불어불문학연구》, 2003년 겨울 제1권, pp.178-185 참조. 《왕도》에서 유추
의 검토는 하나의 상징적 건축물로 구축된 텍스트의 관계망을 역추적하는 추론 작
업이 될 것이다.

는 암시들로부터 다루어 보자. 이 에로티시즘이 존재론적 구원과 관련이 있을 수 있다는 최초의 암시는 소설의 도입부에서 흑인 창녀들이 추는 에로틱한 윤무이다.[28] 이 윤무는 하루살이 '곤충들(insectes)'이 둘러싸고 있는 석유 램프 불빛 아래에서 펼쳐지는데, 여기서 처음 등장한 곤충은 이후에도 인간의 조건과 연결된 메타포로 계속적으로 환기된다. 그렇다면 석유 램프의 불빛은? 그것은 구원의 빛을 상징한다. 하루살이처럼 찰나적 삶을 살아가는 존재들은 이 빛을 향해 몸을 던져 산화시켜야 하는 것이다.[29] 불빛 속에서 피리를 부는 장님은 밤의 어둠과 더불어 인간의 무명(無明) 상태를 나타낸다. 춤을 추는 창녀들은 자아를 비운 비인격적·비개성적·익명적 존재의 표상이다. 창녀가 인격적 자아를 지키고 있으면 창녀로서의 존재를 상실한다. 그녀는 자기의 모든 것을 비우고 '영원한 여성성'만을 간직해야 한다. 따라서 춤추는 창녀들은 이 영원한 여성성만을 추구하는 페르캉의 에로티시즘에서 상대 파트너의 불가지적 개념——익명성과 깊은 함수 관계가 있다. 윤무에서 원은 무엇인가? 그것은 바퀴로서 운명을 상징하며 소설에서는 눈을 뽑혀 **장님**[30]이 된 그라보가 매달려 돌고 있는 연자매,[31] 그를 노예로 만든 원주민들이 페르캉과의 대결에

---

28) 앞서 '불연속성'을 다루면서 인용한 대목, 63쪽 참조.

29) 이와 비슷한 곤충의 메타포와 램프 불빛의 상징성은 《인간의 조건》 제3부 마지막에서 기요가 첸의 운명을 생각할 때 나타난다. "하루살이들이 조그만 램프 주위에서 윙윙거렸다. '아마 첸은 스스로 빛을 발하여 그것으로 몸을 태우는 하루살이와 같은 존재일 것이다. 어쩌면 인간 자체도…….'" *La Condition humaine, in Oeuvres complètes, op. cit.*, p.626. 김붕구 역, 앞의 책, 202쪽. 번역을 수정했음.

30) 윤무에 최초로 나타나는 장님의 테마는 그라보라는 인물과 관련된 것 이외에도, 클로드가 밀림에 들어가기 전에 밀림의 세계를 '장님의 세계'로 인식한다거나, 프놈펜에서 《라마야나》를 읊은 장님을 회상함으로써 여러 번에 걸쳐 환기된다. *La Voie royale, op. cit.* pp.396, 402. 《왕도로 가는 길》, 앞의 책, 53, 64쪽 참조.

31) *Ibid.*, p.455-456. 같은 책, 155-157쪽.

서 창을 들고 춤추는 듯 도는 움직임,[32] 그리고 멀리는 밀림의 상징성
과 연결되어 있다. 윤무의 순환 운동은 멜로디와 더불어 갑자기 무너
지는데, 이것은 바로 순환적 운명의 굴레로부터 벗어나는 것을 의미
한다. 그리하여 창녀들은 도취의 무아지경에 함몰된다.[33] 에로티시즘
을 통해 운명으로부터 해방을 추구한다는 함축적 내용을 담은 윤무
가 에로티시즘에 대한 페르캉의 담론이 개진되는 가운데 펼쳐진다는
것은 의미심장하다. 그것은 이 담론이 반운명의 차원에서 이해되어
야 한다는 것을 암시한다. 여기서 윤무와 이 담론의 상관 관계를 통
해 에로티시즘의 구원적 지평을 유추해 낼 수 있다.

페르캉이 역설하는 에로티시즘의 문화적 코드를 보다 직접적으로
암시하는 것은 그가 클로드와의 대화를 통해 원주민들의 에로티시즘
에 입문해 있다는 사실을 드러내는 대목이다.

> "그리고 이 지역이 어떤 지역인지 이해하게나. 내가 그들의 에로틱
> 한 신앙을 깨닫기 시작했다는 것을 생각해 보게."[34]

이 인용문 다음에 페르캉이 입문한 에로티시즘의 기술적(技術的) 측
면이 상상력과 결합되어 설명되는데, 이 테마를 구체적으로 검토할
때 다시 다룰 것이다. 여기서 우리는 원주민들이 불교도들이면서 에
로틱한 신앙을 숭배한다는 사실을 알게 된다. 이 점과 관련해 〈랜글
로이스 포드 원고〉는 중요한 암시를 제공한다. 페르캉의 시선을 통해

---

32) *Ibid.*, p.463. 같은 책, 170쪽.
33) 본서 64쪽 독해 단위 6 참조 바람.
34) *Ibid.*, p.414. 같은 책, 83쪽. 번역본에는 '에로틱한 신앙' 이 '호색적인 의식
(儀式)' 으로 번역되어 있어 의미가 잘 와닿지 않음.

불교도 추장인 사방의 '불교 세계'가 드러나는 대목에서, 이 원고는 '불교와 에로티시즘에 의해 정제된 감정'[35]이란 표현을 써 사방을 묘사하고 있기 때문이다. 그런데 이 표현이 결정판에서 삭제되었다. 다시 텍스트로 돌아가 보자. 페르캉은 원주민들의 에로티시즘을 클로드에게 이야기하기 전에, 필자가 앞서 언급했듯이 자신이 이제 '여자'와 '평화'를 원한다고 말하면서 불상들과 벽에 새겨진 조각상에 라이터를 들이댄다. 여기서 화자는 "평화, 그는 그것을 그 속에서 찾고 있는 것 같았다"라고 설명함으로써 페르캉이 불교에 귀의하였음을 암시한다.[36] 또한 페르캉이 그 자신이 동화된 에로티시즘의 내용을 언급할 때, 화자는 "설득시키려는 그(페르캉)의 의지가 어둠 속에 잠긴 저 사찰처럼 아주 가까이 다가와 클로드를 짓눌렀다"[37]라고 설명함으로써 이 에로티시즘과 불교의 관계를 다시 암시하고 있다. 결국 그가 추구하려는 평화는 불교적 평화이고, 이 평화는 하나의 특이한 '에로틱한 신앙'과 결합되어 있다. 우리는 이러한 결합으로 태어난 불교의 종파가 탄트라 종파라는 사실을 유추해 낼 수 있게 된다.[38]

불교의 탄트라 종파를 유추하게 해주는 또 다른 암시를 보자. 페르

---

35) *Ibid.*, "Notes et variations," p.1270, p.499에 대한 주(註) a 참조.

36) 페르캉이 '여자'와 '평화'를 원한다는 점은 그라보가 '에로티시즘'을 위해 밀림의 세계로 모험을 하러 왔다는 페르캉의 설명과 접근된다. *Ibid.*, p.439. 《왕도로 가는 길》, 앞의 책, p.128 참조. 그러나 무엇보다도 특히 결정판에서 삭제되었지만, 결정판이 나오기 전 〈타자로 친 원고〉의 제1부에서 제시되는 설명, 즉 그라보 "역시 평화를 원할 것이다"(*Ibid.*, "Notes et variantes," p.1231, p.415에 대한 주 c)라는 페르캉의 설명은 이러한 접근을 뒷받침해 준다. 페르캉의 설명을 종합해 보면, 그라보가 모험에 성공했다면, 그 역시 과거와 단절하고 '여자'와 '평화' 속에서 살고자 했을 것이라는 결론을 내릴 수 있다. 그러나 그라보는 페르캉의 분신(double)이라 할 수 있지만, 결국 실패한 모험가로서 영락한 인간의 조건을 구현하고 만다.

37) *Ibid.*, p.414. 《왕도로 가는 길》, 앞의 책, 83쪽.

38) 탄트라 종파에 대해서는 뒤에 가서 보다 자세히 다룰 것임.

캉과 클로드가 조각상을 발굴한 후, 밤이 되어 한 마을에 도착했을 때, "진흙으로 빚은 조야한 불상들 앞에 가느다란 향목(香木)이 휘영청 밝은 달빛 아래 붉은 불똥을 튀며 타고 있는"[39] 모습이 눈에 들어온다. 그러니까 이 마을이 불교도 마을이라는 점은 분명하다. 그런데 아침이 되자 두 주인공은 안내인을 포함해 마을의 남자들과 달구지들이 다 없어지고 여자들만이 남아 있는 것을 발견한다. 스바이가 배반해 모두 데리고 가버린 것이다. 페르캉은 보이 크사와 함께 주변의 다른 마을로 내려가 겨우 안내인 한 사람을 구해 온다. 그런 다음 그는 클로드에게 그라보가 밀림 지역에 온 목적, 즉 에로티시즘과 그의 인물 됨됨이에 대해 이야기하다가 주위를 돌아보면서 갑자기 이렇게 말한다.

　"— 여자들, 다만 여자들뿐이야……. 여자들의 마을…… 남자의 기척이라곤 아무것도 없는 이 분위기, 저 모든 여인들, 그야말로…… 매우…… 격렬하게 성적인 내음을 풍기는 저 마비적 모습, 어때 자네에게 충격적으로 다가오지 않나?

　— 흥분은 나중에 하시죠. 우선 떠나지요."[40]

사실, 여기에도 불연속성이 개입하고 있음을 알 수 있다. 여인들의 성적 자태에 대한 페르캉의 언급은 앞뒤 내용과 상관없이 불쑥 튀어나오고 있기 때문이다. 이제 이 여인들의 에로틱한 풍모와 마을에 있는 불상들을 연결해 보자. 인용문은 이 마을 사람들이 어떤 에로티시

즘에 경도되어 있다는 사실을 말해 준다. 그런데 그들은 불교도들이다. 불교와 에로티시즘의 결합, 이것은 그들이 탄트라 종파에 속한다는 점을 암시하고 있는 것이다. 이 인용문은 두 주인공이 압사라 조각상을 발견한 뒤 그라보를 찾아가기 전에 나누는 대화에 속한다. 그것은 제2부 끝에 위치함으로써 그라보가 노예 상태로 잡혀 있는 스티앙족 마을의 에로틱한 성격을 미리 예고해 주고 있다.

탄트라 종파와 관련한 암시는 이 부락에 나타나는 여러 상징물들을 통해서 극명하게 드러난다. 모이족의 일파인 스티앙족 역시 불교도들이라는 사실은 맥락적으로 볼 때 당연한 것이다. 뿐만 아니라 그들이 토벌대에 의해 추적될 때, 페르캉은 "그들이 정착 불교도들이라"[41]는 점을 언급한다. 우선 스티앙족 마을이 '성적 신앙'을 숭배한다는 것은 마을의 목책 "방벽 위로 솟아 나온 물체들"[42]의 묘사를 통해 암시된다. 이 물체들은 클로드에게 어떤 불가사의한 힘으로 극도의 불안을 일으키며, 운명의 총체성을 드러내는 밀림을 제압하는 듯한 기세로 무한한 하늘로 향하고 있다.

"깃털로 된 물신들로 장식된 분묘, 그리고 고르[43]의 거대한 두개골. 타는 듯한 열기를 뿜어내는 햇빛이 뿔 위에 어른거리며 비추고 있었다. 마치 높은 방책 뒤로 사라진 밀림이 그 자리에 나뭇잎을 벗어난 하늘 속에 박힌 이 해괴한 물체들만을 남겨 놓은 듯이."[44]

---

41) La Voie royale, op. cit., p.494. 《왕도로 가는 길》, 앞의 책, 223쪽.
42) Ibid., p.450. 같은 책, 147쪽.
43) 남부아시아의 들소임.
44) La Voie royale, op. cit. p.450. 《왕도로 가는 길》, 앞의 책, 147쪽. 번역을 다소 수정했음.

화자는 후에 분묘 위로 보이는 이 물신들의 정체에 관한 구체적 정보를 제공한다.

"(…) 무덤 위로 이빨을 드러낸 거대한 두 우상(偶像), 시뻘겋게 칠한 그들의 성기를 두 손으로 잔뜩 움켜쥔 남녀 한 쌍의 우상이 서 있었다."[45]

이제 물체들이 의미하는 바를 심층적으로 검토해 보자. 분묘는 스티앙족의 시조를 모시는 묘일 수 있다. 묘의 상징적 의미는 산과 그 형태적 닮음으로 인해 하늘을 향한 수직적 비상의 의지, 즉 초월의 갈망으로 파악된다. 그것은 존재의 조건을 뛰어넘는 영원한 삶을 향한 상승적 정신 속에 있다. 그런데 그 위에 남녀 한 쌍의 우상이 성적인 동작으로 포즈를 취하고 있다. 이 우상들은 스티앙족 역시 에로틱한 신앙을 가지고 있음을 나타낸다. 이 점은 그라보가 밀림 속에 모험을 하러 온 동기를 상기하면 당연하다 할 것이다. 여기서 스티앙족 역시 불교도들이라는 사실을 감안하면, 이와 같은 에로틱한 신앙 역시 탄트라 종파에 속한다는 결과가 도출된다. 그렇다면 숭배의 대상인 수수께끼 같은 두 우상은 무엇을 나타내는 것일까? 그것들은 탄트리즘에서 남신과 여신의 결합이라 할 것이다.

들소의 두 개골에 대해 잠시 숙고해 보자. 사실 소설 속에서 '고르(gaur)'로 표현된 들소는 물소(buffle)와 동일한 상징물로 사용되고 있다.[46] 이 물소는 탄트리즘에서 중요한 상징물이다. 탄트리즘의 의식(儀式)[47]은 "산 제물을 죽여 제사를 지내는데, 이 제사 가운데 가장 중요한 것은 물소를 죽여 제물로 바치는 것"[48]으로 알려져 있다. 때때

---

45) *Ibid.*, p.464. 같은 책, 170쪽.

로 물소는 정관을 환기시키는 그 초연한 측면을 통해 죽음의 극복을 상징하며, 불교에서는 지혜를 관장하는 문수보살이 "죽음을 쳐부수는 자로서, 물소의 머리와 함께 표현된다."[49] 이러한 불교적 상징성은 '십우도(十牛圖)'를 생각하면 쉽게 납득할 수 있으리라. 다만 소의 이같은 상징성은 지역에 따라 다소 변형된 형태를 지니고 있다 할 것이다.

페르캉이 불교의 세계에 입문해 있다는 암시 및 상징물들과 관련해 한 가지만 더 지적하자. 우선 소설의 제2부에서 그가 클로드와 더불어 조각 작품을 발굴하는 작업 도중에 완벽하게 코드화된 문장이 하나 나타난다. 이 문장은 소설의 제목 '왕도'가 심층적으로 어떻게 이해되어야 하는지 보여 주는 결정적 암시이다.

"그는 이 고적 앞에서 (…) 길을 망각하고 있었다(Il oubliait la Voie) ……. 그는 햇빛이 반사되어 번쩍거리는 기관총의 총신선, 반짝이는 조준점과 더불어 자신의 군대 행렬을 상상해 보았다."[50]

---

46) 소설에서 들소와 물소가 동일한 상징물로 사용되고 있다는 것은 제2부에서 주인공들이 밀림에 묻힌 예술 작품을 발굴하러 가는 과정에서 엿보는 장례 의식, 다시 말해 일단의 원주민들이 치르는 그 장례 의식에서 입증된다. 원주민들은 한 빈터에서 살 타는 냄새를 풍기며 죽은 자들을 화장하는데, 여기서 "커다란 뿔이 달린 나무로 된 네 개의 물소 머리"가 가장 높은 곳에 자리잡고 있는 것으로 묘사되며, '발기한 성기를 드러낸 나체'의 원주민 '전사'도 나타난다. 물론 이 화장 의식은 불교와 관련된 것이라 할 것이다. *Ibid.*, p.421. 같은 책, 98쪽.

47) 이 의식은 《왕도》와 동일한 배경으로 전개되는 기술(記述) 인류학적 미완의 소설, 《악마의 지배 Le Règne du Malin》에서 모이족이 '롤랑(Rolang)'이란 이름으로 부르는 것이다. A. Malraux, *Oeuvres complètes*, vol. III, Gallimard, "Bibliothèque de la Pléiade," 1996, p.1063 참조.

48) *Encyclopaedia Universalis*, vol. 15, 1979, p.731.

49) Jean Chevalier et Alain Gheerbrant, *Dictionnaire des symboles*, Paris, Robert Laffont/Jupiter, 1982, p.133.

이미 '왕도'를 찾아내 조각 작품을 발굴하고 있는 상황에서 "길을 망각하고 있었다"고 표현된 것은 페르캉이 가고자 하는 진정한 길이 무엇인지 시사하고 있다. 그는 돈이 되는 조각 작품 앞에서 자신이 단념한 시간적·역사적 꿈의 유혹 속에 잠시 잠기고 있는 것이다. '왕도(la Voie royale)'에서 'royale'이란 형용사를 생략 부호(…)로 처리함으로써 암시적 효과를 극대화시키고 있다. 이 암시를 통해 볼 때, 소설에서 '왕도'가 탄트라 불교의 구도적 길을 상징하는 것임을 유추할 수 있다.

이제 클로드가 인도 사상에 어느 정도 식견을 갖춘 채, 페르캉의 제자가 되어 불교적 비극에 입문하리라는 암시가 나오는 부분들을 간단히 살펴보자. 우선 우리가 불연속성을 다루면서 검토한 독서 단위들 가운데 5를 보면, 페르캉에게 친밀감을 느끼는 클로드의 내면 의식은 두 개의 메타포를 통해 두 사람의 미래 관계를 암시한다.[51] 여기서 클로드와 페르캉의 관계는 '보트(barque)'와 '배(bateau)'의 관계로 비유되고 있다. 모선으로서 불빛을 비추는 배를 향해 보트가 다가가듯이, 클로드는 페르캉을 향해 다가가는 것이다. 이 메타포는 두 사람이 사제지간이 되리라는 것을 암시한다.

클로드가 동양 사상에 대한 식견을 갖추고 있다는 암시는 그가 프놈펜에서 인도의 경전인 《라마야나》[52]를 한 맹인이 읊조리는 장면을

---

50) *La Voie royale, op. cit.*, p.427. 《왕도로 가는 길》, 앞의 책, 107쪽. 번역본에는 이렇게 번역되어 있다. "이 고적을 앞에 놓고 (…) 이때까지 헤쳐온 왕도의 길도 모두 잊어버리고 그저 가슴 뛰는 공상에 잠겨 있었다. 벌써 행진하는 자기 군대의 위풍이 눈앞에 떠오르는 것이었다. 늘어선 기관총 총신의 햇빛에 반사하는 모습, 그 반짝이는 조준기……." 이 번역은 텍스트의 의미 생성을 열어 주는 코드를 알지 못하는 상황에서 이루어짐으로써 오역을 낳았다고 생각된다.

51) 본서 64쪽 참조.

회상하는 대목에서 나타난다.[53] 그리고 그가 인도적 비극에 입문할
마음의 준비를 드러내는 때는 제1부 1장의 마지막에서이다.

"불 밝힌 배들 가운데 하나가 고동을 울리며 보트들을 부를 때마다,
(…) 도시는 더욱더 아득히 멀어져 마침내 인도의 밤 속에 녹아 버리고
있었다. 그의 최후의 서양 사상도 이 환상적이고 덧없는 분위기 속에
잠겨 사라졌다."[54]

콜롬보라는 도시가 인도의 어둠 속에 소멸하는 광경을 바라보며
자신의 서구적 사상의 단편들을 비워 가는 클로드의 정신적 풍경은
인도의 어둠을 향한 그의 의식을 잘 드러내 주고 있다. 여기서도 배
와 보트가 등장하지만, 그것들은 페르캉과 클로드의 관계를 다시 한
번 드러낸다. 우리가 두 번의 동일한 메타포를 통해 유추할 수 있는
것은 늙은 모험가가 젊은이를 동반하고 어둠 속에 소멸하는 시간
적·역사적 세계(도시)를 뒤로 한 채, 인도의 어둠을 향해 항해를 떠
날 것이라는 점이다.

이러한 인도적 어둠, 즉 불교적 인간 조건에 대한 클로드의 입문은
밀림이란 상징적 공간의 이동과 궤를 같이하면서 페르캉의 설법과 구
현을 통해 비극적으로 이루어진다. 이 입문에 대해서는 다시 다룰 것

---

52) 산스크리트어로 된 걸작 중 하나로 라마의 영웅적 모험을 그린 서사시이며
경전의 성격을 지니고 있다.

53) *La Voie royale, op. cit.*, p.402. 《왕도로 가는 길》, 앞의 책, 64쪽. 말로는 《반
회고록》에서 인도는 "우리 영혼의 옛 동양에 속한다"고 말하면서 인도의 종교들과
인간의 어둠을 이야기하고 있다. *Antimémoires, op. cit.*, p.217. 그렇기 때문에 그는
이 에세이에서 젊은 날에 쓴 《서양의 유혹》이란 책의 제목을 붙인 장을 통해 이렇게
언급할 뿐 아니라 인도 사상을 심도 있게 성찰하고 있다.

54) *Ibid.*, p.385. 같은 책, 35쪽. 번역을 다소 수정했음.

이다. 이 상징적 공간이 불교적 세계를 재현해 내리라는 점은 우선적
으로 밀림 속에 살고 있는 원주민들이 불교도들이라는 사실과, 다음
으로 페르캉의 불교 귀의, 마지막으로 클로드의 입문 준비로부터 유
추된다. 이렇게 하여 《왕도》라는 텍스트가 엮어내는 의미 생성의 방
향은 불교 세계로 귀결된다. 불연속성·환기·암시·상징·유추의 유
기적인 상호 작용은 이와 같은 문화적 코드 체계로 들어가는 열쇠의
역할을 하고 있다. 그러니까 텍스트는 독창적으로 창조된 소설의 상
징시학을 통해 완벽하게 코드화되어 있으며, 《왕도》라는 소설은 전
대 미문의 상징주의 소설의 전범을 구축하고 있다.

제3장
인간의 조건

인도: "내 젊은날의 가장 심원한 만남들
가운데 하나."

앙드레 말로, 《반회고록》

1. 탈주선의 방향

페르캉과 클로드가 일종의 부정의 철학, 부정의 세계관을 드러내
며 초월의 '탈주선'을 그리고 있음은 어렵지 않게 읽어낼 수 있다.

"클로드가 예감했던 유사한 성격은 페르캉의 어조에 의해, 그가 승
객들에 대해——그리고 어쩌면 인간들에 대해——이야기하면서 '그
들'이라고 말하는 방식에 의해 날이 갈수록 더욱 분명해지고 두드러지
게 되었다. 마치 그가 자신을 **사회적으로 규정하는 데 무관심**을 드러
냄으로써 그들과 동떨어져 있기라도 한 것처럼."[1]

이 인용문은 두 인물이 유사한 세계관을 통해 접근하고 있음을 드러내고 있다. 물론 여기서 특히 주목되는 점은 그들이 배 안의 승객들을 포함한 인간들과는 달리 사회적 자아와 존재 자체를 무의미한 것으로 거부하고 있다는 사실이다. 그들의 이러한 단절, 즉 거리감은 어디서부터 비롯되는가? 그들이 "기존 가치들에 대한 동일한 적대감"과 "세계에 대한 혐오"[2]를 품고 있다면, 이와 같은 일탈의 의식은 그들이 속한 서구 사회와 문명의 어떤 역사적·정신적 퇴적층에 대한 총체적 반성을 전제로 하고 있음을 유추할 수 있다.

서구 문명에서 18세기에 이루어진 역사 축의 이동, 즉 내세 중심적 섭리사관으로부터 현세 중심적 '발전사관'[3]으로의 이동은 페르캉과 클로드가 느끼는 '환멸의 세계'라는 종착지를 향한 출범을 의미한다. 그것은 푸코가 말한 에피스테메로서의 역사, 주체로서의 인간이 등장하게 한 초석을 놓은 것이다. 여기서 바로 니체가 선언한 '신의 죽음'은 예견된 것이다. 어떤 의미에서 보면, 역사가 절대를 대체하기 시작하면서 가속화된 탈종교화와 세속화로부터 인간의 '두번째 추락/

---

1) *Ibid.*, p.376. 같은 책, 17쪽. 번역을 다소 수정했음. 강조는 필자가 한 것임.

2) *Ibid.*, p.379. 같은 책, 23쪽. 번역서에는 "이미 확립된 가치관에 대한 똑같은 적개심"과 "온 세상이 아니꼽다는 언동"으로 번역됨.

3) 아마 이 이동을 극단적으로 표현하고 있는 것이 계몽사상가 볼테르가 그의 시 〈르 몽댕〉에서 읊은 '행복은 내가 있는 곳에 있다'라는 구절일 것이다. 파스칼 브뤼크네르, 김웅권 역, 《영원한 황홀》, 동문선, 2001, 41쪽에서 재인용. 그러니까 천상, 즉 내세의 행복이 지상으로 내려오기 시작하는 시점과 본격적인 탈종교화·유물론·발전사관의 태동은 궤를 같이하고 있는 셈이다. 말로 역시 《침묵의 소리 *Les Voix du silence*》에서 18세기에 "영원성이 세계로부터 물러났고" 역사가 그 자리를 차지했다고 말하면서 "서양에서 사라지기 시작한 것은 절대이다"라고 지적하고 있다(Gallimard, "La Gallerie de la Pléiade," 1951, p.470-480). 발전사관의 뿌리는 여타 종교와는 달리 독특하게 일직선적 역사관을 지닌 기독교에 내재해 있다는 시각도 있다. 원죄에 의한 최초의 추락 이후 최후의 심판까지 인간의 속죄 과정 자체가 인간의 정신적 성숙, 즉 발전을 의미하기 때문이다.

타락'[4]이 이루어졌다 할 것이다. 이 추락의 끝이 슈펭글러가 진단한 '서구의 몰락'이고, 이것의 결정적 징후가 제1차 세계대전으로 나타났다. 그러니까 헤겔로 대변되는 보편적 발전사관의 인식론적 틀인 에피스테메로서의 역사와 이것을 주도하는 주체로서의 인간이 소멸하는 계기가 제1차 세계대전인 셈이다. 이렇게 하여 푸코가 주장한 것처럼 '신의 죽음'에 이은 '인간의 죽음'이 도래한 것이다.[5] 그러나 말로는 푸코보다 거의 반세기 이상 앞서 '인간의 죽음'을 선언하였다. 그는 《서양의 유혹》에서 중국 청년 링이 프랑스 청년 아데에게 보낸 편지를 통해 이렇게 서구의 파산을 진단하고 있다.

"당신들에게 절대적 실체는 신이었고, 그 다음에 인간이었습니다. 그러나 신에 이어서 **인간은 죽었습니다.** 그리하여 당신들은 그가 남긴 이상한 유산을 맡길 수 있는 자를 불안하게 찾고 있습니다. 내가 보기에는 절제 있는 허무주의들에 대한 당신들의 조그만 구조적 에세이들이 보다 오래 살아남을 운명인 것 같군요……."[6]

그렇다면 26세의 젊은 말로는 구조주의자들보다 훨씬 앞서 이미 역사라는 '지적 하부 구조'와 주체-인간이란 개념의 임의성과 자의성, 나아가 '환상'을 인식하고 이것들의 죽음을 표명한 것이다. 제1차 세계대전 이전의 서구 지식인들이 이 에피스테메에 얼마나 현혹되어 있었는지는 말로의 서양의 3부작 가운데 마지막 소설 《알튼부르그의

---

4) 기독교적 관점에서 볼 때, 에덴 동산으로부터 추방이 1차적 추락이라면, 종교적 정신이 무의식 속으로 침잠한 것을 2차적 추락이라 할 수 있다.
5) 푸코는 《말과 사물》에서 '신의 죽음'과 '신의 살해자로서' 인간의 죽음을 언급하고 있다. *op. cit.*, p.396.

호도나무〉에서 발테르를 통해서 극명하게 표현된다.

"여러분 감히 말하자면, 과거의 가장 먼 시대의 끝자락에서 나타나는 왕들이 천체들에 예속되어 있었듯이, 우리가 실제로 예속되어 있는 명백한 것이 있습니다……. 그것이 없다면 조국에 대한 관념도 인종에 대한 관념도, 사회 계급에 대한 관념도 현재와 같지 않을 것입니다. 우리는 종교 문명들이 신들 속에서 살았듯이 그 속에서 살고 있습니다. 그것이 없다면, 우리——나는 단지 우리라고 말합니다——가운데 어느 누구도 사유할 수 없을 것입니다. 그것은 우리 자신의 영역으로서 바로 역사입니다."[7]

따라서 종교를 대체한 역사가 없이는 사유가 불가능한 상황까지 다다른 인간, 주체로서의 그 인간이 제1차 세계대전이란 역사적 대

---

6) *La Tentation de l'Occident*, Grasset, 1926, in *Oeuvres complètes* vol. I, Gallimard, "Bibliothèque de la Pléiade," 1989, p.106. 강조는 작가가 한 것임. 이 책은 동·서양의 두 청년이 동양과 서양을 교차하여 여행하면서 서로의 문명을 비판적으로 조명하는 서한체의 에세이이다. 이미 말로는 여기서 동·서양을 아우르는 지구적 차원에서 인간의 문제를 성찰하고 있으며, 이같은 두 문명권의 넘나듦은 그의 소설 세계가 안고 있는 해석상의 난제들을 예고하고 있다. 이 에세이는 말로의 소설 해석에 중요하지만, 함정이 도사리고 있음도 있지 말아야 한다. 제목이 암시하듯이 '서양의 유혹'은 서양이 동양을 유혹한다는 의미와, 서양이 동양으로부터 유혹을 받는다는 의미를 동시에 함축하고 있다. 그러나 결국 프랑스 청년 아데는 인류의 모든 정신적 유산을 거부하는 절망적 외침을 드러내며 극단적 허무주의를 표방한다. 많은 말로 연구자들이 아데의 이런 입장을 말로의 것으로 간주하고 소설 해석에 적극적으로 수용하고 있다. 하지만 어떤 종교나 사상에 경도되어 믿음을 갖는다는 것과 그것들을 구도적(求道的) 차원에서 탐구한다는 것은 별개의 문제이다. 그러니까 아데의 거부를 지적·정신적 탐구의 거부로 받아들여서는 안 되었던 것이다. 이런 사정은 본서가 전개되어 감에 따라 분명하게 드러날 것이다. 사실 서양의 인본주의가 낳은 주체로서 인간과 개인, 나아가 개인주의에 대한 말로의 강도 높은 비판은 이 에세이 이외에 〈유럽 청년으로부터〉에서도 분명하게 드러난다.(in *Ecrits*, "Les Cahiers verts," n° 70, Grasset, 1927)

(大) 전환점을 통해 소멸한 것이다.[8] 그러나 보다 심층적으로 보면, 18세기에서 출발한 이와 같은 인간 중심의 현세적 세계관은 이미 '근세 철학의 아버지'인 데카르트의 사상 속에 그 씨앗을 잉태하고 있었다 할 것이다. 데카르트의 "나는 생각한다. 그러므로 나는 존재한다"는 코기토는 이미 주체로서 인간을 선언함으로써 인간 중심적 역사관의 가능성을 열고 있다.[9] 그렇기 때문에 파스칼은 "데카르트가 될 수만 있다면 자신의 철학 속에서 신 없이 지내려고 했다"고 비판하면서 "그를 용서할 수 없다"[10]고 말했던 것이다. 신이 나를 창조했기 때문에 내가 존재하는 것이 아니라, 내가 생각하기 때문에 내가 존재한다는 충격적 발상은 이성의 신격화를 여는 단초가 되었다 할 것이다.[11]

그러니까 세계를 거부하는 클로드와 페르캉의 의식 저변에는 영원과 절대를 몰아낸 역사와 주체-인간에 대한 단죄가 깔려 있으며, 이

---

7) *Les Noyers de l'Altenburg, op. cit.*, p.687. 이 소설은 제2차 세계대전중에 출간된 것으로 제1,2차 세계대전을 배경으로 하고 있는데, 여기서 제1차 세계대전에서 이미 붕괴된 서구를 재건할 수 있는 정신적 토대가 모색되고 있다. 그것은 인류학의 눈부신 성과를 끌어들이면서 역사와 인간의 문제를 심도 있게 다루고 있는 작품이다. 이에 관해서는 필자의 세 편의 졸고들, 〈앙드레 말로의 《알튼부르그의 호도나무》에 나타난 이야기의 불연속성의 한 단면〉, 《불어불문학연구》 제32집, 한국불어불문학회, 1996, 159-178쪽. 〈앙드레 말로의 《알튼부르그의 호도나무》에 나타난 이야기의 불연속성과 근원의 신화〉, 《불어불문학연구》 제35집, 한국불어불문학회, 1997, 169-184쪽. 〈앙드레 말로의 《알튼부르그의 호도나무》에 나타난 그리스-기독교 사상〉, 《불어불문학연구》 제56집, 한국불어불문학회, 2003, 39-89쪽 참조.

8) 이와 같은 인간의 죽음은 《알튼부르그의 호도나무》에서도 제1차 세계대전에 참여하는 뱅상의 의식을 통해서 다시 드러난다. *Ibid.*, p.737 참조.

9) 이는 서구 정신을 이끌어 온 주체철학 혹은 의식철학을 전복하는 푸코나 라캉 등이 데카르트를 이 철학의 원조로서 문제삼고 있는 것과 맥을 같이한다. 물론 근대 철학의 근본을 뒤흔든 기원점에 니체가 자리잡고 있다.

10) 파스칼, 홍순문 역, 《팡세》, 삼성출판사, 세계사상전집 18, 1976, 38쪽.

단죄를 낳은 철학적 뿌리는 데카르트까지 거슬러 올라간다고 할 수 있다. 말로는 장 라쿠튀르와의 대담에서 "우리 세대의 벌판 위로는 역사가 탱크처럼 지나갔다"[12]고 회상하고 있다. 결국 역사는 새로운 족쇄가 되어 인간을 짓누르는 운명으로 다가오면서 서구의 파탄을 몰고 왔다. 그것이 환상으로 소멸했을 때 드러난 것은 구원의 길이 없는 비극적 실존의 모습이다. 세계는 이제 어떤 일체감도 느낄 수 없는 낯섦의 공간이다. 그 속에서 클로드가 "매일같이 보았던 것은 인간들의 먼지 같은 삶"이고, 그 역시 "살면서 존재의 덧없음을 암처럼 받아들여야 하고, 이 미지근한 죽음을 손에 움켜쥐고 살아가야 하는 것이다."[13] 나와 세계 사이에 건널 수 없는 심연을 드러내는 이와 같은 허무주의는 니체적 비전보다는 가지론자적 비전에 접근된다. 왜냐하면 후에 보겠지만, 그것은 결국 종교적 절대를 향한 목마름의 표현이기 때문이다. 그것은 "나를 세계로 방향 지우게 하고, 그것을 향해 열도록 하기는커녕, 나를 그것으로부터 벗어나게 하여 그것에 대해 나 자신을 닫아 버리도록 이끌어 간다."[14] 따라서 클로드가 그리는 탈주선은 이미 세계 밖으로 향하고 있다. 그것은 폐허가 된 자신

---

11) 데카르트를 이신론자, 즉 신은 우주를 창조하고 그 운행 법칙을 부여한 후 개입하지 않고 초월해 있다는 설의 추종자라고는 할 수 없으나, '무한'과 '완전성'에 대한 사유로부터 추론된 그의 추상적·관념적 신관은 이미 이신론으로 기울여져 있다 할 수 있다. 이 관념적 신은 성서의 인격 신과 거리가 멀다. 그렇기 때문에 데카르트는 이성의 무력과 한계를 직시한 파스칼로부터 강한 비판을 받았다. 말로가 소설 속에서 고발하는 비극적 인간 조건은 흔히 파스칼의 성찰과 비교된다. 물론 이런 비교가 실존적 차원에 머물며 한계가 있긴 하지만, 두 인물이 종교적 정신에서 접근된다는 것은 분명하다.

12) 장 라쿠튀르, 김화영 역, 앞의 책, 11쪽.

13) *La Joie royale, op. cit.*, p.395. 《왕도로 가는 길》, 앞의 책, 51–52쪽. 번역을 수정했음.

14) H. ‑C. Puech, *En Quête de la gnose*, Tome I, *La Gnose et le temps*, Gallimard, p.206.

의 정신적 고향으로부터 벗어나는 것이며, 내적·외적 망명을 동시에 의미하는 '크세니테이아(xéniteia)'를 나타낸다. 그것은 세상을 등지고 출가하는 수도자들의 길과 다를 바 없다.[15)]

그렇다면 존재론적 관점에서 클로드가 생각하는 진정한 나의 존재란 무엇인가? 그가 이미 페르캉과 마찬가지로 사회적으로 자신을 정의하는 데 무관심을 드러낸 이상, 사회적 자아, 시간적·현세적 존재를 진정한 나로 인식하지 않고 있음을 알 수 있다. 이와 같은 그의 의식은 존재의 이중성을 함축한다. 한편으로 시간 속에 생성·변모·소멸하는 욕망적 존재가 있으며, 다른 한편으로 이 욕망적 존재를 넘어서는 초월적·초시간적 나, 즉 구원의 대상으로서의 나가 있는 것이다. 후자가 전자로부터 벗어나 영원과 합류하는 것이 구도적(求道的) 방향이다.

그러나 이러한 초월로의 이동을 위해서는 욕망적 존재로서의 자아의 참모습, 곧 '인간의 조건'에 대한 진정한 입문이 필요하다. 앞서 필자는 클로드가 인도적 어둠을 향해 떠나면서 자신이 지닌 서구 사상의 단편들을 비워 가는 대목을 인용한 바 있다. 뿐만 아니라 《라마야나》에 대한 그의 식견도 지적했다. 따라서 불교적 공간인 밀림 속에서 그가 입문하는 비극의 문화적 코드는 불교이다. 이와 같은 입문에의 방향은 밀림에 들어가기 전에 그의 내면을 통해 이미 드러난다. 왜냐하면 그에게 문명의 세계와 대립되는 밀림에서의 모험은 그 "자신의 이미지들을 사로잡고 있는 괴어 있는 세계로부터 이 이미지들을 뽑아내는"[16)] 목적을 담고 있기 때문이다. 이 이미지들은 바로 시

---

15) Roland Barthes, *Comment vivre ensemble, op. cit.*, p.171 이하 참조. '크세니테이아'는 현세에서 '더불어 살기'의 대립적인 패러다임 항을 구성한다.

16) *op. cit.*, p.394. 번역본, 같은 책, 51쪽.

간적인 덧없는 존재의 이미지들로서 웅덩이처럼 '괴어 있는,' 다시
말해 썩은 세계 속에 붙들려 있다. 그것들을 뽑아내 거울처럼 비추어
주는 것이 밀림의 공간이다. 클로드는 이 상징적 공간과 대면하기 앞
서 그 속에 연기처럼 소멸한 인간의 모든 꿈, 역사와 문명을 떠올리
며 죽음의 불안에 사로잡혀 있다. 그곳은 "죽어 버린 도시들" "먼지
처럼 사라진 수도(首都)들" "궁녀들의 손에 문드러진 늙은 왕들"[17]이
허무의 흔적처럼 묻혀 있기 때문이다. 요컨대 클로드의 의식 속에서
그것은 존재하는 모든 것의 무상(無常)을 드러내 주는 계시의 장으로
이미 각인되어 있다.

여기서 독자가 주목해야 할 것은 밀림이 이중적인 불안의 공간으
로 기능한다는 점이다. 하나는 가시적·현실적 차원에 속하고 다른
하나는 형이상학적 차원에 속한다. 클로드가 부딪치게 될 실제적 위
험——예컨대 모이족의 일파인 "불의 사데트족이 창으로 찔러 죽인
백인 탐험대장 오당달"[18]의 연대기적 이야기에서 드러나는 것과 같은
위험——과 열대의 자연적인 장애물들이 치명적일 수 있다는 점에
서, 밀림은 강박적인 불안을 야기한다. 다른 한편 그것은 위에서 본
바와 같은 형이상학적 불안을 야기한다. 이런 이원적 구도는 클로드
의 탈주적 모험이 지닌 두 차원과 맞물려 있다. 그의 모험은 한편으
로 조각 작품들을 발굴하여 돈을 벌겠다는 실용적 목적을 지니고 있
으며, 이 목적은 예술을 통한 영원의 추구와 결합되어 있다. 다른 한
편으로 그의 모험은 비극적 인간 조건에의 입문이라는 차원을 지니
고 있다. 소설의 말미에는 "《왕도》는 《사막의 힘》의 제1권을 구성하

---

17) *Ibid.*, p.374, 376, 377. 같은 책, 14, 18, 19쪽.
18) *Ibid.*, p.178. 같은 책, 14쪽.

며, 이 비극적 입문은 그것의 서막에 불과하다"[19]는 작가 노트가 수록되어 있다. 따라서 소설에서 비극에의 입문이 클로드의 모험에서 중심 축을 형성한다는 것은 분명하다. 앞서 본 바와 같이 클로드가 이 입문에 준비되어 있음은 그의 내면 풍경을 통해 드러나지만, 그것의 진정한 단계는 페르캉과의 만남이라는 소설적 우연을 통해 시작된다. 그러니까 이 만남은 입문이 이루어지기 위한 필요한 장치로서 구상된 것이다. 마찬가지로 페르캉이 예술 작품을 함께 발굴하자는 클로드의 제안을 받아들인 것은 발굴 지역 쪽으로 그라보라는 인물을 찾으러 가야 하기 때문이라고 말하지만,[20] 이러한 수락 또한 두 주인공이 사제지간이 되도록 하기 위한 필요한 조건으로 설정된 것이다. 그러니까 그들의 협상은 비극에의 입문이라는 전체적 주제를 형상화하기 위한 기술적(技術的) 창안인 것이다.

그렇다면 페르캉의 의식을 잠시 살펴보자. 엄밀하게 말하면, 그가 방어하고자 하는 대상은 그가 건설한 '왕국'이 아니라, 자신의 지역과 불교도인 모이족 부하들이다. 그는 이미 이들의 신앙에 입문함으로써 물질주의 문명과 단절한 채 '평화'와 '여인들' 속에서 삶을 영위하고 있다. 그렇기 때문에 그는 도로나 철도가 개통됨으로써 서구 자본주의의 찌꺼기인 "알코올과 잡다한 싸구려 물건들이 들어오면

---

19) *Ibid.*, p.507. 번역본에는 이 작가 노트가 빠져 있다. 말로는 《사막의 힘》의 제2권을 내놓겠다고 했는데, 이 제2권이 《인간의 조건》이 된 것이다. 그는 공쿠르상을 수상했을 때 한 기자에게 이렇게 말했다. "나는 《인간의 조건》을 《왕도》를 잇는 후속 작품으로 만들고자 했다." 《인간의 조건》에 대한 Jean-Michel Gliksohn의 "Notice," in *Oeuvres complètes*, vol. I, *op. cit.*, p.1282에서 재인용. 따라서 말로는 두 소설 사이에 밀접한 연관이 있음을 시사하고 있으나 이에 관한 설득력 있는 연구는 없다. 필자는 동양 사상에 대한 탐구라는 관점에서 접근함으로써 이 연관성을 드러낸 바 있다.

20) *Ibid.*, p.392. 번역본, 같은 책, 47쪽 참조.

나의 모이족들도 끝장날 것"[21]이라고 말한다. 페르캉은 부패한 물질 문명에 때묻지 않은 불교도 모이족의 원초적 순수성을 방어하고자 하는 것이다. 그렇지 못할 경우, 그가 입문한 탄트라의 세계도 동시에 허물어질 것이다.

그렇다면 왜 페르캉은 식민지 지배자들과 피지배자들 사이에, 아니면 식민지 지배자들 사이에 필연적으로 발생하게 될 분쟁에 개입해 "지도 위에 흔적을 남기고"[22] 인간들의 기억 속에 오랫동안 남고자 하는 역사적 꿈, 다시 말해 "연대기에서 태어난 꿈"[23]을 단념한 것일까? 인간 세계를 혐오하는 그의 입장과 모순적일 수밖에 없는 이 꿈은 그가 입문한 불교적 관점에서 보면 덧없는 환상에 불과하다. 그러니까 그것은 클로드가 밀림 속에 사라진 역사와 문명을 생각하며 반추하는 그 무상한 모든 꿈들에 속하는 것이다. 그렇기 때문에 페르캉은 밀림에 들어서면서 젊은 동반자에게 이렇게 말한다. "진흙 썩는 냄새? 자네 느끼지……. 나의 계획 역시 저 늪처럼 썩어 버렸지."[24] 그의 세속적 야심은 빛으로 인도하는 진정한 '왕도'가 아닌 것이다. 결국 그에게 역사에 대한 서구적 야망의 허상을 인식시켜 그것에 대한 집착으로부터 벗어나게 만든 것은 불교 정신이다. 이렇게 볼 때 소설의 시작 단계에서 이미 페르캉은 그를 모이족의 정복자로 만들었던 역사적 모험 의식으로부터 탈피해 있으며, 과거와는 전혀 다른

---

21) *Ibid.*, p.412. 같은 책, 81쪽. 번역을 다소 수정했음. "백인들의 알코올과 그밖의 너저분한 상품들 때문에 내 손안에 든 용맹한 모이족도 못쓰게 되겠지"로 번역되어 있는데, 이는 페르캉의 의도를 전달하는 데 다소 문제가 있다고 보여진다.

22) *Ibid.*, p.412. 같은 책, 80쪽.

23) *Ibid.*, p.377. 같은 책, 19쪽. 번역본에는 "옛 기록 문서에서 떠오르는 가지가지 환상"으로 번역됨.

24) *Ibid.*, p.412. 같은 책, 80쪽. 여기서 밀림은 이미 모든 것을 무화(無化)시키는 시간의 전능한 힘을 상징적 공간으로 다가오고 있다.

새로운 초월적 세계로 탈주선을 그리고 있음을 알 수 있다.

이 탈주선은 클로드의 탈주선과 결합하면서 또 다른 모험으로 변형된다. 여기서부터 소설의 텍스트는 하나의 종교적 건축물처럼 구조물을 형성해 간다. 아울러 운명과 반운명의 대립이 초월을 향한 상승의 여정 속에서 펼쳐지는 가운데 비극에의 본격적 입문이 리듬 있게 이루어진다. 이제 페르캉이 스승과 제자의 관계 속에서 클로드에게 설파하는 인간의 조건을 검토해 보자.

2. 궁극 목적성

클로드의 내면에 자리잡고 있는 하나의 관념, 즉 "삶에 주어진 궁극 목적성(finalité)의 부재"[25]라는 관념은 니체나 헤라클레이토스의 '영원 회귀'의 관점에서 해석될 수 있는 것이다. 그것은 '최종 상태'가 배제된 채 생성 속에서, 들뢰즈의 용어를 빌린다면 '차이와 반복'을 통해 끊임없이 되돌아오는 존재들의 회귀를 상기시킬 수 있기 때문이다. 그러나 그것은 '생성의 존재'를 긍정하는 그들의 철학과 결부되지 않기 때문에 그렇게 해석될 수 없다. 그것은 삶의 의미와 방향을 주는 궁극적 실체의 부재를 나타내며, 죽음의 강박 관념과 결합되면서 허무주의를 벗어나지 못하고 있다. 그것은 죽음을 초월하는 궁극점에 대한 갈망을 함축한다. 그러니까 그것은 신학적이고 목적론적(téléologique) 성격을 띠고 있다. 그것은 제3부에서 페르캉이 클로드에게 설파하는 비극 속에서 이렇게 재표현된다. "나와 마찬가지

---

25) *Ibid.*, p.199. 같은 책, 51쪽.

로 자네도 삶이 아무 의미(sens)도 없다는 것을 알고 있겠지."[26] 프랑스어 낱말 'sens'는 방향이란 뜻도 있음에 주목하자. 따라서 삶이 의미도 방향도 없이 되돌아오면서 죽음에 의해 단절되는 비극이 문제이다. 그러니까 삶은 영원히 회귀하지만 생성되는 존재들 사이에는 죽음이 심연처럼 놓여져 불연속성을 야기한다. 하이데거의 표현을 빌리자면, 인간은 이 '죽음을 위한 존재'이다. 이 죽음의 실체를 아는 것이 클로드가 입문하는 인간 조건의 핵심이며, 최종 단계이다. 이제 이 단계까지의 과정을 검토해 보자.

'궁극 목적성의 부재'라는 관념과 관련해, 제2부의 도입부에서 클로드의 의식에 비친 밀림의 묘사는 '괴어 있는 세계가 붙들고 있는' 인간의 이미지들, 다시 말해 존재의 무상(無常)을 뛰어난 상상력으로 드러내고 있다. 그런데 특히 주목해야 할 점은 이 도입부의 처음부터 불상이 나타난다는 점이다. 우선 인용할 부분을 직역한 다음 의역해 보자.

"4일 전부터 밀림. 4일 전부터 목조 불상들처럼, 습하고 더운 땅에서 괴상한 곤충들같이 비어져 나온 오두막들의 종려나무 이엉처럼, 밀림에서 태어난 마을들 옆에서 야영. 물이 깊은 수족관의 그 빛 속에 정신의 해체."

"4일 전부터 밀림이 계속되고 있었다. 4일 전부터 밀림에서 태어난 마을들 옆에서 야영을 했다. 마을에 있는 목조 불상들도, 습하고 더운 땅에서 괴상한 곤충들처럼 비어져 나온 오두막들의 종려나무 이엉도

---

26) *Ibid.*, p.447. 같은 책, 142쪽.

역시 밀림에서 태어나 그 일부를 이루고 있었다. 수족관의 깊은 물에 스며든 것처럼, 밀림에 내리쬐는 그 햇빛 속에 정신이 해체되었다."[27]

직역 텍스트를 보면 문장들이 생략의 수법을 통해 문법적으로 잘려진 채, 불연속성을 이루면서 나열되어 있다. 필자가 앞서 밝힌 것처럼 소설의 의미 구조가 독창적 싱징시학을 통해 코드화되어 있음을 상기할 때, 이 텍스트는 밀림이 어떤 상징 체계를 구현하고 있는지 다시 한번 암시하고 있다. 밀림에서 태어난 불상들이 밀림과 한 덩어리를 이루고 있다면, 그 둘은 불가분의 환유적 관계에 있다는 것을 함축한다. 하나의 종교, 혹은 하나의 문화는 그것이 태어난 지리적 공간을 '영토화'[28]하고 그것과 일체가 되어 통일적인 관계를 이룬다는 것은 말할 필요가 없을 것이다. 예컨대 중국 문화를 중국이라는 지리적 공간을 떼어 놓고 생각할 수 있는가? 이미 슈펭글러는 《서양의 몰락》에서 괴테로부터 영향을 받아 각각의 독립적·자율적 문명을 식물형태학적 관점에서 접근한 바 있다. 일정한 토양에서 성장하는 식물처럼 문화의 탄생과 발전은 일정한 지리적 공간을 떠나서는

---

27) *Ibid.*, p.416. 같은 책, 88쪽. 번역을 수정했음.

28) 들뢰즈의 '코드화' 및 '영토화' 그리고 '재코드화' 및 '탈영토화' 혹은 '재영토화' 이론을 빌리자면, 밀림은 브라만교의 공간으로부터 탈영토화되어 불교의 공간으로 (재)영토화되었다 할 것이다. 왜냐하면 불교 이전에 그곳은 비슈누파와 시바파로 나뉘어진 브라만교를 믿는 크메르 왕국의 지배하에 있었기 때문이다. 《왕도》에서 두 주인공이 발굴하는 조각상이 브라만교 예술품이다. '영토화' 이론에 대해서는 질 들뢰즈/펠릭스 가타리, 김재인 옮김, 《천 개의 고원》, 새물결, 2003(2001), 특히 제3장 참조. 또한 이 책의 훌륭한 해설서인 이진경 지음, 《노마디즘》, 휴머니스트, 2002, 제3장 2절 참조. 이들의 이론을 《왕도》라는 텍스트와 관련시켜 한마디 하자면, 이 텍스트는 기존의 '코드화' 되고 '영토화' 된 문학 비평 코드들로는 해독이 안 된다. 그것은 상징시학을 통해 '탈주선' 을 그으며 완벽하게 '재코드화' 되고 '재영토화' 된 새로운 담론 구조를 창조하고 있다.

생각할 수 없다는 것이다. 그러니까 밀림은 이미 불교의 세계를 육화하고 있다는 사실을 텍스트는 암시하고 있다.

뿐만 아니라 〈랜글로이스 포드 원고〉를 보면 이와 같은 사실을 뒷받침하는 중요한 문장이 들어 있는 대목이 나오는데, 결정판에서 삭제되었다. 이 대목은 2부 도입부의 밀림 묘사에 곧바로 이어지는 부분으로 두 주인공이 밀림 속에 묻혀 있는 브라만교 사원들을 찾아 전진해 나가는 과정을 자세히 서술하고 있다. 그런데 여기서 바로 불교도 농민들이 등장하고 있는 것이다. "이 브라만교 사원들에 무관심을 나타낸 불교도 농부들은 클로드와 페르캉에게 기꺼이 정보를 제공해 주었다."[29] 밀림에서 농사를 짓고 사는 불교도들의 존재를 드러내는 이 문장은 이 지역이 불교의 세계라는 점을 다시 확인시켜 준다. 불교의 시간관에서 볼 때, 브라만교 사원들은 그것들이 설사 예술 작품으로 인식된다 할지라도 역시 한갓 덧없는 것들에 지나지 않는다.[30] 그럼 불교의 비전을 가장 잘 형상화시킨다고 보여지는 부분을 살펴보자.

---

29) 《왕도》에 관한 "Notes et variations," in *Oeuvres complètes*, vol. I, *op. cit.*, p.1234, p.417에 대한 주(註) c.

30) 이런 관점에서 결정판에서는 삭제되었지만, 〈랜글로이스 포드 원고〉에 나타나는 중요한 대목에 주목할 필요가 있다. 클로드와 페르캉은 밀림을 헤쳐 나가는 과정에서 밤에 야영을 하는데, 여기서 클로드의 의식은 예술로부터도 벗어나는 상태를 잠시 보여 주기 때문이다. "푸르스름한 안개가 대지로부터 올라왔다. (…) 클로드는 (…) 열대의 부글부글 끓는 현상을 육체적으로 민감하게 받아들이며, 〔예술로부터 분리되어〕 작품들과 인간들의 모든 무게로부터 벗어남을 느꼈다. (…) 죽음과 대항하기 위해 작품들을 건립하기 위해 (…) 사는 인간들의 노력, 예술, 라메주와의 대화, 기억과 욕망, 모든 것이 (…) 분해되어 (썩어) 해체되고 있었다(se décomposait)." 《왕도》에 대한 "Notes et variantes," *Ibid.*, p.1233, p.416에 대한 주(註) b. 이 인용에는 모든 현상계가 마야에 속한다는 환상적 성격을 상징하는 '안개'까지 등장하고 있다.

"클로드는 병에 걸린 듯, 이 부글부글 끓는(삭는) 현상(fermentation) 속에 무너져 내렸다. 그 속에서는 천하 만상이 부풀어오르고 늘어졌다 가, 인간이 중요한 세계 밖으로 썩어 사라져 갔다. 그것(현상)은 암흑 의 힘으로 그를 그 자신과 갈라 놓고 있었다. 온통 도처에 뒤끓는 곤충 들. 다른 동물들은 대개 보이지 않고 휙 지나가는데, 어떤 다른 세계로 부터 오고 있었다. (⋯) 반짝이는 원자들의 소용돌이 속에 햇빛이 강렬 하게 쏟아지는 나뭇잎들 사이로 때때로 열리는 그런 세계로부터. 곤충 들, 그것들은 (⋯) 공처럼 둥근 미세한 검은 것들로부터 (⋯) 개미들과 (⋯) 거미들에 이르기까지, 밀림의 생태를 살고 있었고, 인광을 발하는 기하학적 형태들로 혼돈을 이루며 멀리 부동의 영원 속에 나타나고 있 었다. 연체동물처럼 흐물거리는 정글의 움직임을 배경으로 거미들만 이 고정된 모습들을 하고 있었다. 이 모습들은 어떤 모호한 유사함을 통해서 다른 곤충들, 개똥벌레들, 파리들, 이름 없는 벌레들과 연결되 고 있었다. 이 벌레들은 미세한 생명이 풍기는 구역질 나는 독성을 드 러내며 이끼 위의 껍질 속에서 머리를 내밀고 있었다. 개미들은 보이 지 않은 채, 높다란 회색의 흰개미집은 어스름한 그늘 속에서 죽은 별 들의 뾰족한 바위 같은 모양들을 위쪽으로 드러내고 있었다. 마치 그 것들은 대기의 부패 속에서, 버섯 냄새 속에서, 나뭇잎 밑에 파리가 쉬 슬어 놓은 것처럼 들러붙은 미세한 거머리들의 존재 속에서 태어난 것 같았다. 이제 밀림의 통일적 모습이 위용을 드러내고 있었다. 6일 전 부터 클로드는 존재들과 형상들을, 움직이는 생명과 스며 나오는 생명 을 구분하는 것을 단념했다. 어떤 알 수 없는 힘[31]이 종양 같은 균류들

---

31) 〈랜글로이스 포드 원고〉에는 이 표현이 '밀림의 시작도 끝도 없는 영원한 힘' 으로 되어 있다.

을 나무들에 연결시키고 있었고, 태초의 김이 무럭무럭 나는 숲 속에서, 온갖 일시적인 생명들을 늪의 거품과도 흡사한 땅 위에 우글거리게 하고 있었다."[32]

인용문이 다소 긴 것은 묘사의 중요성 때문이다. 사실 〈랜글로이스 포드 원고〉를 보면 보다 세밀한 묘사와 암시적 부분들이 숨어 있지만, 굳이 그것들까지 언급하지 않더라도 인용한 텍스트만으로도 필자의 논지를 펼치는 데 충분하다고 생각된다. 필자의 부족한 식견으로 보건대, 불교의 비극적 인간관을 이보다 훌륭하게 형상화하는 묘사가 있을까 의문스럽다. 특히 독자가 이 텍스트를 읽으면서 잊어서는 안 될 것은 소설 속에서 '밀림을 지배하는'[33] 곤충이 인간을 나타내는 핵심 메타포로 활용되고 있다는 점이다. 우리가 이미 살펴본 바와 같이, 곤충은 소설의 제1부 도입 부분에서 창녀들의 윤무가 펼쳐지는 가운데 램프의 불빛 주위를 도는 하루살이로서 처음 나타난다. 그 이후 페르캉이 클로드에게 인간 조건에 대해 설파하는 담론 속에 직접적으로 다시 등장한다. 예컨대 "이 모든 더러운 곤충들은 빛에 이끌려 우리의 불빛을 향해 오고 있네. 이 흰개미들은 그들의 개미집에 종속되어 그 속에서 살고 있네. 나는 굴복하고 싶지 않네."[34] 또 페르캉은 4부의 마지막에서 죽음 너머로 초월하면서 인간들을 "죽음의 천장 아래 수많은 무리들, 나뭇잎 아래 들끓는 곤충들"[35]로 표상

---

32) *La Voie royale, op. cit.*, pp.416-417. 《왕도로 가는 길》, 앞의 책, 89-90쪽. 번역을 수정했음.

33) 소설 속에서 "부패는 곤충과 마찬가지로 밀림을 지배하고 있다." *Ibid.*, p.418, 같은 책, 93쪽.

34) *Ibid.*, p.448. 같은 책, 143쪽. 번역을 다소 수정했음.

35) *Ibid.*, p.504. 같은 책, 241쪽.

하고 있다. 그러니까 위에 인용된 텍스트에서 온갖 곤충들은 바로 인간 군상들을 표상하는 메타포로 활용된 것이다.

이 텍스트에서 밀림은 우선 '사막'[36]처럼 불교적 시간의 힘을 육화하는 상징적 공간이다. 불교에서는 천지가 한 번 개벽해서 한 주기를 마감할 때까지를 칼파, 즉 겁(劫)이라고 하며,[37] 겁이 무한히 계속되는 것을 무량겁 혹은 아승지겁이라 부른다. 이 한량없는 신화적 시간의 관점에서 보면, 중생은 '궁극 목적성'을 상실한 채 찰나적인 삶을 살며 생사의 윤회 속에 갇혀 있다. 이처럼 시간을 불교의 우주적 영원[38]으로 확장할 때, 인간을 포함한 모든 존재자는 태어나 늙고 병들어 죽는——썩어 소멸하는——생멸의 이 찰나적 주기는 순간적 부패의 이미지를 낳는다. "감각적 세계의 유동성과 순간성, 그리고 연속적인 무화(無化; néantisation)는 시간적 세계의 비실체성을 표현하기 위한 대승불교의 전형적인 표현 양식이다."[39] 모든 존재자는 '비실체적(irréel)'이다.[40] 그렇기 때문에 클로드는 만물이 일시적으로 생

---

36) 말로가 《왕도》를 《사막의 힘》 제1권으로 집필했다는 점을 상기하자. 밀림이 사막의 풍경을 떠올리게 하는 것은 말로의 상상력 중에 한 단면이지만, 전적으로 비극 쪽에 치우쳐 있다. 이 풍경은 카뮈의 경우처럼 '천국'과 '지옥,' '행복과 비극'의 양면성을 포괄하면서, 돌과 함께 부조리를 상징하는 사막의 이미지와는 다른 것이다. 이에 관해서는 김화영, 〈돌의 시학〉, in 김화영 편, 《카뮈》, 문학과지성사, 작가론 총서 6, 1978(1983), 11-38쪽 참조.

37) 브라만교에서는 이 주기가 창조의 신 브라흐마가 유지의 신 비슈누 및 파괴의 신 시바와 삼위일체를 이루며 우주를 생성 소멸시키는 시간이다. 아마 기독교의 천지 창조로부터 최후의 심판까지의 극적 드라마는 이 한 주기에 대응한다 할 것이다. 생성과 소멸의 드라마를 한 주기로 이처럼 제한해 놓음으로써 유대-기독교의 일직선적 시간관이 탄생했으며, 이로 인해 기독교는 순환적 시간관을 제시하는 여타 종교들에 비해 독창성을 획득했다고 생각할 수 있을 것이다.

38) 이 앞서 보았듯이, 〈랜글로이스 포드 원고〉에 나타나는 "밀림의 시작도 끝도 없는 영원한 힘"은 바로 불교적 시간의 힘을 말한다.

39) Mircea Eliade, *Images et symboles*, Gallimard, "Tel gallimard" n° 44, 1952, p.104.

성했다가 '썩어 사라지는' 그 '부글부글 끓는 현상'에 직면하여 자신도 그런 존재임을 직관하며 "병에 걸린 듯 무너져 내린" 것이다. 병은 바로 부패이다. 발효하듯 들끓는 이 현상이 '암흑의 힘'을 발휘하는 것은 무엇 때문인가? 중생은 이 진리의 법(法)에 무지하기 때문에 암흑 속에 갇혀 있는 것이다. 따라서 그 어둠의 힘은 바로 중생을 누르는 무명(無明)의 힘이다.[41] "이 현상이 그를 그 자신과 갈라 놓고 있었다"는 표현에 주목하자. 그의 존재는 이원화되고 있다. 그러니까 그는 이 현상 속에 무너져 내리는 '자아,' 다시 말해 찰나적 시간 속에 소멸하는 자아와 이를 벗어나 있는 '나'가 분리된 것이다. 이 '나'가 구원받아야 할 초월적 대상이라 할 것이다.

다른 한편으로 만상들은 인간 세계 밖으로 어디론가 소멸했다가 알 수 없는 '다른 세계'로부터 다시 나타나고 있으며, 그것도 '부동의 영원 속에' 나타나고 있다. 생명들이 시간의 속성인 영원 속에 쉼 없이 찰나적으로 회귀하고 있는 것이다. 밀림에서는 "보이지 않는 세계로부터 존재들이 생명으로 나타나서 보이지 않는 세계 속에 소멸되어 지나간다. 그것들은 하늘의 섬광처럼 나타났다가 사라진다."[42]

---

40) 물론 이와 같은 시간관은 불교와 브라만교에 공통적이다. 다만 불교는 우주적 "시간 속의 모든 존재자의 존재론적 비실체성"에 대한 브라만교의 관념을 극한으로 밀고 나간 것이다. 이같은 '우주적 시간'으로부터 벗어나 '시간이 없는 비시간적(atemporel)' 초월에 도달하여, 과거와 미래까지 현재화되어 나타나는 깨달음의 세계가 붓다의 경지이다. 이에 대해서는 인도학의 대가인 엘리아데(Mircea Eliade), *Ibid.*, p.102 이하 참조. 소광희는 불교적 시간관을 다루면서 원시 불교의 비극적 시간관에 대해서는 거의 다루지 않고, 이를 넘어선 초월적 시간관에 초점을 맞추고 있다. 그것도 중국·한국·일본에서 도가 사상과 결합하여 변형된 시간관을 주로 검토하고 있어, 원시 불교에 대한 이해를 돕는 데는 한계가 있다는 아쉬움을 남긴다. 《시간의 철학적 성찰》, 문예출판사, 2003, 642쪽 이하 참고.
41) 여기서 이미 우리는 《왕도》가 콘래드의 《암흑의 한가운데》와 얼마나 거리가 먼지 알 수 있다.

그러니까 무(無)로부터 유(有)로, 혹은 반대로 유로부터 무로 '존재
(자)들'이 순간적인 '성기(性起)'와 '성거(性去)'[43]를, 다시 말해 '현
시'와 '은적'을 무한히 반복하고 있다. 각종의 곤충들은 천태만상의
인간 군상이며, 그것들과 여타 구역질 나는 생명들의 생명적 연쇄가
이루어지고 있다. 이 돌고 도는 연쇄는 '존재들과 형상들'이, '움직
이는 생명'과 '스며 나오는 생명'이 분별되지 않는 클로드의 의식 속
에서 확인된다. 일체의 생명이 업과 인연에 의해 중생의 세계를 이루
며 윤회하기 때문에 분별이 부정되는 것이다.[44] 따라서 클로드의 눈
에 비친 밀림은 불교적 의식으로의 확장을 통해서 다가오는 사바세
계, 보다 정확히 말하면 삼계(三界)[45] 가운데 욕계이며, '태초' 이래
변함없이 회귀하는 생사의 '늪'이다.

그런데 이런 상징적 밀림의 묘사를 피치는 샤를 뮐러의 분석, 즉
"내적 정글의 문학적 옮김"이라는 분석을 받아들이며, "클로드의 의
식이 자아를 해체시키는 두 동인인 밀림과 잠재의식이 만나는 장소"[46]
라고 말한다. 또 골드만은 이 묘사를 자연의 힘이 부과하는 '무형의

---

42) Ananda K. Coomarswamy, *Le Temps et l'éternité*, coll. "Mystique et Religions,"
Dervy- Livres, 1976, p.37.

43) 성기는 화엄적 의미에서 존재, 즉 성이 일어남을 말하고, 성거는 존재가 감을
말한다. 김형효 지음, 《하이데거와 화엄의 사유》, 청계, 2002, 21쪽 참조.

44) 이 미분별 상태를 뒤집으면, 그 모든 일체의 생명이 불성을 지니고 있으므로
구원의 대상이 된다.

45) 불교의 3계는 욕계, 색계 그리고 무색계로 이루어져 있다. 욕계는 물질적 욕
망에 사로잡힌 중생의 영역이다. 색계는 욕망으로부터는 벗어났으나 육체를 간직
하고 있으며, 물질적인 것이 모두 '청정한' 형상의 세계이다. 신체적 쾌감이 남아
있는 세계이다. 무색계는 물질을 초월하고 육체로부터 떠난 순수 무형의 정신 세계
이다. 여기서 묘사된 밀림의 세계는 욕망이 들끓는 세계이다. 특히 밀림에 묻힌 역
사적·시간적 꿈들(사라진 문명과 도시들, 왕들, 연대기에서 태어난 몽상들)을 생각할
때 욕계에 속한다 할 것이다. 색계와 무색계로의 이동은 페르캉의 시적 모험 구조
를 통해 차츰 밝혀질 것이다.

무(néant informe)'[47]로 해석한다. 이런 해석들이 드러내는 한계는 이제 분명하다. 그것들은 텍스트의 상징시학을 통해 코드화된 내적 구조에 대한 심층적 접근을 결여하고 있다.

문제의 인용문은 불교의 비극적 세계관[48]을 구체화시키는 말로의

---

46) B. T. Fitch, *op. cit.*, pp.28-29. 그보다 밀림은 잠재의식과 무의식을 포함한 포괄적 운명의 단위를 나타내는 상징 체계라고 해야 할 것이다. 불교의 유식학적 관점에서 보면 무의식과 잠재의식은 아뢰야식에 속한다. 아뢰야식, 즉 제8식은 시간의 업을 저장하여 전생(前生)과 현생(現生)을 이어 주며 그 업을 다음 생까지 끌고 가 번뇌의 씨앗과 윤회의 근원을 이룬다. 그것은 존재의 근저, 즉 비이성적 세계를 구성하며 비유하면 빙산 가운데 바다 속에 잠긴 부분을 이루는 거대한 저장고이다. 그 속에는 인류의 역사가 담겨 있다. 과학적·물질적 상상력의 관점에서 인간의 출현 과정을 보면, '빅뱅' 이후 은하계→ 태양계→ 지구 → 광물계 → 물 → 식물 → 동물 → 인간의 순으로 나타났다. 그러니까 인간은 인간 이전의 진화 단계를 모두 전제한다. 그렇기 때문에 인간은 무(無)의 꿈, 광물적 꿈, 식물적 꿈, 동물적 꿈을 꿀 수 있으며, 우주의 모든 것과 교감할 수 있는 잠재태로서의 소우주을 이루고 있다. 이 인류의 우주적 역사 과정과 고대의 신화적·종교적 공동체 문화가 결합해 융의 용어를 빌리자면 '집단 무의식'을 구성한다. 이를 토대로 엄마·아빠·나의 관계, 더 나아가 타자와의 관계를 중심으로 프로이트의 '개인적 무의식'이 생성된다. 이러한 설명은 불교의 윤회 및 연기설에 의한 설명과 모순되는 것이 아니다. 프로이트와 융이 불교의 아뢰야식에서 많은 시사를 받았다는 점은 잘 알려져 있지 않다. 집단 무의식과 개인적 무의식은 모두 아뢰야식 속에 뿌리박고 있다. 이렇게 볼 때, 밀림의 세계는 태초 이래로 존재들의 역사가 담겨 있는 아뢰야식의 현현이라 할 수 있다.

47) L. Goldmann, *op. cit.*, p.134. 피치나 골드만의 이와 같은 해석은 대부분의 여타 연구들의 해석을 대변하고 있다. 예컨대 엘리스(E. A. Ellis)는 밀림이 인간을 파괴하는 두 개의 외적·내적 이미지, 즉 '우주의 신비한 힘'과 '무의식의 이미지'를 드러낸다고 주장하며, 운명을 상징한다고 말하고 있다. *André Malraux et le monde de la nature, Minard,* "Archives des lettres modernes" nº 157, 1973, p.27.

48) 소설이 불교의 세계관이 지닌 부정과 긍정의 양면 가운데 부정에 기울어져 있음을 상기하자. 세계 부정에서 긍정으로 전환하는 역설은 이 작품에서 배제되어 있다. 다시 말해 소설은 시각(始覺)의 차원에 머물고 있다고 할 것이다. 세계를 긍정하는 본각(本覺)으로의 이동은 《인간의 조건》에서 그 싹이 엿보인다고 생각된다. 김형효는 하이데거의 어두운 전기 사상과 초탈한 후기 사상을 불교의 유식학적 시각과 화엄적 본각에 접근시키고 있다. 《하이데거와 화엄의 사유》, 앞의 책, 32-33쪽, 140쪽 참조.

뛰어난 상상력을 보여 주고 있다. 이 상상력은 법력(法力) 높은 고승들이 불법(佛法)의 위력으로 마야(maya)의 세계를 비추어 주는 진리의 거울과 같은 역할을 한다. "이곳에서 인간의 어떤 행위가 의미를 갖겠는가? 어떤 의지가 힘을 유지하겠는가?"[49]라고 외치는 클로드의 내면적 충격은 바로 이 거울 속에 비친 환상으로서의 현상계 앞에서 나타내는 반응에 다름 아니다.

위와 같은 밀림의 묘사는 클로드의 시선을 통해 드러나고 있으며, 페르캉의 심리적 움직임은 나타나지 않고 있다. 그는 이 밀림에 이미 입문해 있기 때문에 전혀 동요하지 않고 침묵 속에서 클로드를 주시하고 있는 것이다. 입문적 차원에서 보면 진리의 거울을 비추는 주체는 페르캉이라 할 것이다. 그는 비극적 인간 조건에 대한 본격적 설법을 위한 입문 의식(儀式)의 단계로서 밀림의 이미지들을 보여 주고 있는 셈이다. 여기에는 보이느냐, 어떠냐의 의미가 담겨 있다. 그렇기 때문에 페르캉의 가르침이 제1부에 예고되고 있지만, 그것이 본격적으로 시작되는 시점은 생명체들의 '보편적 해체(부패)'가 베일을 벗는 제2부가 지나고 난 제3부부터이다.

이제 밀림이 윤회의 상징적 공간이란 점은 분명해졌다. 이 공간 속에 현현하는 것은 우주적 시간의 전능한 힘이다. 이 시간에 저항할 수 있는 것은 아무것도 존재하지 않는다. 따라서 윤회의 바퀴가 돌고 있는 밀림이라는 시공간의 초월이 구원의 방향이 될 것이다. 이 점은 뒤에 가서 다루어질 것이다. 그렇다면 밀림은 클로드의 의식의 창에 비친 모습이 전부인가? 소설에서 밀림은 다단계를 형성하고 있으며,

---

49) *La Voie royale, op. cit.*, p.417. 《왕도로 가는 길》, 앞의 책, 90쪽. "여기서 인간적인 행동이라는 게 대체 무슨 의미를 가질 것인가? 어떤 인간의 의지가 자기 힘을 그대로 지키고 버텨 나갈 수 있을 것인가?"로 번역됨.

2부에서 3부와 4부로 이동함에 따라 지리적인 수직 상승의 양상을
드러낸다. 따라서 앞으로 보겠지만, 밀림의 불교적 상징 체계는 4부
에 나타나는 산의 정상까지를 포괄한다. 그렇기 때문에 제4부의 대
미 부분에서 페르캉이 생사를 초월해 궁극적인 '우주적 의식(Con-
science cosmique)'과 합류하는 최후 순간에 이런 표현이 나온다. "페
르캉에게 들리는 것은 오직 그 자신의 소리뿐이었다. 마치 그 자신만
이 그의 영혼을 밀림에서 떼어내고 있는 맹화의 열기에 동의할 수 있
다는 듯이"[50] 물론 여기서 '영혼'이라 번역된 'âme'는 기독교적 영혼
이 아니다. 그것은 우주적 의식으로 돌아가는 '순수 의식'으로서의
진아를 표현한 것이다.[51] 죽음을 통해 밀림에서 영혼이 벗어나고 있
다는 말은 밀림 전체가 바로 윤회의 바퀴, 즉 운명의 세계임을 암시
한다. 이제 우리는 소설의 제1부 도입부에서 창녀들이 추는 윤무(輪
舞)에서 원의 상징적 의미[52]와 밀림의 상징 체계가 어떻게 연결되고
있는지 밝혀낸 셈이다.

　이제 밀림과 관련해 밤의 이미지를 검토해 보자. 밀림이 사바세계
를 상징한다면, 이 미혹의 세계에 빠져 허우적거리는 인간의 무명(無
明) 상태를 상징하는 것이 밤이다. 우선 제1부 도입부에서 윤무가 펼
쳐지는 배경이 밤이라는 점을 상기하자. 이미 여기서부터 밤은 장님
이 부는 피리와 결합됨으로써 그것이 상징적 차원에서 차지하는 비
중을 가늠케 한다. 페르캉은 밤의 신비, 어둠의 비밀을 꿰뚫고 있는
존재임에 반해, 클로드는 아직 입문의 상태에 들어가지 않은 단계에

---

50) *Ibid.*, p.504. 같은 책, 241쪽. 번역을 다소 수정했음.
51) 페르캉의 초월에 대해서는 뒤에 가서 자세히 다루어질 것임.
52) 모든 현상들의 상징적 의미는 양면성을 지니고 있다. 원 역시 긍정적으로 보
면 완벽의 세계를 상징한다. 그러나 여기서는 부정적으로 운명을 상징하고 있다.

있다. 그렇기 때문에 페르캉은 그에게 어둠 속에 잠긴 어렴풋한 존재로만 다가오는 것이다. 그는 밀림 세계의 실체를 깨달은 각자(覺者)의 위치에 있지만, 젊은 주인공은 그것을 '장님의 세계'[53]로 느끼고 있다. 이와 같은 클로드의 위치는 그가 밀림의 서막을 바라보면서 《라마야나》를 읊은 장님을 회상하는 데서도 확인된다.[54] 그러니까 그는 밤의 무명 속에서 페르캉을 따라 밀림의 세계에 들어가 단계적으로 입문하는 것이다.

이와 같은 맥락에서 페르캉이 클로드를 비극에 입문시키는 시간적 배경은 밤이다. 이 밤은 희망의 배태도, 존재의 모든 가능성이 숨쉬는 불확실한 상태도, 창조 이전의 카오스도 나타내지 않는다. 그것은 시간에 대한 승리를 가져오는 꿈과 잠이 자리잡는, 노발리스의 밤과도 거리가 멀다. 그것은 신비주의자들에게 나타나는 밤, 다시 말해 지적이고 이성적인 모든 인식을 무용하게 만드는 위협적인 밤이며, 구원을 향한 외침에 대답하지 않는 침묵의 밤과 통한다. 그것은 진정한 모든 앎의 길들을 가리는 암흑의 베일과 같은 것이다.

"그(클로드)의 사유는 그것이 빠져나오는 심층으로부터 자양을 얻어 떠오르고 있지만, 어둠과 타는 듯한 대지로부터 올라오는 초자연의 힘에 여전히 지배되고 있었다. 마치 모든 것이, 대지까지도 인간의 비참함을 그에게 납득시키고 말겠다는 듯이.

— 그럼 **또 다른** 죽음, 우리의 내부에 있는 그 죽음은요?

— 그 모든 것에 대항하여 존재하는 것(페르캉은 위협적으로 장엄한

---

53) *La Voie royale, op. cit.*, p.396. 《왕도로 가는 길》, 앞의 책, 53쪽.
54) 장님의 테마에 대해서는 앞서 언급했음. 본서 76쪽 참조.

밤을 시선으로 가리켰다), 그것이 무엇을 의미하는지 자네는 알겠는가? 죽음에 대항해 존재한다는 것은 그와 마찬가지지."[55]

여기서 '또 다른 죽음'이란 이전의 대화 내용에 나오는 자살을 통한 죽음과 대비되는 것으로 '암처럼' 우리 내부에 자리잡고 있는 죽음, 즉 육체의 노쇠를 통한 죽음을 말한다. 그런데 페르캉은 이 죽음에 대항하는 것이 '위협적으로 장엄한 밤'에 대항하는 것과 마찬가지라고 말하고 있다. 이 코드화된 말의 참된 의미는 무엇일까? 그것은 불교와 밤의 상징성을 동시에 생각할 때 드러난다. 여기서 싯다르타 왕자가 시종과 함께 세 번의 외출을 통해 로·병·사를 발견했던 밤들과 '위대한 출가의 밤'을 생각해야 한다.[56] 또한 싯다르타가 밀림/숲 속에 들어가 수행을 시작했다는 점도 상기해야 한다.[57] 왜 밤에 이 '인간의 조건'을 발견했는가? 그것은 아직 어둠에 싸인 채 베일 속에 가려 있는 마야이기 때문이다. 그가 밤에 떠난 것은 바로 생로병사에 대한 무명 상태에서 출가함을 의미하며, 이 무명으로부터 벗어남이 사고(四苦)를 벗어나는 것이다. 따라서 싯다르타는 밀림 속에서 이 어둠의 무명을 깨쳐 죽음을 초월하는 수행에 들어갔던 것이다. 장님 상태의 무명과의 싸움, 즉 저 '위협적으로 장엄한 밤'과의

---

55) *La Voie royale, op. cit.*, p.449. 《왕도로 가는 길》, 같은 책, 144–145쪽. 강조는 작가가 한 것임.

56) 말로는 《반회고록》에서 '싯다르타 왕자가 늙음, 병듦, 죽음을 발견한 밤들'과 싯다르타가 밀림을 향해 떠난 '위대한 출가의 밤'을 이야기하고 있다. *Antimémoires, op. cit.*, pp.194, 251, 271.

57) 말로는 《반회고록》에서 "고행자들이 밀림/숲 속에서 싯다르타 왕자를 맞이했다"고 말하고 있다. *Ibid.*, p.210. 프랑스어 낱말 forêt는 숲과 밀림을 모두 지칭한다. 인도에서 고행자들이 숲 속에 은둔하여 구도의 길을 가고 있음은 주지의 사실이다. 소설에서는 다만 이 숲이 보다 강렬한 열대의 밀림으로 대체되고 있다.

싸움의 의미는 바로 여기에 있다. 어둠과의 대결, 그것은 곧 죽음과의 대결이다.

소설이 시작될 때 페르캉은 이미 불교에 입문해 있으며, 밀림과 어둠을 뚫고 구도의 길을 가고 있다. 그러나 클로드는 이제 입문하러 가고 있는 입장에 있다. 그렇기 때문에 페르캉은 어둠 속을 응시하는 영물스러운 고양이와 상징적으로 연결되어 나타난다. 제1부의 도입부에서 두 인물의 대화가 끝나고 페르캉이 사라진 뒤의 상황 묘사를 보자.

"페르캉의 그림자가 점차 줄어들었다. 클로드의 그림자만이 갑판 위에 길게 드리워져 있었다. 그리고 보니 앞으로 좀 튀어나온 그의 아래턱이 거의 페르캉의 턱만큼이나 기운차게 보였다. 등불이 흔들렸고, 그림자가 흔들리기 시작했다. 2개월 후에는 이 그림자에서, 그리고 그것이 길게 늘어뜨린 육체에서 무엇이 남아 있을까? 오늘 저녁 이 남성적 실루엣보다 그를 훨씬 더 잘 표현한 그 단호하고 불안한 시선도, 눈도 없는 형상. 이 실루엣을 배의 고양이가 가로지르려 하고 있었다. 그는 손을 내밀었다. 그러자 고양이는 달아났다. 강박 관념이 다시 그에게 덮쳐왔다."[58]

이 텍스트는 페르캉과 클로드가 이미 접근되고 있음을 신체적 닮음을 통해 드러내고 있다. 그들은 2개월 후면 밀림 속에 있을 것이다.[59] 그런데 밀림 속에 들어갔을 때, 클로드의 그림자와 육체로부터 남은 것이 '시선도 눈도 없는 형상'이라니 대체 무슨 말인가? 이 표

---

58) *La Voie royale, op. cit.*, p.374. 《왕도로 가는 길》, *Ibid.*, p.13. 번역을 수정했음.

현이 코드화되어 있음은 분명하다. 밀림 속에서 클로드의 눈과 시선이 사라진다는 것은 그가 장님이 된다는 말이 아니겠는가? 필자는 앞서 클로드가 밀림의 세계를 '장님의 세계'로 느끼고 있음을 지적한 바 있다. 그러니까 클로드는 밀림이란 상징적 세계에 들어설 때 기존의 시선, 즉 기존의 어떠한 에피스테메(인식 틀)로서도 그것에 접근할 수 없기 때문에 눈과 시선을 상실한 것이나 다름없는 것이다. 달리 말하면, 비록 그가 독서를 통해 동양 사상에 대한 식견을 갖추고 있다 할지라도, 그는 밀림이 드러내게 될 비극적 인간 조건에 대한 진정한 인식론적 입문에 아직 이르지 못했기 때문에 그는 장님 상태로서 밀림에 접근하고 있는 것이다. 그런데 그의 '남성적 실루엣,' 즉 육체의 분신인 그림자를 고양이가 가로지르려 하고 있다. 불교적 관점에서 보면 육체는 진정한 실재가 아니라 환상, 즉 그림자이다. 바로 이를 암시하는 것이 고양이의 움직임이다. 고양이는 자아의 통일성을 간직해 준다고 생각되는 그 육체의 환상을 부수려 하고 있다. 고양이는 '밤의 연인'으로서 어둠의 비밀을 주시하는 스핑크스적 영물이다.[60] 그것은 운명과 반운명, 어둠과 빛을 동시에 투시하는 상징적 동물로 말로의 작품에서 중요한 소설적 장치로 자주 등장한다.[61]

---

59) 말로의 전기에서 실제로 고고학적 모험을 한 기간을 보면 1923년 10월 13일 프랑스의 마르세유 항을 떠나 소말리아의 지부티를 거쳐 콜롬보 → 싱가포르 → 사이공 → 프놈펜 → 세엠 레압프 → 밀림에서 4일 모험 → 세암 레압프 → 프놈펜으로 되돌아오는 날짜는 1923년 11월 23일이다. 그러니까 모험 기간은 2개월 10일이다. 따라서 대략적으로 계산해 보건대 소설이 시작되는 지부티에서 밀림까지 약 2개월로 잡을 수 있을 것이다. 이에 대한 자료는 《왕도》에 대한 "Notice," *Oeuvres complètes*, vol. I, *op. cit.*, pp.1124-1129 참조.

60) 고양이는 보들레르의 시 〈고양이〉에서도 다소간 여성의 신비로운 양면적 측면과 결합된 고양이를 상기시키지만 이런 상징성과 거리가 있다 할 것이다.

61) 예컨대 《인간의 조건》의 도입부에서 첸이 살인을 통해 죽음의 세계에 입문하는 장면을 증인으로 목격하는 영물로 등장한다.

페르캉은 누구인가? 그는 이미 장님의 상태에서 벗어나 밀림을 뚫고 구도의 길을 가고 있다. 그는 개명하여 무명에서 벗어나 어둠을 투시하는 존재이다. 그렇기 때문에 페르캉이 사라진 뒤 '고양이'가 나타난 것이다. 그러니까 고양이는 한편으로 인간 조건의 불가사의를 뒤덮고 있는 어둠의 장막과, 다른 한편으로 이를 뚫고 빛을 향해 가면서 클로드를 안내하게 될 페르캉의 구도적 길과 동시에 연결되어 있다. 클로드가 손을 내밀자 이 영물은 달아난다. 페르캉은 아직 포착할 수 없는 미지의 인물, 어둠 속의 고양이와 같은 존재인 것이다.

3. 찰나의 분절들

앞서 살펴본 바와 같이 불교의 시간관에서 볼 때, 인간의 삶은 찰나 속에 생성·소멸하는 덧없는 존재이다. 그러나 이 찰나적 삶도 일정 기간 동안 지속의 환상 속에 살고 있는 인간의 눈에는 단계적 분절들을 나타낸다. 탄생 이후의 이 시간적 분절들이 불교에서는 로·병·사로 규정된다. 사실 늙음, 병듦 그리고 죽음은 인간의 실존적 비극이기 때문에 굳이 불교로 접근하지 않아도 될 터이지만, 불교는 사고(四苦)로서 육체의 고통을 특히 부각시키고 있다. 뿐만 아니라 작품이 불교적 구도(求道) 소설이라는 점이 판명된 이상 그것들은 불교적 관점에서 고찰되어야 하며, 또 그래야만 전체적 의미망의 모순이 발생하지 않는다.

소설에서 페르캉이 클로드에게 먼저 설파하는 단계는 불교의 교리에 따라 늙음이다. 그러나 엄밀하게 불교의 인식론을 따른다면, 죽음은 존재하지 않는 환상에 불과하고, 육체의 분해와 소멸을 지시할 뿐이다.[62] 그것은 밀림의 이미지가 드러내는 '삼라만상의 보편적 분해'[63]에 대응하는 인간적 이미지이다. 그렇기 때문에 늙음은 다른 두 단계, 즉 병듦 및 죽음보다 훨씬 더 부각되는 요소이다. 제1부에서 페르캉은 이미 죽음에 대한 클로드의 의식을 바로잡으며 이렇게 말하고 있다.

"진정한 죽음, 그것은 노쇠를 말하는 것이네. (…) 늙는다는 것, 이건 참으로 훨씬 심각한 일이지! (…) 젊을 때는 죽음이 무엇인지 모르는 법이지."[64]

그러니까 죽음은 우선적으로 생물학적 현상인데, 이에 대해 인간이 결코 적응하지 못하기 때문에 그것은 비극적으로 다가온다. 죽음은 의식으로 전환되는 경험의 영역에 속한다. 그렇기 때문에 그것은 추상적인 추론을 통해 인식되거나 느껴질 수 없다. 그것은 "우선 하

---

62) 《반회고록》을 보면 '왕도'라 제목이 붙은 장에서 말로는 생물학자이자 불교도 불가지론자인 허구적 인물 메리(Méry)와의 대화를 통해 육체의 죽음에 대해 성찰하고 있다. 말로는 이렇게 질문한다. "(…) 존재의 통일성(unité)에 대한 우리의 의식은 단순히 우리의 육체에 대한 의식이 아니겠습니까? — 끔찍하게 변화하는 육체에 대한! 그렇다면 죽음에 대한 우리의 의식은…… 나(말로)는 "아마 우리 육체의 죽음에 대한 의식이겠죠"라고 말하려다가 이렇게 애둘러 말한다: — 불교는 아마 지금까지 존재한 그 어떤 것보다 더 개인에 대한 고발을 하고 있지요." *Op. cit.*, p.342.

63) *La Voie royale, op. cit.*, p.422. 《왕도로 가는 길》, 99쪽. 번역본에는 "만물이 그저 삭아들어가는 듯한 고장"으로 되어 있으나, 필자의 논지에 따라 직역하면 "삼라만상의 보편적 분해(désagrégation universelle des choses) 속에 잠긴 마을"이 된다. 소설 속에는 '해체(décomposition)' '분해(désagrégation)' '부패(gangrène)' '썩음(pourriture)' 등의 단어들이 지속적으로 환기되고 있음을 주목해야 한다.

64) *Ibid.*, pp.393-394, 같은 책, 49쪽. 번역본에는 'déchéance'가 전락(轉落)으로 번역되었으나, 문제가 있다고 판단됨. 그것은 전락이나 실추로 번역되는 'chute'를 의미하는 것이 아니라, 육체적 쇠약(décrépitude)을 의미하기 때문이다. 이 '노쇠'란 말은 앞으로도 나올 것이다.

나의 이미지이며, 이미지로 남아 있다."[65] 그것은 지인(知人)의 끔찍한 육체적 변화가 경험적 차원에서 의식에 강력한 충격을 주는 이미지로 다가온다. 따라서 페르캉은 그가 사랑했던 여인 사라의 육체적 노화를 보고 죽음에 대한 최초의 자각을 했다고 말한다.

"죽음은 아무에게도 존재하지 않네. (…) 나는 우선 한 여인이 늙어 가는 것을 보고 그것을 이해했네. (…). 그리고 이 예고가 부족하다는 듯이, 내가 처음으로 무력하게 되었을 때, (…) **결코 죽은 자 앞에서** 이해한 것이 아니네……. 늙는 것, 바로 늙는다는 것이지. (…) 노쇠 말이야. 나를 짓누르는 것, 그것은——뭐라 할까?——나의 인간 조건이지. 내가 늙는다는 것이고, 시간이란 그 끔찍한 것이 암처럼 돌이킬 수 없게 내 안에서 전개되고 있다는 것이지……. 시간 바로 그것이지."[66]

이 인용문은 페르캉의 불교적 의식을 잘 보여 주는 대목이다. 그는 우선 죽음을 부인하고 있다. 그러면서 그는 시간에 따른 노쇠, 즉 늙음을 통해 죽음을 이해했다고 말하면서 죽음은 늙음이라고 설파한다. 그는 사자(死者) 앞에서는 죽음을 보지 못했다고 강조하고 있다. 윤회의 관점에서 보면 죽음은 노쇠에 따른 육체의 소멸일 뿐이며, 자아는 새로운 육체로 갈아입고 다시 태어난다. 페르캉이 클로드에게 입문시키는 인간 조건이 불교적 인간 조건이라는 사실은 〈랜글로이스 포드 원고〉를 보면 보다 확실해진다. 이 원고에는 "죽음이란 없지만, 노쇠가 있네"[67]라는 표현이 나오는데 결정판에서 삭제되었다. 뿐

---

65) G. Bachelard, *La Terre et les rêveries du repos*, José Corti, 1948, p.312.
66) *La Voie royale, op. cit.*, pp.447−448. 《왕도로 가는 길》, 앞의 책, 142−143 쪽. 강조는 작가가 한 것임. 번역을 수정했음.

만 아니라 《파리》지에 연재된 내용을 보면 이와 같은 페르캉의 설법을 뒷받침하는 중요한 문장이 나오지만, 이것 역시 결정판에서 삭제되었다. 그것은 "내가 **의식의 상태에서**(en conscience) 죽을 수 있다는 것, 자네는 이해하겠나?"[68]로 되어 있다. 여기서 중요한 것은 '의식의 상태'라는 표현이다. 이것이 의미하는 바는 죽어도 의식이 남는다는 것이며 죽음, 즉 육체의 무화(無化)를 바라보는 의식이 존재한다는 것이다. 그러니까 그것은 육체의 소멸을 초월하는 '순수 의식'(자아 없는 존재 의식)의 상태를 암시하고 있다. 그것은 무(無) 속에 동시적으로 존재하는 유(有)를 의미한다. 그렇다면 왜 말로는 이 두 문장을 삭제했는가? 이 의문은 소설 속에 도입된 상징시학을 상기하면 간단하게 풀린다. 설법의 '참조 코드'를 직접적으로 노출하지 않으려는 작가의 의도가 작용한 것이다.

그런데 이 노쇠가 시간의 전능한 힘에 의한 파괴로 인식되고 있다. 하이데거적으로 표현하면 시간은 곧 존재, 즉 '시간=존재'이다. 시간은 존재 속에서만 포착될 수 있다. 보다 구체적으로 말하면, 존재 속의 존재자들의 변화 속에서만, 생성 속에서만 시간은 인식된다. 변화와 생멸의 현상을 떠나면 시간은 사라진다. 무(無)시간은 공(空)의 세계이다. 프랑스어에서 시간을 의미하는 **le temps**은 날씨를 의미하기도 한다. 날씨의 변화 속에, 공간의 변화와 움직임 속에서 시간은 모습을 드러낸다. 계절의 변화나 사물의 변화가 전혀 없다면 시간을 인식할 수 있겠는가? 그러니까 육체가 생멸하는 과정 자체가 시간의 인식인 것이다. 사실 생성 변전을 관장하고 다스리는 가공할 실체로

---

67) 《왕도》에 대한 "Notes et variantes," *op. cit.*, p.1257, p.448에 대한 주 a 참고.
68) *Ibid.*, p.1259, p.449에 대한 주 a 참고. 강조는 작가가 한 것임.

서의 시간은 추상적으로 만들어진 인위적 산물이다. 그러니까 엄밀한 의미에서 본다면 시간 자체는 고발의 대상이 될 수 없다. 육체 자체가 끔직하게 변화하면서 생명이 정지되는 과정이 문제인 것이다. 죽음의 길은 우리 몸속에 내재되고 프로그램화된 현상이다. 그런데 이런 운명의 주재자로서 영원한 시간, 즉 칼파가 설정되고 있다.[69] 보이지 않는 실체로서 그것의 힘은 퇴화에 대한 어떠한 저항도 분쇄한다. 그것은 외관의 세계, 즉 마야를 지배하는 무적의 폭군이 되고 있다.[70] 부패가 빠르면 빠를수록, 생명의 주기가 찰나적으로 인식되면서 그것의 절대적 힘은 그만큼 강력하게 와닿는다. 이를 보여 주는 것이 밀림의 불교-현상학적 묘사이다. 여기에는 시간의 구분, 예컨대 기독교에서 말하는 추락——원죄——이전의 천국의 시간과 최후 종말 이후의 되찾은 시간이 없다. 생성이 있는 곳에는 우주 어디에나 시간은 시작도 끝도 없이 존재하는 모든 것들을 윤회의 바퀴 속에 가두어 놓는다. 이것이 그것의 무시무종성(無始無終性)이다. 이러한 시간관은 가지론자들의 시간관과 접근된다. 이들에게 "시간이란 물질

---

69) 무한한 시간 칼파는 인도의 《아타르바베다 *Atharvaveda*》에 나오는 시간의 신 칼라신(*Kâla*)으로 거슬러 올라간다. 이 베다 경전에 따르면, 칼라신은 만물의 창조자로 칭송되고 있다. 그는 시간의 인격화이자 신격화다. 그러나 이와 어원—— *kal*(헤아리다)——을 같이 하는 칼파(*kalpa*)는 소승적인 부파 불교에서 생의 찰나적 조건을 부각시키기 위해 개발된 개념으로 비극적 성격을 띠고 있다. 이에 관해서는 이기영, 〈불교적 시간관〉, in 《원효 사상 연구 II》, 한국불교원, 2001, 527쪽 이하 참조.

70) '차이' 나 '차연'의 상대적 세계를 가능케 하는 것이 추상적 힘인 시간이다. 무시간의 공의 상태에서는 차이와 차연을 통한 생성의 현상이 사라진다. 퇴화, 곧 죽음이 없다면, 시간의 비극적 인식은 사라질 테지만, 삶의 소중한 가치는 존재할 것인가? 봄의 새싹을 느끼기 위해서는 가을의 낙엽이 필요하다. 어둠이 있기에 빛의 가치가 있다. 삶만 존재한다면 그것이 무엇인지 인식할 수 있는가? 삶을 삶으로 가치 있게 만들어 주는 것은 그것의 이면인 죽음이다. 그러나 이와 같은 부정에서 긍정으로의 반전은 소설에서 이루어지지 않는다.

적 세계에 속하는 것"[71]이고, 이 시간적 세계 속에 불멸의 영혼이 육체의 형태를 취하며 추락되어 있다. 인간은 영혼을 더럽히는 불안의 근원인 시간 속에 숙명처럼 갇혀 있는 것이다.

이와 같이 생성의 세계 자체를 '심판하는' 페르캉의 설교는 당연히 우주론적 울림을 획득한다. 인간 존재의 비참함이 파스칼적 색채를 드러내며 밤의 무한한 공간 속에 울려퍼지고 있다. 클로드와 페르캉의 대화를 들어 보자.

"― (⋯) 가끔 나는 그 순간에 나 자신을 모두 건다고 생각하네. (⋯)

― 자신의 죽음을 선택할 수는 없습니다⋯⋯.

― 하지만 아마 나의 죽음을 잃어버리는 걸 받아들이는 것 자체가 나로 하여금 나의 삶을 선택하도록 했다 할 걸세.

그의 어깨를 따라 드러난 붉은 선이 움직였다. 아마 그가 손을 내밀었던 모양이다. 어둠 속에 발이 잠긴 이 인간의 조그만 반점처럼 미미한 몸짓이었다. 이와 함께 그의 단속적인 목소리는 별들이 가득한 무한한 공간 속에 울리고 있었다. 저 눈부신 하늘과 죽음, 그리고 어둠 사이에서 그 목소리만이 한 인간으로부터 새어 나오고 있었다. 그러나 그 목소리에는 매우 비인간적인 무엇이 있어서 클로드는 광기가 발작하는 것처럼 그 목소리로부터 자신이 분리됨을 느꼈다."[72]

---

71) Serge Hutin, *Les Gnostiques*, coll. "Que sais-je?," n° 808, PUF, 1978, p.23.

72) *La Voie royale, op. cit.*, p.449. 《왕도로 가는 길》, 앞의 책, 145쪽. 번역을 다소 수정했음. 특히 페르캉의 첫 문장은 번역서에 "때때로 난 그 죽음에 항거하는 순간에 나 자신을 송두리째 걸고 도박을 하는 것 같아"로 되어 있으나 원문을 보면, "Il me semble parfois que je me joue moi-même sur cette heure-là"로 표현되어 있다. 이 문장은 코드화되어 있기 때문에 일단 그대로 번역하는 게 낫다고 판단됨.

여기서 별들이 총총한 밤하늘은 도데적인 꿈과 낭만의 풍경도, 신의 의지가 계시되거나 무의식의 심층이 투시되는 장소도 아니다. 그것은 가지론자들의 비극적 상상력과 맞닿아 있다. 그것은 영원 회귀의 절대적 법칙이 현현하는 운명의 공간이기 때문이다. 그 속에서 행성들은 "이 세계로부터 탈출하려는 영혼에게 뛰어넘을 수 없는 장애물"[73]이며, 인간 조건에 숙명성을 부과하는 이미지로 작용한다. 그렇기 때문에 클로드는 "별들로부터 시선을 더 이상 뗄 수가 없다."[74] 오직 페르캉의 목소리만이 이 운명에 저항하면서 어둠을 가르고 퍼져나가고 있다. 그것이 '비인간적인' 것은 인간 조건을 초월하려는 의지를 담고 있기 때문이다. 클로드의 고립감은 페르캉의 초월 의지에 아직 미치지 못하는 수련 제자의 거리 의식을 나타낸다.

이제 이 텍스트의 코드화된 대화를 검토해 보자. 우선 페르캉의 두 표현에 주목해 보자. 먼저 "그 순간에 나 자신을 모두 건다"는 말은 무슨 뜻인가? 이 인용문 앞에는 죽음에 대항하는 것은 어둠에 대항하는 것과 마찬가지라는 페르캉의 언급이 나와 있으며, 이에 대해서는 앞서 살펴보았다.[75] 그러니까 문제의 표현은 이른바 죽음의 순간, 아니 보다 정확히 말하면 육체가 소멸하는 순간에 나 자신을 모두 건다는 의미가 된다. 그래도 난해하다. 그러나 불교적 입장에서 고찰해 보면 난해함이 풀린다. 육체가 소멸하는 그 순간에 완전한 자아의 비움이 이루어져야 해탈, 즉 구원에 이를 수 있기 때문이다. 집착이 조금만 남아 있어도 나는 윤회의 바퀴 속에 다시 굴러떨어지는 것이다. 그러니까 그 순간에 자아의 완전한 절멸을 동시에 이룩해야만 그야

---

73) Serge Hutin, *op. cit.*, p.20.
74) *La Voie royale, op. cit.*, p.449. 《왕도로 가는 길》, 앞의 책, 146쪽.
75) 본서 109-110쪽 참조.

말로 니르바나——열반——에 이를 수 있다. 이런 조건 때문에 페르 캉은 그 순간에 자신의 모든 것을 걸 수밖에 없는 것이다.[76]

페르캉의 표명에 클로드는 인간은 "자신의 죽음을 선택할 수 없다" 고 대꾸한다. 그는 죽음이란 내가 선택하는 것이 아니라 운명적으로 당하는 것이라고 말하고 있다. 이런 응대에 페르캉은 다시 코드화된 표현을 써 설법을 계속한다. "나의 죽음을 잃어버리는 걸(perdre) 받아들이는 것 자체가 나의 삶을 선택하도록 했다"니 대체 무슨 의미인가? 특히 "죽음을 상실한다"는 것은 무얼 말하는가? 불교에서 엄밀하게 죽음은 무엇인가? 그것은 육체의 소멸, 곧 '노쇠' 과정의 마감에 지나지 않는다. 결국 무명(無明) 상태에서 받아들여진 죽음은 환상이며 마야에 속한다. 그러니까 죽음이 환상이라는 것을 알게 된 이상, 내 안에 있다고 생각된 그것을 상실하는 셈이 된다. 이를 수용하면 남는 것은 삶이다. 죽음이란 없다니 삶을 선택할 수밖에 없었고, 이 삶은 육체의 환생(幻生)을 통해 계속되는 것이다. 따라서 페르캉의 비극에 관한 담론에서 죽음의 두 가지 의미를 항상 구분하여 이해해야 한다. 하나는 일반적 의미, 즉 무명에 갇혀 있는 상태에서 받아들여지는 죽음이다. 다른 하나는 불교적 깨달음의 상태에서 받아들여지는 죽음, 즉 노쇠의 끝이라는 의미이다.[77] 이 노쇠의 종착점, 즉

---

76) 이 표현은 소설의 대미에서 실제로 페르캉이 죽어가면서 다시 생각함으로써 그 의미가 확인된다. "나는 내 죽음의 순간에 나 자신을 모두 걸 것이라 생각한다." *Ibid.*, p.504. 같은 책, 241쪽.

77) 페르캉의 죽음에 대한 인식에는 선가(禪家)에서 널리 회자되는 다음과 같은 3 단계의 구도적(求道的) 변증법이 함축되어 있다 할 것이다. "산은 산이요 물은 물이다. 산은 더 이상 산이 아니요 물은 더 이상 물이 아니다. 산은 산이요 물은 물이다." 이를 바꾸어 이렇게 표현할 수 있을 것이다. "죽음은 죽음이다. 죽음은 죽음이 아니다. 죽음은 죽음이다." 이런 변증법을 염두에 두면 죽음에 대한 페르캉의 담론 속에 나타나는 외관상의 모순이 해결될 수 있다.

하나의 낡은 육체를 벗어 던지는 고통의 시점에서 새로운 육체를 걸치고 나오지 않는 것이 해탈의 길이다. 그런데 대다수 중생은 집착과 무명에 사로잡혀 이를 실패한다. 바로 이런 의미에서 클로드는 "우리는 거의 모두가 우리의 죽음을 놓치고 말지요……"라고 말하고 있으며, 페르캉은 다음과 같이 화답한다. "나는 이 죽음을 바라보는 데 내 인생을 보내고 있네."[78] 이미 늙은 페르캉은 이번 생에서 육체적으로 소멸하는 순간에 구원될 수 있도록 그 자신의 모든 것을 걸려고 하기 때문에 그의 죽음, 즉 육체의 소멸 과정을 지켜보며 삶을 보내고 있는 것이다.

페르캉이 스승이 되어 클로드에게 입문시키는 인간 조건의 두번째 단계는 병듦이다. 물론 광의로 보면, 이 단계 역시 노쇠라는 현상의 분할에 불과하다. 소설에서 그것은 페르캉의 설법을 통해 드러나는 것이 아니라 그의 모험 과정에서 파생되는 현상으로 설명된다. 이 점은 독자가 주의하지 않으면 놓치기 쉬운 요소이다. 먼저 주목해야 할 것은 그의 육체적 분해가 가속화되는 상태가 모이족의 일파인 스티앙족과의 대결에서 입은 상처로 설명되지 않고 있다는 사실이다. 그것은 하나의 병으로, 다시 말해 블랙하우스라는 의미심장한 이름을 지닌 영국인 의사에 의해 판명된 화농성 관절염으로 설명된다.

"자 페르캉 씨 잘 들으시오. 당신은 무릎에 화농성 관절염을 앓고 있소. 당신은 보름 안에 짐승처럼 뻗어 죽게 될 것이오. 어찌할 도리가 없소. 아시겠습니까? 절대로 없소."[79]

---

78) *La Voie royale, op. cit.*, p.449. 《왕도로 가는 길》, 앞의 책, 146쪽. 번역을 수정했음.

주의를 기울이지 않을 경우, 독자는 페르캉이 치명적 상처를 입어 죽게 된다고 생각하기 쉽다. 물론 이 점 역시 텍스트의 코드화와 관련이 있다. 왜냐하면 그것은 상징시학의 다른 장치들과 마찬가지로 독자의 참여와 사유-해독을 기다리는 코드화된 요소이기 때문이다. 지금까지 필자가 텍스트를 재조직하며 펼쳐낸 의미 생성의 연쇄적 고리, 다시 말해 구조적 관계를 고려할 때 부상으로 덮어 위장해 놓은 죽음의 길, 페르캉의 그 단계적 도정에서 이 위장이 진실로 간주된다면, 필자가 전개해 온 텍스트의 의미적 그물망에 구멍이 생길 것이다. 하나의 건축물로서의 텍스트는 와해의 위기를 맞이할 수 있다. 생각해 보라. 소설이 불교의 원초적 인간 조건, 다시 말해 싯다르타가 그 신비를 풀겠다고 출가한 생로병사에 대해 성찰하고 있다면,[80] 늙은 페르캉의 비극적 종말이 부상을 입어 죽는다는 단순한 도식으로 설명될 수 없음은 자명하지 않겠는가? 늙음에서 부상을 거쳐 죽음에 이르는 마감은 불교적 인간 조건이 될 수 없다. 바로 이런 맥락에서 블랙하우스는 질병이 운명의 요소임을 강조한다. 의사와 페르캉의 대화를 들어 보자.

"— 스티앙족은 결코 전침에 독을 바르지 않는데.

— 독이 발라져 있었다면, 당신은 그 즉시 죽었을 것입니다. 그러나

---

79) *Ibid.*, p.481. 같은 책, 200쪽. 페르캉이 이 병에 걸렸음은 원주민 의사에 의해서도 확인된다. 그에 따르면 "그것은 유럽 전쟁 동안에 퍼졌다"는 것이다. *Ibid.*, p.484. 같은 책, 205쪽.

80) 전설에 의하면, 장차 부처가 될 신(神)인 보디사트바는 싯다르타란 이름으로 세상에 태어나는 순간 "나는 늙음, 병듦, 그리고 죽음을 종식시키러 오는 것이다"라고 선언했다 한다. J. L. Borges, *Qu'est-ce que le bouddhisme?* Idées/Gallimard, n° 404, 1979, p.12.

인간이란 저절로 독이 생겨 기막히게 퍼지게 되어 있습니다. 경탄을
자아낼 정도로 그렇게 만들어져 있단 말입니다."[81]

그러니까 스티앙족이 외부인을 막기 위해 땅에 박아 놓은 전침은
페르캉의 죽음에 직접적인 원인이 될 수 없음을 의사는 말하고 있다.
그는 인간 자체가 운명적으로 병독이 생겨 죽을 수밖에 없는 존재임
을 강조하고 있다. 그는 병에 의한 죽음이 육체에 내재하는 원리라는
실존적 조건을 부각시키고 있다. 이 점은 죽음을 '암처럼' 안고 살아
갈 수밖에 없다는 페르캉이나 클로드의 의식과 다를 게 없다. 육체란
시간과 더불어 질병이 침투해 독이 퍼지도록 이미 운명지어진 것이
다. 이러한 인식은 페르캉 자신이 스티앙족에 대해 아무런 감정도 지
니지 않는 데서도 확인된다. 이에 반해 클로드의 의식은 아직 이런
정도까지는 미치지 못하고 있다. 상황에 대한 두 인물이 지닌 생각의
차이를 드러내는 대목을 살펴보자.

"— 토벌대와 함께 올라가시겠습니까?
페르캉은 놀라움으로 망설였다. 그는 그런 생각을 하지 않았던 것이
다. 그의 정신 속에서 스티앙족은 그의 죽음과 아무 관련이 없었다.
— 아니야, 지금 나는 내 부하들이 필요해. 나는 내 지역에 올라가야
돼."[82]

이 인용문을 보면, 클로드는 토벌대와 함께 올라가 스티앙족에 복

---

81) *La Voie royale, op. cit.*, p.480. 《왕도로 가는 길》, 앞의 책, 199쪽.
82) *Ibid.*, pp.484-485. 같은 책, 207쪽.

수하겠다는 생각을 은연중에 갖고 있었다. 그러나 페르캉은 그런 생각에 놀라움을 드러낸다. 그는 스티앙족 때문에 자신이 죽는 것이 아님을 알고 있다. 그는 복수 따위는 상상도 안했던 것이다. 그의 죽음은 바로 병으로부터 오기 때문이다. 그는 오히려 자신의 지역으로 올라가 토벌대에 대항하고자 한다. 그는 서구 물질 문명의 찌꺼기가 들어오는 것을 막기 위해 그의 부하들과 지역을 끝까지 방어하겠다는 의지를 표명하고 있는 것이다. 그는 병으로 썩어 가는 육체와 싸우면서, 치열한 구도적 정신을 드러내면서 그의 지역이 위치한 산의 정상쪽으로 전진을 계속하고자 한다. 이제 페르캉은 "그를 죽음으로 몰고가려하는 이 무책임한 육체(…)와 분리됨"[83]을 느끼면서, 분해가 가속화되는 육신과 자아를 증언하게 된다. 이와 같은 해체 현상은 소설속에서 제3부 말미에서부터 제4부까지 단속적으로 묘사된다.[84] 그러니까 그는 죽음의 순간에 다가가면서 '자신의 모든 것을 걸' 준비를 하게 되는 셈이다. 동시에 그는 자신의 덧없는 삶에 대한 결산을 시도한다.

　　"그가 삶에 대해 생각했던 모든 것이 대지 속에 육신이 분해되어 가듯이 신열 속에 분해되고 있었다."[85]

　자아의 개체적 외양과 더불어 자아를 구성했던 신분 · 인격 · 사유까지 해체되고 있다. 밀림 속에 구현된 우주적 시간 속에 빠르게 개

---

83) *Ibid.*, p.483. 같은 책, 205쪽.
84) *Ibid.*, 특히 p.483, 491-492, 504-506. 같은 책, 205, 219-220, 242-244쪽 참조.
85) *Ibid.*, p.501. 같은 책, 236쪽. 번역을 다소 수정했음.

체성이 소멸해 가는 육체와 더불어 페르캉은 자신이 살아온 세월이 주마등처럼 스쳐 가는 것을 본다. 그의 의식 속에 페르캉이라는 존재는 이미 '다른 사람, 전생(前生)'[86]의 인물처럼 나타난다. 전생이란 말에 주목하자. 왜냐하면 그것은 페르캉이 불교적 시간관, 윤회관에서 자신의 삶을 되돌아보고 있음을 드러내 주기 때문이다.

이제 독자는 그가 체험적으로 고발하는 인간 조건의 마지막 단계인 죽음 앞에 와 있다. 엄밀하게 말하면, 죽음은 페르캉이 최후의 순간에 절규하는 것처럼 자아의 소멸일 뿐이다. 죽음 자체는 부정된다.

"죽음이란…… 없다…… 단지 죽어가는…… 내가…… 내가…… 있을 뿐이다(Il n'y a pas… de mort… Il y a seulement… moi… moi qui vais mourir)……."[87]

불가지론적 입장에서 본다면, "죽음이란 관념은 (…) 내용이 없는 관념이거나, 말하자면 내용이 무한히 공허한 관념일 것이다. 그것은 그 내용을 생각할 수 없고 탐구할 수 없기 때문에 공허한 관념들 가운데 가장 공허한 것이다."[88] 그렇기 때문에 페르캉의 죽음이 클로드에게 먼저 각인시키는 이미지는 "알아볼 수 없을 만큼 사람의 모습이 아닌 얼굴"이고, 개체성을 박탈하면서 일순간에 그를 비인격적으로 만드는 "저 파괴된 얼굴"[89]이다. 이 부르짖음의 진정한 의미는 페르

---

86) *Ibid.*, p.505. 같은 책, 243쪽.
87) *Ibid.*, p.506. 같은 책, 245쪽. 강조는 작가가 한 것임.
88) E. Morin, *L'Homme et la mort*, Seuil, coll. "Points Sciences humaines," no 77, 1970, p.42.
89) *Ibid.*, p.505-506. 같은 책, 244-245쪽.

캉의 불교적 비전 속에 심층적으로 내재되어 있다. 불교의 관점에서 보면 죽음은 '거짓' 혹은 환상이며, 육체의 죽음에 불과하다. 그가 가고자 하는 구도적 길인 '왕도'의 입장에서 생각할 때, 그것은 자아, 다시 말해 육체를 포함해 시간 속에 형성된 자아의 모든 요소들의 절멸을 의미할 뿐이다. 이 절멸을 넘어서 불멸하는 나, 진아 혹은 순수 의식으로서의 나는 우주적 의식과 합류한다. 이와 같은 해석은 인용된 문장에서 강조된 부분, 즉 '죽어가는 나'라는 표현이다. 원서를 병기한 것은 이 표현을 통해 소설가가 언어의 유희를 절묘하게 이용하면서 암시의 수법을 활용하고 있기 때문이다. 프랑스어에서 나(je)의 강세형은 moi이며, 자아라는 낱말 역시 moi이다. 페르캉의 불교적 의식을 따른다면, 이 문장은 "단지 죽어가는 자아, 자아가 있을 뿐이네(Il y a seulement…… le moi… *le moi*…… *qui va mourir*)"로 바꾸어야 할 것이다. 하지만 그렇게 되면 소설의 상징시학은 단번에 무너지고 말 것이다. 작가는 언어의 유희를 절묘하게 활용해 자신의 상징시학을 끝까지 견지하고 있다. 말로는 《라자로》에서 이 마지막 문장을 상기시키면서 중요한 암시를 다시 제공하고 있다.

"나의 인물들 가운데 하나는 인도차이나의 한 유명한 모험가의 문장을 이렇게 말했다. '죽음이란 없네, 죽어가는 내가…… 내가 있네' 자아는 가치가 떨어지고 있지라고 막스 토레스는 말했다."[90]

이 인용문은 페르캉이 말한 'moi'가 분명 자아임이 틀림없다는 것

---

90) *Lazare*, in *Oeuvres complètes*, vol. III, *op. cit.*, p.829. 여기서 막스 토레스는 단순히 말로의 대화자의 역할을 맡고 있는 허구적 인물이다.

을 말해 주고 있다. 뿐만 아니라 소설 속에서 페르캉의 육체와 의식이 뚜렷하게 분리되는 묘사가 나타남으로써 이와 같은 불교적 비전이 확인되고 있다. 특히 그것은 자아의 소멸인 육체의 죽음과 이 죽음을 초월하는 또 다른 삶이 대비되어 구분되는 대목에서 밝혀진다.

"삶은 저기 대지마저도 그 속에 사라져 버리는 저 눈부신 빛 속에 있었다. **다른 삶**은 망치로 두드리는 듯이 쑤시는 그의 혈맥 속에 있었다. 하지만 이 두 개의 삶은 서로 싸우는 것이 아니었다. 이 심장도 고동을 멈추고 그 역시 저 눈부신 빛의 집요한 부름 속에 사라지고 말 테니까."[91]

여기서 첫번째 삶은 근원적인 우주적 본질, 즉 공(空)으로 회귀하는 삶으로서, 하얀 광명 속에 자취를 감추는 순수 의식을 말한다. 그것은 생사를 초월하는 나로서 진아이다. 니체적으로 말한다면 이 초월을 디오니소스의 세계로의 회귀라 말할 수 있지만, 텍스트의 의미 생성 과정은 이런 해석을 뒷받침하지 못한다. 반면에 강조된 두번째 삶은 고통 속에 소멸해 가는 육체, 즉 자아의 존재를 말한다. 절대적인 초시간적 세계(l'intemporel)와 상대적인 시간적 세계(le temporel) 사이의 이원적 인식이 페르캉의 내적 풍경을 이루고 있음을 볼 때, 죽음이 어떤 차원에서 이해되어야 하는지는 자명하다. 그가 육체와의 치열한 투쟁을 통해 드러내는 인간 조건의 마지막 단계인 죽음은 알의 껍질과 같고 낡은 옷과 같은 육신과의 결별이다. 그렇다고 페르캉이 이 결별 뒤에 다시 환생하고자 하는 것은 아니다. 그는 초월을

---

91) *La Voie royale, op. cit.*, p.504. 《왕도로 가는 길》, 앞의 책, 241쪽. 번역을 수정했음. 강조는 작가가 한 것임.

선택하고 있다. 그의 초월은 육체로부터 빠져나오는 최후의 순간이 고통으로 얼룩짐으로써 비장함을 동반하고 있다. 따라서 그것은 산사에서 고요한 명상을 통한 초월과는 거리가 멀다. 그것은 고통과 내적 고뇌를 동반할 뿐 아니라, 개들의 장송곡 같은 울부짖음이 눈부신 침묵 속에 멀어지는 가운데 이루어지고 있다. 그렇기 때문에 그것은 찬란한 태양빛 속에 잠기는 영혼의 '비극적 환희'[92]로 규정된다.

이상과 같이 필자는 불교에서 말하는 생로병사라는 사고(四苦) 가운데, 생을 제외한 세 단계를 검토해 보았다. 이 단계들은 페르캉이 실존적으로 체험하면서 클로드에게 입문시키는 과정을 통해 드러나고 있다. 그것들의 고발은 결국 탄생으로 거슬러 올라간다. 그러나 싯다르타가 늙음·병듦·죽음을 먼저 발견한 밤들을 고려할 때, 태어남은 그것들의 출발점으로서 나중에 고발되었다 할 것이다. 이와 마찬가지로 소설에서도 그것은 페르캉이 최후의 순간을 맞이할 때 비극의 출발점으로서 고발되고 있다.

"고통이 여전히 그를 흥분시키고 있었다. 하지만 그것이 더 강렬해지면 그는 미쳐 버리든가, 시간이 지나가도록 울부짖는 산모처럼 되어 버릴 것이다. 그래 세상에는 아직도 인간들이 탄생하고 있겠지……."[93]

산고의 고통은 죽음의 고통과 같은 차원에서 맞닿아 있다. 이 둘이 윤회적 삶의 시작과 끝으로 결합되면서 오고 감의 생멸이 동시에 고발되고 있다. 탄생은 늙고 병들어 죽어야 하는 육체적 괴로움이란 중

---

92) *Ibid*., p.503. 같은 책, 240쪽.
93) *Ibid*., p.505. 같은 책, 243쪽.

생의 짐을 짊어지는 첫 걸음으로서 대(大)비극의 여정을 알리는 신호
이다. 탄생이 없으면 죽음도 없다. 그것은 나로 하여금 시간과 역사
속으로, 생성 속으로 진입케 하는 '사건'이며, 투쟁과 갈등 속에서
'존재-시간'을 체험토록 색(色)의 세계에 나를 내던진다. 그것은 나
로 하여금 밀림의 어둠 속에, 무명 속에 세월의 업으로 더러워지고,
부패하게 만들면서 죽음으로 내몰아 가는 최초의 원인자이다.

　찰나적이지만 사고(四苦)로 구획되어지는 삶의 주기는 이렇게 구도
화되어 있다. 소설 속에서 페르캉을 통해 제시되는 인간 조건의 비극
은 "어떠한 고통도 이 육체적 삶이 주는 고통과 비교될 수 없다"[94]고
설파하는 불교의 원초적 비극이다. 그러니까 페르캉이 몸소 구현하
면서 클로드를 입문시키는 생로병사가 수도를 통해 극복되지 않는
'원시적' 상태로 강력하게 재현되고 있다. 따라서 초월은 수도의 과
정을 통해 적멸하는 방식이 아니라, 고통과 초인적으로 싸우면서 그
것으로부터 벗어나는 의식에 초점이 맞추어져 있다. 이 점은 초월과
관련한 돈오와 점오의 문제를 제기한다. 이 문제는 뒤에 가서 다시
다룰 것이다.

---

94) J. L. Borges, *op. cit.*, p.117.

제4장
환상 속의 초월

"압사라는 시간에서 영원으로 비상하는
성(性)과 예술의 융합이다."

압사라에 대한 어떤 명상

1. 행동철학

일반적으로 말로는 행동과 지성을 겸비한 행동주의 작가의 보기 드문 전형으로 간주되고 있다. 그러나 정작 그의 행동의 토대가 되고 있는 철학은 무엇이며, 혹은 그것의 근원은 어디로 향하는가라는 문제가 제기될 때 대답은 간단치 않다. 특히 동·서양을 폭넓게 넘나든 말로의 지적 여정을 고려하고, 또 그가 《서양의 유혹》이나 《정복자》에서 외관상 동양을 서양과 대비해 다분히 관조적 세계로 바라보는 점을 상기할 때, 말로는 행동이 서양 문화의 강점인 것처럼 인식하고 있다는 오해가 생길 수 있다.[1]

말로의 예술 세계는 자신의 개인적 취향을 형상화한 것이 아니라,

인간과 세계에 대한 형이상학적 탐구라는 사실을 상기할 때, 각 작품에 나타나는 테마들은 소설가가 어떤 문화, 어떤 종교, 어떤 사상을 집중적으로 '정복' '부활' '변모'[2]시키려 하고 있는가에 따라 전혀 다른 색채를 띤다. 이미지 역시 마찬가지이다. 예를 들어 밤의 이미지는 소설 세계 전체에서 동일한 상징성을 띠는 것이 결코 아니다. 《왕도》에서 밤과 어둠은 불교적 무명과 연결되어 있다면, 《희망》이 시작되는 배경인 밤은 여명의 빛을 예고하면서 모든 가능성이 배태된 잠재태로서 긍정적 이미지로 작용하고 있다. 따라서 개별 작품에 통일성을 부여하는 문화적 코드가 무엇인가에 따라 테마들은 전혀 다르게 접근되어야 한다. 기호학적인 관점에서 본다면 말로의 소설을 읽기 위해선 서구 문명의 범주에서 머물러서는 안 되고, 말로의 지적 여정에 따라 동·서양을 넘나드는 지구촌적 차원에서 의미 작용의 유희를 전개해야 한다. 기호학적 유희가 서구 중심적 한계를 벗어나지 못할 때, 말로의 소설 읽기는 실패할 수밖에 없다.

이런 사정을 감안하여 《왕도》 속에 나타나는 행동철학을 고찰해 보자. 성급한 혹자는 운명에 저항하는 프로메테우스적 행동이나, 니체적 허무주의를 극복하기 위한 '초인적' 행동을 생각하기도 했던 게 사실이다. 뿐만 아니라 말로의 소설에서 행동이란 테마를 조명하는 진지한 작업도 시도되었다. 예컨대 앙드레 브랭쿠르는 《말로, 오해》

---

1) 《정복자》에서 가린과 대립되는 늙은 중국인 창다이가 비폭력적주의를 내세우는 인물로 설정되면서 인도의 마하트마 간디와 접근되는 점은 이와 같은 해석을 낳을 수 있는 함정적 요소이다.
2) '정복' '부활' '변모'의 개념은 '탐구'와 더불어 말로의 작품 세계와 예술관을 이해하는 데 필수적이다. 구조주의적 입장에서 본다면 이러한 개념들은 '상호 텍스트성'과 관련된 것으로, 이전의 텍스트들을 반복하고 변용하며 새롭게 읽는 행위를 지칭하는 또 다른 도구들이라 할 것이다.

에서 아시아가 말로에게 "꿈처럼 몽상된 행동(action rêvée), 다시 말해 효과적으로 비이성의 영역에 속하는 신비로운 행동의 의미"[3]를 일깨워 주었다고 말하고 있다. 그는 '꿈처럼 몽상된 행동의 의미'를 영웅이나 현인, 혹은 성인의 전설을 이루는 내용들과 연결하고 있으며, 《왕도》와 관련해서는 '지상에 흔적을 남기겠다'는 페르캉의 꿈이 마이레나라는 전설적 인물의 모험적 세계로부터 비롯된다고 주장한다. 그의 주장에서 먼저 지적되어야 할 것은 작품에서 인물들을 통해 드러나는 행동과 말로가 혁명과 전쟁에서 보여 준 행동을 구분하지 않고 있다는 점이다. 말로가 동양 사상으로부터 얻은 지혜를 혁명과 전쟁 속에서 죽음을 뛰어넘는 몽상적 행동으로 나타냈다는 점과, 소설 속에서 하나의 문화 탐구와 밀접하게 연결된 행동철학을 제시하는 작업은 전혀 별개의 문제이다. 따라서 각각의 소설 속에 도입된 행동철학은 행동주의 작가 말로와 독립적으로 검토되어야 한다. 두 번째로 《왕도》에서 페르캉의 모험이 마이레나의 전설적 모험에서 비롯된 꿈이라는 생각은 페르캉의 과거 모험을 현재화시켜 소설 전체를 해석하는 오류를 범하고 있다. 필자가 앞서 지적했듯이, 마이레나로부터 몽상된 페르캉의 모험은 소설이 시작될 때, 이미 과거지사에 속했으며 그는 새로운 구도적(求道的) 모험으로 탈주선을 긋고 있는 상태에 있다. 세번째로 '꿈처럼 몽상된 행동'이란 표현이 너무도 막연하다. 소설 속에서 그것이 어떤 면에서 진정으로 아시아적 지혜를 반영하는지 구체적 사례가 제시되지 않고 있다.

브랭쿠르와는 달리 장 랑사르는 예리한 통찰을 보여 주고 있다. 그는 《왕도》에서 클로드의 의식을 통해 드러나는 행동의 원리가 인도

---

3) André Brincourt, *op. cit.*, p.197.

의 베다 성전인 "《바가바드 기타》의 네번째 노래를 표절하고 있다"[4]
고 생각한다. 이 성전은 한때 이데올로기의 좌절을 격은 많은 서구
지식인들을 매료시킨 행동철학 강령서로 유명하다. 베단타 철학의
가르침에 따르면, 모든 행동이 결과에 집착하지 않는 초월성, 행동의
덧없음, 그리고 행동하면서도 무위(inaction) 속에 있다는 철저한 의식
을 전제로 할 때, 그것은 구도의 길로 인도한다. 다시 말해 행동이 환
상, 즉 마야에 속하는 꿈이라는 점을 자각하고 열매의 집착에서 벗어
나 행동을 추구할 때 인간 조건의 초월이 가능하다는 것이다.[5] 그러
니까 구원은 세계로부터 초연한 채 관조적 길을 통해서도 가능하지
만, 동시에 행동을 통해서도 가능하다. 인도의 종교 사상에서 다양한
하부 신들은 구원의 다원적 길들을 나타내고 있음을 염두에 둘 필요
가 있다.

이제 클로드와 페르캉이 지닌 행동철학의 본질을 직접적으로 드러
내는 대목을 보자. 그것은 클로드의 의식을 통해 드러난다. 이에 따

---

4) J. Lansard, "*La Voie royale*, Quête initiatique?" in *Cent ans de littérature française
1850-1950*, "Mélanges offertes à Jacques Robichez," Sèdes, 1987, p.286. 장 랑사
르의 짧지만 압축된 논문은 프랑스의 말로 전문가들에 의해 이루어진 연구들 가운
데 최초로 《왕도》를 인도의 바라문교및 불교에 접목시켜 분석한 것이다. 이 논문은
필자의 탄트라 불교적 해석과 많은 거리가 있으나, 작품 해석에 새로운 전망을 가
능케 한 중요한 글이라 할 것이다. 참고적으로 말하면, 그가 이런 해석을 내놓을 수
있게 된 사정은 그가 인도 사상에 심취한 프랑스 소설가 드리외 라 로셸(Drieu la
Rochelle) 연구로 국가박사학위를 받은 것과 무관하지 않다. 그는 이 소설가를 연구
하기 위해 동양 사상을 공부하지 않을 수 없었던 것이다. 드리외 라 로셸은 말로보
다 7세 위이지만 말로의 소설에 찬사를 보내며 여러 편의 글을 썼다. 제2차 세계대
전 때 그는 말로와는 반대로 파시즘 편에서 싸움으로써 전후에 자살을 하게 되었
다. 각자가 선택한 이데올로기를 떠나서 두 사람은 각별한 우정을 나누었으며, 전
자는 후자를 유언 집행자로서 지목했다.
5) 《바가바드 기타 *La Bhgavad Gîtâ*》 네번째 노래 참조. 필자가 참고한 책은 안
마리 에스눌(Anne Marie Esnoul)과 올리비에 라콩브(Olivier Lacombe)가 번역 · 소개 ·
해설한 것임. Seuil, coll. "Sagesse," n° 9(Librairie Arthème Fayard, 1972), p.54-55.

르면 두 인물은 '행동에 대한 동일한 취향'을 나타내는데, 특히 이 취향은 "행동의 허무함에 대한 의식과 결합되어"[6] 있다. 장 랑사르가 지적한 바와 같이, 행동의 허무성에 대한 그들의 깨달음이 바라문교의 교리에 뿌리를 내리고 있다는 것은 충분히 설득력이 있다. 그러나 그것이 바라문교를 모태로 하고 있고, 따라서 많은 부분에서 이 종교와 유사성을 지닌 불교에 근거하고 있다 해도 전혀 문제가 되지 않는다. 그런데 "삶에 주어진 궁극성의 부재가 행동의 조건이 되었다"[7]고 클로드는 생각하고 있다. 그러니까 결과에 집착하지 않는 환상으로서의 행동과 궁극성의 추구, 즉 '영원한 것에 대한 욕망'[8]이 결합되어 있는 셈이다. 행동은 궁극성의 부재로부터 벗어나는 수단, 다시 말해 시간의 세계를 뛰어넘어 영원의 빛으로 이끄는 수단으로 간주됨으로써 종교적 차원에 위치하고 있다. 따라서 그것은 미지에 대한 갈망과 모험의 성격을 단순한 '도피'로 규정할 수 없게 만든다. 이제 모험은 존재에 대한 비극적 인식을 토대로 한 운명과의 투쟁 의지를 나타내며, 시간성 속에 갇힌 '세계의 질서'를 파괴하려는 형이상학적 도전이 되는 것이다.

참고 삼아 말하면, 물론 페르캉과 클로드에 공통으로 나타나는 행동철학의 탄생은 말로가 젊은 날에 인도 사상에 심취한 사실과 무관하지 않다. 그는 이 점을 드리외 라 로셀과의 관계를 밝히는 한 대담에서 직접적으로 언급하고 있다. 그는 드리외가 남긴 내면 일기에 대해 언급하면서 후자가 동양 사상, 특히 인도 사상에 대해 가졌던 관

---

6) *La Voie royale, op. cit.*, p.379. 《왕도로 가는 길》, 앞의 책, 23쪽. 번역을 수정했음.
7) *Ibid.*, p.394. 같은 책, 51쪽.
8) *Ibid.*, p.395. 같은 책, 51쪽.

심에 놀라움을 표시한다. 그는 그들 사이에 오고 간 대화들에서 이 부분에 대한 침묵을 이렇게 설명하고 있다.

"그가 지닌 어떤 신중함이나 경건함 때문이겠지요. 아마 그는 또한 내가 이 분야(인도 사상)에서 보다 정통하다고 생각했고, 그렇기 때문에 그는 자신의 무지를 나타낼까봐 두려워했는지도 모릅니다."[9]

《왕도》가 불교를 탐구하고 있는 구도(求道) 소설이라 한다면, 주인공들의 행동을 받쳐 주는 철학도 당연히 불교에서 온 것이라 해야 할 것이다. 그렇지 않으면 텍스트의 의미 구조가 뒤틀려 무너질 것이다. 페르캉과 클로드가 선택한 행동은 역사 속에 참여하는 행동이 아니다. 마야로서 현상계의 바퀴가 돌아가게 만드는 역사에의 참여 역시 하나의 행동이 되며, 구원의 길로 열려져 있다. 간디처럼 비폭력의 행동철학을 택할 수도 있으며, 전쟁이나 혁명에 총칼을 들고 참여할 수도 있다. 이와 같은 적극적 참여와 결합된 불교적 행동철학이 나타나기 위해서는 《인간의 조건》을 기다려야 한다.[10] 《왕도》에서 행동은 역사 참여의 방향으로 열려진 것이 아니라, 역사 및 문명과 단절을 시도하면서 곧바로 구도의 길로 접어들고 있다. 클로드의 행동이 불교적 비극에의 입문 쪽에 초점이 맞추어져 있다면, 페르캉의 모험은 구도적 과정을 밟고 있다. 그것은 역사의 거부라는 측면을 고려할 때 다분히 소승적이라 할 수 있지만, 대승적 요소도 겸비되어 있다. 이 점은 다시 다룰 것이다.

---

9) Frédédric J. Grover, *Six entretiens avec André Malraux sur les écrivains de son temps*(1959-1975), Idées/Gallimard, n° 401, 1978, p.31.
10) 이에 대해서는 앞서 소개한 필자의 졸저와 여러 논문들을 참조.

2. 반운명의 예술

　이제 두 주인공이 위와 같은 행동철학을 토대로 펼쳐내는 반운명의 세계를 따라가 보자. 소설 속에서 클로드는 두 개의 몽상을 구분하고 있다. 하나는 연대기에서 태어난 것으로, 역사적·시간적 모험의 세계로부터 밀려온다. 그것은 시간과 더불어 소멸된 덧없는 꿈들로 비극적 이미지들로 채색되어 있다. 필자는 앞서 밀림 속에 묻혀 사라진 문명과 도시들, 왕들과 모험가들을 상기한 바 있다. 다른 하나는 '파괴할 수 없는 몽상'으로 초시간적 세계, 즉 영원을 지향한다. 그것은 초월로의 상승 의지를 담아내며, 시간이 정지된 공간으로의 이동을 갈망한다. 그것은 예술과 종교가 만나는 지대에서 절대의 목마름을 적셔 주는 과도적 위안이다.

　"반수(半睡) 상태에서, 마치 아시아는 클로드에게서 강력한 공감을 만난 듯, 연대기에서 태어난 몽상들로 되돌아가게 했다. 기마들이 일으키는 먼지 너머로 몇 줄기 무력한 모기떼와 더불어 메미 소리들로 가득한 저녁의 내음 속에서 군대들의 출진, 미지근한 옅은 내를 지나가면서 대상들이 부르는 소리, (…) 여인들의 손길에 썩어 문드러진 늙은 왕들. 그리고 다른 몽상으로서 파괴할 수 없는 것이 있다. 사원들, 돌에 조각되어 이끼로 반들반들하게 뒤덮인 신들(…)"[11]

---

11) *La Voie royale, op. cit.*, p.377. 《왕도로 가는 길》, 앞의 책, 19-20쪽. 번역을 수정했음.

　이 인용문에서 두번째 몽상은 첫번째 몽상과 대립되고 있다. 그것은 예술과 종교가 구원의 방향에서 결합된 차원에 위치한다. 실용적측면에서 보면, 클로드의 모험은 문화재를 도굴하여 돈을 벌겠다는 물질적이고 속된 목적을 담고 있다. 그러나 이는 피상적인 이유에 지나지 않으며, 근본적 동기는 영원과 절대를 찾아 나선 몽상의 여행이다.[12] 그것은 앞서 살펴본 바와 같다. 클로드에게 예술이 이같은 욕구를 일시적이나마 충족시켜 줄 수 있는 원천이라는 점은 그가 사이공의 프랑스학술원장 알베르 라메주와 나누는 대화에서 확인된다. 이대화에서 그가 내세우는 예술 이론은 말로가 이 소설 이후로 전개하게 될 예술관의 골격을 드러낸다. 많은 연구자들의 관심을 끌었던 이이론의 핵심적 개념들이 나오는 대목을 검토해 보자.

　"그래서 나는 이런 견해를 말하고자 합니다. 예술가에게 부여된 본질적 가치는 예술 작품이 지닌 생명력의 극점들 가운데 하나를 우리에게 가립니다. 이 작품을 고찰하는 문명의 상태 말입니다. 예술에는 시간이 존재하지 않는 것 같습니다. 저의 관심을 끄는 것은 (…) 예술 작품의 해체와 변모이고, 인간들의 죽음으로 이루어진 가장 심오한 그것들의 생명력입니다. 요컨대 예술 작품은 모두 신화가 되는 경향이 있지요."[13]

　파스칼 사부랭은 그의 저서 《앙드레 말로의 예술에 관한 고찰》에서

---

12) 이 동기는 클로드가 페르캉을 만나 비극에의 입문하는 것과는 다른 일차적성격을 지니고 있다.

13) *La Voie royale, op. cit.*, p.398. 《왕도로 가는 길》, 앞의 책, 56쪽. 번역을 다소 수정했음.

이 발췌문에 대한 상세한 해설을 하고 있다.[14] 필자는 그가 시도한 해석의 줄기를 개략적으로 소개하고, 필자의 방향에 따라 그가 놓친 부분들을 지적해 보겠다. 우선 인용문에는 네 개의 주요 개념이 나타나 있다.

첫번째는 예술가와 예술가가 속한 문명과의 관계를 밝히고 있다. 예술가는 그가 어떤 작품을 창조자로서 혹은 탐구자로서 바라보든, 그리고 자율성과 독립성을 주장하면서 자신이 처한 특수한 역사적 상황을 뛰어넘는 영원한 세계를 지향한다 할지라도 이 작품을 주시하고 고찰하는 문명, 즉 그가 전위적 위치를 차지하며 속해 있는 자기 문명의 상태를 자신 뒤에 숨기고 있다는 것이다. 바다에 떠 있는 빙산으로 비유하면, 예술가는 바다의 표면 위로 드러난 부분이고 그가 속한 문명은 바다 속에 잠긴 부분이다. 예술가의 가치가 예술 작품을 낳게 한 배경을 가리운다는 말인데, 이는 근대 이후에 예술가들이 익명의 상태에서 벗어나는 현상과 관련된 것으로, 푸코나 바르트가 주장하는 저자 혹은 작가의 죽음을 상기시킨다. 예술가의 뒤에는 그의 사유와 창조 활동의 토양인 문화들과 문명들이 자리잡고 있다. 따라서 작품은 데리다 식으로 표현하면, 흔적만 남고 기원이 없는 이런 다양한 출처들로부터 비롯된 복합적 산물인 것이다. 이렇게 볼 때 문제의 표현은 예술가와 사회의 관계 문제를 다루고 있는 셈이다. 그러나 근본적으로 클로드가 예술가가 속한 문명에 관심을 갖는 이유는 예술 작품이 그것을 낳은 시공간적 배경으로부터 벗어나면서 겪는 변모의 심리적 과정을 이해하기 위한 것이다. 이런 입장은 두번째 개념

---

14) Pascal Sabourin, *La Réflexion sur l'art d'André Malraux*, Klincksieck, 1972, pp.94-96 참조.

을 통해 확인된다.

두번째 개념은 예술의 시간과 역사적 시간의 구분을 전제한다. 예술 작품은 첫번째 개념에서 보듯이, 우선적으로 역사의 한 시대의 특수한 문명을 반영하지만, 시간이 흐름에 따라 이 역사적 시간과 멀어져 가고 예술만의 영원한 시간 속에 들어간다. 고대 이집트의 예술을 예로 들어 보자. 현대인이 이 예술을 바라볼 때, 그것은 그것이 태어난 시대의 문명과 상황을 뛰어넘어 영원한 신비의 형태로 다가온다. 현대인은 그것을 탄생시킨 예술가의 비전이나 그 뒤에 숨겨진 시대적 종교 문명을 결코 그대로 인식할 수 없으며, 그것들이 추구한 세계를 그대로 받아들이지도 않는다. 그리하여 예술은 역사와 유리되어 가면서 그것만의 초시간적 공간 속에 자리잡는다. 그러니까 작품이 역사적 시간 속에서, 또 역사적 시간으로부터 출현하지만 그것이 예술이 되는 것은 바로 이 역사적 시간으로부터 벗어남으로써만 가능하다. 말로가 예술 작품을 역사로 귀결시키는 역사주의를 단호하게 거부하고 있음은 잘 알려져 있는데, 이런 예술 철학은 이미 클로드의 이론에서 그 씨앗을 잉태하고 있는 것이다.[15]

세번째 개념은 두번째 개념과 맞물려 있는 것으로, 예술이 지닌 생명력의 근원, 그리고 그것이 겪게 되는 형태와 해석의 끊임없는 변모(métamorphose)를 부각시키고 있다.[16] 우주의 모든 것, 삼라만상이 영속적으로 변화하고 있듯이 예술도 변모를 겪는다. 일단 창조된 작품은 자연과 더불어 형태적으로 변모하기도 하고, 후대의 예술가들에

---

15) 말로의 예술 평론서들은 예술사의 형식을 빌리지 않고 있을 뿐 아니라, 그 자신이 그런 책들을 통해 예술사를 쓰려는 것이 아님을 분명히 밝히고 있다. 이와 관련해서는 Jean-Pierre Zarader, *Malraux ou la pensée de l'art*, Ellipses, 1998 참조.

16) 변모는 말로의 예술관 · 세계관 · 역사관에서 매우 중요한 포괄적 개념으로서, 그 영감을 동양 사상에서 얻은 것으로 간주되기도 한다.

의해 정복되어 새로운 모습으로 탈바꿈되기도 한다. 내용적으로 작
품은 그것을 창조한 예술가와 그것의 시대적 배경을 뛰어넘어 계속
적으로 새로운 의미를 부여받는다. 이처럼 예술은 형태와 의미에 있
어서 변모의 생을 살아간다.[17] 물론 이 생명은 죽음으로 이루어진, 운
명과의 투쟁을 원천으로 하고 있다. 그것은 지배하는 운명을 지배받
은 운명으로 바꾸어 놓는 예술가의 신비한 창조 능력 속에 내재한다.

　마지막 개념에서 독자는 신화와 만난다. 모든 예술 작품은 궁극적
으로 하나의 신화가 된다. 그것은 인간 조건과의 싸움에서 최고의 가
치로 간주됨으로써 본받아야 할 원형으로서 신화가 된다. 그리하여
신화가 된 예술 작품은 "부활의 힘을 통해" "예술가들이 현실적 존재
로 다시 불러 주기를 기다리면서" 박물관이나 밀림 속에서 "잠자고
있다."[18] 따라서 그것은 예술가[19]의 부단한 부활에 의해 영원한 생명
력을 현실로 표출한다. 예술가와 신화 사이의 이와 같은 관계는 문학
작품은 "신화에 생명을 제공하는 것"이라는 카뮈의 입장을 이미 나
타내고 있다.[20]

　이상과 같이 위 인용문에 나타난 주요 내용을 살펴보았다. 클로드

---

17) 이러한 과정이 후에 말로가 예술에 관한 저서들에서 다루는 예술심리학을 이
루고 있다. 시간적·공간적 이동에 따라 예술 작품이 겪게 되는 변모의 기저를 이루
는 심리 현상의 흐름 말이다.

18) *La Voie royae, op. cit.*, p.398. 《왕도로 가는 길》, 앞의 책, 57쪽. 물론 밀림
은 여기서 단순히 예술 작품이 묻혀 있는 차원을 넘어선다. 그것은 운명을 상징하
는 '감옥' 같은 공간으로서, 운명에 저항하는 예술마저도 시간 속에 묻어 버리는
힘을 지니고 있다. 그러나 이 운명과의 영원한 투쟁을 예술 혼은 담아낸다. 이런 입
장은 클로드가 밀림 속에 묻힌 예술 작품을 발굴하는 상황에서 클로드의 의식 속에
투영되어 있다. "그토록 노력을 했음에도 밀림은 다시 그것이 지닌 감옥의 힘을 다
시 드러냈다." *Ibid.*, p.430. 같은 책, 112쪽. 번역을 수정했음.

19) 여기서 말하는 예술가는 광의의 의미에서 창조자뿐 아니라 예술을 탐구하는
모든 전문가들을 포함한다. 따라서 클로드 역시 예술가이다.

가 밀림 속에 묻힌 '왕도'를 찾아 나선 것은 바로 죽음에 저항하는 치열한 구도적 정신 속에 생명력의 뿌리를 내린 채 잠자고 있는 예술 작품을 부활시켜 인간의 현실로 되돌아오게 하기 위해서이다. 그리 하여 작품은 새로운 변모를 겪게 될 것이다. 그것은 예술의 고유한 영역 속에서 새로운 의미를 부여받으면서 영원의 신비한 빛을 뿜어 낼 것이다. 클로드가 궁극적으로 합류하고자 하는 것은 이 초시간의 세계이다. 그것은 크메르 예술 속에 숨쉬고 있는 저 초월적 예술 혼 이다.

이제 필자가 클로드의 예술관과 관련해 중요하다고 생각하는 점들 을 언급하고자 한다. 먼저 클로드가 제시한 예술관이 그가 밀림에서 발굴하는 예술 작품에만 적용될 수 있고, 《왕도》라는 작품에는 적용 될 수 없는지 자문해 볼 수 있다. 파스칼 사부랭은 이 점에 대해 전혀 언급이 없다. 만약 적용될 수 없다면, 이 예술관의 보편성에 의문을 제기할 수 있을 것이다. 클로드의 이론에 따르면, 예술가는 부활의 능 력을 통해 신화가 되어 잠자고 있는 작품에 현실적인 생명력을 부여 한다. 물론 이때 부활은 이 작품의 새로운 해석이 될 수도 있고, 그것 으로부터의 새로운 창조가 될 수도 있다. 클로드의 발굴이 조각 작품 에 대한 새로운 해석으로 이어지는 작업이라면, 《왕도》는 소설로서 창작품인 이상, 작가가 부활의 힘을 통해 어떤 작품으로부터 빚어낸 새로운 창조물이다. 따라서 이 새로운 창조물은 다른 작품의 흔적들 을 지니고 있고, 이로 인해 소설은 거대한 '상호 텍스트'의 연쇄 고

---

20) 김화영, 〈돌의 시학〉, 앞의 책, 19쪽에서 재인용. 카뮈는 《여름》에서 이렇게 말하고 있다. "신화는 그 자체로서 생명을 지닌 것은 아니다. 신화는 우리가 육화해 주기를 기다리고 있다. 단 한 사람이라도 그 신화의 부름에 대답하게 되면 신화는 우리에게 늘 그의 신선한 물을 제공한다." 같은 책, 20쪽에서 재인용.

리 속에 진입한다. 그 결과 소설에 대한 다양한 해석들이 제시된다. 사부랭은 이런 흔적에 대한 연구를 통해 소설을 해석하지 않고 있다.

그런데 이 흔적을 정확히 찾아내는 길이 바로 작품에 내재된 상징 시학이다. 그럼 소설 속에 감추어진 상징시학과 클로드의 예술관과의 관계를 밝혀 보자. 둘 다 작품을 해석하는 데 도움을 주는 장치들로 텍스트 내부에 존재하지만, 다른 점은 전자가 정교하고 치밀한 전략을 통해 겉으로 드러나지 않게 도입되었다면, 후자는 단번에 눈에 띄게 압축적으로 제시되고 있다. 그러나 전자의 발견을 통해서만 후자의 진정한 차원이 드러난다. 왜냐하면 클로드가 제시한 예술관이 《왕도》에 그대로 적용될 수 있기 위해서는 상징시학이 그 정체를 드러내 소설의 독해 코드를 밝혀 주어야 하기 때문이다.

앞서 필자는 상징시학의 발굴을 통해 《왕도》가 탄트라 불교를 탐구적 차원에서 형상화한 구도(求道) 소설이라는 점을 밝혀냈고, 이러한 관점에서 해석을 계속하고 있고, 또 앞으로도 그렇게 할 것이다. 그렇다면 이제 소설가 말로가 부활의 힘을 통해서 어떤 작품, 혹은 어떤 문화로부터 《왕도》를 창조했는지 답은 분명하다. 《왕도》는 도서관이나 박물관에 잠자는 탄트라 불교 관련 저서들이나 예술품들, 혹은 현장에 보존되어 있지만 도판을 넣어 책으로 소개된 불교 기념물들 등과 같은 복합적 문화 유산에 대한 탐구로부터 창조된 것이다.[21] 그러니까 그것은 불교 예술의 '부활'이자 '정복'이고, '변모'인 것이다.[22] '상호 텍스트'는 이와 같은 예술가의 반짝이는 능력들이 펼쳐

---

21) 여기서 말로가 20대 초반에 동양 예술품들이 주를 이루는 파리의 기메 박물관을 드나들면서 산스크리트어를 배웠다는 사실을 상기해야 할 것이다.

22) 이와 관련해 차원은 다르다 하겠지만, 미술에서 피카소가 아프리카나 오세아니아 예술에서 새로운 영감의 원천을 찾아낸 사실을 떠올릴 수 있다.

지는 장이다. 요컨대 클로드의 예술론은 상징시학과 맞물려 있으면서도, 그것이 《왕도》라는 작품 해석에서 어떤 역할을 하는지는 이 상징시학을 통해야만 진정으로 포착될 수 있다. 그것은 한편으로 클로드라는 주인공이 추구하는 예술의 의미를 밝혀 줄 뿐 아니라, 다른 한편으로 말로의 소설 자체를 조명하게 해주는 암시 장치로 기능한다.

그런데 클로드가 추구하는 '파괴할 수 없는 몽상'을 구현하는 예술은 옛 크메르 왕국에서 개화한 탄트라 예술이다. 다시 말해 그것은 신비주의적 에로티시즘과 맞물려 있다. 바로 이와 같은 사실로부터 그것은 페르캉이 추구하는 성의 신비주의, 즉 탄트리즘 그리고 최후의 불교적 구원을 향한 여정과 결합됨으로써 새로운 소설적 구도 속에 편입된다. 클로드와 페르캉이 발굴하는 조각상이 표현하는 이미지는 이러한 다층적 의미를 압축하여 드러낸다.

3. 신비주의적 에로티시즘

필자는 앞서 탄트라 불교가 에로틱한 신앙과 불교가 결합한 종파라는 점을 지적했다. 그러나 사실 탄트리즘은 불교와 바라문교(힌두교)에 공통적으로 적용된다. 원래 탄트라(tantra)는 산스크리트어의 앎을 지칭하는 tari 혹은 tantri로부터 비롯된 용어이다. 이것들은 '확장하다, 계속하다, 증가하다'를 의미하는 tan이란 어근을 공통으로 하고 있다. 따라서 탄트라의 본래적 뜻은 '앎을 확장한다'[23]이다. 불교

---

23) 이에 관해서는 미르체아 엘리아데, 정위교 옮김, 《요가 – 불멸성과 자유》, 고려원, 1989, 196쪽.

에서 탄트라가 체계적 교리로 정착된 것은 사라하(Saraha)에 의해서
이다. 오쇼 라즈니쉬에 의하면, 불교는 선(禪)불교와 탄트라 불교가
두 줄기를 이루는데, 전자는 붓다로부터 가섭 → 아난 → 달마대사
(선불교의 확립자)를 통해 중국으로 확장되어, 한국·일본으로 전파되
었다. 후자는 붓다로부터 → 나훌라(붓다의 아들) → 쉬리 끼르띠 →
사라하 → 나르가주나(대승불교 중관학파의 창시자 나르가주나, 즉 용
수) → 티벳 밀교(密敎)로 이어지며, 중국·일본·동남아에도 그 영향
력이 미쳤다. 그러니까 탄트라 불교를 정착시킨 사라하는 제4조대인
것이다.[24)]

여기서 《왕도》 속에 나타나는 중요한 암시를 하나 지적하자. 그것
은 에로틱한 신앙에 입문한 페르캉이 사랑했던 여인의 이름이 '사라
(Sarah)'로 되어 있다는 사실이다.[25)] 이 이름을 보면 탄트라 불교의 정
립자인 사라하(Saraha)에서 마지막 *a*가 빠져 있을 뿐이다. 사라하를
프랑스어식으로 발음하면 사라아이고, 결국 줄이면 사라이다. 이것
이 우연이겠는가? 특히 페르캉이 탄트라 불교에 입문한 사실을 상기
한다면, 이 이름 역시 하나의 암시적 장치로 활용되었음이 틀림없다

---

24) B. S. 라즈니쉬, 석지현·홍신자 역, 《사라하의 노래》, 일지사, 1981, 18쪽 이
하 참조. 탄트라의 역사적 기원에 관해서는 여러 설이 있으며 아직 해결이 안 된 상
태이다. 보통 그것은 인도 도착 신앙의 모신 숭배 사상에 그 기원이 있는 것으로 알
려지고 있다. 탄트라 불교가 라지니쉬의 주장처럼 붓다로 거슬러 올라간다는 주장
도 확실하지는 않다. 현존하는 최고의 탄트라 문헌은 탄트라 불교 성전으로 《문수
사리근본 탄트라》나 《비밀 집회 탄트라》가 거론되는데 둘 다 7세기에 이후에 씌어진
것으로 전해진다. 이에 관해서는 아지트 무르케지/송장유경·김구산 역, 《탄트라》,
동문선, 1995(1990), 78쪽 참조. 또 다른 주장을 보면, 음양설에 기초한 중국 도교
의 성의 신비주의가 인도에 유입됨으로써 탄트라가 탄생했다는 설(R. V. Gulik, *op.
cit.*, pp.431-436 참조)도 있다. 이 문제는 필자가 검토해야 할 대상이 아니다. 다만
필자는 라즈니쉬가 인도 사상의 대가인 만큼 그 조예가 깊을 것으로 생각하고, 특히
《왕도》와 관련해 사라하라는 이름의 중요성을 감안하여 그의 주장을 소개하였다.
25) *La Voie royale, op. cit.*, p.448. 《왕도로 가는 길》, 앞의 책, 142쪽.

할 것이다. 그러니까 탄트라 불교의 창시자인 사라하라는 이름을 환기시키는 사라가 페르캉이 사랑한 여인의 이름으로 설정됨으로써 암시의 망이 보다 정교해지고 확장되어 있음을 알 수 있다.

　라즈니쉬가 전하는 바에 따르면, 탄트라 불교의 확립자인 사라하의 본래 이름은 라훌(Rahul)이다. 불멸후(佛滅後) 346년에 태어난 것으로 전해지는 라훌은 대사제인 브라만의 아들로서 마하빨라 왕의 촉망을 한 몸에 받고 있었다. 그런데 그는 돌연 신야신(구도자)이 되기로 결심하고, 모든 것을 버린 뒤 불교에 귀의하였다. 그는 쉬리 끼르띠를 스승으로 모시고 정진하였다. 어느 날 그는 명상중에 시장 바닥에서 화살을 만드는 여인을 영상으로 보게 되었다. 스승이 안내한 여인이었다. 라훌이 시장 바닥으로 가보니 그곳에 그녀가 있었다. 그녀는 수드라로 천민 계급에 속하였지만, 그를 진정한 구도의 길로 인도한 자유인이었다. 그녀는 생명력이 넘치는 충만한 존재의 모습을 드러내며, 대립과 갈등의 이원적 현상계를 초월한 진정한 각자(覺者)를 구현하고 있었다. 그녀는 악주불(樂主佛), 혹은 애악불(愛樂佛) 인 '수크흐나타' 라는 붓다[26]가 라훌을 깨달음으로 인도하기 위해 환생한 것이다. 라훌은 그녀를 통해 탄트라의 비법을 전수받았고 득도에 이르게 되었으며, 그녀와 하나가 되었다. 그녀는 라훌에게 사라하라는 이름을 부여해 주었다. 사라하는 화살을 의미하는 '사라(sara)' 와 적중시키다를 의미하는 '하(ha)' 가 결합된 말이다. 그러니까 그것은 미지의 과녁을 적중시켜 깨달음에 다다랐다는 것을 뜻한다. 둘은 사변ㆍ고행 대신에 화장터 옆에서 노래하고 춤추는 축제를 벌이면서 죽음

---

26) 이 붓다는 개체적 대립과 갈등을 넘어서는 춤과 음악의 축제를 통해 대자연 속에 하나가 되게 하는 니체의 신 디오니소스와 접근된다 할 것이다.

을 넘어선 엑스터시의 세계를 보여 주었다. 그리하여 그를 걱정했던 왕과 왕비까지 귀의하게 되었고, 왕국이 탄트라 물결에 휩싸였다. 여기서 나온 것이 탄트라 문학인 도하 문학이다.[27]

이제 페르캉으로 되돌아가 보자. 사라하는 화살 만드는 여인이 라훌에게 부여한 이름이지만, 사라는 페르캉이 사랑했던 여인이다. 따라서 남성과 여성의 전도가 일어나고 있음을 알 수 있다. 그러나 이 점은 중요하지 않다. 화살의 여인이 라훌을 깨우쳐 사라하가 되게 했다면, 이 깨우침을 받아서 사라하는 탄트라 불교를 창시한 자이다. 사라하는 그것을 보편화시킨 주역이다. 그렇다면 사라하의 이름을 상기시키는 사라로부터 페르캉이 무언가를 전수받았을 가능성이 있다. 《왕도》에서 사라는 백인 여자이지만 시암의 피사놀로크 왕과 결혼한 전력이 있는 다양한 남성 편력의 모험적인 여인으로 나타나고 있다. "특히 홀로 있을 때——구미에 맞는 사내들과 동침했다[28]는 사실은 그녀가 에로티시즘을 즐겼다는 암시라 할 것이다. 뿐만 아니라 그녀는 페르캉에 앞서 선구적으로 삶의 허무와 인간 조건을 체험하고 이 경험이 페르캉에게 영향을 준 것으로 나와 있다.[29]

탄트라의 가장 큰 특징은 생과 사, 선과 악, 행과 불행, 성스러움과 속됨, 아름다움과 추함, 부와 가난 등 온갖 이원적 대립과 갈등의 인간 조건을 '지금 여기서' 초월하여 생성 이전의 비시간적 통일성과 합일하는 것이다. 그것은 우주의 시간적 생성을 남성 원리인 '푸루샤(purusa)'와 여성원리인 '프라크리티(prakrti)' 혹은 '사크티(çakti)'의 분열 작용으로 보고, 그것들의 통합된 경지에 다다르는 것을 해탈과

---

27) 라즈니쉬, 앞의 책, 22쪽 이하 참조.
28) *La Voie royale, op. cit.*, p.410. 《왕도로 가는 길》, 앞의 책, 77쪽.

구원으로 간주한다.[30] 따라서 탄트라는 무엇보다도 성(性)을 구도(求
道)의 수단으로 인식하고, 남성성과 여성성의 분리로 상징된 양극단
을 넘어서 미분화 상태의 궁극적 실체와의 합일을 목표로 한다.[31] 그
것은 씨를 뿌려 풍요로운 결실을 가져오는 창조적 에로스의 화신, 말
라르메의 '목신'과는 거리가 멀다. 그것은 시간의 세계인 문명과 역

---

29) 페르캉의 이야기를 들어 보자. "젊은 여인으로서 그녀가 지녔던 지난 날의 모
든 희망들은 그녀의 삶을 (…) 매독처럼 침식하기 시작했네——그리고 전염에 의해
내 삶도 말이야……. 자네는 죄수에게 떨어지는 규칙처럼 자네에게 떨어지는 반박
할 수 없는 운명, 제한된 그 운명이 무엇인지 모르겠지. (…) 자네는 그것밖에 결국
되지 못할 것이고, 다른 것은 되지 못하리라는 확신 말이야. (…) 나는 이해했네. 왜
냐하면 나 역시 그런 순간으로부터 멀리 있지 않았기 때문이지. 자신의 희망을 결
산해야 하는 순간 말이야." *Ibid.*, p.411. 같은 책, 77-78쪽. 강조는 작가가 한 것
임. 이 인용문 다음을 보면 사라에 대한 추억은 페르캉이 에로티시즘, 즉 '여자'를
통해 운명과 싸워 보겠다는 의지, 그리고 인간 조건에 대한 설법 등과 맞물려 있다.
따라서 사라는 페르캉보다 앞서 체험적으로 탄트라적 에로티시즘을 통해 운명을
일시적으로 극복해 왔지만, 결국은 늙음, 즉 노쇠로부터 벗어날 수 없었다고 유추
할 수 있다. 그렇다면 그녀는 페르캉보다 연상의 여인으로서, 그에게 여느 면에서
보이지 않는 스승 같은 역할을 했으리라는 추론이 가능하다. 결국 원주민의 에로티
시즘은 사라의 에로티시즘과 같은 것일 수 있다.
  30) 인도 사상의 대가이자 신화학자인 엘리아데 따르면, 탄트라의 기원에는 인도
토착민 종교인 '모신 종교(母神宗敎)'가 자리잡고 있으며, '대불능자'인 남성 원리
푸르샤보다는 영원한 생성의 원천인 여성 원리 프라크리티가 우선시된다. 프라크
리티로부터 푸르샤가 갈라져 나왔다는 것이다. 엘리아데, 앞의 책, 197-198쪽 참
조. 그러니까 탄트라는 다분히 여성적이라 할 수 있다. 불교가 여성적 종교로 규정
될 수 있는 것과 마찬가지이다. 불교와 유사성이 많은 노장 사상도 남성성보다는 여
성성을 중시함을 상기할 필요가 있다. 이런 측면은 기독교의 남성 중심 신화와 대비
되는 점이다. 신비주의적인 완전한 **초월**을 지향하는 탄트라, 따라서 《왕도》의 에로
티시즘은 **현상계**에서 욕망의 삼각형(아버지·어머니·아들)과 팔루스(phallus)를 중
심으로 성을 다루는 프로이트나 라캉의 정신분석학으로 해석되는 데 한계가 있다.
  31) 기독교와 관련해서 말하면, 이 합일 상태는 아담과 하와의 분열이 있기 이전
의 상태로의 회귀라 할 수 있다. 기독교 초기의 수도사들 가운데는 "주체가 둘로 찢
겨지기 전에 아담의 조건을 모방하면서" 일자(一者)의 상태인 '모노시스(Monôsis)'
로 회귀하려는 독신자들, 즉 '모나코스(Monachos)'들이 있었다. 이에 관해서는
Roland Barthes, *Comment vivre ensemble*, cours et séminaires au Collège de France
(1976-1977), Seuil IMEC, 2002, p.136 참조.

사를 부정적인 입장에서 바라본다. 그것은 원시적 생명력의 상태에서 근원으로의 회귀를 갈망하기 때문이다. 하지만 그것은 '지금 여기에서' 구원의 상태에 도달하려 한다는 점에서 시간 속에서 시간의 초월로, 초시간의 세계로 이동하는 현세적 성격을 띤다. 라즈니쉬는 우리가 "문화적이면 그럴수록, 문명적이면 그럴수록 탄트라적 변형에의 가능성은 희박하다"[32]고 말한다. 이러한 입장은 《왕도》에서 탄트라 불교를 신봉하는 모이족 원주민들이 원시적 삶을 살아가고 있는 점과 일치한다.

《왕도》에서 이와 같은 탄트라에 뿌리내린 에로티시즘이라는 테마는 소설의 결정판이 나오기 전 단계들을 보면 훨씬 더 비중 있게 다루어지고 있다.[33] 하지만 앞서 우리가 본 바와 같이, 그것은 소설의 제1부 도입부에서부터 페르캉과 클로드의 대화에서 중심점에 놓임으로써, 그것이 차지하는 중요성을 가늠케 한다. 더욱이 작가는 이 점에 관해 로제 스테판과의 대담에서 이렇게 말하고 있다. "나의 거의 모든 책들이 극동을 상기시키고 있으며, 극동에는 많은 색광들(érotomanes)이 있습니다. 다른 한편으로 그것(에로티시즘)은 가치 있는 문학적 테마입니다."[34]

이제 종교와 결합된 탄트라 예술 작품, 클로드와 페르캉이 발굴하는 그 조각상을 검토해 보자. 그것은 인도의 신화에 나오는 천국의 이상적 여인 압사라(Apsara)를 새긴 저부조 조각상이다. 실제로 인도

---

32) 라즈니쉬, 앞의 책, 25쪽.

33) Walter G. Langlois, "Young Malraux and Erotism: an unpublished chapter from *La Voie royale*," in *Mélanges Malraux Miscellany*, vol. XV, n° 12, spring-autumn, 1983, pp.32-42 참조.

34) R. Stéphane, *La Fin d'une jeunesse*, La Table ronde, 1954, pp.66-67.

의 에로틱 예술에서 무수히 만날 수 있는 압사라는 관능적이지만 정
신화된 사랑에 입문시키는 여인으로서, 절대의 세계에 이르는 신비
한 성적 합일의 길을 상징적으로 지시한다. 짐머에 따르면 그녀는 제
석천을 다스리는 "인드라 신의 낙원에 있는 후궁이다. 그녀는 영원한
젊음과 불멸의 아름다움을 간직한 노래하는 천국의 무희로서, 추종
자들에게 미덕에 보답하는 쾌락을 베풀어 준다. 그녀는 자연의 순진
무구함, 눈물 없는 환희, 회한도 불안도 없는 육체의 불사름을 상징
한다. 성(性)에 입문시키는 여사제로서 그녀는 이와 같은 신비의 의
식(儀式)을 집행하는 데 헌신한다. 그녀는 (…) 신성한 궁중의 여인이
다."[35] 요컨대 그녀는 성의 이원성을 무너뜨림으로써 우주적 에너지
인 사크티와의 융합으로 열리는 에로티시즘의 신성한 비법을 간직한
여인이다. 바라문교에 따르면, 이 에너지와의 분열인 남성신 시바의
춤에 따라 외관의 현상계가 확장되면서 전개된다.

압사라라는 신화적 존재에 대한 이와 같은 조명은 이 여인—조각상
을 찾아 나선 클로드와 페르캉의 추구를 전혀 새로운 관점에서 고찰
하게 해준다. 그것은 에로티시즘이란 테마와 불가분의 관계가 있으
며, 이 테마가 어떤 의미망 속에서 이해되어야 하는지를 추가적으로
암시해 준다. 그것은 클로드가 느끼는 '영원한 것들에 대한 갈망'에
부응하는 차원을 넘어서, 에로티시즘이 전개되는 형이상학적 배경을
밝혀 주는 중요한 역할을 한다. 뿐만 아니라 이와 같은 추구의 마지
막 단계를 보면, '두 무희'[36]——두 압사라——를 나타내는 '매우 인
도풍으로 조각된 두 저부조상'[37]의 발굴 작업이 특이하게 성적으로

---

35) Max-Pol Fouchet, *op. cit.*, p.25에서 재인용.
36) *La Voie royale, op. cit.*, pp.431-432. 《왕도로 가는 길》, 앞의 책, 115-116쪽.
37) *Ibid.*, p.424. 같은 책, 103쪽.

묘사되어 있다. 우선 조각상-여인으로서의 돌은 '적의를 품고 있는' 진정한 여성이 되고 있다. "그 돌은 수동적이면서도 거부할 수 있는 존재로서, 완강한 모습으로 거기 있었다."[38] 그러니까 이미 압사라는 하나의 돌 조각상을 넘어서 이미 하나의 여인이 되고 있다. 이러한 묘사는 페르캉이 아니라 클로드의 의식을 반영하고 있는데, 이는 입문의 단계에 들어가는 그의 위상과 관련해 보면 당연한 것이라 하겠다. 페르캉은 이미 탄트리즘에 입문해 있으나, 클로드는 입문 과정에서 통과 의례로서 거쳐야 할 시련이 있기 때문이다. 다음으로 이 돌을 공격하는 두 주인공의 동작이 마치 성행위를 하고 있는 것처럼 묘사되고 있다.

"반복되는 타격으로부터, 그(페르캉)의 의식으로부터, (…) 성적인 쾌락이 올라오고 있었다. 이렇게 망치질을 함으로써 그는 다시 돌과 혼연일체가 되고 있었다……. 갑자기——망치 소리가 달라지면서——그는 숨을 죽였다. (…) 푸른 초록 빛깔의 안개 낀 듯한 흐릿한 비전이 그의 내부 속으로 달려들었다. 하지만 눈꺼풀이 깜박이는 동안 또 다른 비전이 강하게 밀려오고 있었다. 그것은 그를 둘러싸고 있는 모든 것의 비전보다 더 강렬했다. 갈라졌다(la cassure!) 햇빛이 갈라진 단면 위에 반짝이고 있었다. (…) 그는 마침내 천천히 깊숙하게 숨을 내쉬었다. 클로드 역시 진정되었다. (…) 그는 아주 힘겹게 차지한 이 소유물을 바라보았다(…)."[39]

---

38) *Ibid.*, pp.427-428. 같은 책, 109쪽. 번역을 수정했음. 뿐만 아니라 돌은 '파괴할 수 없는 생명(une vie indestructible)'을 지닌 것으로 묘사됨으로써 예술적 차원의 영원성과 탄트라적 차원의 영원성을 동시에 나타내고 있다. *Ibid.*, p.430. 같은 책, 113쪽. 번역본에는 '영구히 없어지지 않는 생명'으로 되어 있음.
39) *Ibid.*, pp.431-432. 같은 책, 115-116쪽. 번역을 수정했음.

이 인용문은 페르캉의 에로틱힌 동작에 초점을 맞추고 있다. 마치 클로드는 그보다 앞서 혼신의 힘을 다해 돌-무희상을 공격했지만 입문하는 초심자의 한계를 드러냄으로써, 결국 스승의 결정적 시범에 맡기고 그것을 주시하고 있는 것 같다. 이 텍스트에서 우선 주목되는 것은 페르캉이 에로틱한 동작을 통해 영원한 여성 압사라와 하나가 되면서 갑자기 숨을 멈추고 있다는 묘사이다. 탄트라 요가를 보면 마이투나(maithuna: 性交儀式)에서 호흡을 멈추는 것은 중요한 의미를 지니고 있다. 그것은 '사정의 억제를 동반하는 것'이며 '사념(思念)의 정지'와 결합되어 나타난다. 그러니까 요가 행자는 결합 속에서 사고·호흡·사념의 동시적 정지를 통해 자아와 죽음의 순간적 초월을 이루며, 시간을 정지시키고 우주적 공(空)의 상태로, 영원 속으로 진입하게 된다. 숨을 쉬게 되면 양극성의 생성 세계로의 추락하게 되는 것이다. 따라서 결코 사정을 해서는 안 된다.[40] 이렇게 볼 때 압사라와 결합하는 페르캉의 경우, 호흡의 정지는 사정의 정지를 함축한다. 그런데 이 멈춤에 이어 두 개의 비전이 연달아 나타나고 있다.

이 현상을 해석하기 위해 엘리아데와 라즈니쉬의 설명을 잠시 빌려 보자.[41] 탄트라에 따르면, 남자와 여자는 자신 안에 양성, 즉 남성과 여성을 모두 간직하고 있다. 남자 안에는 여성이, 여자 안에는 남성이 있다는 것이다. 물론 생물학적으로도 이런 흔적은 나타나고 있다. 기독교적으로 말하면 아담 속에 하와가, 하와 속에 아담이 있는 셈이다.[42] 마이투나는 궁극적으로 바로 자신 안에 있는 상대적 성과의 합일을 통해 '영원으로 비상'하는 것이다. 여자는 남자에게 남자

---

40) 이에 관해서는 미르체아 엘리아데, 앞의 책, 특히 제6장 〈요가와 탄트리즘〉, 258쪽 이하 참조.
41) 엘리아데, 같은 책, 233-236쪽. 라즈니쉬, 앞의 책, 201-215쪽 참조.

는 여자에게 이와 같은 계기를, 가능성을 열어 주는 데 불과하다. 그러니까 남자의 경우 여자와 결합하면서 자신 안에 있는 여성성의 폭발을 통해 완벽한 양성의 융합, 미분화 상태를 실현시키는 것이다. 이것이 '시간으로부터의 탈출'이다. 그 과정은 상승적 구조를 지닌 3단계의 차크라 결합, 다시 말해 남성 차크라(중심)와 여성 차크라의 결합을 통해 진행된다. 각자에게는 세 쌍의 남성·여성 차크라가 있다. 첫번째 쌍, 즉 '물라드하르' 차크라와 '스와드 히스탄' 차크라의 내적 성교가 1단계이다. 페르캉이 에로틱한 동작으로부터 출발해 숨을 멈추고, 오르가슴의 절정으로 가며 전율하는 순간까지가 이 1단계에 해당한다. 이 단계는 항문과 생식기 근처 사이에서 진행되는 단계이다. 두번째 쌍, 즉 '마니뿌라' 차크라와 '아나하따' 차크라의 결합이 2단계이다. 페르캉이 '푸른 초록 빛깔의 안개 낀 듯한 흐릿한 비전'을 보는 상태가 2단계이다. 이 단계는 배꼽과 심장 부위 사이에서 일어난다. 세번째 쌍, 즉 '비쉬드히' 차크라와 '아즈나' 차크라가 융합하는 것이 3단계이다. 이것은 페르캉이 '또 다른 비전,' 다시 말해 '그의 주위를 둘러싸고 있는 모든 것의 비전보다 강렬한 비전'을 보는 상태에 부합한다. 이 비전은 현상계보다 강렬한 비전으로 다가옴으로써 완벽한 초월로의 진입을 함축한다. 이 단계는 목 부위와 눈썹 사이에서 일어난다. 이 세번째 결합을 암시하는 것이, 페르캉이 '눈꺼풀을 깜박인다'는 표현이다. 왜냐하면 세번째 결합에서 여섯번째

---

42) 칼 융의 용어를 빌린다면 이 양면적 측면을 '아니마'와 '아니무스'로 설명할 수 있을 것이다. 그는 남성 중심의 서양 문화가 아니마를 부정적으로 억제했다고 비판하며, 음양의 조화에 기초한 중국인들의 중용적 도(道)와 같은 개념이 서양 정신에 없음을 아쉬워했다. C. G. Jung, *Dialectique du moi et de l'inconscient*, Gallimard, idées/gallimard n° 285, 1964, p.178 참조. 군자의 외유내강적 이미지는 바로 아니마와 아니무스의 현세적 조화를 의미한다 할 것이다.

차크라인 아즈나는 양 눈썹 사이에 위치하기 때문이다. 그러니까 목 부위에 있는 다섯번째 차크라가 상승하면서 여섯번째 차크라와 결합함으로써 마지막 결합이 이루어진다. 이 결합이 있자마자, 정수리에 있는 일곱번째 '사하스라르' 차크라를 통해 최후의 궁극적 구원, 즉 니르바나적 경지가 순간적으로 열려진다. 세번째 결합과 이 구원은 자동적으로 연결된다. 왜냐하면 후자는 전자의 결과로서 나타나기 때문이다. 인용문에서 이를 상징적으로 표현하는 것이 "갈라졌다(la cassure)! 햇빛이 갈라진 단면(la cassure) 위에 반짝이고 있었다"라는 문장이다. 빛이 쏟아져 내리고 있는 것이다. 앞서 살펴보았듯이, 소설에서 어둠과 빛의 상징성에 주목하자. 어둠은 무명을 빛은 구원을 상징한다. 여기서 햇빛의 반짝임이 이와 같은 싱징 구도 속에 들어감은 자명하다 할 것이다.

그러나 결국 페르캉은 호흡의 멈춤을 풀고 숨을 내쉰다. 그는 압사라와의 결합을 통한 탄트라 비법의 시범과 전수를 끝내고 현상계로 되돌아온 것이다. 클로드 역시 진정되어 세상 속으로 되돌아온다. 그렇게 그는 비법을 전수받아 소유한다. 그리하여 정복된 압사라 앞에서 그는 "어떤 합일이 밀림과 사원과 그 자신 사이에 확립됨"[43]을 느낀다. 클로드와 운명을 상징하는 밀림, 그리고 이 밀림을 뚫는 비법을 지닌 탄트라의 사원 사이에는 이제 어떤 신비한 일체감이 확립된 것이다. 밀림은 인간의 조건을 나타내지만, 그 안에는 이것을 뛰어넘는 길 또한 내재되어 있기 때문이다.

이제 천국의 노래하는 무희 압사라가 입문시키는 성의 신비주의가

---

43) *La Voie royale, op. cit.*, p.432. 《왕도로 가는 길》, 앞의 책, 116쪽. 번역을 수정했음.

소설 속에서 어떻게 개념적으로 나타나는지 검토해 보자. 먼저 지적해야 할 점은 페르캉이 클로드에게 설파하는 탄트라적 요소들이 밀교적(密敎的) 용어로 설명되지 않는다는 것이다. 그것들은 작가의 지성·감성·상상의 차원에서 풀이되고 있다. 달리 말하면 다분히 서구적으로 이성화되어 있다 할 것이다. 페르캉은 사랑을 젊은 날의 환상[44]으로 간주하고 여자란 남자에게 어떤 존재인가를 이원적인 성의 관계로 풀어낸다. 이 점을 살펴보기 위해 여기서 본서의 도입부에서 독해 단위들로 인용한 한 부분으로 되돌아가 보자.

"젊은이들은 말이야 (…) 에로티시즘을 잘 이해하지 못한단 말야. (…) 여자를 한 성(性)의 보조물로서 생각하지 않고 이 성(性)을 여자의 보조물로서 생각하는 자는 사랑에 빠질 준비가 된 거지."[45]

텍스트에서 한 성(性)은 남성을 말하며, 페르캉은 남자의 입장에서 이야기하고 있다. 그의 주장에 따르면 남자는 여자를 남성의 보조물로 생각해야 한다는 것인데, 구체적으로 '보조물'이란 무엇을 말하는가? 여자는 남자로 하여금 양성의 미분화된 결합을 통해, 다시 말해 성의 이원성을 파괴함으로써 태초의 초시간적 근원 상태로 회귀토록 하는 데 도움을 주는 존재라는 것이다. 그렇지 않고 남자가 자신을 여자의 보조물로 생각하면 사랑이란 환상이 생긴다. 물론 여기

---

44) 말로는 《서양의 유혹》에서 중국 청년 링(Ling)이 프랑스 청년 아데(A. D.)에게 보낸 편지를 통해 이 환상에 대해 이렇게 설명하고 있다. 그것은 "당신들이 사랑이라 부르는 그 감정을 그 다음에 이어지는 일련의 성적 쾌락들"과 혼동하는 것이며, "이 쾌락들에 대한 당신들의 이야기는 무지와 순진함으로 가득 차 있는 것 같습니다." 앞의 책, 78쪽.
45) 본서 63쪽 참조.

서 사랑은 세속에서 말하는 일시적이고 변덕스러운 사랑이다.[46] 여자
의 입장에서도 마찬가지이다. 탄트라의 관점에서 남자는 여자를 남
성의 보조물, 여자는 남성의 보조물로 생각하면 세속적 사랑이란 환
상적 감정을 초월하여 진정한 에로티시즘의 길로 들어선다. 여기서
에로티시즘이란 용어는 탄트라의 성애관을 언어적으로 바꾼 것에 지
나지 않는다. 이것이 페르캉의 설파하는 내용이다.

페르캉이 여자에게 관심을 보이는 것은 여자가 에로틱한 유희에의
동참을 통해서 성의 이원성이 극복되는 어떤 상태, 시간이 초월되고
운명이 정지되는 경지에 이르게 해주는 계기를 제공하기 때문이다.
그는 육체의 결합으로부터 출발해 존재의 시원적 통일성에 도달할
수 있는 가능성을 전제로 여자에게 흥미를 느낀다. 그가 추구하는 것
은 존재의 완벽성으로서의 절대의 빛이고, 완전한 충만감이다. 플라
톤적으로 말하면, 그것은 제우스가 완벽한 인간의 힘에 불안과 염려
를 느낀 나머지 남자와 여자로 둘로 갈라 놓기 이전의 상태, 즉 앙드
로귀노스[47]의 상태 혹은 기독교에서 하와가 있기 전의 아담의 상태와
비교될 수 있다. 그렇기 때문에 페르캉의 에로티시즘은 감상적 요소
들을 배제하고 교접을 정신화하고 있다. 이런 관념의 연장선에서 교
접의 상대방 여자는 익명화되고 불가지적(不可知的)이 된다.

---

46) 탄트라에서도 성애와 사랑이 이야기되지만, 그것들은 우주의 궁극 원리와 합
일을 향한 구도적(求道的) 입장에서 다루어진다.

47) 플라톤, 최명관 역, 《향연》, 을유문화사. 1966, 44쪽 이하 참고. 어떤 신비주
의자들은 앙드로귀노스가 우주 창조 이전의 신의 상태를 나타낸다고 보고 있다. 한
편 헤르마프로디토스는 앙드로귀노스의 다소 퇴폐적인 변형으로 인식되기도 한다.
이에 관해서는 Roland Barthes, *Le Neutre, op. cit.*, p.241 이하 참조. 바르트는 여기
서 중립(중성)이라는 커다란 주제의 소테마로 앙드로귀노스를 다루고 있다.

"— 본질적인 것은 상대를 **알 필요가 없다**는 것이지. 상대의 성(性)이 다르기만 하면 되는 거야.

— 상대가 특별한 삶을 지닌 존재일 필요가 없다는 말입니까?"[48]

상대방이 누구인지 알 필요가 없이 여성이면 된다는 식의 여자에 대한 불가지적이고 익명적 개념은 탄트리즘 속에 잘 나타나 있다. 귈릭이 연구한 탄트리즘의 일부 자료에 따르면 성의 신비주의를 실천하는 요가 행자는 "그가 원하는 여자를 선택할 수 있다. 그것(자료)은 이 용도에 특별히 맞는다면 (…) 낮은 신분, 혹은 파리아[49]의 여자까지도 추천하고 있다."[50] 왜 그런가? 탄트라가 마이투나를 통해 궁극적으로 추구하는 세계를 상기하면 그 해답이 나온다. 남성성과 여성성의 결합은 시원의 생성 이전 상태, 즉 미분화된 영원을 목표로 하고 있기 때문에 시간의 세계에서 생성·소멸하는 자아를 구성하는 요소들은 덧없는 환상으로 간주된다. 자아는 그것을 이루는 사회적 신분·육체적 외양·인격·이름·지위·개체성 등과 더불어 끊임없이 변화하면서 시간 속에서 인간의 조건을 규정한다. 탄트라는 불안과 비극의 근원인 이 상대적·일시적 자아의 존재, 곧 시간을 뛰어넘어 무규정적 절대인 초시간의 세계로 비상하고자 한다. 성적 결합에서 상대방의 익명성과 비인격성은 우주적 영혼의 비인격적 성격에 연결된다. 환상의 세계에 내재하여 이 세계를 전개시키는 힘은 이 우주적 영혼의 무형적 통일이 분열·결합하는 작용으로부터 비롯된다. 그렇기 때문에 우주의 움직임은 에로틱한 현상으로 파악된다. 결국

---

48) 본서 65쪽 참조. 강조는 작가가 한 것임.
49) 인도의 최하 계급인 천민 계급.
50) R. V. Gulik, *op. cit.*, p.422.

상대방을 시간적으로 규정하는 자아적 요소들은 무시되며, 오직 영원한 여성성만이 중요시된다. 상대방이 '특별한,' 개성적 삶을 지니는 것은 아무 의미가 없는 것이다. 페르캉이 탄트라에서 빌려와 클로드에게 설명하는 또 다른 개념을 보자.

"— 하지만 내가 생각하는 모든 것이 썩어 버린들 나는 개의치 않네. 여자들이 있으니까.

— 육체들을 말하는 것인가요?

— 사람들은 '하나가 더' 있다는 것 속에 세계에 대한 어떤 증오가 있는지 상상을 못하지. 정복하지 못한 육체는 모두 적이지……. 이제 나는 나의 오랜 꿈들을 허리춤에 차고 있네……. (…) 그리고 이 지역이 어떤 지역인지 이해하게나. 내가 그들의 에로틱한 신앙을 깨닫기 시작했다고 생각해 보게. 정복하는 여자와 감각적으로까지 혼연일체가 된 채 여전히 자기 자신을 잃지 않고 **그녀**가 되는 것을 상상하게 되는 남자의 그 동화 작용을 말이네. (…) 천만에, 육체들이 아니네, 이 여자들, 그건…… 가능성이지. 그렇고말고."[51]

이 대화는 페르캉이 자신의 모든 세속적 욕망에 초연하게 되었고 이 욕망의 자리에 여자, 즉 에로티시즘이 차지하고 있음을 드러내고 있다. '하나가 더 있다는 것'은 바로 남성 이외에 여성이 있다는 의미이며, 이와 같은 양극성의 세계가 인간 조건을 나타내기 때문에 '세계에 대한 증오'가 존재하는 것이다. 그렇기 때문에 육체는 정복

---

51) *La Voie royale, op. cit.*, pp.413-414. 《왕도로 가는 길》, 앞의 책, 83쪽. 강조는 작가가 한 것임. 번역을 수정했음.

의 대상이다. 그러나 무엇보다도 텍스트는 원주민들의 탄트라 불교에서 마이투나의 핵심적인 개념, 즉 '사정하지 않는 성교(coïtus reservatus)'를 제시하고 있다. 자기 자신이면서 상대방이 된다는 것은 곧 사정하지 않고 양성을 동시에 유지하는 비법을 말한다. 자기 자신을 잃지 않는 것은 호흡을 멈추고 사정을 억제하는 것이다. 그것은 곧 사념의 정지와 시간의 초월로 이동함을 의미한다. 앞서 언급했듯이, 탄트라는 성교 의식에서 결코 사정을 해서는 안 된다. 그러면서 상대방, 즉 여성이 되는 것을 상상하고 자신 안에서 폭발된 여성성과 동일화되어야 한다. 그렇기 때문에 여자들은 단순히 말하는 육체가 아니라 양극성의 세계, 즉 운명을 초월하게 해주는 가능성으로 다가오는 것이다. 이 가능성 때문에 육체의 상대적 가치가 인정되고 있는 셈이다. 육체에는 '구도의 장소와 방법'[52]이 내재되어 있는 바, 그것을 완전하게 지배할 수 있는 경지에 도달해야 한다. 이것이 육체 정복의 의미이다. 육체의 길을 통해 시간에서 영원으로 향하는 정신적 움직임을 페르캉은 설파하고 있다.[53] 이런 관점에서 힌두교(바라문교)에서는 성교가 최고신인 시바신에 의해 신성화된 거룩한 제스처로 간주된다. 시바신 자체가 압사라들 가운데 둘러싸여 사크티와 포옹하고 있는 모습으로 그려지며, 탄트라 불교는 "제신(諸神)을 모시는 판테온에 남성신들과 완전히 성적으로 결합된 많은 여성신들을 받아들였다."[54] 붓다 자신이 수많은 여인에 둘러싸여 성적 엑스터시에 잠

---

52) Max-Pol Fouchet, *op. cit.*, p.23.

53) 조르주 바타유는 《에로티시즘 *Erotisme*》에서 탄트라 요가 행자들의 신비주의적 결합을 다음과 같이 나름대로 해석하고 있다. "사실 힌두교도들에 있어 탄트리즘의 실천은 성적인 흥분의 도움을 받아 신비스러운 발작 상태를 일으킬 수 있다는 가능성에 그 바탕을 두고 있다. 육체적 포옹으로부터 정신적인 법열로 이행해야 하는 것이다." 앞의 책, 273쪽 참조.

겨 있는 모습도 나타난다고 한다.[55]

이처럼 페르캉은 탄트라즘에서 빌린 개념들을 서구적 지성과 감성으로 풀어내면서 클로드를 성적 신앙에 입문시키고 있다. 페르캉의 담론에 대해 클로드는 이렇게 생각한다. "그가 원하는 것은 자신을 절멸시키는 것이다(s'anéantir). 그는 그가 말하는 것 이상으로 그런 상태를 짐작하고 있는 것인가? 그는 상당히 잘 그런 상태에 도달할 것이다……."[56] 여기서 자신을 절멸시킨다는 것은 곧 시간적 존재인 자아를 소멸시킨다는 의미이다. 왜냐하면 신비주의적 성교는 바로 초시간적 차원을 지향하고 있기 때문이다. 클로드의 생각은 그가 페르캉의 담론을 이해했음을 드러내고 있다.

여기서 페르캉의 담론을 뒷받침하는 중요한 자료를 검토하기 전에 페르캉이 찾아내려고 하는 그라보라는 인물과 에로티시즘과의 관계를 정리하고 넘어가자. 사실 페르캉이 클로드와 밀림 답사에 합의한 중요한 동기는 그라보를 찾아야 하기 때문이다.[57] 그런데 그는 그라보가 밀림 속에 온 이유를 '에로티시즘'[58]으로 설명하고 있다. 그러나 그라보는 탄트라 불교를 신봉하는 스티앙족 마을의 노예로 전락했기 때문에 그의 에로티시즘의 정체는 알 수가 없다. 페르캉을 통해 전해지는 그의 과거 에로틱 세계는 마조히즘의 차원을 벗어나지 못하고 있다. 그것은 탄트라와는 아무 관련이 없다. 그것은 우주에 대한 복수의 수단으로 설명된다. 따라서 에로티시즘에 대한 그의 관념

---

54) R. V. Gulik, *op. cit*., p.421.

55) M. 엘리아데, 앞의 책, 254쪽 참조.

56) *La Voie royale, op. cit*., p.414. 《왕도로 가는 길》, 앞의 책, 84쪽. 번역을 수정했음.

57) *Ibid*., p.392. 같은 책, 47쪽 참조.

58) *Ibid*., p.439. 같은 책, 128쪽 참조.

은 소설의 전체적 의미망에서 중요하지 않다. 그것은 소설의 드라마
가 전개되기 전에 형성된 것일 뿐 아니라, 페르캉의 에로티시즘에 묻
혀 버린다.

그럼 페르캉의 탄트리즘을 뒷받침하는 자료를 검토해 보자. 그것은
다름 아닌 말로가 데이비드 허버트 로렌스의 《채털리 부인의 사랑》
프랑스어 번역판에 쓴 서문이다.

> "바라문교도에게 여자는 무한의 존재를 접촉하는 도구일 수 있지만,
> 자연 풍경과 같은 것이다. 이 자연 풍경처럼 책임이 없는 수단이다.
> (…) 로렌스는 우리 각자에게서 그가 발견하는, 힌두교들의 표적을 공
> 격하고 있으며 그의 제1의 적은 영원한 여성성이다."[59]

이 인용문에서 말로는 로렌스의 소설 속에 나타나는 에로티시즘
세계를 분명하게 탄트라의 관점에서 접근하고 있다. 사실 20세기 에
로 소설의 거장 가운데 한 사람인 로렌스와 탄트라와의 관계는 필자
가 로렌스 전문가가 아니기 때문에 단언하기는 어렵다. 그러나 라즈
니쉬는 그를 이렇게 평하고 있다. "금세기의 가장 창조적인 마음 중
의 하나인 D. H. 로렌스는 알게 모르게 유명무실한 탄트라의 달인이
었다. 그는 서양에서 온통 비난만 받아왔다. 그의 책들은 금서가 되
었다."[60] 《채털리 부인의 사랑》이 미국에서는 1959년에, 영국에서는
1960년에야 금서에서 해제되어 완본 출간이 허용되었다는 점은 이
소설의 충격을 짐작하게 한다. 어쨌거나 인도의 대(大)명상가인 라즈

---

59) D. H. Lawrence, *L'Amant de Lady Chatterley*, Roger Cornaz 번역, Préface, p.9.
60) 오쇼 라즈니쉬, 길연 옮김, 《탄트라》, 성정출판사, 1985(1993), 45쪽.

니쉬가 로렌스를 이와 같이 평가한 것은 그의 소설이 탄트라와 관련 있음은 분명하다 할 것이다. 뿐만 아니라, 필자도 문제의 작품을 읽어 본 결과 라즈니쉬의 평가가 잘못된 것은 아니라고 생각된다. 이와 관련해 필자는 한 가지만 지적하고자 한다. 즉 소설에서 숲지기 멜로스가 콘스턴스와 최초의 정사를 나눈 후, 거처에 되돌아와 읽는 책이 인도에 관한 것이라는 사실은 단번에 그가 추구하는 에로티시즘이 탄트라와 관련이 있음을 암시한다는 것이다. 이 소설은 1928년에 출간되었고, 프랑스어 번역본은 1930년에 나왔다. 그러니까 검토의 대상이기는 하지만, 아마 말로는 이 작품을 탄트라적 관점에서 해석한 최초의 로렌스 비평가로 기록되어야 하지 않을까 생각된다.

인용문으로 되돌아가 보자. 동양에서 자연 풍경의 관조, 혹은 산수화를 그리는 것은 이를 통해서 '무한의 존재'와 합일하는 수단이다.[61] 그와 마찬가지로 여자와의 신비주의적 결합을 통해, 절대에 도달하고자 하는 것이 탄트라 요가 수행자의 목표이다. 이 점을 말로는 단번에 지적하고 있다. 탄트라 바라문교도들이 표적으로 하는 것들은 바로 영원한 남성성과 여성성이며, 남자에게는 여성성이 정복의 대상이 된다. 뿐만 아니라 말로는 《왕도》에서 페르캉을 통해 개진하고 있는, 파트너의 익명적·불가지적 개념을 로렌스의 소설 속에서 도출해 내고 있다.

---

61) 말로는 한 인터뷰에서 이렇게 불교와 도(道), 그리고 회화에 대해 말하고 있다. "극동 전체에는 논의의 여지가 없는 것으로 인식된 진리가 있었어요. 그리고 이것은 불교가 들어오기 전부터 존재했습니다. 이 근원적 진리는 어떤 절대적인 내적 실재(Réalité Intérieure)가 존재한다는 것입니다. (…) 그렇다면 회화의 존재 이유는 무엇이겠습니까? 회화는 화가들에게 이 **내적 실재**를 포착하는 덫, 즉 그것을 인식하는 수단이었습다." 강조는 작가가 한 것임, G. Suarès, *op. cit.*, p.79.

"그녀(콘스턴스)와 그녀의 새로운 정부(情夫) 사이의 관계는 비인격적이어야 했다. 그녀는 그가 누구인지를 알기 전에, 그에게 말을 건네기 전에, 이미 그의 정부(情婦)가 되어야 했다. (…) 커플의 선교자(로렌스)에게 '타자'는 거의 중요치 않다."[62]

여기서 주목해야 할 점은 말로 소설의 경우와는 달리 섹스 상대방의 익명성과 비인격성이 여자의 입장에서 언급되고 있다는 사실이다. 이것이 의미하는 바는 남자 역시 여자에게 성의 세계를 심층적으로 일깨워 주는 수단이 될 수 있다는 점이다. 이러한 측면을 말로는 이렇게 분명히 지적한다. "이와 같은 일깨움의 수단은 아무래도 상관없다. 우선 멜로스는 익명의 능란한 남성으로 환원되어야 한다."[63] 따라서 말로는 쌍방의 성이 서로에게 존재의 시원적 총체성에 이르게 해주는 필수 불가결한 보완 수단이 될 수 있다는 점을 잘 인식하고 있는 셈이다. 이와 같은 상호성은 그의 소설들에서 다만 남자의 관점으로 바뀌었을 뿐이다. 그런데 이것이 일부 연구자들, 특히 여자가 남자의 단순한 성의 도구로 전락했다고 보는 여성 비평가들의 오해를 불러 일으켰던 것이다.[64] 사실 이 상호성은 탄트라 종파들에 의해 받아들여지고 있는데, 이는 탄트리즘이 이전의 모든 사회적·종교적

---

62) Préface, *op. cit.*, pp.10-11.

63) *Ibid.*, p.10.

64) 《왕도》와 《인간의 조건》으로 가면서 에로티시즘의 전개 양상은 계속성과 변화를 드러내고 있다. 후자의 소설에서 페랄이란 인물을 통해 드러나는 에로티시즘의 유희는 전자와 동일한 탄트리즘에서 출발하고 있지만, 이 인물의 부정적 이미지, 그리고 상대방 인격에 대한 그의 의도적인 경시와 결합됨으로써 전혀 다른 뉘앙스를 풍기고 있다. 특히 그가 상대하는 발레리나 중국 기생은 탄트라를 모른다는 점에서 이와 같은 경시는 오해의 불씨가 되고 있다. 이에 관해서는 필자의 졸저, 《앙드레 말로……》, 앞의 책, 151-156쪽 참조.

전통에 대항해 남자와 여자의 평등을 주장하고 있는 것과 무관하지
않다.[65]

나아가 말로는 로렌스의 소설을 언급하면서 서양에서 성의 문제를
고찰한다. 그는 서구에서 에로티시즘은 '악마였다'고 역사적인 각도
에서 갈파한 뒤, 문학 속에서 그것과 사랑의 관계를 다룬다. 여성성
을 인간 전락의 시발점으로 삼아 성을 죄악시하고 신화에서 여성성
을 배제하여 남신의 삼위일체설을 내세운 기독교 문화는 성의 보편
적 현상을 억제하고 내면화하여 기사도 문학 같은 사랑의 문학을 잉
태시킨 것이다.[66]

> "우리의 문학은 거의 사랑만을 다루고 있다. 아시아인들이 우리에게
> 제시하는 우주의 그 에로화(化)(érotisation)에 대해 우리 자신들은 무엇
> 을 알고 있는가?"[67]

---

65) 이 점에 관해서는 **R. V. Gulik**, *op. cit.*, p.436 참조.

66) 상대적으로 볼 때, 기독교 문명에서 성의 강력한 억제 현상은 사회적·문화
적 에너지의 축적, 나아가 서양의 세계 정복과 상호 관계가 있다 할 것이다. 또한
부르주아 계급이 프롤레타리아 계급을 착취하는 데 있어서 성을 강력하게 억제한
사실을 주목해야 하며, 노동 운동과 성의 해방이 동시에 추구되었다는 점도 상기할
필요가 있다. 이미 프로이트는 《문명 속의 불만》에서 이런 문제를 다루지 않았던
가. 성의 담론이 그토록 서구 문화에서 중요한 위치를 차지하게 된 배경에는 '성의
억압'을 낳은 진원지라 할 기독교가 자리잡고 있다. 푸코가 《성의 역사》 제1권 《앎
의 의지》에서 많은 반박을 불러일으키면서 기존의 억압 도식을 깨부수고 도식화하
는 '성과 권력'과의 관계 역시 기독교 없이는 생각할 수 없는 측면이 있다.

67) **Préface**, *op. cit.*, p.11. 말로는 이와 같은 우주의 에로화와 대조적으로 라클로
의 《위험한 관계 *Liaisons dangereuses*》에 대한 연구에서 '의지의 에로화(érotisation
de la volonté)'라는 표현을 사용한다. 그는 이 소설을 '의지의 신화'로 해석하면서,
그것의 본질이 '의지와 성적 욕망의 항구적 배합' 속에 있다고 말한다. *Scènes
choisies*, Gallimard, 1946, pp.340-342.

여기서 물론 사랑은 성의 억제에 의한 승화와 관련이 있다. 특히 그것은 자아를 중시하는 인격적 사랑이며 그렇기 때문에 갈등과 긴장의 심리적 구조를 항상 동반한다. 그것은 '성의 해방'을 통해 자아를 넘어서려는 탄트라의 우주적 사랑과는 거리가 멀다. 말로가 본 로렌스 소설의 에로티시즘을 고려할 때, 탄트리즘의 성적 신비주의가 두 작가의 에로티시즘 세계의 근간을 이루고 있음을 알 수 있다. 두 작가는 각기 이 신비주의를 자신의 지적 탐구·감성·상상력 속에 개성적으로 수용하면서 도입하고 있다.[68]

《왕도》로 되돌아가 페르캉이 원주민 창녀와 구체화시키는 에로티시즘의 장면을 분석해 보자. 그는 두 명의 의사로부터 죽음의 선고를 받은 뒤 이 여성과 정사를 벌인다. 우선 이 정사 장면에서 주목해야 할 점은 분위기의 묘사 속에 나타나는 표현들이다. 왜냐하면 이것들은 단숨에 이 성교에 형이상학적 차원을 부여하면서 단순한 본능적·말초적 쾌락을 배제하고 있기 때문이다.

"마치 시간이 정지된 듯, 마치 (…) 아시아적인 무표정을 드러낸 그 얼굴에 지배된 침묵 속에서 페르캉의 떨리는 손가락들만이 살아 있는 듯, 공기는 멈추어 있었다. (…) 그것은 욕망도, 열기도 아니었다. 그것은 도박꾼(joueur)의 떨림이었다. (…) 그녀는 그의 형용할 수 없는 감정에서 비롯되는 지배를 피하기 위해 눈을 감았다. 그녀는 남자들의 욕망에 익숙했지만, 자신의 시선에 여전히 고정된 그의 시선으로부터, 이 절대적인 침묵 속에서, 태어나는 분위기에 매혹되어 기다리고 있었다."[69]

---

68) 말로와 로렌스가 각기 《왕도》와 《채털리 부인의 사랑》 속에 수용한 탄트라의 비교 연구는 흥미로운 연구 주제가 될 것이다.

　인용문에서 '시간이 정지된 듯' '공기는 멈추어 있었다' '절대적 침묵'과 같은 표현들이 사용됨으로써 탄트라가 지향하는 구도적(求道的) 차원을 암시하고 있다. 그것들을 통해 정사의 공간은 초시간적 세계로 이행하려는 페르캉의 몽상을 육화시키는 특수한 무대로 탈바꿈되고 있다. 이 공간에서 그는 시간의 세계, 즉 인간의 조건을 뛰어넘어 초월의 무한으로 가야 하기 때문에 자신의 모든 것을 걸 수밖에 없는 도박꾼의 자세로 전율하고 있다. 그는 여성과 마주하고 그녀의 시선에 자신의 시선을 집중하고 있다. 탄트라의 비법에는 남녀가 벌거벗고 서로 마주 보는 테크닉이 있다.[70] 우선 페르캉은 여인의 눈을 통해 영원한 여성성을 응시하고 있는 것이다. 이와 같은 자세에 이어 여인의 육체가 펼쳐내는 지속적인 움직임에 대한 인상적인 묘사가 나타난다.

　　"그녀 육체가 뿜어내는 열기가 그의 몸속으로 침투해 들어왔다. 갑자기 그녀는 (…) 입술을 깨물었고 젖가슴은 억누를 수 없이 극도로 요동쳤다. (…) 그는 후려친 듯이 소유한 이 육체에 그를 밀착시키는 원초적 감각으로부터 거의 분리되어, 그녀를 하나의 마스크처럼 바라보았다. 얼굴 전체가, 여성 전체가 그녀의 긴장된 입술에 있었다. 갑자기 그 부풀어 오른 입술이 떨리면서 벌어졌고 하얀 이가 드러났다. 그리고 마치 그로부터 비롯되는 듯, 긴 전율이 팽팽하고 비인간적인 부동의 육체 전체를 훑고 지나갔다. 불타는 열기 아래 나무들이 흥분되어 미세하게 떨리는 것처럼(comme la transe des arbres sous la grande chaleur)."[71]

---

69) *La Voie royale, op. cit.*, p.486. 《왕도로 가는 길》, 앞의 책, 209–210쪽. 번역을 수정했음.
70) 라즈니쉬, 앞의 책, 51쪽.

이 텍스트를 보면 여인의 육체가 뿜어내는 관능적 움직임이 페르 캉의 시선을 따라 묘사되고 있다.[72] 묘사는 거의 전적으로 상대 여자 가 성교를 통해 나타내는 육체적 반응에 집중되어 있다. 달리 말하면 페르캉의 몸동작과 그가 경험하는 내적 경험은 부수적으로 무시되어 있다. 그가 본질적으로 포착하고자 하는 것은 여체의 관능적 이미지 가 드러내는 '영원한 여성성'이다. 그렇기 때문에 그는 거의 자신의 감각으로부터 초연한 채, 그가 폭발시킨 이 영원한 여성성과 동화되 려고 하는 것이다. 페르캉은 여체의 움직임을 명상하듯 주시하면서 그녀의 얼굴을 마스크처럼 바라본다. 그녀는 개체적인 한 여인이 아 니라 영원한 여성성을 구현하는 탈인격화된 보편자로서의 여성이다. 이것이 마스크라는 말에 담겨진 의미이다.

특히 인용문에서 나무들의 '최면적인 떨림 상태(transe)'는 이 교접 을 우주의 에로화(化) 차원으로 끌어올리고 있다.[73] 여인의 육체는 이 미 단순한 생물학적 존재가 아니라 우주적 합일을 열어 주는 가능성 이다. 그것이 '비인간적인' 것은 비극적 인간 조건을 뛰어넘게 해주 기 때문이며, '부동한' 것은 시간과 변화를 초월하는 영원과 불변을 함의하고 있기 때문이다. 요컨대 텍스트는 페르캉이 생을 마감하기

---

71) *La Voie royale, op. cit.*, p.487. 《왕도로 가는 길》, 앞의 책, 211쪽. 번역을 수 정했음.

72) 이 묘사는 막스 폴 푸셰가 우리에게 제시하는 압사라의 관능적 이미지들을 상기시킨다. "압사라들이 보여 주는 것과 같은 여성의 육체 · 얼굴 · 젖가슴 · 배는 공간 속의 세계들처럼 삼중으로 유연하게 요동치며 움직인다. 전 존재의 충동으로 남자를 향해 분출하듯 떠올라 저항할 수 없는 흐름으로 휘감은 것은 바로 그녀다." *op. cit.*, p.168.

73) 라즈니쉬 역시 탄트라의 성교 의식을 설명하면서 동일한 메타포를 사용하고 있다. "오르가슴 그 자체가 그대로 깊은 명상이게 하라. 에너지가, 온몸의 세포가 나뭇잎처럼 흔들릴 때, 그대여 이 기회를 놓치지 마라. 그대 안의 여성(또는 남성)과 만나는 때가 바로 이 순간이다." 앞의 책, 202쪽.

전에 마지막으로 원주민의 성적 신앙, 즉 탄트라를 나름대로 경험해 보려는 시도를 담아내고 있다. 페르캉의 시선은 그가 설명한 대로 "자신을 잃지 않으면서 동시에 그녀가 되는 것을 상상하는 (…) 그 동화 작용'에 따라 이동하고 있는 것이다. 묘사가 창녀의 성적 반응에 초점을 맞추어진 근본적 동기는 바로 여기에 있다.

그럼 여기서 페르캉의 정사 장면에서 문제가 되는 두 가지 점을 지적해 보자. 하나는 그가 육체에 대해 모호한 태도를 드러내고 있는 난해한 대목이 나온다는 것이다.

"그녀는 옷을 벗고 누워 있었다. 털도 없이 매끈한 모습으로 어슴푸레한 빛 속에 흐릿한 윤곽을 드러낸 그녀의 육체에서 가느다랗게 시작되는 국부와 눈만이 뚜렷하게 드러나 있었다. 그는 그 속에서 나체의 매혹적인 전략을 헛되이 찾아보는 데 아직은 지치지 않은 채(las d'y chercher en vain la prenante déchéance de la nuidité), 그녀의 눈에 집중하고 있었다."[74]

여기서 문제되는 표현은 원문을 병기한 부분이다. '나체의 매혹적인 전략'에서 전략을 의미하는 '*déchéance*'는 소설 속에서 페르캉이 고발하는 생로병사를 포괄적으로 담아내는 용어로 사용되었다. 필자는 그것을 육체의 '노쇠'로 번역했다.[75] 그러나 여기서는 그런 뜻으로 사용된 것이 아니라 나체가 야기하는 인격적 추락(chute)의 의미로 사용되었다 할 것이다. 나체는 항상 사로잡는 힘을 발휘하지만, 그

---

74) *La Voie royale, op. cit.*, p.486. 《왕도로 가는 길》, 앞의 책, 210쪽. 번역을 수정했음.

73) 본서 114쪽 참조.

속에는 세속적 의미에서 모욕된 인격, 초월해야 할 집착으로서의 추락된 인격이 담지되어 있는 것이다. 페르캉은 여성과 성적인 접촉을 할 때마다 이런 전락을 넘어서야 하기 때문에 아직도 그것을 찾아본다.[76] 그러나 그는 그런 장애물을 찾아보지만 결국 쓸데없다는 것을 인식하고 있다. 왜냐하면 그는 그것을 극복하게 되기 때문이다. 여기에 '헛되이 찾아본다'는 말의 참뜻이 담겨 있다.

두번째로 지적해야 할 점은 문제의 정사를 묘사하는 대목의 마지막 부분에서 페르캉이 드러내는 의식의 애매성이다. 우선 그 부분을 인용해 보자.

"자기 자신에 도취된 이 육체는 희망 없이 그로부터 멀어져 갔다. 결코, 결코 나는 이 여자의 느낌(sensations)을 알지 못하리라. 결코 나는 나를 뒤흔들고 있는 이 열광 속에서 더없이 끔찍한 단절 이외에 다른 것을 발견할 수 없으리라. 사람은 누구나 자기가 사랑하는 것만을 소유한다. 그녀로부터 빠져나와 그녀를 그의 존재 앞으로 되돌아오게 할 수조차 없이 자신의 동작에 사로잡힌 채, 그 역시 눈을 감고 독약에 달려들 듯 그 자신에 다시 매달렸다(se rejeta sur lui-même). 그를 죽음으로 몰아가는 이 이름 없는 얼굴을 난폭하게 없애 버리려는 듯 취해서."[77]

이 인용문을 보면, 탄트라의 세계를 경험하고자 하는 페르캉의 시도가 결국 실패하는 것이 아닌지 의문이 들 수 있다. 그가 희망 없이

---

76) 이런 측면은 《인간의 조건》에서 페랄과 발레리의 정사가 드러내는 갈등 구조 속에 잘 드러나 있다. 본서 162쪽 주 60 참조.

77) *La Voie royale, op. cit.*, p.487. 《왕도로 가는 길》, 앞의 책, 211-212쪽. 번역을 수정했음. 인용된 텍스트에서 '나'는 그(페르캉)를 말하나 자유 간접화법의 조건법을 직설법으로 바꾸어 번역했기 때문에 나온 것임.

멀어져 가는 여인의 육체로부터 최악의 단절만을 느낀다면 그렇게 해석할 수 있다. 그의 의식 속에는 시시각각으로 다가오는 죽음의 그림자와 삶의 덧없음이 이미 깊숙이 자리잡고 있다. 그는 절대의 이면인 환상, 즉 마야(Maya)로 펼쳐지는 우주의 생성 변전 과정에의 참여를 단념해야 한다는 것을 잘 알고 있다. 그는 여인이 분출하는 영원한 여성성과 생명력 앞에서 오히려 죽음으로 치닫고 있는 자신을 의식하고 있다. 그러나 그의 시도가 실패하는지 분명하지는 않다. 왜냐하면 죽음의 의식과 성교가 결합되어 있는데,[78] 후자를 통해서 전자가 순간적으로 초극되는지 알 수 없기 때문이다. 다시 말해 죽음의 강박 관념에도 불구하고 그가 궁극적 순간에 사정과 호흡을 멈추면서 죽음을 포함한 사념의 세계를 초월하는지가 알 수 없기 때문이다. 그는 마라(불교에서 죽음의 신 마왕)의 그림자에 쫓기지만, 자기 자신에게 다시 달려들고 있다. 이 말은 무엇을 의미하는가? 탄트라에 따르면, 남자의 경우 여자와의 결합에서 출발하지만,[79] 궁극적으로는 상대방을 통해 자신 안에 잠재해 있는 여성성과 만나 일자(一者)의 통일을 이루어야 한다. 따라서 페르캉은 다시 자기 자신에게 달려들고 있는 것이다. 묘사는 여기서 끝나고 이와 같은 행위의 결과는 나타나 있지 않다. 다만 제4부의 마지막 장에서 페르캉이 죽어가면서 이 정사를 회상하는 부분이 나오는데, 상당히 시사적이다.

  "곤충이 붙어 있지 않은 몇몇 나뭇가지들이 공기처럼, 그가 소유했

---

78) 여기서 프로이트의 타나토스와 에로스를 끌어들여 두 충동의 결합을 생각할 수 있으나 페르캉의 죽음 의식이 본능적 충동에서 나온 것이 아니라는 점에서 이 결합은 적용될 수 없다고 본다.
79) 탄트라 요가 수행자가 고도의 경지에 이르면, 여자와 직접적인 결합을 하지 않고도 자신 안에 있는 여성성을 폭발시켜 근원적 통일에 도달할 수 있다고 한다.

던 마지막 라오스 여인처럼 바르르 떨면서 하늘과 그(페르캉) 사이에
서 지나가고 있었다."[80]

　이 문장은 페르캉의 정사 장면의 묘사에서 나오는 우주의 에로화
를 상기시키고 있다. 특히 소설에서 곤충이 인간의 조건을 나타내는
중요한 메타포임을 감안할 때, '곤충이 붙어 있지 않는 나뭇가지들'
은 그의 에로티시즘이 지향하는 바를 함축하고 있다. 그러나 여기서
무엇보다도 중요한 것은 페르캉이 라오스 여인을 '소유했다'라고 표
현되고 있다는 점이다. 소유했다는 말을 정확히 어떻게 해석해야 할
지 어려움이 있지만, 그것은 그가 탄트라의 세계를 경험하는 데 성공
했을 가능성을 나타낸다고 볼 수 있을 것이다. 그러니까 그는 에로티
시즘을 통해 죽음의 의식을 순간적으로 극복했을 수도 있는 것이다.
　이제 작품의 의미적 구조의 관점에서 페르캉의 에로티시즘을 고찰
해 보자. 위에서 분석된 에로티시즘의 실현 장면은 소설 속에서 제3
부 말미에 위치함으로써, 그가 삶을 결산하는 계기가 된다. 왜냐하면
그것은 앞으로 보게 될 대승적 자비를 제외하면, 그로 하여금 존재의
모든 인연——그가 시간적 세계에서 운명을 초월하는 수단으로 간
주한 성의 신비주의를 포함해——으로부터 결정적으로 벗어나게 하
기 때문이다. 그리하여 그는 구도의 길에서 새로운 차원으로 상승한
다. 사실 페르캉이 추구하는 모험의 여정에서 에로티시즘은 과도적
단계에 해당한다. 다시 말해 그것은 한편으로 이미 연기처럼 사라진
역사적인 덧없는 몽상과, 다른 한편으로 존재의 시간성을 완전히 초
월하는 '시적' 몽상 사이에 다리 역할을 하고 있다. 그러니까 그것은

---

80) *La Voie royale, op. cit.*, p.503. 《왕도로 가는 길》, 앞의 책, 240쪽.

시간 속에서 영원을 일시적이나마 체험하게 해주는 틈새인 셈이다.

페르캉의 에로티시즘에서 상상력은 중요하다. 그는 소설의 도입부에서 에로티시즘에 집중된 클로드와의 대화를 통해 이런 말을 하고 있다. "(…) 상상력이란 얼마나 비상한 것인지……. 자신 안에 있으면서도 자신에게 낯선…… 상상력…… 그것은…… 언제나 보상을 하지……."[81] 앞서 보았듯이, 페르캉이 개진한 성의 비법에서 상상력은 운명을 뛰어넘게 해주는 중요한 능력이다. 그것은 마이투나를 가시적 차원에서 비가시적 차원으로 비상시켜 준다. 바로 그것을 통해 에로티시즘은 외관의 세계(l'apparent)와 상상의 세계(l'imaginaire),[82] 시간의 세계와 초시간의 세계가 만나는 공간이 된다. 그리하여 그것은 이 두 개의 영역을 융합한다. 그런데 늙은 주인공의 두 몽상은 각기 하나의 영역에 자리잡고 있다. 첫번째는 순전히 외관의 현실계에 토대한 역사적——"지도 위에 흔적을 남기고 많은 사람들의 기억 속에 남고자 하는"[83]——야망이었고, 두번째는 근본적으로 상상의 세계에 기저한 목적론적(téléologique)——산의 정상에서 "자신의 구원을 기다리고자"[84] 하는——욕망이다. 따라서 페르캉의 에로티시즘은 이

---

81) 본서 64쪽 참조.

82) 여기서 상상의 세계는 시적 혹은 종교적 상상력의 세계로 운명이 초극되는 공간이다. 라캉의 정신분석학은 언어와 문화로서의 상징계(le symbolique), 도달 불가능한 존재의 실재계(le réel), 그리고 환상으로서의 상상계 혹은 영상계(l'imaginaire)를 구분한다. 그의 이론에 따르면, 실재계에 이를 수 없는 인간은 상징계에 살면서 끊임없이 상상계를 재생산해야 할 운명에 처해 있다. 필자가 말로의 예술관에 따라 말하는 상상의 세계는 이런 상상계와는 반대된다. 그것은 오히려 궁극적 실재에 도달하는 길이 열리는 공간이다. 그것은 바슐라르나 뒤랑적 의미와 가깝다 할 것이다. 물론 라캉의 인식론적 관점에서 보면, 이런 상상력의 세계 또한 그의 '상상계' 속한다고 말할 수 있을 터이지만 말이다. 상상력의 세계에 대해서는 다시 다룰 것이다. 라캉의 3계에 대해선 김상환 · 홍준기 엮음, 《라캉의 재탄생》, 창작과비평사, 2002 참조. 특히 홍준기의 글, 〈자크 라캉, 프로이트로의 복귀〉 15-134쪽 참조.

83) *La Voie royale, op. cit.*, p.412. 《왕도로 가는 길》, 80쪽.

두 개의 몽상 사이에 위치하고 있음이 분명하다. 여기서 시간의 세계로부터 초시간의 세계로의 단계적 이동은 지상에서 무한의 하늘로 움직이는 상승적 수직 운동을 나타내는데, 이 운동은 앞으로 텍스트의 공간적 구조가 밝혀 줄 것이다.

소설 속에 나타난 에로티시즘의 연구를 마치면서 두 가지를 언급하고자 한다. 첫째로 이 에로티시즘에서 육체는 절대에 이르게 해주는 길을 간직하고 있음으로써 상대적 가치가 부여되고 있는데, 이 점은 육체의 고통을 인간 조건의 본질로 간주하는 비극적 비전과 적어도 외관상 모순된다는 것이다. 이 모순을 규명하기 위해선 우선 모든 상징물들이 그렇듯이, 육체가 지닌 양면성을 고려해야 한다. 소설에서 육체는 성의 신비주의적 관점에서 긍정적으로 부각되고 있음에도 불구하고, 모든 고통의 원천으로서 비극의 중심점으로 고발되고 있다. 그것은 페르캉으로 하여금 상상력의 힘을 빌려 우주와 결합할 수 있게 해주는 수단으로 인식되지만, 엄밀히 말해 그 자체로는 시간의 지배를 숙명적으로 받아들여야 하는 외관의 세계에 속한다. 그렇기 때문에 그것은 생성·소멸되는 물질과 같은 것으로 다가오는 것이 아니라, 그 속에 내재하는 무형적·우주적 정신 원리로서 다가온다. 에로티시즘은 소멸의 숙명을 지닌 육체를 통해 가야 하지만, 소멸하기 때문에 그것을 초월해야 한다. 그래서 페르캉에게 여자는 육체가 아니라 '가능성'으로 인식되었던 것이다.

탄트라는 외관의 세계를 심층적으로 꿰뚫어 이 지상에서 천복을 구하고자 하는 인간의 최고 욕망을 바탕에 깔고 있다. 그렇기 때문에 육체는 시간 앞에서 무방비 상태로 노출되어 있지만, 탄트라의 신봉

---

84) *Ibid.*, p.500. 같은 책, 234쪽.

자들에게 절대의 원리라고 상정되는 이상적 상태를 현세에서 체험케
해주는 길을 열어 준다. 그러나 이 에로티시즘 교리가 결정적 구원의
지평을 연다고는 말할 수 없다. 왜냐하면 최종적으로 승리하는 것은
시간이기 때문이다. 이 교리가 내세우는 신비주의적 결합이라는 것
도 순간성을 벗어날 수 없으며, 영원의 일시적 경험에 불과하다. 결
합이 지나면, 당사자는 다시 현상계로 되돌아와야 한다. 요컨대 소설
속에서 드러나는 육체의 양면성은 성의 신비주의와 불교의 원초적
비극(생로병사)이 결합된 데서 비롯되고 있다.

두번째로 탄트라는 앞서 언급했듯이, 《인간의 조건》에서 페랄이라
는 부정적 인물과 결합된 후, 불교와 바라문교가 다시 심도 있게 고
찰되는 《반회고록》에서 사라진다. 이 점은 세 가지 측면에서 설명될
수 있다. 우선 작가가 탄트라 불교를 다소 이단시하지 않았나 생각된
다. 사실 탄트라 불교는 일반적으로 밀교(密敎)로서의 성격이 강하
다. 그것들은 성의 무차별적 해방, 계급의 타파, 전통의 파괴 등 강력
한 반사회적 요소들을 드러냄으로써 몰고 올 충격과 파장 때문에 기
성 사회에 커다란 위험성을 안고 있었다. 그렇기 때문에 그것의 전파
에는 한계가 있었다고 보여진다. 세계적으로 볼 때도 탄트라는 다분
히 낯선 상태에 묻혀 있었던 것이다.[85] 그러니까 말로는 그것을 밀교
로 생각해 자신의 관심권 밖으로 밀어낸 것일 수 있다. 다음으로 그
가 생각하기에 탄트라의 교리는 죽음과 삶이라는 본질적 문제 앞에
두 종교의 큰 줄기 속에 종속된다. 마지막으로 그는 그의 소설적·예
술적 여정에서 성(性)을 점차 멀리하는 경향을 드러낸다. 클라라 말

---

85) 탄트라의 흔적을 간직하고 있지만 잘 알려지지 않은 일본과는 달리, 한국에
는 탄트라 불교의 흔적이 발견되고 있지 않은 점은 연구해 볼 대상이다.

로가 지적했듯이, 그는 예술 평론서들에서 원칙적으로 관능성을 배제한 형이상학적 관점에 서게 되며, 인도 예술에서 에로티시즘이 차지하는 중요한 비중에도 불구하고 그것을 다루지 않는다.[86] 이와 같은 배척은 아마 예술에 대한 정신분석학적 접근을 피하려는 그의 의도와 관련이 없지 않을 것이다. 그가 이 방법을 강하게 비판한 것은 잘 알려진 사실이다.

86) 클라라 말로(Clara Malraux: 말로의 첫번째 부인)는 《끝과 시작》에서 이렇게 술회하고 있다. "예술에 대한 앙드레의 폭넓은 형이상학적 접근은 나를 열광시켰다. 때때로 나는 그가 회화에서 관능적 쾌락을 그토록 거의 개입시키지 않는 것을 보고 놀랐다." Grasset, 1976, p.101.

제5장
시적 구도의 길

> "예술은 정복이다."
>
> 앙드레 말로

1. 단순함의 마야

《왕도》는 독자가 텍스트 속에 산재된 수없이 코드화된 담론들을 비껴 가면, 꽤 단순하게 읽힐 수 있다. 그러나 앞으로 보겠지만, 그렇게 단순하게 보이는 고전적 구성 자체가 결국은 하나의 거대한 상징적 구조물로 드러난다. 바로 여기에 형태와 내용의 뛰어난 응집력, 그것들을 분리할 수 없는 조화와 통일성이 있다. 우선 외관상 단순하게 짜여진 것처럼 보이는 구성의 골격을 간단히 살펴보자.

제1부는 모두 4개의 장으로 이루어져 있다. 제1장은 소말리아 해안의 배 안에서 페르캉과 클로드가 만나 에로티시즘에 대해 이야기를 주고받는 것으로 시작한다. 그러면서 페르캉의 인물됨과 전설 등 다양한 정보들이 클로드의 시선과 의식을 통해 제시된다. 모험의 동반

자를 찾는 클로드는 수수께끼 같은 페르캉에게 접근하면서 점차적으로 친근함을 느끼게 된다. 그들이 지닌 세계관의 유사성이 그들을 조금씩 묶어 주고 있다. 동시에 클로드는 미지의 세계에 대한 불안과 공포감을 드러낸다. 결국 거시적으로 보면, 제1장은 그가 밀림의 비밀을 알고 있는 페르캉이라는 인물의 정체를 탐색하는 데 집중되면서 두 사람의 접근에 초점이 맞추어져 있다.

제2장에서는 클로드가 페르캉에게 제안한 협상, 즉 밀림 속에 묻힌 예술 작품을 함께 발굴하자는 협상이 성공하여 공동 모험의 길이 열리게 된다. 페르캉은 밀림 속에서 사라진 그라보라는 인물을 찾는 조건으로 이 모험을 수락한다. 그는 자신의 세계관을 조금 더 드러내면서 인간의 조건에 대해 설파하기 시작한다. 클로드 역시 삶과 죽음에 대한 비극적 비전을 내비치면서 운명의 초월을 모색하고 있음을 나타낸다. 싱가포르에서 페르캉은 내려 방콕으로 향하고 프놈펜에서 두 사람은 다시 만나기로 약속한다. 클로드는 다시 미지의 공간에 대한 불안에 휩싸여 몽상에 잠긴다. 그러니까 제2장은 협상의 성공 과정에 무게를 두면서 두 사람이 지닌 비극적 비전의 보다 뚜렷한 윤곽과 클로드의 불안한 몽상을 그리고 있다.

제3장은 클로드가 사이공의 프랑스 한림원 원장 라메주를 만나 서로의 예술관을 피력하고, 발굴 작업에 필요한 도움을 청하는 내용이 주를 이루고 있다. 여기에 덧붙여 클로드는 라메주가 발굴의 위험과 관련해 충고한 뼈 있는 말에 대해, 그리고 이 학술원의 미래에 대해 숙고한다.

제4장에서 클로드와 페르캉은 다시 만나 모터보트를 타고 밀림으로 향한다. 밀림의 서막이 펼쳐진다. 클로드는 주재관의 도움을 받아 필요한 정보를 얻고, 장비의 징발을 마무리한다. 그는 식민지 당국으

로부터 발굴물의 반출 금지 공문을 받지만 개의치 않는다. 끝으로 페르캉은 클로드와의 대화에서 그가 정복한 원주민들과의 관계, 그의 운명관, 현재와 미래의 삶에 대한 설계, 원주민의 에로틱한 신앙, 그라보의 정체 등을 설명한다. 따라서 제4장은 대체적으로 모험 준비의 최종적 마무리, 그리고 원주민들의 세계에 동화된 페르캉의 진정한 면모에 할애되어 있다.

이렇게 볼 때 제1부에서는 한편으로 두 인물이 만나 밀림 속에서 모험을 전개하기 위한 조건이 충족되고 준비가 이루어진다. 다른 한편으로 그들의 세계관이 윤곽을 드러내고 밀림의 신비를 꿰뚫고 있는 페르캉의 정체가 밝혀진다. 아울러 클로드는 페르캉이 설파하게 되는 비극에 입문할 수 있는 토대가 마련된다. 요컨대 제1부는 장차 실용적 차원과 형이상학적 차원이 결합되어 펼쳐질 미지의 모험에 방향을 제시하는 프로그램적 성격이 강하다.

제2부는 세 개의 장으로 구성되어 있다. 제1장은 두 주인공이 뚫고 가는 밀림의 묘사에 압도적으로 할애되어 있다. 이 밀림이 드러내는 '보편적 분해' 앞에서 클로드의 의식이 나타내는 양면적 반응 또한 자세하게 기술되고 있다. 그리고 미완성의 유적 앞에서 그들이 느끼는 실망도 나타난다.

제2장에서 두 인물은 밀림의 장애물들을 해쳐 나가면서 그 속에 거주하는 원주민들로부터 묻혀진 사원 관련 정보를 입수한다. 그들은 마침내 그들을 사로잡는 사원과 조각 작품을 발견한다. 그들이 두 무희를 조각한 저부조를 발굴하는 과정이 에로틱하게 묘사된다. 제2장은 그들이 발굴된 작품을 싣고 출발하는 것으로 마감된다.

제3장을 보면, 그들은 조각 작품을 싣고 와 어떤 마을에서 하룻밤을 보낸다. 그 사이에 안내인 스바이가 마을 남자들을 데리고 달아나

버린다. 그리하여 그들은 새로운 안내인을 구하지만, 그라보를 찾는
데 비(非)복속 지역을 통과하지 않을 수 없는 난관에 봉착한다. 안내
인이 비복속 종족인 스티앙족에 대한 정보를 제공하고, 페르캉은 클
로드에게 그라보에 대해 보다 자세한 설명을 한다. 끝으로 일행은 그
라보가 있다고 추정되는 모이족 마을을 향해서 떠난다.

　이렇게 제2부에서는 시간의 전능한 힘을 상징하는 밀림과 클로드
의 의식이 묘사되고, 두 주인공이 조각 작품을 발굴하며, 스바이의
배반에 대한 대응 조치가 이루어지고, 그라보를 찾아 새로운 출발을
한다.

　제3부는 모두 다섯 개의 장으로 짜여져 있다. 제1장에서 두 인물은
그라보에 대한 정보를 탐색해 가면서, 불안과 긴장 속에서 스티앙족
마을을 향해 올라간다. 전침과 같은 병기를 포함해 여러 인적·자연
적 장애물들이 나타난다. 페르캉은 우두머리 아니면 노예가 되어 있
을 그라보에 대해 부가 설명을 하면서 인간 조건을 본격적으로 설파
한다. 그는 밀림과 어둠을 설법의 이미지로 제시하면서 죽음을 늙음
과 시간의 전능한 힘으로 풀어내고, 운명에의 저항을 역설한다. 결국
제1장은 그라보를 찾아가는 과정과, 인간 조건에 대한 클로드의 본격
적 입문으로 압축된다.

　제2장을 보면, 먼저 두 주인공이 스티앙족의 마을에 다다르면서 여
러 에로틱한 상징물들이 나타난다. 그들은 마을의 우두머리(촌장)와
통과에 관한 협상을 벌이다가 백인 옷을 발견하고 그라보가 이 마을
에 있음을 확신한다. 협상을 마친 뒤 그들은 은밀하게 그라보가 있는
곳을 알아낸다. 그들은 그가 눈이 뽑힌 채 노예가 되어 연자마를 돌
리고 있는 모습을 발견하고 구출한다. 따라서 제2장은 그들이 스티
앙족 마을에 도착해 그라보를 구출하는 내용을 담고 있다.

제3장은 우선 두 주인공이 그라보를 구출한 데 대한 원주민들의 대응 전략을 보여 준다. 촌장은 이웃 마을에 도움을 청하러 가고 원주민들은 무기들을 들고 집결하여 대결 태세를 갖춘다. 그라보의 전략한 모습에 대한 묘사가 나타난다. 촌장이 되돌아오자 페르캉은 모이족의 전열(戰列)을 향해 홀로 전진한다. 그는 도중에 전침에 찔려 상처를 입지만 모이족에 접근한다. 요컨대 제3장은 모이족과 두 인물의 대치 상태로 요약된다.

제4장은 그라보에 대한 새로운 협상이 긴장 속에서 진행된다. 협상이 난항을 겪자, 페르캉은 부상당한 무릎의 피를 빈 탄환에 담아 마을의 상징물인 들소 머리에 총을 쏜다. 들소 두개골에서 피가 흘러내리자 원주민들은 이 신비한 현상에 놀란다. 다시 협상이 시작되어 성공적으로 마무리된다. 그러니까 새로운 협상이 성공하기까지 그 과정의 우여곡절이 제4장의 내용을 구성한다.

제5장에서 협상에 따라 그리보는 상응하는 물건과 교환되기로 하고, 페르캉과 클로드 일행은 아래쪽에 위치한 여러 샴(태국) 마을들을 거쳐 읍 규모의 큰 마을에 도착한다. 그들은 페르캉의 부상 치료를 위해 수소문하여 백인 의사를 찾아낸다. 의사는 상처를 살펴보고 페르캉이 치명적 병에 걸렸다고 진단한 후, 죽음을 피할 수 없다고 단언한다. 그라보를 데려오기 위한 조치가 취해진 뒤, 한 원주민 의사가 페르캉을 다시 진찰한다. 그러나 결과는 마찬가지로 나온다. 죽음을 선고받은 페르캉은 창녀를 불러 에로틱한 정사를 벌인다. 간단히 말해 제5장의 주된 내용은 부상당한 페르캉이 의사들로부터 죽음을 선고받은 뒤, 자신의 삶을 결산하는 정사를 벌이는 이야기이다.

제3부 전체는 인간 조건에 대한 클로드의 본격적 입문, 협상·대결·재협상을 통해 그라보가 구출되는 과정, 이 과정에서 페르캉의

부상, 두 의사에 의한 그의 죽음 선고, 정사로 요약된다.

제4부는 네 개의 장으로 나뉘어져 있다. 제1장에서 일행은 다시 페르캉의 지역으로 올라간다. 그라보는 인도되지만, 샴 정부의 지시를 받는 토벌대가 비복속족인 스티앙족을 진압하기 시작한다. 페르캉이 배신했다고 생각한 스티앙족은 마을들을 약탈하면서 사방의 지역 뒤에 있는 페르캉의 지역을 향해 이동한다. 페르캉은 토벌대가 결국 자신의 지역까지 평정할 것임을 알고 있다. 다이너마이트 폭음을 내면서 토벌대를 뒤따라오는 것은 철도 작업반, 곧 문명이다.

제2장을 보면, 페르캉은 사방 및 자신의 지역으로 계속 접근한다. 스티앙족과 토벌대의 싸움이 벌어지고, 스티앙족의 약탈도 계속된다. 스티앙족은 토벌대와 사방의 마을 사이에 끼여 후자를 압박한다.

제3장에서는 우선 페르캉이 토벌대에 저항하라고 사방을 설득하는 가운데, 스티앙족의 광란적인 이동이 묘사된다. 늙은 주인공은 사방과 그의 부하들이 자신의 제의를 거부하자, 총을 들고 겨누는 원주민 두 사람을 살해한다. 결국 그는 동맹 관계에 있는 사방의 시선에서 자신의 죽음을 발견하고 설득을 단념한다.

제4장으로 오면서 페르캉과 일행은 그의 지역으로 올라가는 계속적인 상승 운동을 한다. 토벌대의 추격을 받는 스티앙족 역시 계속적으로 이동한다. 그러나 페르캉에게 문제는 스티앙족이 아니라, 철도 작업반을 뒤에 대동하고 오는 토벌대이다. 그는 자신의 지역에 도달해 부하들을 해방시키기 전에 죽음을 맞이한다. 병고와 맞서는 그의 치열한 투쟁 과정과 비극적 초월 의식이 세밀하게 묘사된다.

요컨대 제4부는 그라보를 인도받은 뒤 스티앙족을 진압하면서 밀고 들어오는 토벌대에 맞서 자신의 지역을 방어하고자 하는 페르캉의 최후 노력과 종말을 담아내고 있다. 이 과정에서 병마와 싸우는 그의 내면 의식이 심층적으로 그려진다.

이상에서 살펴본 바와 같이, 소설의 구성은 외관상으로 보면 단순하다. 그러나 이와 같은 구성 속에 치밀하게 구축된 시간과 공간의 구조는 텍스트의 의미 생성을 전혀 새롭게 전진시킨다.

2. 시간과 공간의 구조

피상적으로 보면, 소설의 시간은 전통적 수법에 따라 전체 4부를 대략적으로 분절하면서 직선적으로 흐른다는 것을 알 수 있다. 그러나 이와 같은 시간적 진행이 확실하게 명시되는 것은 아니다. 그렇기 때문에 텍스트 속에서 사건을 구분지어 주는 시간적 획과 모험이 전개되는 시간의 길이는 정확하게 파악될 수 없다. 다만 제1부와 제2부 처음에 구체적 숫자를 통해 시간의 흐름 표시가 나타날 뿐이다.

우선 제1부를 보면 시간적 전개를 대략적으로 알 수 있는 몇몇 지표들이 나타난다. 도입부에서 클로드는 2개월 후에 밀림 속에 들어간 자신의 모습을 상상하고, 15일 동안 불안 속에서 배를 타고 가야만 한다는 고뇌를 드러낸다.[1] 여기서 15일은 지부티에서 다음 기항지까지를 나타낸다 할 것이다. 두 주인공이 소말리아 해안의 지부티에서 밀림에 진입하기까지의 과정을 다시 살펴보면, 콜롬보를 거쳐 싱가포르로 가며, 이 항구에서 페르캉은 방콕을 향하고 클로드는 사이공으로 간다. 젊은 주인공은 사이공에서 사명장에 사증을 받고 프랑스 학술원을 방문한다. 두 인물은 프놈펜에서 다시 합류하여 배와 보

---

1) *La Voie royale, op. cit.*, p.374. 《왕도로 가는 길》, 앞의 책, 13쪽 참조.

트를 갈아타며 세엠 레압프까지 간다. 그리고 이미 밀림이 시작되고 있는 이곳에서 주재관사가 있는 장소까지 곧바로 자동차를 타고 이동한다. 주재관을 만나 밀림 탐사에 필요한 징발을 요구하고 방갈로로 간다. 이 과정에서 시간 흐름은 잘 나타나지 않는다. 다만 클로드가 학술원에서 필요한 서류 절차를 마치는 데 걸리는 시간(하루)과 주재관 관사에서 장비 징발에 필요한 시간(3일)이 표시될 뿐이다.[2]

이렇게 볼 때 제1부에서 시간은 두 주인공이 밀림까지 도착하는 데 2개월이 소요되리라는 예상 속에서, 몇 군데 지표를 드러내고 있을 뿐이다. 어쨌거나 제1부의 시간 흐름은 개략적이나마 포착이 가능하다. 그런데 제2부에서는 이와 같은 개략적 파악도 불가능하다. 그것의 도입부를 보면 독자는 클로드와 페르캉 일행이 4일 전부터 밀림 속에 진입해 있음[3]을 화자의 정보를 통해 알게 된다. 그 이후로는 시간의 흐름이 밤과 낮이 계속적으로 바뀌는 것으로 표시되어 있을 뿐이다.

이와 같은 시간적 구조가 함축하는 의미는 소설의 전체적 의미망과 밀접하게 연결되어 있다 할 것이다. 왜냐하면 상대적으로 말해, 문명이 끝나고 자연과 해체가 시작되는 지점에서 시간의 경과 표시가 달라지고 있기 때문이다. 제1부에 담겨진 내용은 인간들이 자연과 거리를 두고 세속적 욕망을 추구하는 세계이다. 이 세계 속에서 그들은 시간을 기계적 잣대로 구획하며 역사를 만들고, 자연 상태로부터 벗어나 문명의 꿈을 이루고 반복한다. 그 속에는 생과 사, 선과 악, 행과 불행의 이원성과 결합된 덧없는 삶의 갈등과 비극이 전개되는

---

2) *Ibid.*, pp.401, 406. 같은 책, 62, 70쪽.
3) *Ibid.*, p.417. 같은 책, 88쪽.

시간의 흐름이 존재한다. 그리하여 페르캉의 전설적 모험이 인구에 회자되고, 역사적 몽상들이 꿈틀대면서 표류하며, 클로드가 비극적 가족사를 회상하기도 한다. 또한 드레퓌스 사건[4]이나 제1차 세계대전, 식민지 쟁탈전 따위가 이야기되며, 환상으로 인식된 가치들과 이념들이 반추된다. 요컨대 제1부에서는 클로드와 페르캉이 초월하고자 하는 시간의 세계, 다시 말해 양극성의 세계가 펼쳐진다. 그것은 인간들이 '나는 무엇인가?' 라는 존재론적 질문,[5] 존재의 시작과 끝에 대한 근원적 질문을 무의식의 심연으로 밀어낸 채, 무상한 삶에 집착하면서 흘러가는 유동적 세계이다. 이러한 관점에서 볼 때, 페르캉과 클로드가 소설의 도입부에서부터 배와 보트를 연속적으로 타고 간다는 사실은 중요한 의미를 띤다 할 것이다. 왜냐하면 그것은 시간의 강처럼 흐름을 나타내고, 이 흐름 속에서 그 모든 일시적 인간사들이 이야기되거나 진행되기 때문이다.

제2부가 시작되면서부터 시간 표시는 '여러 날 전부터' '밤과 낮, 밤과 낮이 갈마들었다' '마침내 밤이 왔다'[6] 등으로 나타남으로써 경과된 시간을 짐작할 수 없게 되어 있다. 제3부에서는 밤과 낮이 교대되고 있음이 짐작될 수 있을 뿐, 이런 종류의 표지도 나타나지 않는다. 제4부로 가면, 독자는 "다시 밤들이 가고 다시 낮들이 지나갔다"[7]

---

4) 이것은 유대인 장교 드레퓌스가 간첩으로 잘못 기소됨으로써 프랑스 국론을 반유대파와 드레퓌스 옹호파로 양분시킨 역사적 사건을 말하는데, 프랑스 지성계가 말려들어 분열되는 계기가 되었다.

5) 소설이 구현하는 형이상학적 탐구를 고려할 때 '나는 누구인가?' 라는 질문보다는 '나는 무엇인가?' 라는 질문이 적합하다. 전자는 이미 인간을 전제하고 있고, 후자는 인간을 전제하지 않고 있다. 불교의 존재론에서 궁극적 존재는 인간을 넘어서기 때문에 후자가 더 적절하다고 판단되는 것이다.

6) *La Voie royale, op. cit.*, p.420, 421, 434. 《왕도로 가는 길》, 96, 99, 119쪽.

7) *Ibid.*, p.488. 같은 책, 214쪽.

는 표현이 처음부터 나타남을 확인할 수 있다. 이와 같은 현상은 두 주인공이 밀림에 들어서면서부터 새롭고 낯선 미지의 시간 세계로 진입하고 있음을 의미한다. 이 세계는 인간들이 실체로 착각하고 살아가는 것과는 전혀 다른 시간의 차원을 드러낸다. 우리가 앞서 살펴본 바와 같이[8] 그것은 인간이 문명 사회에서 체험하는 시간의 참모습을 비춰 주는 거울과 같다. 그러므로 제2부에서 4부 마지막까지 이어지는 페르캉과 클로드의 모험 여정은 제1부에서 드러나는 인간적 시간과 단절된 공간 속에서 펼쳐진다. 다시 말해 그것은 이 인간적 시간이 우주적 시간관의 의식을 통해 조명되면서 초시간의 세계를 지향하고 있다.

다만 한 가지 지적할 점은 3부에서 페르캉의 부상 치료를 위해, 일행이 밀림의 하단 쪽으로 다시 내려와 문명 사회와 접촉하는 사건이 발생한다는 것이다. 그러니까 대자연의 우주적 시간으로부터 인간적 시간으로 하강이 잠시 이루어지는 셈이다. 그 이후 일행은 다시 상승의 여정에 돌입한다. 이 점에 대해선 다시 언급할 것이다.

물론 이러한 시간 이동은 공간 이동과 평행하게 이루어진다. 제1부에서 인간적 시간은 자연이 아니라 문명 사회 내의 공간 이동 속에 육화되어 있다. 소말리아 해안으로부터 콜롬보·싱가포르·사이공·프놈펜을 거쳐 세엠 레압프 지역까지 이르는 지리적 장소들은 인간의 무상한 꿈과 욕망이 꿈틀대는 현재적 공간이다. 그것들과는 달리 제2부에서 나타나는 밀림은 우주적 시간의 절대적 파괴력이 정체를 드러내는 무대로서, 현재를 과거의 불가역적 운명으로 만든다. 그것은 인간의 모든 문화적 활동까지도 무화(無化)시켜 버리는 운명의 모

---

8) 본서 97-107쪽 참조.

습 자체이다. 이 밀림이 산의 하단부 쪽에 위치한다는 사실은 우연의 소산이 아니다. 밀림이 시간 속에 소멸된 문명과 역사가 묻힌 허무의 공간이라면, 이것을 초월하는 구도적 길 또한 그 속에서 찾아지는 것은 순리이다. 그러니까 불교적 시공간을 상징하는 밀림 속에 살고 있는 원주민 불교도들이 그것을 뚫고 가는 길을 추구하고 있다는 것은 자연스러운 일이다. 그리고 상징적 차원에서 볼 때, 그들이 가능하다면 문명의 흔적들이 묻혀진 하단보다는 그 위쪽으로의 상승 의지를 나타내리라는 점 역시 당연하다. 그렇기 때문에 페르캉의 지역은 밀림의 하단이 아니라 산의 최고 정상에 위치하고 있다. 이런 연장선상에서 비록 페르캉과 클로드가 모험의 도정에서 불교도들과 불교 마을들을 만나긴 하지만, 그들은 상승 운동을 계속한다. 뿐만 아니라 제3부에서 그라보가 노예로 붙잡혀 있는 스티앙족 마을 역시 제2부의 밀림보다 위쪽에 위치하고 있다. 이 마을 원주민들이 성적 신앙, 즉 탄트라를 숭배하고 있음은 앞서 마을의 상징물들을 검토해 드러낸 바 있다. 특히 밀림이 불교적 시공간의 운명을 상징하고, 이 밀림을 뚫고 가는 길이 탄트라임을 상기할 때, 이 상징물들이 밀림을 정복하고 있는 것처럼 묘사되고 있음을 주목해야 한다.[9] 요컨대 제2부에서 제4부까지의 공간 변화는 수직적 이동을 나타냄으로써, 페르캉의 상승

---

9) 본서 80-83쪽 참조. 앞서 살펴보았듯이, 스바이가 남자들을 데리고 달아난 뒤, 여인들만 남아 성적 분위기를 강력하게 풍기는 마을 역시 문명이 묻힌 밀림의 하단보다 위쪽에 위치하고 있다. 그 증거가 제2부에서 두 주인공이 조각 작품을 발굴하고 그라보를 찾아 나서는 대목에서 나타나는 화자의 묘사이다. "마침내 밤이 왔다. 산을 향해서 한 단계 더 올라와 숙박을 했다(une étape de plus vers les montagnes)." *La Voie royale, op. cit.*, p.434. 《왕도로 가는 길》, 앞의 책, 119쪽. 번역서에는 "산을 향하여 행진하는 도중 또 한번 숙영을 해야 한다"로 되어 있다. 'Etape'이라는 단어가 숙영(숙박)과 단계를 의미하고, 두 주인공이 산을 향해 올라가고 있음을 고려해, 필자는 두 의미를 동시에 살려 번역했다.

적 여정이 어떤 상징적 의미를 띠고 있음을 알 수 있다. 이 점은 뒤에
다룰 것이다. 제1부에서 공간 이동은 수평적 이동으로 인간적 시간을
수평적으로 한결같이 드러낸다. 제2부에서 제4부까지의 공간 이동은
수직적 이동으로 단계마다 시간의 체험이 달라진다. 그러니까 수평적
시공은 운명적 세계를, 수직적 시공은 반운명적 세계를 구현한다.

3. 시적 상상력과 상상계

　페르캉의 수직적 몽상을 지탱해 주고 있는 것은 시적 상상력이다.
앞서 살펴본 바와 같이 페르캉이 추구하는 에로티시즘의 이론과 실
천의 양면에서 현실계를 초월케 해주는 시적 상상력은 중요한 역할
을 한다. 그것은 종교적 신비주의와 연결됨으로써 신성한 성격을 띠
고 있다. 상상력과 상상계는 불가분의 관계인데, 말로가 이 둘을 다
른 저서에서 고찰하고 있으므로 잠시 그의 관점에 주목해 보자.
　그는 《불안정한 인간과 문학》에서 상상계(l'imaginaire)를 '형태들의
영역(un domaine de formes)' [10]으로 규정한다. 이 개념은 창조된 예술
적 형태들을 모두 포괄한다. 그것들이 '진리의 상상계(l'imaginaire de
vérité)' 에 속하든 '픽션의 상상계(l'imaginaire de fiction)' 에 속하든 말
이다. [11] 그것은 말로가 '불가지론적 문명(civilisation agnostique)' 이라

---

10) A. Malraux, *L'Homme précaire et la littérature*, Gallimard, 1977, p.179.

11) 말로의 예술 평론에서 '진리의 상상계' 는 서양에서 중세까지의 예술과 여타
문화권의 종교적·신화적 예술이 드러낸 형태의 세계를 말한다. 이것을 다룬 것이
《초자연의 세계 *Le Surnaturel*》(Gallimard, 1957, 1977). 한편 '픽션의 상상계' 는 르네
상스 이후로 근대 이전까지 서구 예술이 지향한 이상화된 세계를 나타낸다. 말로는
이것을 《비현실의 세계 *L'Irréel*》(Gallimard, 1974)에서 고찰한다.

규정한 지구촌 문명의 도래, 그리고 문화 공간의 세계적 통일과 밀접하게 연결되면서 이 두 상상계를 병합하는 '초시간의 세계'와 동일시된다.[12] 이와 같은 창조의 영역인 상상계와는 달리 말로는 상상력을 '꿈들의 영역'[13]으로 간주한다. 장 피에르 자라데는 말로의 탐구가 함축적으로 구분하게 된 이 두 개의 영역 사이의 관계를 밝혀 보려 한다. 그에 의하면 그것들은 예술에 관한 말로의 사상이 지닌 통일성 속에서 이해되어야 한다는 것이다. 하나(상상력)는 '주관성의 영역(감정, 감동)'에 해당하고, 다른 하나(상상계)는 '보편적인 것의 영역(형태나 구조의 창조)'[14]에 해당함으로 대립적이다. 뿐만 아니라 자라데는 말로의 작품 세계 속에 존재하는 유사성, 즉 "(예술에서) 천재와 (정치에서) 위대한 인물이나 영웅 사이의 유사성"[15]을 지적하면서, 두 경우 모두 위대함을 쟁취하기 위해선 상상력에서 상상계로의 이동이 필수적이라고 말하고 있다. 따라서 그는 꿈의 영역인 상상력을 감상성의 차원으로 격하시키고 있다.

---

12) 말로는 근대 이후 마네의 《올랭피아》를 기점으로 열린 지구촌적 차원의 예술 세계, 다시 말해 과거의 모든 예술이 부활되고 탐구되며 정복되는 새로운 세계를 《초시간의 세계 *L'Intemporel*》(Gallimard, 1978)에서 다룬다. 이 '초시간의 세계'는 지구 차원의 문화적 공간이 통일됨으로써 도래한 것으로 말로가 '불가지론적 문명 (civilisation agnostique)'이라 규정한 현대 문명의 예술 세계이기도 하다. 이런 관점에서 모로 시르는(E. Morot-Sir)는 이렇게 말한다. "이 불가지론은 문화의 이론과 결부되지 않을 수 없다. 이 이론은 그 자체의 통일성을 '상상의' 및 '상상계'라는 형용사와 명사의 뜻을 함께 지닌 imaginaire라는 용어 속에서 발견하고 있다. 이것이 예술은 불가지론적이라는 의미이다." 〈회화의 상상계와 문학의 상상계〉, in *Cahiers de l'association internationale des études françaises*, Société d'édition "Les Belles lettres," n° 33, 1981, pp.236-237.

13) *L'Homme précaire et la littérature, op. cit.*, p.179.

14) Jean-Pierre Zarader, 〈예술에 관한 말로의 사상에서 상상계〉, in *Europe*, 67ᵉ année, n° 727-728/Novembre-Décembre, 1989, p.165.

15) *Ibid.*, p.165.

　　그러나 필자가 고찰한 바로는 두 영역의 대립이 그처럼 분명하지 않다. 말로는 상상력과 상상계를 선명하게 구분하여 사용하고 있는 것 같지 않다. 예를 들면 《교수대와 생쥐들》에는 이런 문장이 나온다. "영웅은 상상계에 속한다. 그의 행동은 그가 달성하게 되는 결과로부터 오는 것이 아니라, 그에 앞서 존재하고 그가 구현하는 꿈들로부터 온다. 역사의 영웅은 소설 속 주인공의 형제이다."[16] 하물며 젊은 말로가 《왕도》에서 두 영역을 구분하고 있다고 말할 수는 없을 것이다. 그러므로 필자는 이와 같은 이분법을 채택하지 않을 것이다.

　　페르캉은 "형태들로 된 하나의 세계(un univers de formes)를 추구하는 데 있어서 자신의 운명과 싸우는 인간을 구현하고 있습니다"라고 말로는 1930년에 월터 랜글로이스에게 보낸 편지에서 쓰고 있다.[17] 이 인용에서 쟁점은 페르캉이 추구하는 형태들의 세계이다. 앞서 필자는 그의 모험 세계가 두 개의 몽상——하나는 역사적·시간적 몽상이고 다른 하나는 파괴할 수 없는 초시간적 몽상——으로 이루어져 있다는 점을 언급했다. 그리고 그의 에로티시즘이 두 몽상을 연결해 주는 다리, 즉 과도적 단계로 자리잡고 있음도 드러냈다. 따라서 그의 모험은 삼차원의 특징을 지니기 때문에 그가 추구하는 형태들의 세계——모험의 형태들로 이루어진 세계——는 이런 전망 속에서 이해되어야 한다.

　　그런데 여기서 한 가지 문제, 즉 페르캉의 역사적 몽상을 이와 같은 형태들의 세계에서 제외시켜야 하는가라는 문제가 제기된다. 왜

---

16) A. Malraux, *Oeuvres complètes*, vol. III, *op. cit.*, p.592.

17) Claude Tannery, *op. cit.*, p.377에서 재인용. 타느리는 "자신의 형태들의 세계를 발견하지 못한 페르캉과는 달리, 말로는 자신의 세계를 발견했다"고 지적한다. *Ibid.*, p.377. 앞으로 이런 지적이 잘못되었음이 드러날 것이다.

냐하면 필자가 위에서 고찰한 바와 같이, 명분이 있든 없든 역사에 개입하여 흔적을 남기겠다던 페르캉이 상상계에 속한다면, 마이레나의 운명 속에 이미 존재하고 있던 그의 시간적 꿈[18]은 그가 추구하는 형태들의 세계로 표현된 상상계의 일부를 이루기 때문이다. 그러므로 이 형태들의 세계는 시간의 세계에서 초시간의 세계에 이르는 그의 모험 전체를 포괄하고 있음이 분명하다 할 것이다.

4. 모험의 삼차원적 형태

이제 페르캉이 추구하는 형태들의 세계, 다시 말해 삼차원적 상상계를 좀더 구체적으로 다루어 보자. 이를 위해 우선적으로 검토해야 할 대상은 여러 번에 걸쳐 환기된 시간적·역사적 몽상이다. 이 몽상은 "북 라오스에 이르기까지 자유로운 여러 부족들의 거의 모든 추장들과 동맹을 맺으며"[19] 건설한 그의 광대한 왕국과 관련된 야망이다. 그는 군사력을 동원하여, 자기 왕국의 운명을 결정짓는 식민지 분쟁에 개입해 이름을 남기고자 했다. 그런데 그가 이 야망에 더 이상 관심이 없다. 왜냐하면 그것을 이제 과거지사로 생각하기 때문이다.

---

18) 이 점에 관한 근거를 페르캉 자신이 클로드와의 대화를 통해 제시하고 있다. "나는 마이레나가 극장 무대에라도 있는 듯 생각하며 하고자 했던 것을 진지하게 시도했소." *La Voie royale, op. cit.*, p.411. 《왕도로 가는 길》, 앞의 책, 79쪽. 번역을 수정했음. 뿐만 아니라 말로는 《반회고록》에서 이 주인공의 창조에 대해 이렇게 말하고 있다. "페르캉이란 인물은 마이레나로부터 탄생한 것이다. 보다 정확히 말하면, 마이레나를 사라진 전형적 모험가와 연결함으로써 탄생한 것이다." *Anti-mémoires*, in *Oeuvres complètes*, vol. III, *op. cit.*, p.359.

19) *La Voie royale, op. cit.*, p.411. 《왕도로 가는 길》, 79쪽.

"내가 **원했던**(voulais) 건······ 우선 군사력이었지. 엉성하기는 하지
만 재빨리 편성할 수 있는 걸로(···).

　— 왜 더 이상 그걸 원치 않습니까?

　— 이제 난 평화를 원해."[20]

인용문에서 독자가 특히 주의를 기울여야 하는 것은 '원했다' 라는
조동사의 시제가 반과거(프랑스어에서 과거의 지속, 상태를 나타냄)로
강조되어 있다는 점이다. 이 시제는 '평화를 원한다' 는 현재 시제와
대조를 이루고 있다. 페르캉이 추구하는 형태들의 세계에서 첫 형태
에 해당하는 역사적 야망, 다시 말해 '연대기에서 태어났고'[21] 부족
들을 정복하여 자신의 왕국을 건설하는 것으로 시작된 시간적 꿈이
과거로 돌려지고 중도 포기되었다는 사실이 이 시제들을 통해 드러
난다. 구도적 전망에서 볼 때, 그것은 빛으로 인도하기는커녕 전혀 미
래가 없다. 바로 여기서 그의 모험에서 첫번째 형태를 대체하는 두번
째 형태가 나타난다.[22] 소설 속에서 페르캉이 운명에 저항하는 투쟁
은 이 두번째 형태의 추구로부터 구체화된다.

　두번째 형태는 필자가 앞서 다룬 바 있는 에로티시즘에 의해 표현
된다. 그러나 그것은 그가 결정적으로 추구하게 되는 세번째이자 마
지막 형태인 구원과 밀접하게 연결되어 있다. 왜냐하면 그가 상상력

---

20) *Ibid.*, p.412. 같은 책, 79-80쪽. 강조는 작가가 한 것임. 번역본에는 "내가
하려던 것은······ 우선 군사력이야"로 시작함.

21) 연대기는 모험가들에게 꿈을 꾸게 하는 참조 영역, 나아가 특수한 상상계를
이루며 마이레나의 세계도 여기에 속한다 할 것이다.

22) 물론 이와 같은 대체는 페르캉이 불교 사상에 입문해 있다는 사실을 암묵적
으로 전제하고 있다. 왜냐하면 서구적 정신에 입각해 추구된 역사적 꿈의 포기는
소설 속에서 이 사상의 관점에서 밝혀지기 때문이다.

을 통해 구현하려는 이 두 형태는 탄트라 불교가 창조한 특수한 상상
계로부터 비롯되기 때문이다.[23] 두번째 형태에서 그가 여자와 더불어
갈망하는 평화는 불교적 평화이다. 이 평화는 말로가 《반회고록》에
서 '심연의 평화(la paix de l'abîme)'[24]라 부르는 것, 다시 말해 니르바
나의 궁극적 평화를 향해 열려 있다. 그가 이런 평화와 동시적으로
추구하고자 하는 에로티시즘은 완전한 구원으로 가는 길에서 성의 신
비적 결합을 통해 절대에 일시적으로 도달코자 하는 과도적 시도이
다. 그렇기 때문에 그것은 이 길이 보여 주는 상승적 운동과 일정한
단계까지 평행을 이룬다. 물론 상승 운동은 '파괴할 수 없는 몽상'[25]
을 구조화시키고 있다. 이 몽상이 페르캉이 추구하는 형태들의 세계
에서 진정한 '시적' 모험을 나타낸다.

이 몽상에서 마지막 단계인 세번째 모험의 형태는 페르캉이 병마
및 죽음과 싸우는 고행을 통해 궁극적으로 다다르고자 하는 최후의
실체, 즉 생성을 넘어선 공(空)을 향한 여정의 구조 속에 나타난다.
소설의 제1부를 심층적으로 읽으면, 이미 그의 삼차원적 모험의 큰
줄기를 파악할 수 있다. 왜냐하면 영원한 초시간적 세계를 향한 그의
상승 과정을 구획하는 세 단계가 그 속에서 대체적 윤곽을 드러내고
있기 때문이다. 첫 단계는 예술 작품을 발굴하기 위해 밀림을 가로지
르는 단계이다. 그것은 문제의 역사적 몽상과 관련이 있다. 두번째 단
계는 그라보를 찾기 위해 비복속 모이족과 대결하는 단계이다. 그것

---

23) 엄밀하게 말하자면, 역사적 꿈이 환상에 불과하다는 그의 의식 자체 역시 불
교에의 입문에서 비롯된 것이므로, 첫번째 형태도 같은 상상계의 일부를 이룬다 할
것이다.

24) *Antimémoires, op. cit.*, p.218.

25) 소설 속에서 이 몽상은 클로드의 예술 탐구와 페르캉의 에로티시즘 추구, 그
리고 최후의 궁극적 구원을 다 포괄하고 있음을 잊어서는 안 된다.

은 에로티시즘과 연관되어 있다. 마지막 세번째는 산의 정상에 있는 자신의 지역에 도달해 밀림으로 상징된 비극을 초월하는 단계이다. 물론 이와 같은 전체적 틀은 출발 준비와 앞으로 전개될 내용의 암시적 장치들, 그리고 페르캉과 클로드의 협상 성공 때문에 구축된다. 그러나 페르캉보다는 클로드의 물질적 관심에 근거한 이 협상의 실용적 측면은 형이상학적 측면에서 보면 중요하지 않으며, 이를 위한 장치에 불과하다. 페르캉은 이미 역사적 꿈으로부터 초연해 있을 뿐 아니라 클로드의 제안을 수락하는 이유를 다르게 밝히고 있다. "하지만 내가 수락한다면 무엇보다도 모이족한테 가야 하기 때문이라는 점을 확실히 알아두게나."[26] 특히 소설가가 독자에게 전달하고자 하는 비극, 페르캉이 클로드에게 입문시키는 그 비극을 상기할 때, 실용적 측면은 소설의 테크닉적 영역에 속한다. 이 비극은 늙은 주인공이 절대를 향해 가는 상승 운동의 '반대 명제(antithèse)' 같은 것이다. 말로는 인도 사상에서 이와 같은 공간적 수직 이동과 관련해 《반회고록》에서 이렇게 말하고 있다.

"안도의 사상은 정상이 한없이 뒷걸음치는 성산을 기어오르는 감정을 우리에게 준다. 그리하여 이 사상에는 이런 감정에 기인하는 무언가 매혹하면서 매혹된 것이 있다. (…) 오직 인도에서만, 보편적 외관과 변모 위에 정복된 대존재(l'Etre)는 그것들과 분리되지 않고 때때로 '메달의 두 양면처럼' 분리되지 않게 된다. 이는 이 대존재까지도 초월한다는 무한한 절대의 길을 암시하기 위해서이다."[27]

---

26) *La Voie royale, op. cit.*, p.192. 《왕도로 가는 길》, 앞의 책, 47쪽.
27) *Antimémoires, op. cit.*, pp.217-218.

이 인용문에서 '보편적 외관과 변모'는 끊임없이 변화하는 현상계, 즉 마야를 나타내며 대존재는 이 마야에 내재하는 보편적 유(有)를 나타낸다. 그러나 이 유까지도 초월하는 '무한의 절대'가 무(無)이며 니르바나이고 우주적 의식이다. 말로는 이 인용문 다음에 인도에서 "하부신들(dieux)은 최고신(Déité suprême)에 다다르는 상이한 수단들에 불과하다"라고 말하면서, "붓다가 초기 설법에서 파괴하려고 시도하는 것은 이 최고신"[28]이라고 지적한다. 그러니까 붓다가 니르바나를 궁극적 목적으로 제시할 때, 그것은 유(有)와 유를 관장하는 최고 존재자까지 초월하는 경지를 나타낸다. 이러한 경지를 향한 상승이 성산을 오르는 상징적 과정으로 표현된다.

페르캉이 산의 정상에 위치한 자신의 지역을 향해 올라가는 움직임은 이와 같은 성산을 오르는 과정과 정확히 일치하고 있다. 크게 보면 밀림의 하단에서부터 산의 꼭대기까지가 하나의 성산 구조를 이루고 있다. 클로드를 동반한 페르캉의 정신적·구도적 여정에서 예술 작품을 발굴하는 첫 단계가 역사적·시간적 몽상과 어떻게 결합되어 있는지 검토해 보자. 앞서 보았듯이 이 단계는 제2부의 밀림 속에서 이루어진다. 이 밀림은 문명을 소멸시킨 우주적 시간의 전능한 힘이 현현하는 공간이자, 과거의 덧없는 역사적 몽상이 묻혀 있는 운명의 현장이다. 그러니까 그것을 가로지르는 행동은 이 몽상을 넘어선다는 것을 함축한다. 다시 말해 이 1단계는 페르캉으로 하여금 세속적 욕망으로부터 자신을 완전히 정화하는 계기를 제공한다. 완전히 정화한다는 말은 그가 여기서 집착과 초월 사이에 갈등을 느끼며 이것을 극복한다는 의미이다. 그가 클로드와 발견한 예술 작품 앞에

---

28) *Ibid.*, p.218.

서 드러내는 심리 상태를 보자.

"— 자네 생각으로는 이게 값이 얼마나 나가겠나? 페르캉은 물었다.

— 두 무희상 말인가요?

— 그래.

— 잘 모르겠지만, 어쨌든 50만 프랑 이상은 나갈 겁니다.

— 확실한가?

— 물론이죠.

그가 유럽으로 구하러 갔던 그 기관총들이 여기에, 그가 알고 있는 이 밀림 속에, 이 돌들 속에 있었던 것이다……. 그의 지역에도 사원들이 있었던가? 아마 그는 이 사원들로부터 기관총 이상을 기대할 수도 있었을 것이다. 높은 그 지역에서 몇 개의 사원들을 발견한다면, 그는 자기 부하들을 무장시킴과 동시에 방콕의 샴 정부에 개입할 수 있지 않을까? 그는 이 고적 앞에서 조각이 없는 사원들이 많다는 사실을 망각했고…… 그는 ……길을 망각하고 있었다(Il oubliait la Voie)……. 그는 햇빛에 반사되어 번쩍거리는 기관총의 총신선, 반짝이는 조준점과 더불어 자신의 군대 행렬을 상상해 보았다……."[29]

본 인용문에서 '길을 망각하고 있었다'는 중요한 표현은 앞서 암시

---

29) *La Voie royale, op. cit.*, pp.426-427. 《왕도로 가는 길》, 앞의 책, 106-107 쪽. 자유간접화법을 쓴 본 인용문을 직접화법으로 고쳐 보자. "그는 생각했다. '나의 지역에도 이런 사원들이 있지 않을까? 아마 나는 이 사원들로부터 기관총들 이상을 기대할 수 있을 것이다. 내가 높은 그 지역에서 몇 개의 사원을 발견한다면, 나는 내 부하들을 무장시킴과 동시에 방콕의 샴 정부에 개입할 수 있지 않을까?'" 자유간접화법은 인물의 담화(discours)를 화자의 이야기(histoire)처럼 서술하는 방법으로 객관적 묘사의 연속성을 살리고 문장의 무거움을 덜어 준다. 그것은 간접화법에서 도입부인 주절을 생략한 화법이다.

와 상징을 다루면서 다룬 바 있지만,[30) 다른 맥락에서 고찰해 보자. 페르캉은 밀림 속에 묻힌 문명의 흔적, 다시 말해 돈이 되는 예술품 앞에서 그가 과거의 덧없는 꿈으로 던져 버린 역사적 욕망의 유혹을 다시 느끼고 있다. 그렇기 때문에 그는 그가 탄트라 불교에의 입문을 통해 들어선 진정한 구도의 '길(La Voie),' 곧 '왕도(La Voie royale)' 를 망각한 채 돈으로 무장시킬 수 있는 자신의 군대를 상상하고 있는 것이다. 여기서 '길'은 앙코르에서 메남 강 하구에 이르는 '왕도'가 전혀 아니다. 그것은 절대를 향한 정신적인 왕도이다. 그가 느끼는 유혹은 환상의 유혹으로서, 구원을 향한 상승의 여정에서 극복해야 할 1차적 장애물이다. 여기에 그것의 신화적 성격이 있다. 그것이 극 복되지 못한다면 소설의 신화 구조는 성립될 수 없다. 그렇기 때문에 이 장애물은 여기서 순간적으로 복병처럼 나타나지만, 결국은 극복 되고 다시는 나타나지 않는다. 그는 흔적만 남고 연기처럼 사라진 역 사-문명의 현장에서 역사적 몽상을 되살리는 모순적 유혹에 빠진 셈 이다.

사실 페르캉이 군사적 대결의 측면에서 원하는 바는 그가 건설한 왕국의 방어가 아니다. 그가 방어하고자 하는 대상은 자신이 사는 지 역——부하들의 탄트라에 동화되어 불교적 평화 속에 삶을 마감하 게 해줄 지역——에 한정되어 있다. 그가 자신의 종교적 궁극 목적 에 도달하기 위해 필요로 하는 이 방어는 샴 정부와 그 뒤에 있는 식 민 제국주의로부터, 다시 말해 부패한 물질주의 문명으로부터 부하 들을 보호하려는 윤리적 의지를 담고 있다. 따라서 소설 속에서 그가 클로드와 함께 전개하는 모험은 원래의 그의 계획, 다시 말해 클로드

---

30) 본서 82쪽 참조.

를 만나기 전의 계획이 수정됨으로써 가능해진 것이다. 클로드를 만나지 않았다면, 그는 예술 작품도 발굴하지 않고, 그라보를 구출하다 상처를 입고 병에 걸리는 일도 경험하지 않았을 테니 말이다. 요컨대 모험의 구조는 페르캉이 자신의 최초 계획을 뜻밖의 상황에 따라 변형시킴으로써 탄생한다. 그리하여 그는 초시간적 몽상——탄트라——을 실현하게 해줄 자신의 지역에 도달하기 전에 자신의 삶을 결산해야 하는 운명을 겪게 된다. 그리고 그는 그 상징적 공간에 돌아가는 과정에서 이 꿈을 추구하지 않을 수 없다. 사실 이와 같은 변형 때문에 3단계의 상승 운동은 불교적 구도(求道)의 신화적 원형이 요구하는 정신적 과정과 조화를 이룬다. 달리 말하면 그것의 상징적 기능이 완벽하게 수행되는 것이다.

첫 단계로 되돌아가 보자. 페르캉은 이 단계에서 시간적·역사적 몽상의 일시적 유혹으로부터 완전히 벗어남과 동시에, 클로드와 함께 밀림 속에 묻혀 있는 예술 작품을 발굴해 낸다. 이 작품의 구출은 종교적 신성을 추구하는 구도자가 추구해야 할 의무에 부합하는 가치를 지니며, 외관의 세계로부터 초월의 세계로의 존재론적 이동과 동시에 일어난다. 이 통과를 상징하는 것은 페르캉이 밀림을 가로지르는 행위이다. 그러니까 그는 문명의 허무와 인생 무상을 드러내는 밀림을 뚫고 감으로써 새로운 차원으로 상승하는 것이다.

한편 클로드는 예술 작품에 동참하면서 인간 비극에 입문한다. 이 1단계에서의 입문은 페르캉의 설법을 통해서 이루어지는 것이 아니다. 그것은 밀림 속에 현현하는 우주적 시간의 전능한 힘을 실존적으로 체험함으로써 실현된다. 정리하면, 제2부에서 페르캉은 먼지 같은 무상한 삶을 드러내는 밀림을 제의적(祭儀的)으로 통과하면서 내적 장애물로서 역사적 유혹을 물리치고, 클로드는 불교적 비극에 입문한다. 그러면서 두 주인공은 구도적 의무로서 성스러운 작품을 구출해 낸다. 그리하여 예술과 종교를 융합시킨 압사라라는 신화적 인물을 통해 초시간적 세계가 상상의 차원에서 열리게 된다.

소설의 제3부가 구성하는 두번째 단계로 넘어가 보자. 이 단계는 페르캉이 추구하는 모험의 두번째 형태, 즉 에로티시즘에 해당하는 과도적 단계이다. 그것은 우선 첫 단계 이후로 두 인물이 시작한 공간적 상승 운동의 지속으로 특징지어진다. 3부를 예고하는 성격의 제2부 마지막 장(章)이 열리자 화자는 이와 같은 상징적 이동을 분명하게 전달한다.

"마침내 밤이 왔다. 산을 향해 한 단계 더 올라와 숙박을 했다."[31]

이어서 제3부 첫 페이지에서 화자는 이러한 상승적 움직임을 다시 한번 분명히 드러낸다.

"그들(페르캉과 클로드)이 스티앙족의 중심지를 **향해 오르고 있는** (montaient vers le centre) 이래로 보다 큰 불안이 그들을 짓누르고 있었다."[32]

물론 이 상승의 여정은 그라보를 찾는 일과 연결되어 있다. 두 주인공은 그를 찾아서 밀림의 보다 위쪽에 자리잡고 있는 모이족의 일파인 스티앙족 마을을 향해 올라가고 있는 것이다. 이와 같은 한 단

---

31) *La Voie royale, op. cit.*, p.434. 《왕도로 가는 길》, 앞의 책, 119쪽.
32) *Ibid.*, p.443. 같은 책, 134쪽. 번역을 수정했음. 강조는 필자가 한 것임.

계 더 높은 곳으로의 수직 이동은 넘어야 할 장애물들의 수준 또한 그만큼 높아진다는 것을 함축한다. 이로부터 인용된 문장에서 보여지듯이, '보다 큰 불안'이 비롯된다. 산을 오르는 데 나타나는 자연적 요소들 이외에도 대나무를 날카롭게 깎아 만든 '전침(戰針)'[33]과 같은 인위적 요소들이 페르캉과 클로드의 길을 차단하려 한다. 그리하여 그들은 첫 단계에서보다 더 큰 불안감을 드러낼 뿐 아니라, 이 장애물들과 대결하기 위해 보다 큰 의지와 용기를 필요로 한다.[34] 그들이 만나는 이와 같은 시련은 모든 신비주의적 길이 중심적 궁극점에 도달하는 데 거쳐야 할 원형적 요구에 부합한다.

이러한 고행적 조건 속에서 그라보를 구출하기 위한 페르캉의 비장한 행동이 펼쳐진다. 노예 상태로 전락한 이 인물의 구출은 방콕의 샴 정부가 그에게 부여한 임무, 즉 페르캉의 위치를 통제하는 것[35]으로 단순히 설명되지 않는다. 그것은 그라보의 임무가 페르캉의 지역을 위협할 수 있다는 차원을 넘어서 탄트라 불교에 이미 입문한 후자가 대승적 자비를 실천하는 일에 부합한다.[36] 대승적 가르침에 따르면, 구도자는 환상의 세계를 벗어나 해탈하기 위해선 중생을 구제하는 자비를 베풀어야 한다. 뿐만 아니라 페르캉은 영락한 그라보에 대해 '대단한 동정과 대단한 불신을 동시에'[37] 지니고 있었다. 그는 세계에 대한 이 인물의 희망 없는 마조히즘적 반항을 기억 속에 인상

---

33) *Ibid.*, p.443. 같은 책, 135쪽.

34) 두 주인공이 이러한 자연적·인위적 장애물들을 극복하는 관점에서 소설을 단순한 모험 소설로 읽은 경우가 크리스티안 모이티(Christiane Moatti)의 논문, "Malraux et Conrad: un certain roman d'aventure," in *Le Livre dans la vie et l'oeuvre d'André Malraux*, "Actes et colloques" nº 26, Editions Klincksieck, 1988, pp.97-113 참조. 모아티는 이 논문에서 말로와 콘래드를 비교하고 있다.

35) *La Voie royale, op. cit.*, p.415. 《왕도로 가는 길》, 앞의 책, 85쪽.

깊게 간직하고 있지만, 이제 이 반항이 그에게 연민을 불러일으키는 것이다. 그렇기 때문에 그는 클로드에게 두 번에 걸쳐 이 부차적 존재에 대해 명료하게 설명하는 것일 터이다.[38] 이와 같은 도덕적·인간적 행동은 현세에서 인간 관계에 대한 그의 다음과 같은 입장에 의해 뒷받침된다.

“나는 아직 인간들과 끝난 것이 아니네……. 그 때문에 나는 여전히 메콩 강 유역을 감시할 것이고, 또 그럴 수 있을 것이네. (…) 나는 홀로 감시하고 싶으며 이웃도 원치 않네. 그라보가 어떻게 되었는지 알아보아야 하네…….”[39]

인간들과 아직 끝나지 않았다는 말을 페르캉의 시간적·역사적 몽상이라는 관점에서 이해해서는 안 될 것이다. 그것은 이제부터 그가 자신의 구도적(求道的) 비전 속에서 바라보는 세계와의 인연을 말하기 때문이다. 그는 그렇게 자신의 종교적·도덕적 의무를 다하고자 한다. “메콩 강 유역을 감시한다”는 말은 바로 샴 정부와 그 뒤에 있

---

36) 모이족들의 종교, 즉 탄트라 불교에 관해 덧붙일 것은 이 종교가 그들의 원시적인 민간 신앙 및 관습과 결합되어 있다고 추측된다는 점이다. 이런 추측이 가능한 이유는 모이족들 가운데 큰 부족인 스티앙족——필자가 앞서 밝혀냈듯이, 이 부족 역시 탄트라 불교를 숭상하고 있다——이 야만적이며 신비한 의식(儀式) 같은 것을 드러내기 때문이다. 더구나 랜글로이스가 철저한 자료 조사를 바탕으로 연구한 바에 따르면, ‘모이(le Moï)’라는 말은 ‘야만인’을 의미한다. 그러나 정보가 풍부한 이 연구에도 불구하고, 놀랍게도 그는 모이족들의 분명한 종교 문제를 전혀 다루지 않고 있다. W. Laglois, “Aux Sources de *La Voie royale*,” in André Malraux, *Oeuvres complètes*, vol. I, *op. cit.* pp.1156-1162 참조.

37) *La Voie royale, op. cit.*, 392. 《왕도로 가는 길》, 앞의 책, 47쪽.

38) *Ibid.*, pp.414-415, 439-441. 같은 책, 84-86쪽, 128-131쪽 참조.

39) *Ibid.*, p.414. 같은 책, 84쪽. 번역본에는 “사내들과 아직 끝장난 건 아냐……”로 되어 있음.

는 식민 제국으로부터 자기 지역의 원주민들을 보호하고, 따라서 그들의 종교를 물질 문명으로부터 방어하겠다는 의지를 표현한다.

그러나 그라보의 구출은 초월을 향한 페르캉의 상승 운동을 후퇴시키는 역작용도 가져온다. 이 역작용은 그가 스티앙족과의 대결에서 전침에 입은 상처를 치료하기 위해 밀림의 아래쪽으로 다시 하강하는 과정으로 나타난다. "안내인은 창끝으로 샴 마을을 가리켰다. 3백 미터 아래쪽에, 반점 같은 밀림을 배경으로 몇 그루 바나나나무 곁에 오밀조밀한 초가들이 나타났다(…)."[40] 이와 같은 국면은 상승 운동을 저지하려는 위협적인 적대적 힘에 의해 야기된 일종의 재추락과 같은 것으로 또 다른 장애물을 구성한다. 그러니까 3부에서 장애물은 페르캉의 삶과 죽음에 직결되어 있음으로써 고도의 위험성을 간직하고 있다. 그러나 그는 두 명의 의사 모두에게 죽음을 선고받자, 탄트라를 체험하려는 시도를 끝으로 자신의 에로티시즘을 정리한다. 그리하여 그는 시간의 세계에서 초시간의 세계를 경험케 해주는 에로티시즘으로 나타난 두번째 모험의 형태를 뛰어넘어, 결정적인 구원을 향한 상승의 길을 다시 오르기 시작한다.

한편 클로드의 비극 입문은 그라보의 영락한 이미지를 별도로 하면, 앞서 필자가 검토한 바와 같이 페르캉이 직접적으로 몸소 인간의 조건을 구현하면서 베푸는 가르침을 통해 이루어진다. 시간과 더불어 해체되어 가는 육체의 노쇠, 즉 늙음에 대한 가르침이 먼저 나온다. 병듦의 단계에 대한 입문은 제3부 마지막 장에서 두 명의 의사가 페르캉을 진단한 후 이미 병이 침범했음을 확인함으로써 시작된다. 따라서 그것은 제3부의 마지막에서부터 페르캉이 임종을 맞이하는 제4

---

40) *Ibid.*, p.478. 같은 책, 195쪽.

부 마지막 장 이전까지 이어지는 셈이다. 왜냐하면 마지막 장은 죽음의 순간을 재현해 내기 때문이다.

요컨대 제3부에서 페르캉이 추구하는 모험의 두번째 형태와 이에 상응하는 상승 운동이 펼쳐진다. 여기서 인적·자연적 장애물이 강화됨으로써 그는 상처를 입고 추락하지만, 구도적 의무로서 그라보를 구출하고, 인간 조건의 사고(四苦) 가운데 늙음에 대해 클로드에게 설파한다. 그리고 에로티시즘을 통해 초시간적 세계를 체험하고자 원주민 창녀와 마지막 정사를 벌인다.

그의 구원적 여정에서 마지막 단계, 즉 모험의 마지막 형태가 제4부를 차지한다. 그는 추락하여 죽음을 선고받았음에도 불구하고 상승 운동을 계속하겠다는 단호한 의지를 표명한다.

> "나는 나의 지역에 올라가야 해(Il faut que je remonte dans ma région)."[41]

이와 같은 의지 표명에 이어지는 계속적 상승은 제4부의 마지막 장에서 여러 번에 걸쳐 환기되면서 부각된다. 우선 앞서 필자가 리오타르의 해석을 비판한 대목에서[42] 인용한 부분을 다시 보자.

> "이제 더 이상 마을도 없다. 페르캉이 자신의 **구원**(délivrance)을 기다리는 첫 산봉우리들이 하늘과 맞닿아 있었다."[43]

---

41) *Ibid.*, p.485. 같은 책, 207쪽. 번역본에는 '내 나라로 돌아가겠어' 로 되어 있음.
42) 본서 30쪽 참조.
43) *La Voie royale, op. cit.*, p.500. 《왕도로 가는 길》, 앞의 책, 234쪽. 강조는 필자가 한 것임.

이 인용문을 보면 페르캉이 산의 정상에서 구원을 이루겠다는 의지를 분명히 하고 있으며, 그의 지역 가운데서도 그가 도달코자 하는 곳이 마을도 없는 이 정상이라는 점은 의심의 여지가 없다. 물론 이 구원은 불교적 해탈, 곧 니르바나임은 새삼 말할 필요가 없을 것이다. 다음으로 이런 문장이 나온다. "저 산들을 넘어서 페르캉의 영토가 있었다. 죽음으로 방어되고, 불빛도 없는 봉우리들의 고독에 짓눌린 영토가."44) 마지막으로 그의 상승 의지를 나타내는 대목을 보면 "그는 산꼭대기를 쳐다보았다……"45)로 되어 있다. 그러니까 그는 죽음을 맞이하는 순간까지 지속적 상승을 계속하는 셈이다.

대립적인 것들을 통해 이원적으로, 혹은 양극적으로 '조건지어진' 세계를 넘어 우주적 의식과 합일하는 최후의 단계가 가장 어렵다는 것은 당연하다. 따라서 페르캉이 극복해야 할 장애물은 훨씬 험난하다. 그를 죽음으로 몰고 가는 육체로부터 오는 직접적 고통이 추가된 것이다. 이 고통의 상태는 산의 정상을 향한 상승을 더욱 어렵게 만들 뿐 아니라, 인적 · 자연적 힘과의 싸움도 보다 힘들게 한다. 또 반대로 이와 같은 상승과의 싸움 자체가 육체적 고통을 더욱 심화시킨다. 페르캉은 이런 악순환의 고리를 끊는 최후의 순간까지 전진한다. 그러나 최대의 장애물은 최후의 순간에 등장하는 죽음의 신, 다시 말해 환생을 유혹하는 마왕이다. 이 점은 조금 뒤에 구체적으로 다룰 것이다.

이 최후의 단계 역시 이전 단계들과 마찬가지로 그가 실행하는 도덕적 의무를 포함하고 있다. 그는 절망적 상황임에도 불구하고 그것

---

44) *Ibid.*, p.501. 같은 책, 235-236쪽. 번역을 수정했음.
45) *Ibid.*, p.502. 같은 책, 237쪽.

을 온 힘을 다해 수행코자 한다. 그는 이 점을 클로드에게 이렇게 표
명한다.

"나의 죽음이 적어도 내 부하들을 자유롭게 해주어야 하네."46)

이 의무에는 자기 부하들의 자유를 방어하기 위해 목숨을 받쳐 토
벌대의 진압에 대항하겠다는 페르캉의 의지가 담겨 있다. 이런 맥락
에서 그에게는 "자신의 죽음을 이루는 것이 삶을 이루는 것보다 훨씬
더 중요하다고 생각될 수 있는 것이다."47) 의미도 방향도 없이 영속
적으로 되돌아오는 삶과는 반대로 죽음은 그에게 진아(眞我)의 구원
으로 열려져 있다. 그렇기 때문에 죽음의 순간을 맞이하는 행위, 다
시 말해 '죽음의 기술'은 삶의 기술 이상으로 중요하다. 그러나 이
구원으로 가기 위해서는 죽음의 행위가 연민의 행위로 변모되어야 한
다. 바로 여기에 산의 정상을 향해 계속적으로 올라가면서 최후의 순
간까지 싸우려는 페르캉의 참다운 동기가 있다. 그리하여 그는 대승
적 견지에서 상승의 매 단계마다 요구하는 도덕적 의무를 다하며 공
덕을 쌓고자 하는 것이다. 이러한 신성한 종교적 의무를 성공적으로
수행했느냐 못했느냐는 중요하지 않다. 왜냐하면 그는 결과에 집착
하지 않고 자신이 할 수 있는 한 모든 노력을 다하기 때문이다.

이같은 측면은 페르캉의 원래 계획, 다시 말해 역사 및 문명과 단
절하여 탄트라의 에로티시즘과 평화 속에서 여생을 보내겠다는 소승
적 입장을 뛰어넘고 있다. 이런 변화는 물론 클로드와의 만남으로부

---

46) *Ibid.*, p.502. 같은 책, 237쪽.
47) *Ibid.*, p.296. 같은 책, 221쪽.

터 비롯된 모험의 결과이다. 최소한 그는 종교적 예술 작품 발굴 →
그라보 구출 → 자기 지역 불교도들의 자유 보호라는 세 단계의 성스
러운 의무를 수행함으로써 소승적 차원에서 대승 불교의 차원으로
이동을 보여 주었다 할 것이다. 뿐만 아니라 그는 클로드를 제자로
삼아 진리의 법에 입문시키고 있다.

　이제 구도의 길에서 자신이 실천해야 할 희생을 다 치른 페르캉에
게 남은 것은 죽음을 극복하면서 생사를 넘어서는 일이다. 그는 자신
의 모든 것을 비워내 정신적 사유의 세계마저도 초연하게 떠나야 한
다. 먼저 구원을 향한 그의 마지막 투쟁, 즉 죽음과의 대결에서 중요
하다고 판단되는 난해한 상징적 장치를 하나 검토해 보자. 왜냐하면
그것은 여러 번에 걸쳐 환기될 뿐 아니라 죽음의 순간에 극복해야 할
최대의 장애물과 연결되어 있기 때문이다. 이 장애물은 환생의 유혹
이며, 나아가 이 유혹을 주재하는 마왕이다. 이 상징적 장치는 다름
아닌 그의 손이고 이 손의 동작이며, 이와 관련된 그의 의식이다. 필
자가 위에서 언급했듯이 제4부의 마지막 장(章)인 제4장은 페르캉이
맞이하는 임종의 순간을 재현해 내고 있다. 그렇기 때문에 그것은 "페
르캉이 자신의 구원을 기다리는 첫 산봉우리들이 하늘과 맞닿아 있었
다"라는 표현으로 시작되고 있다. 이 마지막 장에서 페르캉은 니르바
나로 가는 데 최대의 걸림돌인 자신의 내면적 환영들, 즉 마왕과 마
왕이 펼쳐 놓는 덫들로부터 벗어나려고 필사의 노력을 경주하고 있
다. 이 싸움의 한가운데 손이라는 상징적 장치가 위치하고 있다.

　"그는 (…) 허벅다리 위에 놓인 충실한 것, 그의 손과 함께 홀로이다.
그는 며칠 전부터 그렇게 놓인 손을 여러 번 보았다. 그와 분리되어 있

는 자유로운 손을. 거기 그의 허벅다리 위에서 손은 조용한 모습으로 그를 쳐다보았다. 그것은 그가 전신에 뜨거운 물의 감각을 느끼며 잠기는 그 고독의 지대로 그를 동반했다. 한순간 그는 표면으로 되돌아왔고, 단말마가 시작될 때 손이 경련한다는 생각을 떠올렸다. 그는 그걸 확신했다. 밀림의 세계만큼이나 근본적인(요소적인) 세계로 달아나는 가운데서도 잔인한 의식이 남아 있었다. 이 손이 여기 있는 것이다. 손가락들이 무거운 손바닥보다 더 높이 올라간 하얗고 매혹적인 손이. 거미줄에 다리 끝으로 매달려 있는 거미처럼 손톱이 바지결에 매달려 있었다. 다른 사람들이 끈적끈적 달라붙는 깊은 밀림 속에서 발버둥치고 있듯이 그가 발버둥치는 무형의 세계 속에, 그의 앞에 있는 손. 크지도 않고, 단순하며 자연스럽지만 눈(目)처럼 살아 있는 손. 죽음, 그것은 손이었다." [48]

이 텍스트를 보면 손이 진정 죽음만을 상징하는지, 아니면 다른 무엇과 연결되어 있는지 파악하기가 쉽지 않다. 손은 일반적으로 긍정적인 상징적 의미들을 띠고 있다. 그것은 초월적 신성을 상징하기도 하고(성서의 〈출애굽기〉에서 모세의 손), '타자와의 관계'를 나타내기도 하며(사르트르의 《존재와 무》에서), 인간의 정의·지성·창조성을 상징하기도 한다(마르크스의 《정치경제학 비판》에서 모든 가치를 창조하는 노동자의 손이나, 혹은 발레리의 경우 《현(現)세계 관찰》에서 예술가의 손)[49] 또한 페르캉이 탄트라 불교에 입문한 점을 고려할 때, 필자는 붓다의 무드라, 즉 수인(手印)을 생각하게 된다. 주요 수인을 보

---

48) *Ibid.*, p.503. 같은 책, 239-240쪽. 번역을 수정했음.

49) Cl. Aziza, Cl. Olivier et R. Sctrich, *Dictionnaire des symboles et des thèmes littérares*, Nathan, 1978, pp.131-132 참조.

면 선정인(명상), 여원인(소원을 들어줌), 시무외인(두려움을 없애줌), 설법인(설법) 그리고 항마촉지인(Bhûmisparsá-mudrǎ; 죽음을 물리치고 지신(地神)을 증인으로 삼음) 등이 있다. 이들 가운데 죽음과 직접적 관련이 있는 것은 항마촉지인이다. 붓다의 조각상들 가운데 가장 많이 나타나는 이 수인은 결가부좌에서 왼손은 선정인의 자세이고 오른손은 허벅다리와 무릎 위를 거쳐 아래로 약간 내려오게 한 자세이다. 그러니까 석가모니가 선정에 들어가 정각을 이룰 때, 선정인 자세의 두 손 가운데 오른손의 위치가 바뀐 것이다. 오른손은 붓다가 죽음의 신 마왕(마라(Mara))의 무리를 항복시키고 지신(地神)을 그 증인으로 삼고 있다는 것을 상징한다. 그렇다면 페르캉의 손은 항마촉지인과 관련이 있을 것인가?

인용문에서 손의 위치를 우선 검토해 보면, 그것은 허벅다리 위에 놓여 있으면서도 손가락이 위로 약간 쳐들리면서 손톱이 바짓가랑이에 걸려 있다. 일단 이러한 위치를 항마촉지인의 오른손과 접근시켜 보자. 그것은 손가락이 손바닥 아래로 내려와 무릎 밑으로 향하지 못함으로써 항마촉지인과 반대적인 동작을 드러내고 있다. 항마촉지인은 붓다가 이미 죽음의 신 마왕을 항복시킨 이후의 자세다. 그러나 페르캉은 죽음을 극복한 상태에 있는 것이 아니다. 이 점을 염두에 두면, 이 대립적 관계는 일치적 관계로 가기 전의 양상이 아닐까? 그는 죽음, 즉 마왕과 치열하게 싸우고 있는 상황에 있다. 이런 상황에서 손은 허벅다리 밑으로 내려오면서 지신(地神)을 증인으로 가리키는 자세와 반대적일 수밖에 없지 않을까?

페르캉은 죽음과 싸우면서, "나는 내 죽음의 순간에 나 자신을 모두 걸 것이라 생각한다."[50] 이러한 생각은 탄트라 불교가 개화한 티벳 밀교의 중요한 경전인 《티벳 사자의 서》에 나오는 내용과 완벽하게 일치한다.[51] 필자가 이 책을 끌어들이게 된 동기는 문제의 상징적 장치인 '손'을 다시 연구하는 데[52] 어려움을 느끼고 있던 중 그것이 집에 있다는 생각이 불현듯 뇌리를 스쳤기 때문이다. 이 경전에는 프로이트의 제자였다가 분리되어 나온 저명한 심리학자 칼 융의 훌륭한 해설 〈대자유에 이르는 길〉이 실려 있다.[53] 먼저 이 책과 말로와의 관계 가능성을 검토해 보자. 이 책은 국역자 류시화의 소개에 따르면 1927년 영국 옥스퍼드대학출판부에서 처음 출간되었으며, "그것이 서구 세계에 일으킨 반응은 실로 엄청난 것이었다."[54] 제1차 세계대전 직후, 서구 문명이 처한 역사적 상황과 지식인들의 좌절감을 감안할 때, 이와 같은 평가는 충분히 수긍이 간다. 특히 슈펭글러의 《서양의 몰락》이 서구 지성계에 준 충격을 고려하고, 많은 지식인들이 역사라는 '에피스테메'의 환상에서 깨어나 동양의 지혜에 관심을 보였다는 사실을 생각할 때[55] 더욱 그렇다. 말로가 앙코르와트 사원이 묻혀 있던 밀림의 답사, 《왕도》의 소재가 된 그 고고학적 탐험을 한 시점이 1923년이고, 또 자신이 설립한 기획 출판사를 통해 폴 모랑의 《살아 있는 붓다》를 출간하고 동·서양의 문명 비판적 에세이 《서양의 유혹》을 내놓은 때가 1926년이라는 점을 생각할 때,[56] 서구 지

----

50) 필자는 다른 맥락에서 이 의식을 다루었다. 본서 118쪽 참조.

51) 파드바 삼바바 지음, 라마 카지 다와삼둡 번역, 에반스 웬츠 편집, 류시화 국역, 《티벳 사자의 서》, 정신세계사, 1995년.

52) 필자는 〈소설의 상징시학 - 앙드레 말로의 《왕도》를 중심으로〉(in 《불어불문학연구》 제48집, 앞의 책)에서 이 소테마를 다룬 적이 있으나, 해석상의 무리가 있음을 받아들여 다시 고찰하게 된 것이다.

53) 특히 융이 프로이트의 정신분석학과 이 경전의 관계를 언급한 것은 흥미를 넘어서 불교의 형이상학적 깊이를 되새기게 하는 부분이라 할 것이다. 《티벳 사자의 서》, 앞의 책, 159-184쪽 참조.

54) 류시화, 서문 〈죽음의 순간에 단 한번 듣는 것만으로〉, 앞의 책, 14쪽.

성계에 큰 반향을 일으킨 《티벳 사자의 서》가 나왔을 때 그가 몰랐을 가능성은 거의 없다.[57] 특히 1933년에 출간된 《인간의 조건》에서 페랄의 에로티시즘의 문화적 정체성을 상징하는 상징적 장치들 가운데 티벳 밀교의 탄트라를 암시하는 것들이 나타난다는 점을 고려할 때,[58] 이러한 유추는 충분한 타당성을 얻는다고 보여진다. 요컨대 《왕도》가 1930년에 출간되었으니, 《티벳 사자의 서》는 이 소설의 집필에, 특히 소설에서 죽음의 순간과 관련해 어떤 식으로든 연결되었을 가능성이 높다 할 것이다.

《티벳 사자의 서》의 원제목 《바르도 퇴돌 *Bardo Thödol*》을 그대로 번역하면 '사후 세계에서 듣는 것으로 영원한 자유에 이르기'이다. 그것은 임종의 순간으로부터 죽은 후 49일까지(불교의 49제) 사후 세계를 다루면서 한편으로 죽은 자의 의식 세계, 다른 한편으로 그를 니르바나로 인도하는 기술을 구체적으로 보여 주고 있다. 그것은 이 기

---

55) 전후에 많은 서구 지식인들과 문학인들이 동양에 관심을 가졌다는 사실은 '동양의 부름(appel de l'Orient)' 혹은 '오리엔탈리즘'이란 테마로 이미 잘 알려진 것이다. 말로와 관련해 말하자면 《서양의 옹호》의 저자인 앙리 마시스(Henri Massis)와 그의 논쟁은 말로 전문가들에게 잘 알려져 있다. 서구의 기독교 문명과 가치들을 일방적으로 방어하려는 마시스에 대한 소설가의 반격은 이미 그가 유럽 중심적인 차원이 아니라 지구적 차원에서 인간의 문제를 고찰하고 있음을 잘 드러내고 있다. 뿐만 아니라 말로는 슈펭글러의 《서양의 몰락》이 프랑스어로 번역되어 나오기 전에 독일어에 능통한 그의 아내 클라라의 도움을 받아 이미 이 책을 읽었다.

56) 말로는 1927년에 '폴 모랑의 《살아 있는 붓다》'라는 제목의 서평을 *N.R.F.* (*Nouvelle Revue Française*)지 167호에 싣는다. 1920년대 동양과 관련한 말로의 적극적 활동은 "Chronologie," in *Oeuvres complètes*, vol. I, *op. cit.*, p.LXV 이하 참조.

57) 이 책이 마르그리트 라퓌엔트(Marguerite La Fuente)에 의해 영어에서 프랑스어로 번역되어 나온 시점은 1933년이지만, 말로는 그 이전에 영어로 된 책을 읽었을 가능성이 큰 것이다.

58) 페랄이 중국 기생과 정사를 벌이게 될 그의 방에는 일본인 화가 카마의 '티베트적 그림'과 '티벳의 깃발'이 나타난다. 이에 관해서는 필자의 졸저, 《앙드레 말로 – 소설 세계와 문화의 창조적 정복》, 앞의 책, 151쪽 이하 참조.

간을 크게 볼 때 세 단계로 나누고, '의식체'가 육체와 자아로부터 분리되어 해탈하거나, 환생하여 윤회의 바퀴에 다시 떨어지는 과정을 상세하게 전달하고 있다. 이 세 단계는 차카이 바르도, 초에니 바르도 그리고 시드파 바르도이다. 특히 《왕도》와 관련해서 중요한 것은 첫번째 단계이다. 왜냐하면 그것은 페르캉이 맞이하는 죽음의 순간과 직결되기 때문이다.

　이제 문제의 인용 텍스트를 분석해 보기로 하자. 먼저 손은 죽어가는 페르캉으로부터 자유롭고 독립적인 존재로 나타나며 살아 있는 눈으로 그를 응시하고 있다. 그것은 그가 죽음을 넘어서려고 하는 순간에 잠기는 '고독의 지대,' 해체되면서 온몸에 '더운 물의 감각'을 느끼는 그 지대로 그를 쫓아가고 있다. 이 지대는 밀림의 세계, 곧 사바 세계만큼이나 '근본적인 세계(monde élémentaire)'로 재표현되고 있다. 사실 근본적 세계에서 'élémentaire'는 요소들(élélments)을 나타내는 형용사이다. 그러니까 그 세계는 우주를 이루는 근본적 요소들의 세계를 말한다. 《티벳 사자의 서》의 차카이 바르도는 임종을 맞이하는 자에게 이런 문장을 읽어 주라고 권한다. "이제 흙이 물 속으로 가라앉고, 물은 불 속으로 가라앉고, 불은 공기 속으로 가라앉고, 공기는 의식 속으로 가라앉는 죽음의 현상이 나타나고 있다."[59] 여기서 죽음의 순간은 순수 의식을 상징하는 에테르를 포함해 5원소가 동원되어 상징적으로 표현되고 있음을 알 수 있다. 두번째 표현 "물은 불 속에 가라앉고"에 대한 경전의 해설을 보면 "몸이 마치 물 속에 잠기듯이 신체의 끈적끈적하고 차가운 느낌은 점차 뜨거운 열의 느낌으로 녹아드는"[60] 상태라고 되어 있다. 따라서 페르캉이 느끼는 물과 뜨

---

59) 앞의 책, 245쪽.

거움의 느낌은 바로 이 원소들의 세계로 해체되어 가는 죽음의 현상을 표현하고 있다고 보아야 할 것이다.[61] 경전에 따르면, 임종을 맞이하는 자는 이와 같은 현상에 대한 지식을 생존시에 수양을 통해 터득하고 있어야 한다. 그리하여 그는 죽음의 순간에 그것을 진단할 수 있어야 한다. 페르캉의 의식체는 이를 반영하고 있다. 육신이 원소들로 이처럼 해체되어 가는 역(逆)과정의 끝에서 에테르로 상징되는 순수 의식, 광명으로의 탈출이 이루어져야 한다.

그런데 이 죽음의 과정을 '잔인한 의식'으로서의 손이 동반하고 있다. 그러니까 손은 이와 같은 초월로 가는 데 방해자로 나타나는 죽음의 의식이다. 그것은 운명 곧 마야의 실을 짜는 '거미'와 연결되어 있다. 그것은 마왕을 상징한다 할 것이다. 왜냐하면 불교에서 죽음의 순간에 임종자의 해탈을 방해하며 윤회 속에 가두려는 신은 마라이기 때문이다. 물론 이 마왕 역시 마음이 만들어 내는 환영에 불과하다. 손은 죽음의 순간에 주체를 마야에 붙들어 매는 마왕의 유혹을 드러낸다. 이렇게 볼 때 단말마의 순간에 나타나는 손의 '경련'은 임종자가 마왕과 마야로부터 벗어나는 데 겪는 어려움과 관계된다 할 것이다. 이 마야 속에, 곧 '끈적끈적 달라붙는 깊은 밀림'의 세계 속에 버둥거리고 있는 자들이 다른 사람들이다. 반면에 페르캉은 '무형의 세계' 속에 발버둥치고 있다. 다시 말해 그는 존재계를 떠나서 무형

---

60) 같은 책, 245쪽, 주 22) 참조.

61) 우주의 탄생 과정을 에테르부터 불·공기·물·흙으로의 과정을 거쳐 설명하는 것은 불교에서 나타나며, 이들 5원소는 다섯 명의 명상하는 붓다, 즉 다섯 선정불로 상징된다. 비로자나불(에테르)——물질의 무형적 집합체, 아미타불(불)——감정의 집합체, 불공성취불(공기)——의지의 집합체, 아촉불(물)——의식의 집합체, 보생불(흙)——촉각의 집합체가 그것이다. 여기서 비로자나불은 법신불을 말한다. 이에 관해서는 에반스 웬츠의 해설, 〈비밀의 책을 열다〉, in 《티벳 사자의 서》, 같은 책, 58-60쪽.

적인 요소들의 세계로 진입하여, 이로부터 벗어나려 하고 있다. 그런 데 손이 '자연스럽고' '매혹적인' 모습으로 그의 앞을 가로막고 있다. 마왕은 죽음이 영원히 회귀하는 사바세계로의 유혹을 의미한다. 그는 석가모니가 정각에 도달해 붓다로 태어나는 것을 막기 위해, 온갖 유혹과 장애물을 퍼붓는다. 따라서 손은 페르캉이 니르바나에 도달하기 이전에 마왕과의 투쟁 상태를 함축하며, 항마촉지인으로 가는 전 단계에 위치해 있다 할 것이다.

사실 이와 같은 투쟁은 페르캉처럼 살아 있을 동안에 입문을 거친 자만이 할 수 있다. 《티벳 사자의 서》에 따르면, 입문자는 임종시에 광명, 다시 말해 투명한 빛을 최초로 보게 되는 순간을 만나게 되는데, 이 순간을 놓쳐서는 절대 안 된다. 바로 이 빛을 잡아야만 영원한 초월로 단번에 해탈할 수 있다. 그렇기 때문에 임종을 맞이하는 자를 니르바나로 인도하기 위해 이렇게 말해야 한다.

"아 고귀하게 태어난 아무개여.[62] 들으라. 이제 그대는 순수한 존재의 근원에서 나오는 투명한 빛을 체험하고 있다. 그것을 깨달으라.

아 고귀하게 태어난 자여. 그대의 현재의 마음이 곧 존재의 근원이며 완전한 선이다. 그것은 본래 텅 빈 것이고 모습도 없으며 색깔도 없다.

그대 자신의 마음이 곧 참된 의식이며 완전한 선을 지닌 붓다임을 깨달으라. 그것은 텅 빈 것이지만 아무것도 없는 텅 빔이 아니라 아무런 걸림도 없고, 스스로 빛나며, 기쁨과 행복으로 가득한 텅 빔이다."[63]

---

62) 임종을 맞이하는 자의 이름을 부른다.
63) 《티벳 사자의 서》, 앞의 책, p.249.

페르캉은 바로 이와 같은 빛을 체험하는 순간을 맞이하고 있다. 이 빛은 하늘의 광명으로 상징되어 나타나는데, 그가 이를 의식하고 있다는 것 자체가 그것을 잡아야 한다는 깨달음을 함축한다.

"페르캉은 눈을 떴다. 하늘이 내리누르는 듯 그에게 침투해 들어왔다. 그것은 기쁨에 넘쳐 있었다. (…) 이제 그가 체험하는 것은 빛이 너무 강렬해 하얗게 된 저 가없는 하늘과 그 비극적 환희뿐이었다. 그는 이 환희 속에 잠겨 사라지고 있었으며, 그의 어렴풋한 심장 소리가 차츰 그 환희를 가득 채워 가고 있었다. 그에게 들리는 것은 오직 그 자신뿐이었다. 마치 그 혼자만이 밀림에서 그의 영혼[64]을 뽑아내는 맹화의 열기에 동의할 수 있다는 듯이. (…) '나는 내 죽음의 순간에 나 자신을 모두 걸 것만 같구나.' 삶은 저기 대지마저도 그 속에 사라져 버리는 저 눈부신 빛 속에 있었다. **다른 삶**은 망치로 두드리는 듯이 쑤시는 그의 혈맥 속에 있었다. 하지만 이 두 개의 삶은 서로 싸우는 것이 아니었다. 이 심장도 고동을 멈추고 그 역시 저 눈부신 빛의 집요한 부름 속에 사라지고 말 테니까."[65]

---

64) 여기서 영혼이 기독교적 영혼, 즉 개인적 영혼을 의미하지 않는다는 점을 상기해야 할 것이다. 사실 불교의 순수 의식이나 진아는 편의상 이해를 돕기 위해 서양 언어로 영혼 âme(영어로는 soul)으로 표현되는 경우가 자주 있었다. 이런 면은 《티벳 사자의 서》의 영역본서에도 나타나고 있다. 《왕도》는 특히 텍스트의 의미망이 상징시학을 통해 완벽하게 코드화되어 있음을 감안할 때, 어쩌면 당연하다 할 것이다. 말로가 해탈 상태의 순수 의식을 프랑스어로 풀어서 '자아 없는 나(un je sans moi)' 혹은 비인격적 '존재 의식(conscience d'exister)' 같은 표현을 최초로 쓰게 되는 것은 《반회고록》에서 불교의 진리를 명상하면서이다. 이에 관해서는 필자의 졸고, 〈앙드레 말로의 《인간의 조건》에서의 광인〉, in 《불어불문학연구》 제30집, 한국불어불문학회, 1995, 219쪽 이하 참조.
65) *La Joie royale, op. cit.*, p.504. 《왕도로 가는 길》, 앞의 책, 239-240쪽. 강조는 작가가 한 것임. 이 텍스트의 마지막 대목은 다른 주제를 다루면서 앞서 인용했음. 본서 127쪽 참조.

이 텍스트는 《티벳 사자의 서》에 나오는 내용과 완벽하게 일치하고 있다. 그러니까 페르캉이 체험하는 상징적 빛, 투명한 하늘의 눈부신 빛이 바로 니르바나의 세계이며, 텅 빈 "존재의 근원이고 완전한 선이다." 이 빛을 채워 가고 있는 것이 페르캉의 심장, 곧 마음이다. 그는 이 빛 속에 넘치는 환희를 체험하고 있다. 바로 이 환희의 순간에 그는 의식체가 육신으로부터 벗어나는 '의식체의 탈바꿈,' 다시 말해 자아로부터 진아로의 이동을 순간적으로 경험하고 있다. 그는 사바세계를 상징하는 밀림에서 자신의 영혼을 구원하면서 저 눈부신 빛, 진아를 결정적으로 잡아야 한다. 필자가 앞서 분석했듯이,[66] 두 개의 삶——하나는 우주적 공(空) 속에 존재하는 초월적 삶이고, 다른 하나는 사바세계에 갇힌 자아로서의 삶——이 대비되고 있다. 모든 것은 전자의 삶, 즉 존재의 근원에서 비롯되었기에 대지, 곧 지상의 삶도 그 속에 잠겨 사라진다. 육신의 심장도 멈추고 텅 빈 광명 속으로 소멸할 것이다. 여기서 중요한 말이 '저 눈부신 빛의 집요한 부름(appel implacable de la lumière)'이다. 페르캉은 알고 있었다. 이 빛이 임종의 순간에 자신을 부를 것이라는 사실을, 이 부름을 절대 놓쳐서는 안 된다는 것을. 그렇기 때문에 그는 죽음의 최후 순간에 자신의 모든 것을 걸어야 한다고 생각하는 것이다. 바로 이러한 의식 상태에서 손에 대한 묘사가 다시 나타난다.

"그는 고통 이외에는 더 이상 손도, 육신도 없었다. 노쇠(déchéance)란 무엇을 의미하는가?"[67]

---

66) 본서 127쪽 참조.

67) *La Voie royale, op. cit.*, p.504. 《왕도로 가는 길》, 앞의 책, 241쪽. 번역을 수정했음.

사실 불교의 교리에 따르면, 페르캉이 체험하는 순간적인 빛, 다시 말해 하늘의 투명한 빛으로 상징된 그 빛은 내적인 빛이며, 자신 안에 내재하는 초월의 빛이다. 육신을 벗어나 잡아야 할 이 초월의 빛을 순간적으로 체험하고 있기 때문에, 그는 손도 육신도 사라진 상태를 느끼고 있다. 그러나 그 빛은 육신과 완전히 결별한 것이 아니다. 그러기에 고통이 남아 있는 것이다. 이 상태에서 페르캉은 그가 로 · 병 · 사를 총칭적으로 표현했던 '노쇠'의 의미를 되새기고 있다. 결국 죽음이란 육신이 노쇠하여 소멸하는 것에 불과하다는 불교적 진리를 다시 반추하는 것이 아닌가? 그는 죽음과의 투쟁 속에서 빛의 부름을 받으며 잠시 마왕의 손아귀로부터 벗어나고 있다. 그러나 그의 싸움은 계속된다. 손-마왕도 다시 그의 의식에 덤벼들고 있다.

"그의 손이 생기를 되찾았다. 그것은 움직이지 않고 있었다. 그는 손에서 피가 흐름을 느꼈고, 흐르는 소리가 강물 소리와 뒤섞여 들렸다. 그의 기억들 역시 이 위협적인 손가락들의 움직임에 붙들려 그 속에 매복하고 있었다. 손가락들의 움직임처럼, 기억들의 엄습이 마지막을 예고하고 있었다. 그 기억들은 멀리서 들리는 북소리 및 개 짖는 소리와 함께 다가오는 저 연기처럼 두텁게 단말마의 순간에 그에게 덮쳐 올 것이다. 그는 자신의 육체로부터 달아나는 데 도취되어, 짐승처럼 그를 사로잡는 저 백열하는 하늘을 놓치지 않으려고 도취되어 이를 악 물었다."[68]

여기서 손과의 필사적 싸움은 피로 물들어 강도를 더해 가고 있다.

그 손은 '위협적인 손가락'으로 기억들을 억눌러 빠져나가지 못하도
록 붙들고 있다. 기억들이란 무엇인가? 사바세계의 욕망과 집착의 집
적, 곧 시간이 낳은 카르마(업)가 아닌가? 잠재의식이나 무의식 속에
새겨진 것들이 카르마를 구성하며 죽음의 순간에 이것들이 환영으로
서 떠오른다. 그것들을 모두 비워낼 때, 혹은 싸워 물리칠 때 자아의
절멸, 즉 열반이 이루어진다.[69] 마왕은 이 작용을 막고 있다. 그러나
부동한 손가락들이 움직임과 동시에, 다시 말해 경련을 일으키기 시
작함과 동시에 기억들이 침투하면서 마지막 순간을 예고한다. 《티벳
사자의 서》를 보면, 마지막 순간의 기억과 생각이 해탈이냐 윤회로의
추락이냐를 결정한다.[70] 페르캉이 마왕으로부터 벗어나려는 최후의
절대적 노력을 기울이는 순간이 다가온다. 그는 기억을 물리치며 육
체, 곧 자아로부터 달아나서 저 하얗게 빛나는 하늘, 즉 텅 빈 충만함
의 순수 의식을 놓치지 않으려고 이를 악물며 도취되어 있다. 그는 기
억의 저장고 속으로 들어가 프루스트처럼 '잃어버린 시간'을 되찾아
서는 결코 안 된다.[71] 기억은 곧 그의 과거이고 지금까지 살아온 삶이

---

68) *Ibid.*, p.504. 같은 책, 242쪽. 번역을 수정했음.

69) 개인적 기억뿐 아니라 집단적 기억(융의 경우 '집단무의식'에 해당된다 할 것
임)까지 포함한, 산스크리트어의 '바사나(vâsanâs)'를 '파괴'해야 해탈을 할 수 있
다. 그러니까 '기억으로부터 벗어남'은 '시간의 작품을 폐기'하는 것이다. 죽음을
통해 해탈하려는 페르캉과 달리, 요가 수행자들은 '지금 여기서' 해탈을 위해 기억
과의 싸움을 벌이기도 한다. 이와 관련해 인도학의 대가인 미르체아 엘리아데는
"한편으로 요가 수행자들의 엄청난 심리적 학식과, 다른 한편으로 그들의 경험이
지닌 심리적 현실에 대한 서양 학자들의 무지"를 환기시키고 있다. *Images et
symboles op. cit.*, pp.116-117.

70) 임종의 순간에 생각이 미래를 결정한다는 것은 *La Bhagavad Gîta, op. cit.*,
pp.81-82 참조. 또 《법구경》 제1장 〈오늘〉을 보면 이런 구절로 시작된다. "오늘은
어제의 생각에서 비롯되고, 현재의 생각은 내일의 삶을 만들어 간다. 삶은 이 마음
(사고 작용)이 만들어 내는 것이니……." 석지현 역, 불전간행회편, 불교경전 15, 민
족사, 1994, 12쪽.

다. 그것은 미래를 결정한다. 그것은 사념 세계로의 추락과 직결되어 집착과 회한을 낳을 수 있기 때문이다.

"'지금 내가 기억을 떠올리는 것은 내가 죽게 되기 때문일 것이다'라고 페르캉은 생각했다. 그의 모든 삶이 끔찍하고 질긴 모습으로 그의 주위를 감돌고 있었다. 스티앙족이 오두막집 주위를 에워싸고 있었듯이. '어쩌면 ~의 기억을 떠올리지 않을 수도 있을 테지(Peut-être ne se souvient-on pas~).' 그는 그의 손이 그렇듯이 자신의 과거를 노리고 있었다(guettait)."[72]

그의 삶이, 그의 기억들이 원처럼, 윤회(삼사라: 문자 그대로 '방황')의 바퀴처럼 스티앙족이 그라보의 오두막을 운명처럼 포위하고 있듯이, 그를 에워싸고 벗어나지 못하게 막고 있다. 여기서 원문을 병기한 표현은 암시적이다. 주어를 'on'(모든 인칭에 사용할 수 있음)으로 일반화시키고 있다. 그러니까 이 표현은 기억을 물리쳐 공의 상태에서 해탈할 수도 있다는 암시를 나타내고 있다. 그렇기 때문에 그는 손-마왕처럼 그의 과거를 노리고 있다. 그러나 그는 손-마왕의 목적과는 반대로 그것을 주시하며 지키고 있다. 또한 그것과 인연의 고리를 끊어 버리고자 한다. 그럼에도 불구하고 마왕이 몰고 오는 기

---

71) 여기서 주목되는 것은 페르캉의 기억 물리치기가 모든 전생을 기억한 붓다의 상태와 다르다는 점이다. 이 점은 뒤에 가서 다루겠지만 불가지론자라는 페르캉의 위상과 관련이 있다. 《티벳 사자의 서》의 가르침에 따르면 불제자는 모든 전생을 기억하고 정각에 이른 붓다의 경지에 다다르지 못하더라도, 평소의 수양을 통해 죽음의 순간에 진정한 마음의 해탈을 이루면 구원받을 수 있다. 따라서 페르캉이 전개하는 기억과의 싸움은 큰 문제가 없다고 할 수 있다.

72) *La Voie royale, op. cit.*, p.505. 《왕도로 가는 길》, 앞의 책, 243쪽. 번역을 수정했음.

억은 계속해서 그의 의식 속에 침투한다.

"그의 의지와 고통에도 불구하고, 비스듬히 가로 비끼는 저녁볕 속에서 콜트 권총을 내던지고 스티앙족에 대항해 걸어가는 자신의 모습이 다시 떠올랐다. 그러나 그것은 그의 죽음을 예고할 수 없었다. 그것은 딴 사람, 즉 전생의 일이었다."[73]

인용문을 보면 그는 기억을 물리치려는 '의지'를 분명히 하고 있다. 그럼에도 스티앙족과의 대결이 떠오른다. 어떤 측면에서 보면 그의 죽음은 그때 입은 상처 때문이라고 할 수 있다. 그러나 이런 설명은 피상적이다. 인간은 운명적으로 생(生) → 로(老) → 병(病)을 거쳐 사(死)에 이르게 되어 있다. 그렇기 때문에 페르캉은 스티앙족과의 대결이 "그의 죽음을 예고할 수 없었다"라고 생각한다. 그가 붙잡으려는 초월의 빛이란 관점에서 보면, 그것은 이미 "딴사람, 즉 전생(前生)"의 일인 것이다. 그러나 빛-순수 의식과 기억-생각이 교차하는 과정이 전개되면서 페르캉과 마왕의 싸움은 계속된다. 손과 기억들은 함께 동맹하여 끈질기게 다가온다. "그러나 손이 기억들을 뒤에 대동하고 거기 있었다."[74] 결국 이 손-마왕과 페르캉의 싸움은 열반에 드는 순간에 끝나게 된다. 필자가 앞서 상징시학을 다루면서 인용했던[75] 문장이 결합되어 있는 대목을 보자.

"'죽음이란…… 없다…… 단지…… 내가'

---

73) *Ibid.*, p.505. 같은 책, 243쪽.
74) *Ibid.*, p.505. 같은 책, 244쪽. 번역을 수정했음.
75) 본서 125쪽 참조.

손가락 하나가 허벅다리 위에서 경련했다.

'죽어가는…… 내가…… 내가(moi)…… 있을 뿐이다.'"[76]

페르캉은 손을 경련하면서 '자아(moi)'의 죽음을 유언처럼 클로드에게 남기고 있다. 주목되는 것은 죽음, 즉 마왕에 대한 페르캉의 승리——죽음이란 없다는 것은 마왕을 항복시켰다는 것을 의미하지 않겠는가!——를 드러내는 표현이 손, 그것도 손가락 하나의 묘사를 감싸고 포위하고 있다는 점이다. 왜 손가락이 하나인가? 앞서 인용한 문장들을 보면 '손가락들'이라고 복수로 되어 있다. 손가락들의 움직임이 마왕이 펼치는 마법이고 환영의 덫이라면, 하나가 남은 것은 마왕이 항복 직전에 있다는 것을 암시하지 않을까? 그 하나가 발악적인 모습으로 페르캉의 초월을 막고 있다. 그러나 결국 그것을 물리치는 것은 그것을 포위하고 있는 표현, 다시 말해 페르캉의 최후 의식이다. 기억-사념으로부터 완전한 해탈이 이루어지는 것이다. 그는 "다른 세계의 존재처럼 낯선 이 증인(클로드)을 바라본다."[77] 그가 니르바나에 들었다면, 그는 윤회의 바퀴, 즉 생멸의 사바세계로부터 벗어났으리라. 따라서 그는 붓다처럼 살아 생전에 정각(正覺)에 이른 것은 아니지만, 마왕의 유혹을 물리치고 손으로부터 해방되어 우주적 의식으로 회귀하는 것이다. 그렇다면 손의 자세는 바로 이 순간에 항마촉지인으로 바뀌어져야 한다. 그러나 그는 죽음을 너머 영원한 초월의 세계로 떠나고 있다. 그의 손의 위치를 항마촉지인으로 바꾸

---

76) *La Voie royale, op. cit.*, p.506. 《왕도로 가는 길》, 앞의 책, 245쪽. 번역본에는 "손가락 하나가 허벅다리 위에서 경련했다"가 빠져 있다.

77) *Ibid.*, p.506. 같은 책, 506쪽. 번역을 수정했음. 자아의 죽음의 문제는 앞서 125-126쪽에서 자세히 다루었음.

는 것은 독자의 몫이다. 페르캉이 탄트라 불교에 입문했다는 점을 고려할 때, 손의 상징성은 다른 정신과 결부되기보다는 불교와 결부되어 있다고 봄이 타당할 것이다. 어쨌거나 페르캉의 손이 구원의 문제와 직결되어 있음은 분명하다. 손은 구원의 최대 장애물을 상징하고 있지만, 그것이 구원의 상징으로 변화해야 할 시점에서 소설은 끝나고 있다. 이제 페르캉이 합류하고자 하는 구원의 빛을 드러내는 또 다른 대목을 끝으로 3단계의 시적 모험에 대한 검토를 마치자.

"그 어떤 것도 그의 삶에 의미(방향)를 주지 못하리라. 그를 태양빛에 사로잡히도록 던져 버리는 이 흥분된 고양조차도. 지상에는 인간들이 있고, 그들은 그들의 정열·고통·존재를 믿고 있다. 나뭇잎 아래에 있는 곤충들, 죽음의 천장 아래 들끓는 수많은 곤충들이나 다름없이. 이런 생각을 하자 그는 심원한 기쁨을 느꼈다. 그 기쁨은 그의 손목에, 관자놀이에, 심장에 피가 뛸 때마다 가슴과 다리에 울리고 있었다. 그것은 태양빛 속에 잠겨 있는 우주적 광기를 강타하고 있었다(martelait). 그러나 어떠한 인간도 결코 죽지 않았다. 그들(인간들)은 조금 전 하늘 속에 흡수되어 버린 구름처럼, 밀림처럼, 사원들처럼 지나갔다. 오직 그 혼자만이 죽어가고 있었고, 뽑혀가고 있었다."[78]

산의 정상 가까이에 다다른 페르캉은 시간의 모든 흔적들로부터 의식을 해방시키며 순수 의식인 공(空)의 상태로 우주적 의식과 합류할 것이다. 그렇게 그는 '의미(방향)' 없이 영원히 회귀하는 삶의 바퀴, 윤회로부터 벗어나는 것이다. 밀림의 곤충계 같은 비극적 인간계를

---

78) *Ibid.*, pp.503-504. 같은 책, 240-242쪽.

초월하는 그의 환희에 찬 순수 의식은 '빛 속에 잠겨 있는 우주적 광기(folie universelle)'를 두드리고 있다. 광기라는 말은 광인의 상태를 말한다. 광인(fou)은 형이상학적·종교적 의미에서 해탈한 자, '자아 없는 나' 즉 진아이다.[79] 그러니까 우주적 광기는 바로 텅 빈 우주적 의식을 말한다. 페르캉의 순수 의식은 이 우주적 의식과 융합되기 위해 강력하게 다가가고 있다. 필자가 '강타하다'로 번역한 'marteler'라는 동사는, 사실은 망치로 두드린다는 의미가 일차적인 뜻이다. 그러니까 페르캉의 순수 의식은 이 우주적 의식의 문을 망치로 두드리듯 두드리고 있는 셈이다. 그런데 왜 어떠한 인간도 죽지 않았는데, 그 혼자만이 죽어가고 있는가? 선문답 같은 언어의 놀이와 역설이 소설 속에는 참으로 많이 나타난다. 불교의 차원에서 보면, 윤회 속에 갇힌 인간들, 마야 속에 끝없이 방황하는 그 인간들의 의식체는 육신이라는 옷을 바꿔 입으면서 영속적으로 살아가고 있기에 사실은 아무도 죽지 않은 것이다. 그러나 그들은 이를 인식하지 못하고 있다. 여기에 초월의 양면성이 있다. 절대는 동전의 양면처럼 실재와 환상, 공(空)과 색(色), 무(無)와 유(有)로 맞붙어 있다. 실재도 영원하고 환상도 영원하다. 그러나 환상에는 환상일 뿐인 생사의 고통이 존재한다. 이 고통을 정녕 환상으로 초극할 수 있는 자는 '색즉시공'을 체현하여, 마야의 놀이를 즐길 수 있다. 그러나 그럴 수 없다. 페르캉은 이 고통을 넘어, 다시 말해 환상인 죽음을 넘어 절대의 양면 가운데 실재로 회귀하고자 한다. 그러기에 그는 그 혼자만이 죽어간다고 생각한다. 그러니까 환상으로부터 실재로의 건너감을 그는 죽음(자아의

---

79) 말로의 《인간의 조건》에서 광인은 존재의 본질로서 불교적 해탈 상태를 나타낸다. 이에 관해서는 이 소설과 관련된 필자의 논문들 참조.

죽음)이라 생각하고 있다. 마지막 말 '뽑혀가고 있었다(allait être arraché)'는 이를 입증해 준다. 동사 'arracher'는 뽑아내고 떼어낸다는 의미이다. 따라서 페르캉의 진아(실재)는 자아(환상)로부터 뽑혀져 시간의 세계(색)를 넘어 초시간의 세계(공)로 돌아가고 있다. 다른 사람들은 마야, 윤회 속에 영원히 갇혀 살고 있다. 지나가는 '구름처럼, 밀림처럼, 사원처럼.'

여기서 소설이 출간될 당시 작품의 맨 앞에 실렸던 제사(題辭)를 잠시 검토해 보자. 소설가의 전략적 의도라 생각되지만, 이 제사가 76년부터 나온 플레야드판 전집에는 빠져 있으며 국내 번역본에도 나타나 있지 않다. 그러나 그것은 작품 해석에 중요한 암시를 제공하고 있었다. 그것을 옮겨 보면 이렇다.

"오랫동안 꿈을 바라보는 자는 자신의 그림자를 닮아 버린다(Celui qui regarde longtemps les songes devient semblable à son ombre)."

말라바르[80]의 속담

제사(exergue)란 무엇인가? 책 앞머리에 작품과 관련해 적어 놓은 간단한 글이나 시, 노래를 말한다. 라루스 사전을 보면 어떤 글을 제사로 사용한다는 것은 그것에 "다음 내용의 이해를 돕는 아주 특별한 중요성을 부여한다"는 의미를 담고 있다. 그러니까 제사의 이해는 소설의 해석에 중요한 암시 장치인 셈이다. 우선 이 속담이 말라바르, 즉 인도의 속담이라는 사실은 시사하는 바가 적지않다 할 것이다. 필자가 지금까지 전개해 온 해석을 고려하면 그것은 소설이 인도의 사

---

80) 말라바르는 인도 서부의 해안 지방임.

상, 즉 불교와 관련이 있다는 사실을 처음부터 암시하는 장치로 배치
된 셈이다. 이상한 일이지만, 말로의 대가들은 이 중요한 제사를 비
껴 갔고, 그런 연장선상에서 소설을 서구 사상의 범주 내에서만 해석
하고 말았다. 필자에 앞서 이 제사에 대해 해석을 시도한 연구자는 딱
한 사람 있다. 그는 앞서 필자가 인용한 바 있는 장 랑사르이다. 장
랑사르는 말로와 절친한 친구였던 소설가 드리외 라 로셸 연구로 국
가박사학위를 한 인물로서, 드리외와 말로와의 특별한 관계 때문에
말로에 대한 연구도 했던 것이다. 그에 따르면 이 제사의 가르침은
"외관의 세계에 살도록 운명지어진 우리는 우리의 꿈들을 깊이 천착
함으로써 투명하게 될 것이며, 영원의 빛에 이를 수 있다"는 것이
다.[81] 앞서 필자가 밝혔듯이,[82] 그의 소설 해석은 필자와 차이가 있지
만 이 제사에 대한 해석은 훌륭하다. 이 해석을 좀더 구체화시켜 보
자. 우선 그림자는 존재와 실재, 곧 존재의 근원과의 관계를 함축하
고 있다. "생은 다만 그림자. 실낱 같은 여름 태양 아래 어른거리는/
하나의 환영"[83]이라는 시구도 있다. 그러니까 삶은 포착할 수 없는 실
재의 그림자이고 환영이다. 불교에 따르면 우리가 영원한 실재와 합
일하기 위해선 구도적 정진을 통해 이 그림자로부터 벗어나야 한다.
그러기 위해서 우리는 현상계를 꿈의 세계, 즉 환상의 세계로 깨닫는
인식론적 각성을 이루어야 한다. 그렇지 않으면 꿈들을 쫓다가 그림
자와 하나가 되어 환영 속에 갇히고 만다. 페르캉은 바로 이와 같은
불교적 각성을 통해서 시간의 환상계를 초월해 텅 빈 절대의 빛 속으

______

81) Jean Lansard, *op. cit.*, p.286.
82) 본서 133-134쪽 참조.
83) 류시화, 〈죽음의 순간에 단한번 듣는 것만으로〉, in 《티벳 사자의 서》, 앞의
책, 8쪽에서 재인용.

로 회귀하고 있다. 따라서 제사는 역설적으로 페르캉의 시적 모험과
해탈을 함축적으로 담아내고 있다.

5. 상징 체계와 구조

1) 상징 체계

　지금까지 밝혀낸 내용을 종합적으로 간추려 상징 체계의 윤곽을 그
려보자. 소설의 전개를 운명과 반운명의 대립 구도로 볼 때, 운명을
상징하는 대상들과 반운명을 상징하는 대상들로 나누어 볼 수 있다.
우선 운명과 관련된 상징물들 가운데 밀림이란 거대 공간이 폐쇄된
원처럼 기능하며 불교적 시간과 윤회의 세계를 육화시키고 있다. 포
괄적·통일적 단위로서, 삼라만상의 '보편적 분해'를 드러내는 밀림
은 사라진 문명, 죽어 버린 도시들, 멸망한 왕국, 연대기적 모험 등과
같은 인간 비극의 시간적·역사적 이미지들을 반영하고 있다. 이 밀
림과 동일한 운명적 차원에 있는 상징물들이 도입부의 윤무에서 무
희들이 그리는 원이고 그라보가 돌리는 연자마이며, 원주민들이 페
르캉과의 대결에서 창을 돌고 도는 원운동이다. 시간의 절대적 부패
와 더불어 밀림을 지배하는 것은 곤충이다. 그 속에 존재하는 곤충들
은 인간들을 메타포적으로 나타내고, 그것들의 삶은 불교적 시간에
서 볼 때, 인간 존재의 찰나성·덧없음·윤회를 나타낸다. 페르캉이
클로드에게 불교적 인간 조건을 설파하는 배경인 밤(도입부의 밤 포
함)과 장님은 인간의 무명을 상징한다. 마지막으로 마왕의 손이 있
다. 소설은 밤에서 시작해 태양빛이 작열하는 대낮에 막을 내린다.

따라서 운명의 상징 체계는 밀림(원을 포괄함) · 곤충(동물 포함) · 밤
(장님을 포괄함) · 손 등으로 압축될 수 있다. 자연 자체를 나타내는 시
각적 · 청각적 · 후각적[84] 이미지들을 쏟아내면서 운명이라는 상징의
'숲'을 형성한다. 그것들은 다른 형이상학적 차원이긴 하지만, 보들
레르적인 하나의 '사원'[85]을 구성하는 요소들이다.

작품에는 운명과 반운명의 신비를 동시에 꿰뚫으며 포괄적으로 상
징하는 영물로서 고양이가 등장한다. 이 동물은 어둠과 빛을 함께 투
시하는 증인의 역할을 한다.

이제 반운명과 관련된 상징물들을 보자. 우선 밀림을 뚫고 산의 정
상을 향해 가는 두 주인공 커플의 상승의 여정이 있다. 이것은 진정
한 '왕도'를 나타내며, 순환적(윤회적) 운명의 원을 무너뜨리는 반운
명적 운동을 상징한다. 이 수직적 운동은 원과 관련된 다른 행동들,
예를 들면 페르캉이 스티앙족과 대결할 때 직선적 전진이라든가, 그
라보의 구출 같은 행동 등을 포괄한다. 두번째로 분묘, 물신(物神)들
(서로의 성기를 움켜쥐고 있는 두 우상-남신과 여신), 그리고 들소의 두
개골이 있다. 이것들은 탄트라 종파의 신비주의적 에로티시즘과 관
련된 반운명적 상징물들이다. 분묘는 수직적 초월의 의지를, 물신은
신비주의적 결합을 통한 양극성의 극복과 시원의 회복을 나타낸다.
정관을 통한 죽음의 극복을 상징하는 들소(십우도 참고)는 대표적 상
징물이다. 끝으로 소설의 대미를 장식하는 배경인 낮은 영원한 초월

---

84) 후각적 이미지들은 소설에서 향불, 불교적 화장, 밀림의 보편적 분해 등을 통
해 드러난다.

85) 보들레르의 시 이론이 압축된 유명한 시 〈상응 Correspndances〉 참조. 김인환
역, 《악의 꽃》, 자유문학사, 1988, 27-28쪽. 뿐만 아니라 페르캉의 상승을 통한 구
원은 에테르층을 넘어 영혼의 비상을 꿈꾸는 보들레르의 시, 〈상승 Elévation〉을 생
각나게 한다. 같은 책, 25-26쪽 참조.

의 빛을 상징한다. 도입부의 윤무에 나오는 램프의 불빛은 에로티시
즘을 통한 일시적 구원과 관련이 있다. 클로드와 페르캉의 관계를 나
타내는 보트와 배는 메타포로 기능한다. 따라서 반운명의 상징 체계
는 수직적 상승운동·들소(램프)·낮(산의 정상)으로 축약될 수 있다.
이렇게 고양이를 중심으로 갈라지는 운명과 반운명의 상징 체계는
단순화시켜 제시될 수 있다.

2) 상징적 구조

이제 수직적 상승을 중심으로 해서 소설의 상징적 구조를 도표화해
보자.

이 도표를 보면, 상승적 구조는 하나의 사원과 같은 성산(聖山)을
구축하고 있다. 간단히 설명하면, 왼쪽은 밀림과 빛을 향한 상승의

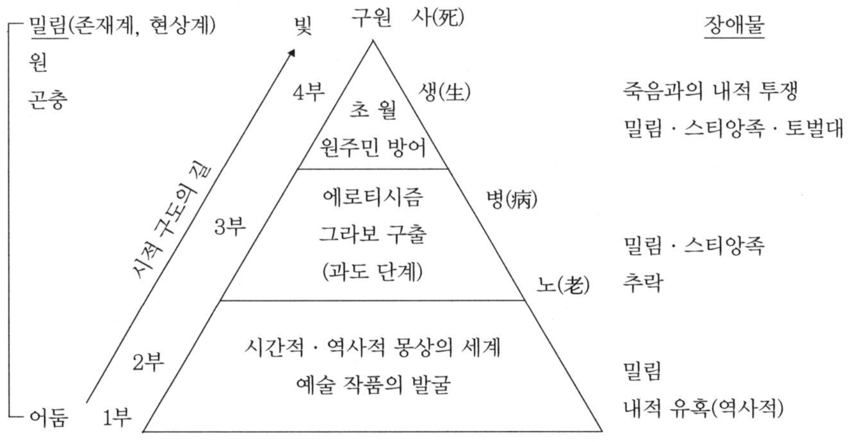

여정을 표시하고 있다. 가운데 산을 나타내는 삼각형을 보면, 소설의 제1,2부는 예술 작품, 나아가 사라진 문명(크메르 문명)이 묻혀진 밀림의 하단부 세계를 포함하는 시간적·역사적 몽상의 세계를 담아낸다. 제3부는 중간 단계로서 반운명적 에로티시즘이 구현되는 단계이다. 특히 그라보가 노예로서 사로잡혀 있는 스티앙족 마을이 탄트라의 '성적 신앙'을 신봉한다는 사실을 입증하는 상징적 장치들이 풍부하게 나타나고 있다. 제4부는 시간적 세계에서 초시간적 세계를 경험케 해주는 에로티시즘마저 초월하는 궁극적 구원이 이루어지는 단계이다. 각 단계마다 구원을 향한 도덕적 의무에 해당하는 예술 작품의 발굴, 그라보의 구출, 그리고 원주민의 방어가 이루어지고 있다. 이러한 과정 속에서 생·로·병·사에 대한 클로드의 입문이 페르캉의 설법과 몸소 구현을 통해 이루어진다. 도표에서 생(生)이 사보다 아래쪽에 위치하는 이유는 페르캉이 죽기 바로 직전에 인간 비극의 출발점으로서 탄생을 고발하고 있기 때문이다. 오른쪽은 구원을 향한 상승 운동의 각 단계마다 극복되어야 할 장애물을 등급적으로 나타내고 있다.

위와 같은 상징적 구조가 페르캉이 추구하는 '형태들의 세계'를 담아내고 있다. 그것은 분명 존재계를 상징적으로 형상화한 성산을 올라가면서 구원에 이르는 구조를 드러내고 있다. 이 성산, 곧 사원은 필자에게 세계 7대 불가사의의 하나인 보로부두르 대사원을 상기시킨다. 두 사원이 정확히 일치한다고 할 수는 없지만 유사성이 존재한다는 점은 부인할 수 없을 것 같다. 왜냐하면 이 대사원 역시 3차원으로 현상계를 구조화시키면서 구원의 과정을 드러내고 있기 때문이다. 따라서 필자는 흥미롭다는 입장에서 이 대사원의 상징 구조를 소개해 보고자 한다.

보로부두르의 대사원의 구조-우주의 상징 구조

미혹의 세계와 구원의 단계

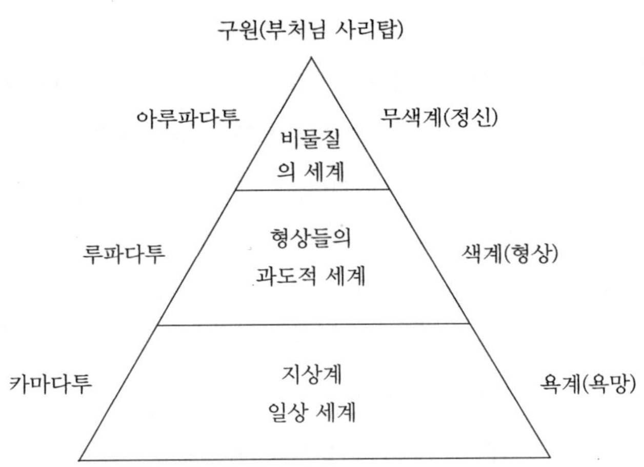

불교도들에게 이 대사원을 단계적으로 오르는 일은 "우주의 중심
으로 인도하는 법열의 여행과 같은 것"[86]으로서 상징적 운동을 의미
한다. 욕계는 세속적·물질적 욕망에 사로잡힌 중생의 영역이다. 색
계는 이런 세속적·물질적 욕망으로부터는 벗어났지만 육체를 간직
하고 있으며, 물질적인 것이 모두 '청정한' 형상의 세계이다. 무색계
는 물질을 초월하고 육체로부터 떠난 순수 무형의 정신 세계이다. 이
러한 3계는 불교의 명상 깊이를 보여 주는 사바세계의 세 단계로서,
이것들로부터 완전히 벗어날 때 니르바나에 이르게 된다. 말로는 예

---

86) Bettina, L. Knapp, "Malraux, critique d'art en quête du sacré" in *Europe, op.
cit.*, p.83.

술 평론서 《초자연의 세계》에서 보로부두르 대사원에 대해 이렇게 언급하고 있다.

> "보로부두르 대사원의 건축가는 보이는 것을 **존재하는** 것(ce qui est)에 매우 훌륭하게 종속시키고 있다. 그렇기 때문에 대각(大覺)의 세계와 접근할 수 있도록 이 기념물이 신도들의 행렬에 강제했던 기나긴 길에서, 어느 누구도 이 기념물로 하여금 우주를 상징하게 만들어 주는 거대한 기호를 알아볼 수 없었다."[87]

《왕도》의 페르캉이 정확히 이 3계를 따라 상승하여 니르바나에 도달했다고는 할 수 없다. 그러나 원래 그가 물질적 욕망에서 벗어나 탄트라의 성의 신비주의를 실천하면서 불교적 평화 속에 살고자 했다는 점을 상기할 때, 그가 변칙적으로 실현하는 에로티시즘 단계는 색계에 대응한다 할 것이다. 무색계의 단계는 페르캉이 임종의 순간에 단번에 사념의 세계를 뛰어넘어 해탈을 이룬다는 점에서 이 시점에서 순간적으로 통과한다고 할 수 있을 것이다. 그가 우주적 의식과 완전히 합일하는 단계로 가는 접점에서 '공의 무한성' ——공무변처 (空無邊處)——과 '투명한 빛'을 느끼는 순수 정신의 상태는 그런 무색계에 부합한다 하지 않을까 생각된다. 어쨌거나 페르캉이 3단계의 시적 모험을 통해 초월의 세계와 합류하는 상승 운동과 이를 뒷받침하는 성산의 상징 구조는 대사원의 3계의 명상 깊이를 순차적으로 거쳐 구원에 이르는 과정을 대신하고 있음은 분명하다 할 것이다.

이제 《왕도》의 위와 같은 시공간적 상징 구조와 조화를 이루면서

---

87) *Op. cit.*, p.19.

그것을 받쳐 주는 또 다른 기하학적 구성을 검토해 보자. 이 기하학적 구성은 다름 아닌 각 부(部)에 배분된 페이지의 양을 통해 이루어진다. 그것은 말로의 소설 창작에서 중요한 요소를 이룬다. 플레야드 판을 기준으로 각 부에 할애된 페이지 수를 보면 제1부는 45페이지(국역판 79페이지), 2부는 26페이지(45페이지), 3부는 45페이지(79페이지), 그리고 마지막 4부는 19페이지(32페이지)이다. 여기서 문제가 되는 것은 제1부와 제2부이다. 필자가 앞서 밝혔듯이, 1부는 인간들의 시간적·역사적 꿈이 펼쳐지는 공간 이동으로 엮어진다. 2부에서는 이 몽상의 실체가 밀림이란 상징 공간을 통해 우주적 차원에서 그 베일이 벗겨진다. 그러나 위에서 보았듯이, 이 두 개의 부는 페르캉의 모험의 구조에서 1단계를 이루고 있다. 그렇기 때문에 1,2부를 합하여 계산하면 71페이지(국역판 124페이지)가 된다. 결국 71페이지(124페이지), 3부의 45페이지(79페이지), 4부의 19페이지(32페이지)를 수직적으로 위치시켜 보면, 삼각형의 산과 같은 모양이 된다. 이 기하학적 형태는 텍스트의 구조 분석을 통해 밝혀낸 성산의 형태와 일치하고 있다.

3) 외적 미학과 내적 미학

이제 필자가 한편으로 소설 《왕도》의 새로운 해석을 위해 발굴해 낸 소설의 상징시학과, 다른 한편으로 이 시학을 통해 도출해 낸 소설의 형태와 구조에 대해 잠시 생각해 보자. 소설가가 정치하게 창조적으로 도입한 문제의 상징시학은 사실 도구적 차원에 위치한다 할 것이다. 그것은 독자로 하여금 텍스트를 하나의 구조물로 재구조화시키게 해주는 열쇠를 제공하고 있다. 그런데 해석의 결과 드러난 구조물은 불교의 정신 세계를 형상화한 하나의 건축물, 즉 '사원'의 모습을 하고 있다. 이 구조물은 텍스트 내에 숨겨져 있는 잠재태의 비가시적 존재계를 구현하고 있다. 그것은 불교의 예술 형태를 취하고 있다. 그것은 상징시학을 통해서 창조된 하나의 종교 미학을 담고 있다. 그렇다면 상징시학과 이 종교 미학을 어떻게 규정할 수 있을 것인가? 필자는 전자를 외적 미학, 후자를 내적 미학이라 부르고자 한다. 두 미학이 불가분의 관계에 있지만, 외적 미학은 내적 미학으로 이르게 해주는 길을 열어 준다. 전자의 정체가 드러날 때 후자는 안으로 숨어 버리며 위치가 바뀐다 할 것이다. 하나는 19세기 상징주의 시학이라는 서양 미학을 물려받아 새롭게 주조되었다면, 다른 하나는 동양의 가장 높은 정신들 가운데 하나인 불교의 미학을 재창조하고 있다.

제6장
입문의 정도

> "불가지론자들의 병이 부조리를 부르는 것을 보
> 기 위해 그 많은 세월을 부활시켜야만 했던가?"
>
> 앙드레 말로, 《침묵의 소리》

1. 거 리

클로드가 페르캉을 따라가면서 밀림이란 거대한 상징의 '숲'을 통해 불교적 인간의 조건에 입문하고 있음은 앞서 살펴본 바와 같다. 또 그가 이와 같은 입문을 하기 전에 이미 상당한 준비가 되어 있음도, 다시 말해 인도 사상에 대한 어느 정도의 식견을 갖추고 있음도 드러났다. 뿐만 아니라 밀림 속에 살고 있는 원주민들이 모두 불교도들이라는 사실도 밝혀졌다. 그런데 페르캉과는 달리 클로드가 이 원주민들에 대해 거리감 내지는 적대감을 나타내는 경우가 있다. 특히 스티앙족과 대결할 때, 그는 이들을 '하등 인간(sous-hommes)'[1]처럼 간주하고 있으며, 밀림 속에 사는 동물들과 동일시하는 태도가 드러나고 있다. 이와 같은 시선을 단적으로 드러내 주는 대목을 보자.

> "오직 시간만이 그 텅 빈 광장에 짓누르는 듯 살아 있었다. 순간순간
> 들은 짐승 같은 인간들의 저 원진(圓陣)에 갇혀 있었고, 원진은 영원의
> 성격을 띠고 있었다. 마치 그 어떤 것도 더 이상 그들의 머리를 넘어서
> 이 세계로 들어올 수 없다는 듯이."[2]

원주민들은 페르캉 일행과 대결하기 위해 '짐승 같은' 모습으로 원
을 그리면서 진을 치고 있다. 앞서 살펴보았듯이[3] 이 원진은 그라보
가 원을 그리며 돌리는 연자마, 소설의 도입부에 나오는 윤무에서
원, 그리고 밀림 등과 함께 불교의 윤회라는 동일한 상징적 구도 속
에 자리잡고 있다. 그렇기 때문에 원진은 '영원의 성격'을 드러내고
있다. 시간의 속성은 영원성이다. 이 영원한 윤회 속에 갇힌 인간 조
건을 원진은 상징하고 있는 것이다. 인용문의 마지막 문장은 아무것
도 이와 같은 생성의 윤회를 벗어날 수 없다는 것을 의미한다.

그런데 이와 같은 상징적 세계 속에 살고 있는 원주민들이 왜 클로
드의 시선 속에서는 하등 인간들이나 밀림 속의 동물들처럼 그려져
야 하는가?[4] 페르캉의 경우와 대비해 생각해 보자. 사실 페르캉이 원
주민들을 이처럼 바라보는 예는 찾아볼 수 없다. 그 대신 그는 인간
의 비극적 조건을 클로드에게 설파하기 위해, 또는 그것을 되새기기

---

1) *La Voie royale, op. cit.*, p.464. 《왕도로 가는 길》, 앞의 책, 171쪽.
2) *Ibid.*, p.463. 같은 책, 169쪽.
3) 본서 76쪽 참조.
4) 원주민들이 다소 부정적으로 묘사될 때는 대체로 화자는 클로드의 시선에 초
점을 맞추고 있다. 그리하여 그들은 '야수' '짐승' '개미' '동물' '개' 처럼 그려지
고 '하등 인간' 으로 묘사된다. *Ibid.*, pp.463, 464, 471. 같은 책, 169-171, 184쪽.

위해 밀림 속의 곤충들을 메타포로 사용하고 있을 뿐이다. 이 점은 앞서 검토한 바 있다. 이와 같은 차이는 우선 페르캉이 원주민들을 정복했지만 그들의 세계에 동화되었다는 사실에서 찾을 수 있을 것이다. 그들이 비록 물질 문명과 동떨어진 채 다분히 원시적 삶을 살고 있긴 해도, 그들 차원의 불교적 믿음을 간직하고 있으며 탄트라의 성적 신비주의를 신봉하고 있다. 아마 사방이라는 인물처럼 족장이나 촌장 정도는 불교적 지식과 수행이 상당한 경지에 달했을 것이라고 추정해 볼 수 있다. 그러나 이런 측면에서는 소설 속에서 사방을 제외하곤 어떤 구체적 인물도 나타나지 않으며, 정보도 제공되지 않고 있다. 독자는 페르캉이 어떻게 그들의 탄트라에 입문했는지도 정확히 알 수 없다. 이와 같은 소설적 구도는 상징시학과 맞물려 있다 할 것이다. 만약에 페르캉의 불교 세계 입문 과정이 직접적으로 언급되거나 다루어진다면 상징시학은 무너지고 말기 때문이다. 어쨌거나 페르캉은 인류학자나 민족학자처럼 원주민들의 세계를 이해했을 뿐 아니라 입문까지 했다. 바로 이러한 상황 때문에 그가 그들을 부정적으로 바라보는 경우는 나타나지 않는다.

　반면에 클로드는 다른 상황에 있다. 그가 페르캉을 만나기 전에 인도 사상에 대해 알고 있던 내용은 책을 통한 것이다. 이처럼 독서를 통해 이해했기 때문에 그는 이 사상을 다른 문명이 지닌 고도한 정신성으로 받아들였을 것이다. 불교나 도가 철학에 대해 알고 있는 대부분의 서양인들이 이와 같은 입장에 있으리라. 그들은 이 사상들의 가장 근본적이고 본질적인 내용들을 책을 통해 접하고 있으며, 전문가들을 제외하곤 그것들이 소박하고 무지한 민중 속에 침투해 어떻게 실천되고 있는지는 모르고 있다고 보아야 하지 않겠는가! 말로의 전기 작가들에 따르면, 말로 자신도 파리의 동양 예술품 전문 박물관인 기메 박물관에 드나들면서 산스크리트어를 익히고, 동양 사상에 접근한 것으로 되어 있다. 다만 그의 경우 다른 점은 《왕도》의 무대가 된 밀림 지대에서 고고학적 발굴을 했으며, 그 이후 방콕이나 사이공에 머물면서 동양 문명의 현장을 체험한 사실이라 할 것이다. 주지하다시피, 반식민지 투쟁과 결합된 이 경험은 그가 민중을 만나게 된 최초의 계기가 되었다.

그러나 소설 속에서 클로드의 경우는 처음으로 타(他) 문명의 원시적 현장에 들어가 있다. 20대의 젊은 그가 책과 예술을 통해 알게 된 인도 사상과 모이족의 원시적 불교 세계 사이에는 거리가 있을 수밖에 없으리라. 따라서 그는 탄트라가 원주민들의 야만적 삶 속에 침투하여 실천되고 있는 상황과 별다른 친화성을 느끼지 못하고 있다고 보아야 할 것이다. 페르캉이 여자들만 남아 있는 마을에서 그녀들이 풍기는 성적인 분위기를 이야기할 때, 클로드가 나타내는 반응은 이와 같은 상대적 거리감을 확인해 준다.[5] 그러니까 클로드의 거리감은 일차적으로 탄트라 불교가 '야만적인'[6] 원주민들의 삶 속에서 원시적 형태를 띠고 있는 데서 찾아져야 할 것이다. 이것은 물론 소설가의 전략적 산물이라 할 것이다.[7]

두번째로 이런 생각을 해볼 수 있다. 앞서 살펴본 바와 같이[8] 탄트라가 반문명적 성격의 원시적 생명력으로부터 근원으로의 회귀를 꿈

---

5) 본서 79쪽 참조.
6) 모이족의 '모이(Moï)'라는 말은 '야만적'을 뜻한다.
7) 독자는 아마 《인간의 조건》에서 지식인 혁명가들인 기요, 첸 그리고 카토프라는 인물 속에 구현된 불교 사상을 알게 된다면, 훨씬 더 친화성을 느끼리라. 이 세 인물이 방향은 다르지만 제각기 불교적 비전 속에 생을 마감하고 있음을 밝힌 연구는 이 소설에 대한 필자의 졸고들을 참고 바람(앞의 책들).
8) 본서 147-148쪽 참조.

꾼다면, 그것을 실천하는 원주민들이 동물적 삶에 근접하여 살고 있다는 점은 논리적으로 타당하다. 그런데 클로드가 이와 같은 차원까지 인식하고 있는지는 미지수이다. 그는 인도 사상에 대한 식견이 있지만, 소설 속에서 페르캉을 통해 탄트라 불교에 대한 새로운 입문을 하고 있다. 정확히 말하면 그는 입문의 과정에 있으며, 이 과정에서 그의 내면에는 거부와 갈등과 긴장, 즉 시련이 있을 수밖에 없다. 따라서 '야만적' 차원에서 탄트라를 실천하는 원주민들에 대한 그의 반응이 무조건적으로 긍정적이어야 할 이유는 없는 것이다.

세번째로 이 주제를 밀림의 상징성과 관련해서 검토해 볼 수 있다. 원주민들이 밀림 속의 동물들 및 곤충들처럼 그려지고, 나아가 환유적으로 밀림 자체와 한덩어리인 것처럼 묘사되면서 적대적 힘을 드러내는 것은 밀림이 인간의 조건을 구현하는 불교적 상징 체계라는 사실과 모순되지 않는다. 밀림이 이와 같은 상징 체계라면 그 속에 살고 있는 구성원들은 그것을 이루는 요소들이다. 따라서 그들은 밀림처럼 위협적이고 운명적인 존재들로 나타날 수밖에 없다. 그들은 우주적 차원에서 시간의 전능한 힘을 육화시키는 밀림-공간에서 운명의 얼굴을 원시적 형태로 보여 주고 있는 셈이다. 물론 그들은 인간의 조건을 벗어나는 길도 간직하고 있다. 그러나 이 점은 페르캉의 경우에만 해당된다 할 것이다. 왜냐하면 탄트라의 성적 신비주의를 구체적으로 실천하고 해탈을 이루는 것은 페르캉이며, 클로드의 입문 과정은 다분히 인간 비극에 초점이 맞추어져 있기 때문이다.

2. 정 도

이제 마지막으로 클로드가 운명과 반운명의 차원에서 궁극적으로 어느 정도까지 탄트라 불교에 입문했는지 검토해 보자. 운명의 차원에 보면 그는 이 종교의 생로병사 · 윤회 · 시간관 · 마야 등 모든 것을 수용하고 있다. 그러나 반운명적 차원에서 보면 사정은 다르다. 페르캉이 설파하는 신비주의적 에로티시즘, 곧 탄트라를 클로드가 받아들이고 있다는 것은 압사라라는 조각상을 발굴하는 과정에서 확인되었다. 그러나 소설 속에서 그가 실제로 여자와 그것을 체험하는 경우는 나타나지 않는다. 여기에 그의 입문이 안고 있는 불확실성이 존재한다 할 것이다. 그러나 이 점이 그리 중요하지는 않다. 결정적 문제는 그가 궁극적으로 니르바나에 이르는 수단과 길을 체득했는지가 외견상 모호하다는 것이다. 이 점을 집중적으로 살펴보자. 페르캉은 죽음의 부재, 다시 말해 의식 상태에서의 육체–자아의 죽음, 해탈을 이루는 데 있어서 죽음의 순간이 지닌 절대적 중요성 등을 클로드에게 설파했다. 그러나 이와 같은 설법을 통한 후자의 입문 결과가 의문시되는 대목이 있다. 이 대목은 페르캉이 임종의 최후 순간에 해탈하는 부분과 맞물려 있다.

"'얼마나 많은 사람들이 지금 이 순간에 이처럼 죽어가는 육체들을 돌보며 지켜보고 있을까?' 거의 그 모든 육체들은 유럽의 밤 혹은 아시아의 낮 속에 가망성을 잃고 삶의 허무함에 짓눌리며, 아침에 다시 눈을 뜨는 사람들에 대한 증오로 가득한 채 신들을 통해 위안을 받고 있겠지. 아! 영원한 형벌을 각오하고서 저 개들처럼 울부짖을 수 있기 위해 죽어가는 육체들이 있어야 할 텐데!(Ah! qu'il en existât) (…) 이렇게 말이지. 신에 관한 그 어떠한 사상도 그 어떠한 미래의 보상도, 그 어떤 것도 인간 존재의 종말을 정당화할 수 없다고! 대낮의 절대적인 적막 속에서 그렇게 울부짖는 행위의 허무함(vanité)으로부터 벗어나고, 저 감은 두 눈, 아직도 계속 살을 찢고 있는 저 피로 물든 이빨로부터 벗어나기 위해서 (그처럼 죽어가는 육체들이 있어야 할 텐데!) 저 파괴된 얼굴, 저 끔찍한 패배로부터 벗어나기 위해서! (…) 클로드는 어린 시절에 들었던 구절이 생각났지만 증오가 느껴졌다. '주여, 저희들의 마지막 순간을 지켜 주소서…….'"[9]

사실 소설의 원문을 보면 이 인용문은 난해할 뿐 아니라 번역도 쉽지 않다. 특히 필자가 원문을 병기한 대목에서 접속법이 나오는데, 이 접속법이 텍스트 해석의 열쇠가 되고 있다. 필자는 문맥상 이해를 돕기 위해 반복해 번역한 부분에 괄호를 쳤다. 클로드는 우선 죽어가는 대부분의 존재들이 신들을 믿고 있다고 생각하고 있다. 그런데 임종을 맞이하는 육체들 가운데는 "~라고 울부짖기 위해" "~로부터 벗어나기 위해" "~로부터 벗어나기 위해 죽어가는 육체들도 존재해야 할텐데!"라고 클로드는 소망하고 있다. 이 문장은 접속사 'que'와 함께 동사의 접속법 'existât'가 나옴으로써 독립절로서 기능하고 있다. 따라서 그것은 명령이나 금지, 소망이나 후회, 놀라움이나 분노, 위협이나 협박 같은 것을 나타낼 수 있는데, 여기서는 문맥상 소망을

---

9) *La Voie royale, op. cit.*, pp.505-506. 《왕도로 가는 길》, 앞의 책, 244-245쪽. 번역을 수정했음. 특히 번역본에서 "아아! 영겁의 고통을 받는 한이 있더라도 나는 생존해야겠다"라는 대목은 접속법과 부정대명사 en에 대한 이해가 잘못된 번역임.

나타내고 있다고 보아야 할 것이다. 그리고 'en'은 부정대명사로서 죽어가는 육체들을 받고 있다.

텍스트에서 클로드는 아무것도 인간의 죽음을 "정당화시킬 수 없다"고 생각하고 있다. 그가 입문하게 된 불교의 교리는 이와 같은 생각을 받아들일 수 있는가? 사실 페르캉이 설파하는 불법 속에는 이와 관련된 **직접적** 내용은 담겨 있지 않다. 그러나 그가 언급한 불교적 관점에서 보면 죽음은 죽음이 아니고, 그 자체가 환상에 지나지 않으며, 육체라는 껍데기를 갈아입고 하나의 삶에서 다른 하나의 삶으로 이동하는 것에 불과하다. 그것은 윤회의 과정에서 거쳐야 할 육체적 '노쇠'의 끝과 고통 이상의 것이 아니다. 그렇다면 죽음은 존재하지 않기 때문에 정당화될 필요가 없지 않을까? 아니면 그 육체적 노쇠와 고통을 정당화해야 하는 것일까? 법력 높은 고승 같으면 이런 질문은 성립되지도 않을 것이다. 그에게 노쇠와 고통은 그야말로 환상으로 쉽게 극복될 수 있을 테니까. 그러나 클로드는 그런 고승이 아니다. 보통의 불자(佛者)는 죽음의 순간에 해탈하려면 고통을 반드시 거쳐가야 한다. 클로드가 입문에 성공했다면 그는 수양이 제대로 되어 있지 않은 채 지식만을 갖춘 보통의 불자라 할 것이다. 탄트라의 성적 신비주의를 제외하면, 페르캉 역시 이런 수준에서 크게 벗어나지 못한다 할 것이다. 그렇기 때문에 그의 임종 순간은 고통으로 얼룩지고 있다. 그 역시 고통에 대한 정당한 이유를 찾아내지는 못한 채 '부조리'로 간주하고 고통을 넘어 해탈한 것이 아닐까? 결국 아무것도 노쇠나 고통을 정당화할 수 없다면, 따라서 그것들이 부조리하다면, 오직 그것들로부터 벗어나는 것만이 최상의 길이 아니겠는가!

이런 유추는 클로드의 그 다음 생각과 모순되지 않는다. 죽음의 부당함을 부르짖는 것 자체가 '허무함'을 알고 이 허무로부터 벗어나고, 처참하게 파괴된 육체의 고통으로부터 벗어나며, 육체의 '패배'로부터 벗어나기 위해 죽어가는 사람들이 존재하기를 그는 바라고 있다. 고통스러운 종말의 부당함을 외치는 것 자체가 공허하고 쓸데없다는 그의 인식을 어떻게 해석해야 할까? 그것이 의미하는 바는 보다 높은 차원에 들어서면, 죽음의 정당성을 쓸데없이 요구할 필요도 없이 죽을 수 있다는 것이든지, 아니면 대답이 없기 때문에 외침이 공허하다는 것이 될 것이다. 어쨌거나 클로드에게 죽음은 이와 같은 허무로부터도 벗어나고 육체의 고통과 패배로부터도 벗어나는 것이다. 그렇다면 그것은 곧 윤회로부터 벗어나 니르바나에 이르는 것이 아닌가! 부당하다는 사념 자체가 소멸하는 열반 말이다. 중생의 몸으로 환생하여 사바세계로 되돌아오는 윤회에 갇혀 있는 한, 그와 같은 비극으로부터 벗어나지 못할 테니까. 마지막에 기독교를 환기시키는 문장은 기억에 떠오른 것에 불과하며, 텍스트의 해석을 어렵게 만드는 장치 구실을 하고 있을 뿐이다.

결국 클로드는 페르캉이 전수한 탄트라 불교의 비전을 제대로 소화한 셈이 된다. 여러 가지 의문점들은 그가 처한 상황들과 그의 수도적(修道的) 한계로부터 비롯된 것이지, 그의 입문에 문제가 있는 것은 아니라고 판단된다.

3. 부조리

위에서 필자는 페르캉이 죽음의 고통을 '부조리'로 받아들였을 것이라고 말했다. 사실 페르캉은 소설 속에서 부조리라는 테마를 지속적으로 환기시킨다. 이제 이와 같은 해석을 뒷받침해 주는 대목을 분석해 보자.

> "그는 알고 있었다. 자신의 지역에 가면 고통이 진정되리라는 것을, 그리고 동시에 곧 죽으리라는 것을. 또 세상은 죄수를 옭아매는 밧줄마냥 저 철길에 의해 닫혀 버린 채, 그 자신 자체이기도 했던 희망의 다발을 삼켜 버리리라는 것도. 그는 알고 있었다. 세계의 그 어떤 것도 자신의 지나간 고통이나 현재의 고통을 결코 더 이상 보상해 주지 않으리라는 것을. 결국 (내가) 하나의 인간이라는 사실은 죽어가는 자라는 사실보다 훨씬 더 **부조리**할 뿐이다……."[10]

이 대목은 페르캉이 죽기 전에, 보다 정확히 말하면 그가 아직 눈부신 하늘로 상징된 '투명한 빛'을 만나기 전에 드러내는 의식을 담고 있다. 그는 아직도 자신의 지역에 도달하겠다는 의지를 드러내며, 그곳에 이른다면 지금보다는 양호한 상태에서 죽음을 맞이하리라 기대하고 있다. 철길은 토벌대와 함께 다가오는 물질 문명의 전위대이다. 그것이 뚫려 그의 지역까지 밀고 올 때 그가 도덕적 의무로서 이 지역을 최후까지 방어하려는 노력, 곧 그의 마지막 희망조차 좌절될 것이다. 그는 그렇게 되리라는 것을 알고 있다. 이제 남은 것은 그의 기억 속에 새겨진 과거의 고통과 현재의 고통이다. 그런데 그는 그 어떤 것도 이 고통을 보상해 주지 않으리라 생각하고 있다. 앞서 보았듯이 클로드의 경우 설사 보상이 있다 하더라도 고통이 정당화될 수 없다. 그런데 페르캉은 보상 자체를 부정하고 있다. 아무것도 고통에 대한 보상이 되지 못한다는 것이다. 왜 그런가? 불교 인식론의

---

10) *Ibid.*, p.502. 같은 책, 238쪽. 번역을 수정했음. 강조는 인용자가 한 것임.

입장에서 본다면 모든 것은 공(空)이고, 어떤 물질적 세계도 마음이 만들어 낸 환상에 불과하다. 아무것도 존재하지 않는 무상의 세계를 고려한다면 고통에 대한 보상은 절대 없다. 결국 페르캉은 살아 있는 "인간이라는 사실이 죽어가는 자라는 사실보다 훨씬 더 부조리하다"라고 느낄 뿐이다. 이 문장은 그가 죽어가고 있다는 것도 부조리하지만 살아 있다는 것은 훨씬 더 부조리하다는 의미를 내포하고 있다. 불교에 귀의한 페르캉의 위치에서 본다면, 임종과 죽음은 부조리 자체를 뛰어넘는 무념무상(無念無想)의 세계로 열려 있다. '이성의 무력'을 나타내는 부조리라는 의식 자체가 사념이며, 마야를 만들어 내는 인식 작용의 산물에 불과하다. 살아 있음은 사념의 세계를 방황하는 것이며, 이 방황은 관념들 사이의 불일치와 모순의 충돌이라는 부조리로부터 결코 벗어나지 못할 것이다. 그러니까 임종의 순간을 맞은 자는 초월을 통해 고통의 부조리를 뛰어넘을 수 있지만, 살아 있는 자는 그것이 불가능하다. 그렇기 때문에 후자가 훨씬 더 부조리한 것이다.

그런데 제3부에서 페르캉은 클로드에게 늙음에 대해 설파하면서, 이미 "죽음이 삶의 부조리를 나타내는 반박할 수 없는 증거처럼 존재하고 있다"[11]라고 말한다. 결국 죽음으로 인해 삶 자체가 부조리로 인식되고 있는 셈이다. 삶들 사이의 심연인 죽음이, 다시 말해 노쇠를 통한 고통이 이성적으로 설명될 수 없고 따라서 정당화될 수 없기 때문에 삶 자체가 부조리하다. 그러니까 죽음도 부조리하고 삶도 부조리하며, 따라서 인간 존재 자체가 부조리하다. 부조리하지 않은 것은 아무것도 없다. 예컨대 같은 대목에서 페르캉은 그라보가 한 시간 동

---

11) *Ibid*., p.447. 같은 책, 142쪽.

안 여인들로 하여금 자신을 나체로 묶어 놓도록 한 일화를 클로드에게 이야기하면서 이렇게 말한다. "이건 한 여자와 동침하고 함께 살기를——그래 살기를——바라는 것과 별로 다를 게 없이 부조리한 거야."[12] 이 문장을 보면, 페르캉이 탄트라의 신비주의적 에로티시즘을 실천하는 행위조차 부조리하다는 판단을 내릴 수밖에 없다. 그러니까 현세에서 양극성의 비극을 초월하여 존재의 근원으로 가는 일시적 구원의 길도 부조리한 셈이다. 그렇다면 에로티시즘을 통해 '시간으로부터 탈출'한 초월의 빛도 부조리한 것인가? 죽음 너머의 니르바나의 세계가 공(空)의 상태이기 때문에 부조리라는 생각 자체가 끼어들 수 없듯이, 이 초월의 빛도 사념과 호흡이 정지되어 있기 때문에 부조리가 존재하지 않는다. 오로지 사유의 영역에서만 부조리가 존재한다. 다시 말해 상대성과 양극성의 세계, 곧 생성의 세계에서만 부조리가 존재하며 생성 자체의 역동성과 결합되어 있다. 왜냐하면 부조리를 낳는 차이와 부조화, 갈등이 생성의 동력이기 때문이다. 페르캉은 "벌거벗은 여인 앞에 있는 것처럼 (…) 삶의 부조리로부터 비롯되는 흥분"[13]을 느낀다고 말하면서, 밤의 어둠과 우주의 침묵 속에서 불교적 인간 조건을 설파한다. 그러니까 페르캉은 불교에 귀의한 자이지만 애초부터 죽음의 순간까지 부조리의 감정을 벗어나지 못하고 있다. 그가 그것으로부터 벗어나는 것은 탄트라의 성적 신비주의를 체험할 때와 자아의 죽음을 통해 결정적으로 니르바나에 들어갈 때 뿐이라 할 것이다.

---

12) *Ibid.*, p.447. 같은 책, 141쪽. 번역을 수정했음. 원문을 보면, "Ce n'est pas tellement plus absurde que de prétendre coucher et vivre——et vivre——avec une autre créature humaine……"로 되어 있다.

13) *Ibid.*, p.449. 같은 책, 145쪽.

그렇다면 페르캉은 불가지론자(agnostique)로서 불교도로 규정될 수 있다. 말로는 《침묵의 소리》에서 "불가지론자들의 병(病)은 부조리를 부른다"[14]라고 말하고 있다. 그의 작품 전체가 형성하는 상호 텍스트의 차원에서, 페르캉이라는 불교도 불가지론자와 관련해 상기되는 것은 《반회고록》에서 말로가 '왕도'라고 제목을 붙인 부(部)에서[15] 허구적 인물로서 생물학자인 메리를 불교도 불가지론자로 등장시켜 불교에 대해 심도 있게 대화하고 있다는 점이다. 메리는 불교에 대해 깊은 성찰을 드러내면서도 불가지론자로서 작가와의 대화에 임하고 있다. 그러니까 그 역시 인식론적 입장에서 부조리의 감정을 내면에 간직하고 있을지 모른다. 사실 붓다처럼 대각(大覺)에 이르지 않는 한 불자들이 궁극적으로 부조리를 벗어났다고 말할 수 있겠는가? 불교의 원초적 인간 조건, 즉 생로병사와 윤회를 보면 이것들이 '어떻게(comment)' 엮어져 있는지 그 메커니즘, 다시 말해 연기적 관계가 드러난다. 불가지론자로서 불자들은 이것을 받아들이지만, '왜(pour-quoi)' 그렇게 구조화되어야 하는지에 대해선 침묵, 곧 부조리에 빠질 수 있다. 그들이 이 부조리로부터 해방되는 것은 생성과 현상의 존재계, 다시 말해 마야의 유(有)를 초월해 부동과 영원의 근원인 실재 곧 공(空)의 무(無)에, 니르바나에 이를 때이다.

불교의 존재론적 질문은 '나는 누구인가?'가 아니라 '나는 무엇인가?'[16]로 표현될 수 있다. 왜냐하면 불교는 인간과 사유를 넘어선 '순수 의식'을 본질로 삼고 있기 때문이다. 불자는 생존시에 완전한 인식론적 각성 없이도, 다시 말해 부조리를 떠나지 않고도 죽음의 순

---

14) *Les Voix du silence, op. cit.*, p.416.
15) 이 문제에 관해서는 본서 50쪽 참조.

간에 이 순수 의식으로 해탈할 수 있다. 이 초월로의 과정에서 윤리적 차원의 공덕이 조건으로 제시되고 있다. 페르캉은 바로 이와 같은 존재론적·인식론적·윤리적 비전을 구현하고 있는 셈이다.

이제 말로의 소설 세계에서 부조리가 어떤 비중을 차지하는지 검토하고 이 테마에 대한 고찰을 마감하자. 사실 이 테마는 그가 소설 이전(1926-1927년)에 내놓은 에세이들, 즉 《서양의 유혹》과 《유럽 청년으로부터》에서 이미 나타나고 있다. 특히 그것은 '서양의 몰락'이 진단되는 가운데 중요하게 다루어지고 있다. 그것은 종교적 절대 가치가 무너진 상황에서 개인과 개인주의의 신화가 낳은 결과로 나타난다.

"따라서 이제 우리는 각자가 자기 자신에 대해 지닌 의식을 토대로 인간의 개념을 확립하지 않을 수 없다. 이때부터 얼마나 지독한 속박이 우리를 우리의 탐구에 얽어매고 있는가! 부조리가 최초로 나타나려 하고 있다."[17]

조정적 원리로서의 절대 가치가 사라진 탈종교화된 사회에서 개인들 각자가 자기 자신에 대해 지닌 주관적 자아 의식, 타자들과 단절을 낳는 그 의식은 차이와 다원성을 증폭시키면서 갈등의 진원지로 나타나고 급기야 부조리를 부른다. 젊은 말로에게 이 부조리는 서구

---

16) "나는 누구인가?"라는 질문은 이미 나의 정체성을 인간의 범주에 한정시키고 있다. 그것은 그리스 신화와 기독교의 존재론을 이미 전제하고 있다. 그렇기 때문에 필자가 불교와 노장 사상에 대한 탐구 소설로 규정한 《인간의 조건》에서 기요라는 인물은 존재론적 질문을 '나는 무엇인가(Que suis-je)?'로 표현하고 있다. 이에 관해서는 이 소설과 관련된 필자의 졸저와 논문들 참고 바람.

17) *La jeunesse européenne, op. cit.*, p.139.

에서 개인이 최고의 가치로 떠오른 이후 개인주의가 걸어온 종착지
이다. 그것은 개인들 사이의 갈등, 인간과 세계의 불일치에 대한 대
답으로 나타난 괴물로서 서구인을 사로잡고 있다.

　　"자신의 커다란 움직임들을 지배하고 있지만 유럽인의 중심에는 본
　　질적인 부조리가 자리하고 있다."[18]

　이와 같은 부조리는 서구 문명적 차원에서 보면, 기독교의 해체와
탈종교화가 낳은 필연적 결과물이다. 그것은 데카르트 이후 종교를
서서히 밀어내면서 권좌를 차지하게 된 이성, 신격화된 그 이성이 제
1차 세계대전을 통해 무너진 결과이다. 주지하다시피 이 전쟁은 이성
과 함께 서구의 가치 체계를 총체적으로 붕괴시키면서 '서양의 몰락'
이라는 슈펭글러의 충격적 예언을 몰고 왔다. 결국 기독교 문명의 정
신적 폐허 위에 세워진 깃발이 부조리인 셈이다. 그렇기 때문에 부조
리는 원죄를 대신해서 자리잡았고, 후에 카뮈는 그것을 '신 없는 원
죄'로 규정했다.[19] 여기에다 이 붕괴에 따른 문명의 다원성과 불연속
성이 가세해 부조리의 감정은 증폭되어 나타났다.
　말로는 이와 같은 부조리를 안고 동양의 정신 유산에 대한 소설적
탐구를 시작했던 것이다. 따라서 그가 내놓은 초기의 두 소설들, 즉
《정복자》와 《왕도》에 이 테마가 비중 있게 자리잡고 있긴 하지만, 전
혀 다른 구도 속에 편입되고 있다. 그것은 동양 사상들과 만나 다른
의미들을 생산해 내며 새로운 빛깔로 나타나고 있는 것이다. 필자가

---

18) *La Tentation de l'Occident, op. cit.*, p.76.
19) A. Camus, *Le Mythe de Sisyphe*, Gallimard, coll. folio/essais n° 11, 1942,
p.62.

노장 사상의 탐구로 해석한 바 있는 《정복자》[20] 속에 나타나는 부조리에 대한 고찰은 그 비중을 고려해 다음 기회에 별도로 제시하고자 한다.[21] 이 두 소설 이후에 1933년에 나온 《인간의 조건》에서부터는 이 테마는 자취를 감추게 된다. 말로는 전투적 불가지론자로서의 위상을 벗어나면서 부조리란 용어와 결별하는 것이다. 말년에 가진 한 인터뷰에서 그는 자신이 선구자로 간주되었던 부조리에 대해 이렇게 정리하고 있다.

"나는 부조리가 부정적으로 느껴지고, 불안과 고통으로 느껴진 대문자 차이(la Différence)의 감정이라 생각합니다. 이 차이는 다양성이나 다원성으로 무심하게 느껴질 수도 있으며, 흥분되게 느껴질 수도 있습니다. (…) 또 그것은 비극으로 느껴질 수도 있습니다. 의심할 여지없이 우리의 문명은 그것을 비극으로 느꼈고, 그 속에서 부조리의 신화를 찾아냈습니다. 요컨대 부조리는 불일치의 의식입니다."[22]

이 인용문은 서구 지성계가 양차 대전을 전후해 부조리를 어떻게 느꼈는지 압축해 보여 주고 있다. 말로의 소설과 지적 명상의 차원에서 본다면, 이 '차이'는 인간과 세계에 대한 동·서양의 두 비전이 지닌 거리를 함축한다. 이 차이를 극복하면서 새로운 제3의 정신적 빛

---

20) 이에 관해서는 본서 52쪽 참조.
21) 장 사로키는 《정복자》의 말로가 니체주의의 '중계자 역할'을 하면서 "카뮈에게 '부조리의 심원한 감각'을, '힘들지만 우정어린 심각성'을, 그리고 저력과 용기를 가르쳐 주었다"고 지적하고 있다. 장 사로키, 〈철학자 카뮈〉, in 김화영 편, 앞의 책, 1983, 99쪽. 필자는 어느 정도 이런 해석을 인정하지만, 니체와 부조리의 관계가 노장 사상과 부조리의 관계로 대체되어 연구되어야 된다고 생각한다.
22) Guy Suarès, *op. cit.*, p.21.

을 추구하는 과정이 그것들──두 비전──에 대한 재탐구이다. 이 과정은 말로가 타계할 때까지 동·서양의 대화를 통해 간단없이 계속된다. 그리하여 그는 사후에 나온 마지막 저서, 《불안정한 인간과 문학》에서 자신의 불가지론적 비전을 이렇게 표명한다.

　"불확실성은 부조리를 요구하지 않고 정신의 불가지론(agnosticisme)을 요구한다."[23]

이것이 말로가 전 생애를 통해 구도자의 자세로 동·서양을 넘나드는 지적·종교적 순례를 마감한 끝에 내놓은 최후의 언급이다. 불가지론자로서 그는 불확실하고 불가지론적인 현대 문명을 대변하면서 부조리라는 말을 비껴 가고 있다.

---

23) A. Malraux, *L'Homme précaire et la littérature*, op. cit., p.330.

맺음말

"이데아까지도 순간순간 변화하는
신비로운 마야이다."

말라르메

필자가 앞서 밝혔듯이,[1] 바르트는 발자크의 《S/Z》를 해체적으로 읽는 도구로서 다섯 개의 코드를 작동시키고 있다. 그는 이 코드들 가운데 '상징적 코드'와 관련해 이렇게 말하고 있다. "아마도 상징적 코드(약호)의 차원에서 작품의 질이라 부를 수 있는 것, 혹은 가치조차도 (…) 결정됩니다. 작품의 가치 척도는 대체로 상투적인 것에서 상징적인 것으로 넘어가는 것이라 할 수 있습니다."[2] 이러한 시각은 작가의 시적 상상력이 작품의 문학성을 판가름하는 기준이 된다는 보편적 견해를 대변한다고 할 수 있다. 바르트가 말라르메에 대해 내린 최대의 찬사적 표현, 즉 모든 현대 문학의 신화적 원형으로서 말라르

---

1) 본서 59쪽 이하 참조.
2) 〈스티븐 히스와의 대담〉, in 《텍스트의 즐거움》, 앞의 책, 157쪽에서 재인용. 바르트는 나머지 네 개의 코드, 즉 행동적 코드, 해석학적 코드, 의미론적(의소적) 코드, 참조적(문화적) 코드가 사회학 혹은 문화사회학과 관련된다고 말하고 있다. 같은 책, 156-157쪽 참조.

메의 시 세계를 고려한다면,[3] 이러한 기준을 가장 충족시키는 작품 역시 말라르메의 시라 할 것이다. 본서에서 필자는 《왕도》라는 소설이 그의 시학[4]을 독창적으로 이어받아 창조된 작품이라는 사실을 밝혀냈다. 따라서 이 작품은 완벽한 상징주의 소설로서, 일상 언어를 문학 언어로, 크리스테바의 용어를 빌리자면, 의사소통적 차원의 '현상 텍스트' 언어를 의미생성적 차원의 '발생 텍스트' 언어로 더할 수 없이 탈바꿈시킨 상징적 건축물이다. 그것은 문화적(참조적) 코드와 결합된 상징적 코드가 압도하는 텍스트인 것이다. 소설의 시공간적 구조물 전체가 하나의 거대한 '상징의 숲' 혹은 '사원'을 이루고 있음을 되새겨 보자. '단순함의 마야'를 구성하는 저 직선적 흐름까지도 이와 같은 상징 구조의 골격을 이루고 있음을 상기할 때, 《왕도》는 분명 상징주의 소설의 한 전범을 이룬다 할 것이다. 바르트의 혜안에 따라 프랑스 문학사에서 말라르메로의 '회귀'를 생각해야 할 때이다.

《왕도》가 상징시학의 언어 유희를 통해서 탄생시키고 있는 것은 불교적 비전으로서의 '순수 개념'이다. 이데아마저도 마야에 속한다고 표명했던 말라르메는 자신이 "불교를 알지도 못한 채 도달해 버린 무(無; néant)"[5]에 부딪쳤음을 고백한 바 있다. 존재계의 부정으로부터 순수 창조의 긍정으로 이동하는 말라르메 시의 '창조적 드라마'[6]와는 달리, 《왕도》는 마야로 인식된 이데아를 넘어 공(空)의 순수한 무가 열리는 지점에서 마감되고 있다. 그것은 생성의 존재계가 초월되

---

3) 본서 35쪽 이하 참조.
4) 사실, 그의 상징주의 시학은 데리다적으로 표현해 '기원'이 없고 흔적으로만 흩어져 존재하는 시학의 기법들을 철저하게 체계화한 것이라 할 것이다. 암시·환기·상징·유추의 개별적 흔적들은 다른 많은 문화에도 존재하기 때문이다.
5) 최석, 앞의 책, 61쪽에서 재인용.

고 의미를 낳는 패러다임의 갈등[7]이 소멸하며, 일자(一者)로서의 신 마저도 자취를 감추는 무의 극한으로서의 우주적 의식으로 독자를 이끌고 있다. 그 독특한 소설적 과정이 텍스트로, 마야의 그물로 뒤덮인 그런 텍스트로 독자 앞에 놓여 있다. 《왕도》의 상징시학은 현상계가 마야인 것처럼 마야의 놀이를 통해 이 마야를 넘어서게 유도하고 있다. 그것의 베일이 벗겨질 때 구도(求道)의 길이 나타난다. 말라르메가 주문한 바대로 필자가 독자로서 능동적으로 참여해 텍스트를 '연주한' 끝에 생산된 책이 바로 이와 같은 구도 소설이다.

이제 말로의 문학관이 말라르메의 문학관을 계승하고 있음은 분명하게 드러났다. 그러나 그는 소설의 차원에서 말라르메보다 더 철저한 마야적 상징시학을 펼쳐냄으로써 독자를 마야의 안개 속에 가두어 놓고 있다. 제1부에서 지적했듯이 서한이나 글 등을 통해 자신의 시 해독 방법을 알려 준 시인과는 달리, 소설가는 텍스트로 들어가는 시학의 열쇠를 소설 속에 완벽하게 내재시켜 놓고 있다. 그러니까 그는 텍스트의 절대적 자율성 뒤로 완전히 자신을 숨기며 사라진 셈이다. 이보다 '저자의 죽음'을 실현시킨 작가가 있을까 의심스럽다. 말

---

6) 이는 바르트적으로 표현한다면 '마야의 즐거움'에 동참하는 창조 행위이다. 바르트는 일본의 선불교에서 '마야'라는 개념을 도입해 활용하고 있다. R. Barthes, *Le Neutre, op. cit.*, p.124 참조. 한편 그것을 라캉의 3계에 따라 표현한다면 '상징계' 속에서 '상상계'(나머지 하나는 도달할 수 없는 실재계임)를 끊임없이 생산하는 행위가 될 것이다.

7) 토마스 쿤에 의해 정립되어 다양하게 응용된 '패러다임'이란 용어는 푸코의 '에피스테메'와 접근되기도 하지만, 여기서는 바르트가 언어학적 의미를 변용하여 사용한 뜻으로 사용한다. 그것은 갈등 속에서 의미를 생성시키는 '잠재적 두 항의 대립'이다. 예컨대 거시적으로 볼 때, 삶과 죽음은 극단적인 패러다임을 형성한다. 죽음이 없다면 삶의 의미 생성은 불가능하다. 악과 불행이 없다면 선과 행복을 알 수도 추구할 수도 없다. 물론 대립적인 양극적인 것들만이 패러다임을 형성하여 의미를 생성하는 것은 아니다. 차이가 나며 갈등을 야기시키는 것들은 모두가 패러다임을 구성할 수 있다. Roland Barthes, *Le Neutre, op. cit.* 참조.

로는 자신의 소설이 잘못 읽혀졌다고 말한 적이 단 한번도 없다. 읽기를 전적으로 독자의 몫으로 남겨 놓았던 것이다. 그는 소설을 통해 말라르메의 시학을 극한으로 밀고 감으로써 새로운 지평을 열어 놓고 있다. 비평가로서의 말로와 소설가로서의 말로 사이에는 분명 간극이 존재하고 있다. 장 클로드 라라가 작가의 비평 활동을 토대로 공들여 주조해 낸 '문학이론가 말로'[8]는 전적으로 재검토되어야 할 주제이다.

이와 같은 관점에서 볼 때 다양한 텍스트 읽기가 비롯됨은 당연하다. 《왕도》라는 텍스트가 단편적으로 잘려져 읽힐 때 혹은 그것에 쳐 놓은 마야의 그물이 걷히지 않을 때, 그것은 니체의 초창기 허무주의적 비전, 프로메테우스적 저항, 부조리한 실존주의적 비극, 콘래드적 모험, 자기 긍정의 반운명적 에로티시즘, 서구 문명 비판 등을 담아내는 여러 얼굴을 드러낸다. 이런 읽기들이 반드시 잘못된 것은 아니다. 그런 색채들은 소설을 풍요롭게 해주는 역할이 가능하며, 소설의 깊이를 더해 주는 데 기여한다. 그것들은 코드화된 텍스트 속에 숨겨진 보물을 찾아가는 과정에서 벗겨내야 할 양파 껍질 같은 것들이다. 필자가 생산한 새로운 구조물은 그것들을 전제로 해서 태어난 산물이기 때문에 모두를 포용하는 것이 되고자 한다.

텍스트는 독자의 취향·지식·교양만큼 열리는 공간이다. 《왕도》가 불교를 탐구하는 구도 소설이라 할지라도 그 속에는 서구 역사와 문명에 대한 반성이 담겨 있다. 그렇기 때문에 동양과 서양을 넘나드는 지적 유희의 장이 폭넓고 깊이 있게 탄생한다. 불교의 모습을 부각시키려면 불교와 다른 것을 나란히 놓는 것이 가장 효과적이고, 동

---

8) 본서 39쪽 이하 참조.

양은 서양과 대비됨으로써 그 진면목이 보다 확실하게 포착된다. 말로의 예술비평이 보여 주듯이 말이다. 의미 생성의 장이 존재하기 위해서는 패러다임을 낳는 '차이'가 도래해야 한다. 서양 정신과 동양 정신이 만날 때 차이와 '차연'을 통한 의미 작용의 연쇄, 곧 기표의 놀이는 한 진영에 머물 때보다 훨씬 더 풍요로워진다. 그것은 그만큼 더 폭발적으로 무한하게 확장될 수 있다.[9] 따라서 필자가 보여 준 《왕도》 읽기는 시작에 불과할 수 있다. 동서양에 대한 보다 심원한 지식으로 무장한다면 이 소설을 또 다른 차원들에서 읽을 수 있으리라 생각된다.

필자는 소설 속에 나타나는 불교 사상의 깊이를 비판하는 일은 삼갔다. 특히 그것은 문학적으로 육화되어 있기 때문에 작품을 쓸 당시 젊은 말로가 이 사상에 대해 어느 정도 입문했는지 정확하게 포착하는 일이 불가능하다. 오히려 그렇기 때문에 읽기의 풍요로움이 증폭될 수 있고 독자의 입지가 넓어질 수 있는 것이다. 필자는 《왕도》가 원시 불교에 탄트라를 접목시킨 비극적 비전을 강력하게 재창조하고 있다는 점을 드러냈다. 이 비전은 서구의 한 창조적 작가의 지성과 감성이 빚어낸 독창적 예술 형태 속에 녹아 있다. 불가지론자 페르캉이 부조리를 넘어 생성의 존재계를 초월하고 클로드가 인간 조건에 입문하는 과정은 불교의 색즉시공(色卽是空)에서 공에 초점이 맞추어져 있다. 이는 기독교의 현세 부정과 긍정의 양면성, 예술사적으로 보면 로마네스크 양식과 고딕 양식이 표상하는 그 양면성에서 전자와 접근될 수 있다. 말로의 소설 세계에서 이와 같은 불교적 공으로

---

9) 바르트가 일본 문화에 충격을 받아 《기호의 제국》을 쓴 이후로 동서양을 자유자재로 넘나들며 창조의 지적 유희를 즐겼던 사실을 상기하자.

부터 색으로의 상대적 이동, 다시 말해 역사와 문명 속으로의 진입이 이루어지기 위해서는 《인간의 조건》을 기다려야 한다.[10] 색즉시공, 현세와 내세의 패러다임에서 색과 현세의 진정한 가치를 깨닫기 위해서는 공과 내세의 탐구가 필요하다. 어둠이 깊을수록 빛은 광채를 발한다. 어둠을 모르고 빛을 알 수 없다. 삶의 소중함은 죽음의 참된 인식에서 비롯된다 할 것이다. 《왕도》의 비극에 낯설어할 독자는 이런 차원에서 소설을 읽으면 된다. 한편으로 말로 역시 그의 소설들을 '탐구 소설'로 썼다는 점을 상기하자.

그러나 독자는 텍스트 읽기를 통해 드러나는 불교적 메시지, 달리 말하면 주제에만 매달리면 안 된다. 사실 일반 독자가 생각하는 것과는 달리 예술가에게 주제는 아무것도 아니다. 생각해 보라. 불교의 사상만을 이해하려 한다면 예술 작품을 통하지 않고도 얼마든지 접할 수 있으며, 보다 쉽게 풀어놓은 해설서를 읽는 게 도움이 될 것이다. 텍스트가 상징시학과 언어 유희를 통해 구축해 내는 문학적 건축물로서의 신비한 형태에 다가갈 때 감동적 독서가 비롯된다. 필자의 연구가 이런 독서에 안내 역할을 하는 데 조금이나마 보탬이 된다면 더 이상 바랄 게 없을 것이다.

이제 필자가 《왕도》를 가지고 때로는 힘들게, 때로는 환희를 느끼며 작업해 온 재생산의 여정을 마감할 때가 된 것 같다. 말로는 제1차 세계대전으로 붕괴된 서구 문명의 위기 앞에서, 다시 말해 '에피스테메로서의 역사'와 '주체로서의 인간'의 소멸 앞에서, 그리고 전대미문의 지구촌 문명의 탄생에 직면하여 동양으로의 정신적 순례를 떠났다. 그 결과로 나온 것이 동양의 3부작이다. 따라서 여기서 그는

---

10) 이에 관해서는 이 소설을 다룬 필자의 졸저와 졸고들 참조.

서구의 '인본주의'와 절연하고 인간이 '탈중심화된' 동양 문화로 지적 이동을 보여 주고 있다. 그러나 그는 이 3부작 뒤에 나온 서양의 3부작에서 그리스-기독교 사상으로 대변되는 서양 정신의 뿌리로 되돌아감으로써 주체-인간으로의 회귀를 드러낸다.[11] 대칭적인 두 3부작을 통해 나타나는 이와 같은 단절과 회귀의 문학적 도정을 통해 말로는 20세기 후반 프랑스 구조주의 역사가 그리는 궤적을 일찌감치 선구적으로 편력하고 있는 셈이다. 그는 인류가 지구촌 차원에서 당면한 정신적 방황과 해체를 직시했다.[12] 그는 이와 같은 어둠을 극복하고자 생을 마감할 때까지 동서양을 넘나들며 중단 없는 명상과 구도(求道)의 길을 걸었던 것이다. 모험과 혁명으로 채색된 소설적 체험을 통한 그의 지적 탐구는 바로 이러한 절대의 추구 과정에서 중심적 단계로 자리잡고 있다. 그가 줄기차게 모색한 또 다른 빛, 다시 말해 동서양을 아우르며 동시에 뛰어넘는 제3의 빛이 떠오르는 미지의 지평 가까이에 그의 예술 세계가 미완의 길목처럼 독자를 기다리고 있다.

---

11) 이와 관련해서는 서양을 3부작을 다룬 필자의 졸고들, 특히 〈앙드레 말로의 《알튼부르그의 호도나무》에 나타난 그리스-기독교 사상 — 소설의 상징시학을 중심으로〉, 앞의 책, 참조.

12) 그는 황혼기(1969년)에 가진 한 인터뷰에서 이렇게 말하고 있다. "한 문명이 인간과 우주에 의미를 줄 수 없다면, (…) 그것은 그것이 이룩한 가장 생생한 업적에서 타격을 입고 있는 것입니다. 나는 이렇게 매우 조용하게 덧붙이겠습니다. 이처럼 영원히 계속될 수는 없을 것입니다. 우리의 문명은 근본적 가치를 찾지 않으면 안 될 것입니다. 그렇지 않으면 그것은 해체될 것입니다." Entretien accordé pour la Radio-Télévision yougoslave……, *op. cit.*, p.17.

참고 문헌[1]

I. 말로의 작품

A) 소설

Les Conquérants, Grasset, 1928. Dans *Oeuvres complètes* I, Gallimard, "Bibliothèque de la Pléiade," 1989.

La Voie royale, Grasset, 1930. Dans *Oeuvres complètes* I, Gallimard, "Bibliothèque de la Pléiade," 1989.

La Condition humaine, Gallimard, 1933. Dans *Oeuvres complètes* I, Gallimard, "Bibliothèque de la Pléiade," 1989.

Le Temps du mépris, Gallimard, 1935. Dans *Oeuvres complètes* I, Gallimard, "Bibliothèque de la Pléiade," 1989.

L'Espoir, Gallimard, 1937. Dans *Oeuvres complètes* II, Gallimard, "Bibliothèque de la Pléiade," 1996.

Les Noyers de l'Altenburg, Editions du haut pays, 1943. Dans *Oeuvres complètes* II, Gallimard, "Bibliothèque de la Pléiade," 1996.

Le Règne du Malin, *Oeuvres complètes* III, Gallimard, "Bibliothèque de la Pléiade," 1996.

《왕도로 가는 길》, 김붕구 역, 지식공작소, 2001.

B) 다른 작품들(에세이 · 선집 · 예술비평 · 회고록)

La Tentation de l'Occident, Grasset, 1926. Dans *Oeuvres complètes* I,

---

1) 이 참고 문헌 목록은 본서에서 언급된 저서들과 자료들에 제한된 것임을 밝혀 둔다. 말로의 작품 가운데 활용된 텍스트가 초판이 아닌 경우는 초판을 먼저 밝힌다.

Gallimard, "Bibliothèque de la Pléiade."

D'une jeunesse européenne, dans *Ecrits*, "Les Cahiers verts" n° 70, Grasset, 1927.

Scènes choisies, Gallimard, 1946.

Les Voix du silence, Gallimard, coll. "La Galerie de la Pléiade," 1951.

La Métamorphose des Dieux: 1. *Le Surnaturel*, Gallimard, coll. "La Galerie de la Pléiade," 1957, Gallimard, 1977.

Antimémoires, Gallimard, 1967. Dans *Oeuvres complètes* III, Gallimard, "Bibliothèque de la Pléiade," 1996.

Lazare, Gallimard, 1974. Dans *Oeuvres complètes* III, Gallimard, "Bibliothèque de la Pléiade," 1996.

L'Homme précaire et la littérature, Gallimard, 1977.

II. 말로의 서문 · 공저 · 비평 · 대담 · 연구

A) 서문

Lawrence(D. H.), *L'Amant de Lady Chatterley*, traduit de l'anglais par Roger Cornaz, Gallimard, 1932.

B) 공저

Picon(G.) *Malraux par lui-même*, avec annotations d'André Malraux, coll. "Ecrvains de toujours," Seuil, 1953, Seuil, 1979.

C) 비평

"Défense de l'Occident, par Henri Massis," La N.R.F., 14ᵉ année, n° 165, juin, 1927.

D) 대담

Entretien accordé pour la Radio-Télévision yougoslave et l'hébdomadaire belgradois Nin, le 5 mai 1969, Traduction française sous le titre "Consolation ou apaisement, je ne sais pas⋯⋯." Dans Le Cahier de l'Herne A. Malraux, 1982. Entretien avec Kommen Becirvic.

E) 연구

"Laclos" pour *Le Tableau de la littérature française*, Gallimard, 1939. Dans les *Scènes choisies*, Gallimard, 1946.

III. 말로에 대한 연구 비평서

Bricourt(André), *Malraux le malentendu*, Grasset, 1986.

Carduner(Jean), *La Création romanesque chez Malraux*, Nizet, 1968.

Grover(Frédzéric J.), *Six entretiens avec André Malraux sur les écrivains de son temps*(1959-1975), Idées/Gallimard, n° 401, 1978.

Ellis(E. A.) *André Malraux et le monde de la nature*, Minard, "Archives des lettres modernes" n° 157, 1973.

Larrat(Jean. C.), Malraux, *Théoricien de la littérature*, PUF, 1996. *André Malraux*, Librairie générale Française, 2001.

Moatti(Christiane), La Condition *d'André Malraux, poétique du roman*, editions Lettres Modernes, "Archives des lettres modernes" 210, 1983.

—— *Le Prédicateur et ses masques*, Publications de la Sorbonne, 1987.

Picon(Gaëtan), *Malraux*, Seuil, "écrivains de toujours" 4, 1979.

Sabourin(Pacal), *La Réflexion sur l'art d'André Malraux*, Klincksieck, 1972.

Stéphane(Roger), *André Malraux, entretiens et précisions*, Gallimard, 1984.

Suarès(Gui), Malraux, *celui qui vient*, Stock+plus, 1979.

Tannery(Claude), *Malraux, Agnostique absolu*, Gallimard, 1985.

Zarader(Jean-Pierre), *Malraux ou la pensée de l'art*, Ellipses, 1998.

Cahier de l'Herne André Malraux, Edition de l'Herne, 1982.

Le Livre dans la vie et l'œuvre d'André Malraux, "Actes et colloques" n°
26, Editions Klincksieck, 1988.

IV. 말로 특집호

Revue André Malraux review, vol. 27 1/2, Université de Tennessee,
1998.

*La Revue des lettres modernes, André Malraux, réflexions sur les arts
plastiques*, n° 10 de la "Série André Malraux" textes réunis et présentés par
C. Moatti, Minard, Paris-Caen, 1999

André Malaux, "Les Noyers de l'Altenburg," "La Condition humaine," Etudes
réunies et présentées par C. Moatti, *Roman 20-50*(Lille), n° 19, 1995.

Mélanges Malraux Miscellany, vol. XV, n° 12, spring-autumn, 1983.

Europe, 67ᵉ année, n° 727-728/Novembre-Décembre, 1989.

V. 부분적 연구서

Blanchot(M.), "Note sur Malraux", in *La part du feu*, Gallimard, 1949.

Fitch(B. T.), *Le Sentiment d'étrangeté chez Malraux, Sartre, Camus, de S.
de Beauvoir*, Minard, 1964.

Goldmann(L.), *Pour une sociologie du roman*, Gallimard, idées/gallimard
n° 93, 1964.

Hinchliffe(A. P.), *The Absurd*, Methuen & Co Ltd.

Langlois(Walter G.), "Aux source de *La Voie royale*," in A. Malraux,

Oeuvres complètes, vol. I.

Lansard(Jean), "*La Voie royale*, Quête initiatique?," in *Cent ans de littérature française 1850-1950*, "Mélanges offertes à Jacques Robichez," Sèdes, 1987.

Magny(Claude-Edmonde), "Malraux le fascinateur," in *Esprit*, 1948, cité dans *Les critiques de notre temps et Malraux*, présentation par Pol Gaillard, Editions Garnier Frères, 1970.

Malraux(Clara), *La fin et le commencement*, Grasset, 1976.

Morot-Sir(E.), "Imaginaire de peinture et imaginaire littéraire," in *Cahiers de l'association internationale des études françaises*, Société d'édition "Les Belles lettres," n° 33, 1981.

Stéphane(Roger), La Fin d'une jeunesse, La Table ronde, 1954.

—— *Portrait de l'aventurier*, Bernard Grasset, 1965.

Kim(W. K.), *Quête et structuration du sens dans l'univers romanesque d'André Malraux*, thèse de doctorat, Université Montpellier III, 1990.

—— "La Conscience de fou dans *La Condition humaine*," in *Revue André Malraux review*, vol. 27 1/2, Université de Tennessee, 1998.

—— "L'Erotisme mystique dans *La Voie royale*," in *La Revue des lettres modernes, André Malraux, réflexions sur les arts plastiques*, n° 10 de la "Série André Malraux" textes réunis et présentés par C. Moatti, Minard, Paris-Caen, 1999.

김웅권, 〈소설의 상징시학 — 앙드레 말로의 《왕도》를 중심으로〉, in 《불어불문학연구》 제48집, 한국불어불문학회, 2001.

—— 〈소설의 상징시학 I — 앙드레 말로의 《인간의 조건》을 중심으로〉, 《프랑스학연구》, 제22권, 2002.

—— 〈소설의 상징시학 II — 앙드레 말로의 《인간의 조건》을 중심으로〉, 《불어불문학연구》, 제50집, 2002.

—— 〈앙드레 말로의 《알튼부르그의 호도나무》에 나타난 이야기의 불연속성의 한 단면〉, 《불어불문학연구》 제32집, 한국불어불문학회, 1996.

───〈앙드레 말로의 《알튼부르그의 호도나무》에 나타난 이야기의 불연속성과 근원의 신화〉, 《불어불문학연구》 제35집, 한국불어불문학회, 1997.

───〈앙드레 말로의 《알튼부르그의 호도나무》에 나타난 그리스-기독교 사상〉, 《불어불문학연구》 제56집, 한국불어불문학회 2003.

라쿠튀르(장), 김화영 역, 《앙드레 말로》, 현대문학, 1995.

리오타르(프랑수아), 이인철 옮김, 《앙드레 말로》, 책세상, '위대한 작가들' 총서 11, 2001.

부아데프르(피에르 드), 이창실 역, 《앙드레 말로》, 한길사, 1998.

비에(크리스티앙) · 브리겔리(장 폴) · 라스파유(장 뤽), 은위영 옮김, 《앙드레 말로》, 시공사, '시공디스커버리' 총서 037, 1996

송기형, 《앙드레 말로》, 건국대학교출판부, 1995.

코퍼(레미), 장진영 옮김, 《앙드레 말로》, 이룸, 2001

VI. 기타 참고서

Aziza(Cl.), Olivier(Cl.) et Sctrich(R.), *Dictionnaire des symboles et des thèmes littérares*, Nathan, 1978.

Barthes(R.), *S/Z*, Seuil, collection "point" 70, 1970.

─── *Comment vivre ensemble*, cours et séminaires au Collège de France, Seuil/Imec, "Traces écrites," 2002.

─── *Le Neutre, cours au Collège de France*(1977-1978), Seuil/Imec, "Traces écrites," 2002.

Bachelard(G.), *La Terre et les rêveries du repos*, José Corti, 1948.

Borges(J. L.), *Qu'est-ce que le bouddhisme?* Idées/Gallimard, n° 404, 1979.

Camus(A.), *Le Mythe de Sisyphe*, Gallimard, coll. folio/essais n° 11, 1942.

Chevalier(J.) et Gheerbrant(A.), *Dictionnaire des symboles*, Paris, Robert

Laffont/Jupiter, 1982

Bataille(G.), *L'Erotisme*, Editions de minuit, 1957.

Chantal(S.), *Le Coeur battant*, Edition Rombaldi, "Bibliothèque du temps présent", 1979.

Coomarswamy(A. K.), *Le Temps et l'éternité*, coll. "Mystique et Religions," Dervy-Livres, 1976.

Mircea Eliade, *Images et symboles*, Gallimard, "Tel gallimard" n° 44, 1952.

Foucault(M.), *Les mots et les choses*, Gallimard, 1966.

Fouchet(M.-P.), *L'art amoureux des Indes*, Idées/arts, Gallimard, 1957.

Gulik(R. V.), *La vie sexuelle dans la Chine ancienne*, Gallimard, 1971.

Hutin(S.), *Les Gnostiques*, coll. "Que sais-je?," n° 808, PUF, 1978.

Jung(C. G.), *Dialectique du moi et de l'inconscient*, Gallimard, idées/gallimard n° 285, 1964.

Morin(E.), *L'Homme et la mort*, Seuil, coll. "Points Sciences humaines," n° 77, 1970.

H. -C. Puech(H. -C.), *En Quête de la gnose*, Tome I, *La Gnose et le temps*, Gallimard, 1978.

Richard(J. -P.), *L'Univers imaginaire de Mallarmé*, Edition du Seuil, 1961.

Stengers(I.) et Bensaude-Vincent(B.), *100 mots pour commencer à penser les sicences*, Les Empêcheurs de penser en rond, 2003.

Bagavad Gîta, traduction; introduction et commentaires par Anne Marie Esnoul et Olivier Lacombe, Librairie Arthème Fayard, coll. "Sagesse," n° 9, 1972.

Encyclopaedia Universalis, vol. 15, 1979.

김기봉, 《프랑스 상징주의와 시인들》, 소나무, '서강 인문 정신' 총서 002. 2000.

김붕구, 《보들레르. 평전 · 미학과 시세계》, 문학과지성사, 1977(1982).

김상환 · 홍준기 엮음, 《라캉의 재탄생》, 창작과비평사, 2002.

김인환, 〈시적 언어의 형식과 그 해석 ─ J. 크리스테바의 말라르메 '산문' 분석을 중심으로〉, 《불어불문학연구》 제32집, 한국불어불문학회, 1996.

김형효 지음, 《하이데거와 화엄의 사유》, 청계, 2002

김화영, 〈돌의 시학〉, in 김화영 편, 《카뮈》, 문학과지성사, 작가론 총서 6, 1978(1983).

라즈니쉬(B. S.), 석지현 · 홍신자 역, 《사라하의 노래》, 일지사, 1981.

── 길연 옮김, 《탄트라》, 성정출판사, 1985(1993).

바르트(롤랑), 김희영 옮김, 《텍스트의 즐거움》, 롤랑 바르트 전집 12, 동문선, 1997.

박기현, 〈낭만주의 상상력 연구 ─ 코울리지와 보들레르〉, 《불어불문학연구》, 2003년 겨울 제1권.

보들레르, 김인환 역, 《악의 꽃》, 자유문학사, 1988

사르트르(장 폴), 정명환 옮김, 《문학이란 무엇인가》, 민음사. 1998.

소광희, 《시간의 철학적 성찰》, 문예출판사, 2003.

슈펭글러(오스발트), 박광순 역, 《서양의 몰락》, 범우사, 1995.

아지트 무케르지/송장유경 · 김구산 역, 《탄트라》, 동문선, 1995(1990).

아도르노(T. W.), 김주연 역, 《아도르노의 문학 이론》, 민음사, 1985.

엘리아데(미르체아), 정위교 옮김, 《요가─불멸성과 자유》, 고려원, 1989.

삼바바(파드바) 지음, 라마 카지 다와삼둡 번역, 에반스 웬츠 편집, 류시화 국역, 《티벳 사자의 서》, 정신세계사, 1995년.

이기영, 〈불교적 시간관〉, in 《원효 사상 연구 II》, 한국불교원, 2001, 527.

이진경 지음, 《노마디즘》, 휴머니스트, 2002.

질 들뢰즈/펠릭스 가타리, 김재인 옮김, 《천 개의 고원》, 새물결, 2003.

지므네즈(마르크), 김웅권 역, 《미학이란 무엇인가 *Qu'est-ce que l'es-thétkque?*》, 동문선, 2003.

차드윅(찰스), 박희진 역, 《상징주의》, 서울대학교출판부, 1978.

최윤경, 〈말라르메와 유추〉, 《프랑스학연구》, 2003년 여름.

콘래드, 이상옥 옮김, 《암흑의 핵심》민음사, 1998.
파스칼, 홍순문 역, 《팡세》, 삼성출판사, 세계 사상 전집 18, 1976.
플라톤, 최명관 역, 《향연》, 을유문화사. 1966.
《법구경》, 석지현 역, 불전간행회편, 불교 경전 15, 민족사, 1994

작가 연보[1]

1901년: 11월 3일. 파리의 몽마르트르 언덕 아래 당레몽 가(街) 53번지
에서 조르주 앙드레라는 이름으로 출생. 신분증에 나타난 조르
주 앙드레라는 이름 때문에 말로가 43년 후 제2차 세계대전중
레지스탕스 운동을 하다 체포되었을 때, 게슈타포는 갈피를 잡
지 못하고 결국 조르주 앙드레가 소설가 앙드레 말로가 아닌 것
으로 판단하게 됨. 이로 인해 말로는 생명을 구했음.

그의 부친 페르디낭 말로는 프랑스 북부 항구 도시 덩케르크에
서 선박업을 하다 망한 대부르주아(바이킹의 후예)의 오남매 중
둘째아들로 태어나, 파리에서 미국계 은행 대리점을 운영하였으
며, 말로가 출생할 당시에 22세였음.

모친 베르트 라미는 아버지가 쥐라 지방 출신이고, 어머니가 이
탈리아인으로 프랑스-이탈리아계이며 미모와 교양을 겸비함.

1902년: 11월 25일. 파리에서 동생 레이몽 페르디낭 말로 출생. 생후 4
개월째가 되던 1903년 3월 18일 사망함.

1905년: 부모의 별거. 앙드레는 어머니·외할머니·외숙모와 함께 파리
동쪽 근교의 소도시 봉디(울창한 숲으로 유명함)에서 성장함. 그
들은 잡화 식료품점을 운영하며 생계를 유지했으나 말로의 부
모가 정식으로 이혼한 것은 15년이 지나서임.

1909년: 할아버지 알퐁스 말로(68세) 의문의 자살. 도끼로 자신의 머리
를 쳐 자살한 것으로 전해지며, 말로의 소설 《왕도》, 《알튼부르
그의 호도나무》, 그리고 《반회고록》에 에피소드로 나타남. 동생

---

1) 본 연보는 필자가 작가의 전기에 관한 몇몇 자료와 기존의 연보들을 참고하여
개괄적으로 작성한 것임.

레이몽 페르디낭 말로의 죽음에 이어 두번째 죽음과의 만남으
로 기억 속에 새겨짐.

1912년: 5월 13일. 아버지 페르디낭과 릴 출신의 처녀 마리 루이즈 고다
르 사이에 이복동생 롤랑 말로 출생. 두 사람은 후에 정식으로
결혼함.

1914년: 제1차 세계대전 발발. 역사 및 죽음과의 만남.

1915년: 에콜 프리메르 쉬페리외르(후에 튀르고 고등학교가 됨)에 입학.
책방 · 극장 · 박물관 등을 자주 드나들기 시작함.

1918년: 에콜 프리메르 쉬페리외르를 마치고 콩도르세 고등학교에서 대
학입학자격시험을 준비하려 했으나 받아들여지지 않음. 대학 포
기. 독학으로 다양한 독서.

1919년: 《라 코네상스 *La Connaissance*》라는 이름의 독서 살롱 및 출판
사를 경영하는 르네 루이 두아용 밑에서 고서적들을 수집하는
일을 함. 문인들, 예술가들과 교제를 시작함(막스 자코브 · 모리
아크 · 갈라니 등). 기메 박물관(동양 예술품이 주종을 이룸)과 루
브르 박물관에서 강의를 들으며 산스크리트어를 공부함. 동양
문화에 대한 관심을 나타내기 시작함.

1920년: 문학과 사상 잡지 《라 코네상스》에 첫 평론 〈입체파 시의 기원
Les origines de la poésie cubiste〉을 발표함. 이어서 이 잡지와
《악시옹》지에 계속해서 다양한 글을 발표하면서 출판 일을 함.

1921년: 4월에 최초의 '초현실주의적' 작품 《종이달 *Lunes en papiers*》을
자신이 호화판 출판 기획을 담당했던 갈르리 시몬사에서 펴냄.
《길들여진 고슴도치 *Les Hérissons apprivoisés*》와 같은 유사한
경향의 작품들을 잇달아 발표함. 10월에 클라라 골슈미트와 결
혼함. 클라라와 이탈리아 등 유럽 각지를 여행함.

1922년: 문예 잡지 《누벨 르뷔 프랑세즈 Nouvelle revue française
(N.R.F.)》와 《데 *Dés*》지에 기고 시작. 화가 피카소 · 드랭 · 갈라
니 · 샤갈 · 브라크 등과 교제. 갈라니 전시회의 카탈로그 서문
을 씀.

1923년: 모라스(Maurras)의 《몽크 아가씨 *Mademoiselle Monk*》의 서문을
쓺. 10월 중순에 죽마지우 루이 슈바송 및 아내 클라라와 인도
차이나로 고고학적 탐사 여행을 떠남. 옛 크메르 왕국의 수도
앙코르 와트와 메남 강 하구를 잇는 '왕 성의 길'에서 답사, 반
테아이 스레이 사원에서 일곱 개의 돌조각 블록을 뜯어냄(이 경
험을 소재로 하여 소설 《왕도》를 집필함). 조각 작품 절도 혐의를
받아 프놈펜에서 기소되고 현지 소환 명령을 받음.

1924년: 7월에 프놈펜 법원은 말로에게 3년의 징역을 선고함(슈바송은
18개월, 클라라는 면소됨). 클라라가 프랑스로 돌아와 문학계·
예술계·언론계에 구명 운동을 호소함. 저명인사들의 글·편
지·탄원서가 잇달아 쏟아짐. 10월에 사이공의 항소 법원은 말
로와 슈바송에게 각각 1년과 8개월의 집행유예를 선고함. 11월
에 프랑스로 돌아옴.

1925년: 클라라와 함께 인도차이나로 다시 떠남. 1월에 사이공에서 변
호사 폴 모넹과 신문 《렝도쉰느 *L'Indochine*》를 창간하여 반식민
지 투쟁을 전개함. 8월에 탄압 때문에 신문 발행이 중단됨. 《렝
도쉰느 앙세네 *L'Indochine enchaînée*》라는 이름으로 11월에 다
시 나왔으나 이듬해 2월에 결정적으로 폐간됨. 클라라와 함께
프랑스로 귀국함.

1926년: 슈바송과 함께 호화판 출판을 전문으로 하는 출판사 《알 라 스
페르 *A la Sphère*》와 《오 잘드 *Aux Aldes*》 설립. 프랑수아 모리
아크의 《뇌우 *Orages*》와 폴 모랑의 《살아 있는 붓다 *Bouddha
vivant*》 등 출간. 1928년에 폐쇄됨. 《서양의 유혹》의 전신인 〈중
국 청년으로부터의 편지〉를 《누벨 르 뷔 프랑세즈》에 발표. 그
라세 출판사에서 《서양의 유혹》 출간.

1927년: 《에크리》지에 〈유럽 청년으로부터〉 발표. 《코메르스 *Commerce*》
지에 《괴상한 왕국》의 전신인 〈행운의 섬에의 초대〉 발표.

1928년: 대성공을 거둔 첫 소설 《정복자》를 그라세사에서, 《괴상한 왕
국》을 갈리마르사에서 출간. 갈리마르사 독서위원회 위원이 됨.

1929년: 갈리마르사의 예술부장이 됨. 페르시아를 중심으로 중동 지방
　　　　여행.
1930년: 중동·인도 지방 여행. 아버지 페르디낭 말로 자살. 두번째 소
　　　　설 《왕도》를 출간하여 엥테랄리에 상(Prix intéallié) 수상. 발레리
　　　　와 만남.
1931년: N.R.F. 화랑 설립. 고딕-불교 예술 전람회 개최. 고딕-불교 예
　　　　술, 그리스-불교 예술, 중앙아시아 예술 전람회 등, 다양한 동
　　　　서 문화 교류 전람회를 개최하고 보고서를 발표함. 《정복자》에
　　　　대해 트로츠키와 논쟁. 세계 일주 여행(페르시아의 이스파한에서
　　　　뉴욕까지. 러시아·아프카니스탄·인도·버마·중국·일 본·캐나
　　　　다 경유).
1932년: 로렌스의 《채털리 부인의 사랑》 프랑스어 번역판 서문. 페르시
　　　　아 벽화 전람 회, 극동의 추상 예술 전람회 등 여러 전람회 개최
　　　　와 N.R.F.에 기고 활동. 어머니 베르트 말로의 사망. 레이몽 아
　　　　롱·클로델·하이데거 등과 만남. 여성 잡지 《마리안》에서 일
　　　　하던 조제트 클로티스와 최초 만남. 말로와 비극적 사랑을 하게
　　　　될 조세트는 갈리마르사에서 처녀 소설 《푸른 시절 *Le Temps*
　　　　vert》을 출간함.
1933년: 포크너의 《성소 *Sanctuaire*》 프랑스어 번역판 서문. 혁명 작가
　　　　및 예술가 동맹에 참여하여 반파시스트 운동을 최초로 전개함.
　　　　딸 플로랑스 출생. 《인간의 조건》을 출간하여 공쿠르상 수상. 말
　　　　년에 말로의 여인 루이 드 빌모랭과 잠깐 동안의 관계. 트로츠
　　　　키와의 대담. 조제트 클로티스와의 연인 관계 시작.
1934년: 디미트로프·포포프·타네프 석방을 위해 앙드레 지드와 함께
　　　　베를린 여행. 타엘만 석방위원회 설립. 코르니글리옹 몰리니에
　　　　와 사바 여왕의 전설적 수도를 발굴하기 위해 예멘의 다나 사막
　　　　을 비행함. 《랭트랑시장 *L'Intransigeant*》지에 전보를 쳐 자신의
　　　　발견을 알림. 모스크바의 첫 소비에트 작가회의에서 '예술은
　　　　정복이다' 란 제목으로 연설. 고리키·파스테르나크·스탈린·

에이젠 슈테인 등과 만남.

1935년: 반파시스트 소설 《모멸의 시대》 출간. 앙드레 비올리의 《엥도쉰
느 에스 오 에스 *Indochine S.O.S*》에 서문. 지드와 함께 문화 보
호를 위한 국제 작가회의를 주재하고, '예술 작품' 이란 제목으로
연설. 회의 후 국제 연합회 창설. 조세트 클로티와 브뤼즈 여행.

1936년: 스페인 내전에 참여해 국제 비행중대 '에스카드리유 에스파냐'
('앙드레 말로 비행중대' 라고 다시 명명됨)를 조직하고 지휘함.
65회 출격. 반프랑코 전선에서 전투중 부상당함. 스페인에서
네루를 만나고 파리에서 레옹 블룸과 만남. 아내 클라라와 별거
를 시작하고 조제트 클로티스와 동거 시작.

1937년: 스페인 공화국 지원 호소를 위해 클로티와 미국 및 캐나다 방
문. 헤밍웨이·에이젠슈테인·오펜하이머 등과 만남. 스페인 참
전을 바탕으로 쓴 《희망》 출간. 《베르브 *Verve*》지에 《예술심리
학》 연재 시작. 베르나노스와 만남.

1938년: 소설 《희망》을 각색 《시에라 드 테루엘》이라는 영화를 촬영 시
작. 이듬해 4월 프랑스에서 촬영을 끝냄(45년 출시될 때 《희망》
으로 나옴).

1939년: 《시에라 드 테루엘》 사적인 시사회. 9월에 검열에 의해 영화 상
영 금지됨. 《프랑스 문학의 조망》에 라클로에 관한 글 게재.
1922년 부적격자로 병역이 면제되었으나 사병으로 전차부대에
지원함.

1940년: 전차병으로 프로뱅에 배치됨. 상스 부근에서 포로가 되었다 탈
출에 성공. 남부 자유 지역으로 빠져나와 조제트 클로티스와 상
봉. 그와 그녀 사이에 태어난 피에르 고티에와 생면. 지중해 연
안 니스 근처 로크브륀 캅 마르탱에 있는 라수코 별장에 클로티
스와 거처를 정함.

1941년~ 강제된 휴식 속에서 《천사와의 싸움》, 《절대의 악마》(아라비아
의 로렌스 1942년에 관한 전기적 연구), 《예술심리학》 집필. 사
르트르·지드·라캉·드리외 등을 맞이함. 42년 가을 레지스

탕스와 첫 접촉. 생 샤망으로 거처를 옮김.

1943년: 《천사와의 싸움》 제1권인 《알튼부르그의 호도나무》가 전쟁중 로 잔에서 출간됨. 클로티스와 사이에 둘째아들 뱅상 출생. 코레즈 와 도르도뉴의 레지스탕 그룹과 관계를 유지함.

1944년: 베르제(《알튼부르그의 호도나무》에 나오는 인물의 이름) 대령이 되어 지하 항독운동 지휘 시작. 코레즈·페리고르·로·도르도 뉴 지역의 프랑스 국내군을 지휘함. 부상으로 그라마에서 체포 됨. 툴루즈로 옮겨져 심문을 받고 모의 처형의 대상이 됨. 조르 주란 이름 때문에 신분이 확인되기 전 독일군이 도시를 버리고 후퇴하여 자유의 몸이 됨. 둘째 이복동생 클로드가 레지스탕스 운동중 체포되어 처형됨. '알사스 로렌 여단' 을 조직 베르제 대 령으로 지휘. 단 느마리·뮐루즈·스트라스부르 등지에서 전투. 레클레르 장군과 만남. 조제트 클로티스의 비극적 사고사(그녀 의 어머니를 배웅하러 역에 나갔다가 기차 아래로 떨어져 두 다리 가 절단되어 사망함).

1945년: 레지옹 도뇌르 훈장을 받음. 레지스탕스 운동중 체포되어 포로 수용소에 수용된 첫째 이복동생 롤랑의 죽음. 드골과의 만남. 영화 《희망》이 루이 들뤽상 을 받음. 드골 정부의 기술 자문 위 원에 이어 정보상이 됨(1946년 드골 장군이 물러날 때까지).

1946년: 이복동생 롤랑의 미망인 마들렌 말로와 함께 볼로뉴에 거처를 정함. 《영화심리학 개요》, 《작품 선집》, 《그러니까 그것뿐이었 던가?》(토마스 에드워드 로렌스, 이른바 아라비아의 로렌스에 대 한 전기적 연구 《절대의 악마》 일부) 출간. 소르본에서 '인간과 문 화' 라는 제목으로 강연.

1947년: 프랑스 국민 연합 창당에 선전부장으로 활동. 1953년 당이 해 체될 때까지 다양한 연설과 기관지 《르 라상블르망 *Le Rassem-blement*》에 사설을 씀. 《프라도 박물관의 고야 데생》의 서문, 《예술심리학》 제1권인 《상상의 박물관》 출간.

1948년: 플레옐 홀에서 '지식인들에게 보내는 호소' 란 제목으로 강연.

이 글은 이듬해 《정복자》의 후기로 수록됨. 《알튼부르그의 호도 나무》가 정식으로 출간됨. 《예술심리학》 제2권 《예술 창조》 출간. 이복동생의 롤랑 말로의 미망인 마들렌 리우와 재혼.

1949년: 《예술심리학》 제3권 《절대의 화폐》 출간. 클로드 모리아크를 편집장으로 하는 《정신의 자유》 창간.

1950년: 고야에 대한 에세이 《사투르누스》 출간.

1951년: 《예술심리학》 세 권을 묶어 《침묵의 소리》로 재출간. 제2부에 〈아폴론의 변모〉가 추가됨.

1952년: 마네스 스페르베의 《대양 속의 눈물》 서문. 《레오나르도 다 빈치와 베르미 르 반 델프트 작품 전집》 출간 기획. 미셸 플로리손의 《반 고흐와 오베르의 화가들》 서문. 《세계 조각의 상상의 박물관》 제1권 《조상(彫像)술 *La Statuaire*》 출간. 가보 홀에서 '문화와 자유에 대하여' 라는 제목의 강연. 그리스 · 이집트 · 이란 그리고 인도 여행.

1953년: 자코 장군의 《망상 혹은 현실》 서문.

1954년: 《세계 조각의 상상의 박물관》 제2권 《신성한 동굴의 저부조상》, 제3권 《기독교 세계》 출간. 뉴욕에서 연설. 알베르 올리비에의 《생 쥐스트 혹은 사물의 힘》 서문.

1955년: 갈리마르사에서 《형태의 세계》 시리즈 간행 기획.

1956년: 스톡홀름에서 렘브란트 탄생 350주년을 기념하여 '렘브란트와 우리들' 이란 제목으로 연설.

1957년: 《제(諸)신들의 변모》 제1권 출간.

1958년: 마르탱 뒤 가르, 모리아크 그리고 사르트르와 함께 대통령에게 보내는 〈엄숙한 건의문〉(고문을 고발하는 건의문임)에 서명. 드골 정권에서 내각 총리실 장관 및 정보상. 언론계 강연. 프랑스 · 서인도제도 · 이란 · 일본 등지에서 강연. 인도의 네루 수상 및 일본 황제 만남.

1959년: 문화부장관 취임(1969년 드골이 물러날 때까지). 알제리 · 멕시코 · 남아메리카 등에서 정치 연설. 아테네에서 '그리스에 보내는 경의'란 제목으로 연설.

1960년: 누비아의 유물 보호를 위한 연설. 만국이스라엘연합 100주년 연설. 〈인도 걸작품전〉 카탈로그 서문. 차드 · 가봉 · 콩고 · 중앙 아프리카 독립 선언 연설. 슈바이처 박사 만남. 앙드레 파로의 《수메르》 서문.

1961년: 〈이란 예술 7천년 전〉 카탈로그 서문. 조제트 클로티스와의 사이에서 출생한 두 아들이 바캉스에서 돌아오는 중 교통사고로 사망.

1962년: 알제리 독립을 반대하는 비밀 군사 조직 오아에스(O.A.S)로부터 자택에서 저격을 받았으나 무사함. 미국 여행. 케네디와 만남.

1963년: 《모나리자》를 가지고 미국 여행. 브라크 추도 연설. 핀란드 · 캐나다 여행.

1964년: 부르주 문화원 개원 연설. 위인의 전당 팡테옹에 유해가 이장되는 장 물랭 추도 연설. 마들렌과 결별.

1965년: 중국 여행(싱가포르 · 인도 · 일본). 마오쩌둥 및 저우언라이 만남. 르 코르뷔지에 추도 연설.

1966년: 루이 드 빌모랭과 재회, 베리에르에서 함께 삶을 시작함. 아미앵 문화원 개원 연설. 다카르에서 레오폴 생고르와 함께 제1회 흑인 예술 세계 축제 개막식 연설.

1967년: 《반회고록》 출간. 영국 하원 연설. 옥스퍼드 프랑스 문화원 개원 연설.

1968년: 그르노블 문화원 개원 연설. 유럽 고딕전(루브르) 개막 연설. 소련 여행. 코시킨 만남.

1969년: 드골 정권 퇴진과 함께 문화상에서 물러나 베리에르 르 뷔송에 은거. 콩롱베이에서 드골과 마지막 대담. 루이 드 빌모랭 사망.

1970년: 《검은 삼각형》(고야, 라클로, 생 쥐스트) 출간. 드골 사망. 루이 드 빌모랭의 《시집》 서문.

1971년: 《추도 연설집》, 《쓰러지는 떡갈나무》 출간.

1972년: 닉슨 대통령으로부터 백악관에 초대받음. 호세 베르가민의 《불

타는 못 *Le clou brûlant*》 서문. 《반회고록》 증보 출간. 라 살페
트리에르 병원에 입원.

1973년: 《왕이시여, 나는 그대를 바빌론에서 기다리노라》(살바도르 달리
삽화) 출간. 샤를 드골을 기념하는 《회상집》, 《앙드레 지드 평론
집》 4권, 피에르 보켈의 《웃음의 아이》 서문. 인도 · 방글라데
쉬 · 네팔 여행. 앙드레 말로를 기념하는 전시회 개막 연설. 유
언장 작성.

1974년: 《흑요석의 머리 *La Tête d'obsidienne*》, 《라자로 *Lazare*》, 《제신
들의 변모》, 제2권 《비현실의 세계 *L'Irréel*》 출간. 일본 여행.
베르나노스의 《시골 신부의 일기》 서문. 뉴델리에서 네루 평화
상 수상.

1975년: 《과객(過客) *Hôtes de passage*》 출간. 사르트르 성당 앞에서 강제
수용소 유형수 해방 30주년 기념 연설. 드골 사후 5주년 기념
연설.

1976년: 〈생 존 페르스의 새와 작품전〉 카탈로그 서문. 국회에서 마지막
연설. 《교수대와 생쥐들 *Les cordes et les souris*》, 《혼돈의 거울
Le Miroir des limbes》 그리고 《초시간의 세계 *L'Intemporel*》 출
간. 《말로, 존재와 말》에 '신비평'이란 제목의 서문. 11월 23일
크레테유의 앙리 몽도르 병원에서 폐전색증으로 사망. 베리에
르에서 개인장으로 장례. 루브르에서 국가적 추모 행사. 77년 1
월 23일 앵발리드의 생 루이 교회에서 피에르 보켈 신부 집전
추도 미사.

1977년: 《그리고 지상에…》(샤갈의 삽화), 《초자연의 세계 *Le Surnaturel*》
(《제신들의 변모》 1권 재출간), 그리고 마지막 저서 《불안정한 인
간과 문학》 출간.

1978년: 《사투르누스, 운명, 예술과 고야》(1950년에 나온 책과 같은 것으
로 밀로가 재검토함) 출간.

1996년: 사후 20주년을 맞이해 자크 시락 대통령이 참여하는 범국가 행
사로 말로의 유해가 위인의 전당 팡테옹에 이장됨.

색 인

김웅권
한국외국어대학교 불어과 졸업
프랑스 몽펠리에3대학 불문학 박사
현재 한국외국어대학교 연구교수
학위 논문: 〈앙드레 말로의 소설 세계에 있어서 의미의 탐구와 구조화〉
저서: 《앙드레 말로—소설 세계와 문화의 창조적 정복》
논문: 〈앙드레 말로의 《왕도》에 나타난 신비주의적 에로티시즘〉
(프랑스의 《현대문학지》 앙드레 말로 시리즈 10호),
〈앙드레 말로의 《인간 조건》에서 광인 의식〉(미국 《앙드레 말로 학술지》 27권) 외 다수
역서: 《천재와 광기》《니체 읽기》《상상력의 세계사》
《순진함의 유혹》《영원한 황홀》《파스칼적 명상》《기식자》
《운디네와 지식의 불》《어떻게 더불어 살 것인가》《중립》
《그라마톨로지에 대하여》《구조주의 역사》 외 다수

말로와 소설의 상징시학

초판발행 : 2004년 10월 20일

東文選

제10-64호, 78. 12. 16 등록
110-300 서울 종로구 관훈동 74
전화 : 737-2795

편집설계 : 朴 月

ISBN 89-8038-509-9 94800
ISBN 89-8038-000-3 (세트/문예신서)

【東文選 現代新書】

1 21세기를 위한 새로운 엘리트	FORESEEN 연구소 / 김경현	7,000원
2 의지, 의무, 자유 — 주제별 논술	L. 밀러 / 이대회	6,000원
3 사유의 패배	A. 핑켈크로트 / 주태환	7,000원
4 문학이론	J. 컬러 / 이은경 · 임옥희	7,000원
5 불교란 무엇인가	D. 키언 / 고길환	6,000원
6 유대교란 무엇인가	N. 솔로몬 / 최창모	6,000원
7 20세기 프랑스철학	E. 매슈스 / 김종갑	8,000원
8 강의에 대한 강의	P. 부르디외 / 현택수	6,000원
9 텔레비전에 대하여	P. 부르디외 / 현택수	7,000원
10 고고학이란 무엇인가	P. 반 / 박범수	8,000원
11 우리는 무엇을 아는가	T. 나겔 / 오영미	5,000원
12 에쁘롱—니체의 문체들	J. 데리다 / 김다은	7,000원
13 히스테리 사례분석	S. 프로이트 / 태혜숙	7,000원
14 사랑의 지혜	A. 핑켈크로트 / 권유현	6,000원
15 일반미학	R. 카이유와 / 이경자	6,000원
16 본다는 것의 의미	J. 버거 / 박범수	10,000원
17 일본영화사	M. 테시에 / 최은미	7,000원
18 청소년을 위한 철학교실	A. 자카르 / 장혜영	7,000원
19 미술사학 입문	M. 포인턴 / 박범수	8,000원
20 클래식	M. 비어드 · J. 헨더슨 / 박범수	6,000원
21 정치란 무엇인가	K. 미노그 / 이정철	6,000원
22 이미지의 폭력	O. 몽젱 / 이은민	8,000원
23 청소년을 위한 경제학교실	J. C. 드루엥 / 조은미	6,000원
24 순진함의 유혹〔메디시스賞 수상작〕	P. 브뤼크네르 / 김웅권	9,000원
25 청소년을 위한 이야기 경제학	A. 푸르상 / 이은민	8,000원
26 부르디외 사회학 입문	P. 보네위츠 / 문경자	7,000원
27 돈은 하늘에서 떨어지지 않는다	K. 아른트 / 유영미	6,000원
28 상상력의 세계사	R. 보이아 / 김웅권	9,000원
29 지식을 교환하는 새로운 기술	A. 벵토릴라 外 / 김혜경	6,000원
30 니체 읽기	R. 비어즈워스 / 김웅권	6,000원
31 노동, 교환, 기술 — 주제별 논술	B. 데코사 / 신은영	6,000원
32 미국만들기	R. 로티 / 임옥희	10,000원
33 연극의 이해	A. 쿠프리 / 장혜영	8,000원
34 라틴문학의 이해	J. 가야르 / 김교신	8,000원
35 여성적 가치의 선택	FORESEEN연구소 / 문신원	7,000원
36 동양과 서양 사이	L. 이리가라이 / 이은민	7,000원
37 영화와 문학	R. 리처드슨 / 이형식	8,000원
38 분류하기의 유혹 — 생각하기와 조직하기	G. 비뇨 / 임기대	7,000원
39 사실주의 문학의 이해	G. 라루 / 조성애	8,000원
40 윤리학—악에 대한 의식에 관하여	A. 바디우 / 이종영	7,000원
41 흙과 재〔소설〕	A. 라히미 / 김주경	6,000원

42	진보의 미래	D. 르쿠르 / 김영선	6,000원
43	중세에 살기	J. 르 고프 外 / 최애리	8,000원
44	쾌락의 횡포·상	J. C. 기유보 / 김웅권	10,000원
45	쾌락의 횡포·하	J. C. 기유보 / 김웅권	10,000원
46	운디네와 지식의 불	B. 데스파냐 / 김웅권	8,000원
47	이성의 한가운데에서—이성과 신앙	A. 퀴노 / 최은영	6,000원
48	도덕적 명령	FORESEEN 연구소 / 우강택	6,000원
49	망각의 형태	M. 오제 / 김수경	6,000원
50	느리게 산다는 것의 의미·1	P. 쌍소 / 김주경	7,000원
51	나만의 자유를 찾아서	C. 토마스 / 문신원	6,000원
52	음악적 삶의 의미	M. 존스 / 송인영	근간
53	나의 철학 유언	J. 기통 / 권유현	8,000원
54	타르튀프/서민귀족 〔희곡〕	몰리에르 / 덕성여대극예술비교연구회	8,000원
55	판타지 공장	A. 플라워즈 / 박범수	10,000원
56	홍수·상 〔완역판〕	J. M. G. 르 클레지오 / 신미경	8,000원
57	홍수·하 〔완역판〕	J. M. G. 르 클레지오 / 신미경	8,000원
58	일신교—성경과 철학자들	E. 오르티그 / 전광호	6,000원
59	프랑스 시의 이해	A. 바이양 / 김다은·이혜지	8,000원
60	종교철학	J. P. 힉 / 김희수	10,000원
61	고요함의 폭력	V. 포레스테 / 박은영	8,000원
62	고대 그리스의 시민	C. 모세 / 김덕희	7,000원
63	미학개론—예술철학입문	A. 셰퍼드 / 유호전	10,000원
64	논증—담화에서 사고까지	G. 비뇨 / 임기대	6,000원
65	역사—성찰된 시간	F. 도스 / 김미겸	7,000원
66	비교문학개요	F. 클로동·K. 아다-보트링 / 김정란	8,000원
67	남성지배	P. 부르디외 / 김용숙	개정판 10,000원
68	호모사피언스에서 인터렉티브인간으로	FORESEEN 연구소 / 공나리	8,000원
69	상투어—언어·담론·사회	R. 아모시·A. H. 피에로 / 조성애	9,000원
70	우주론이란 무엇인가	P. 코올즈 / 송형석	8,000원
71	푸코 읽기	P. 빌루에 / 나길래	8,000원
72	문학논술	J. 파프·D. 로쉬 / 권종분	8,000원
73	한국전통예술개론	沈雨晟	10,000원
74	시학—문학 형식 일반론 입문	D. 퐁텐 / 이용주	8,000원
75	진리의 길	A. 보다르 / 김승철·최정아	9,000원
76	동물성—인간의 위상에 관하여	D. 르스텔 / 김승철	6,000원
77	랑가쥬 이론 서설	L. 옐름슬레우 / 김용숙·김혜련	10,000원
78	잔혹성의 미학	F. 토넬리 / 박형섭	9,000원
79	문학 텍스트의 정신분석	M. J. 벨멩-노엘 / 심재중·최애영	9,000원
80	무관심의 절정	J. 보드리야르 / 이은민	8,000원
81	영원한 황홀	P. 브뤼크네르 / 김웅권	9,000원
82	노동의 종말에 반하여	D. 슈나페르 / 김교신	6,000원
83	프랑스영화사	J. -P. 장콜라 / 김혜련	8,000원

84 조와(弔蛙)	金敎臣 / 노치준 · 민혜숙	8,000원
85 역사적 관점에서 본 시네마	J. -L. 뢰트라 / 곽노경	8,000원
86 욕망에 대하여	M. 슈벨 / 서민원	8,000원
87 산다는 것의 의미 · 1—여분의 행복	P. 쌍소 / 김주경	7,000원
88 철학 연습	M. 아롱델-로오 / 최은영	8,000원
89 삶의 기쁨들	D. 노게 / 이은민	6,000원
90 이탈리아영화사	L. 스키파노 / 이주현	8,000원
91 한국문화론	趙興胤	10,000원
92 현대연극미학	M. -A. 샤르보니에 / 홍지화	8,000원
93 느리게 산다는 것의 의미 · 2	P. 쌍소 / 김주경	7,000원
94 진정한 모럴은 모럴을 비웃는다	A. 에슈고엔 / 김웅권	8,000원
95 한국종교문화론	趙興胤	10,000원
96 근원적 열정	L. 이리가라이 / 박정오	9,000원
97 라캉, 주체 개념의 형성	B. 오질비 / 김 석	9,000원
98 미국식 사회 모델	J. 바이스 / 김종명	7,000원
99 소쉬르와 언어과학	P. 가데 / 김용숙 · 임정혜	10,000원
100 철학적 기본 개념	R. 페르버 / 조국현	8,000원
101 맞불	P. 부르디외 / 현택수	10,000원
102 글렌 굴드, 피아노 솔로	M. 슈나이더 / 이창실	7,000원
103 문학비평에서의 실험	C. S. 루이스 / 허 종	8,000원
104 코뿔소 〔희곡〕	E. 이오네스코 / 박형섭	8,000원
105 지각—감각에 관하여	R. 바르바라 / 공정아	7,000원
106 철학이란 무엇인가	E. 크레이그 / 최생열	8,000원
107 경제, 거대한 사탄인가?	P. -N. 지로 / 김교신	7,000원
108 딸에게 들려 주는 작은 철학	R. 시몬 셰퍼 / 안상원	7,000원
109 도덕에 관한 에세이	C. 로슈 · J. -J. 바레르 / 고수현	6,000원
110 프랑스 고전비극	B. 클레망 / 송민숙	8,000원
111 고전수사학	G. 위딩 / 박성철	10,000원
112 유토피아	T. 파코 / 조성애	7,000원
113 쥐비알	A. 자르댕 / 김남주	7,000원
114 증오의 모호한 대상	J. 아순 / 김승철	8,000원
115 개인—주체철학에 대한 고찰	A. 르노 / 장정아	7,000원
116 이슬람이란 무엇인가	M. 루스벤 / 최생열	8,000원
117 테러리즘의 정신	J. 보드리야르 / 배영달	8,000원
118 역사란 무엇인가	존 H. 아널드 / 최생열	8,000원
119 느리게 산다는 것의 의미 · 3	P. 쌍소 / 김주경	7,000원
120 문학과 정치 사상	P. 페티티에 / 이종민	8,000원
121 가장 아름다운 하나님 이야기	A. 보테르 外 / 주태환	8,000원
122 시민 교육	P. 카니베즈 / 박주원	9,000원
123 스페인영화사	J.- C. 스갱 / 정동섭	8,000원
124 인터넷상에서—행동하는 지성	H. L. 드레퓌스 / 정혜욱	9,000원
125 내 몸의 신비—세상에서 가장 큰 기적	A. 지오르당 / 이규식	7,000원

29 朝鮮解語花史(조선기생사)	李能和 / 李在崑	25,000원
30 조선창극사	鄭魯湜	17,000원
31 동양회화미학	崔炳植	18,000원
32 性과 결혼의 민족학	和田正平 / 沈雨晟	9,000원
33 農漁俗談辭典	宋在璇	12,000원
34 朝鮮의 鬼神	村山智順 / 金禧慶	12,000원
35 道敎와 中國文化	葛兆光 / 沈揆昊	15,000원
36 禪宗과 中國文化	葛兆光 / 鄭相泓·任炳權	8,000원
37 오페라의 역사	L. 오레이 / 류연희	절판
38 인도종교미술	A. 무케르지 / 崔炳植	14,000원
39 힌두교의 그림언어	안넬리제 外 / 全在星	9,000원
40 중국고대사회	許進雄 / 洪 熹	30,000원
41 중국문화개론	李宗桂 / 李宰碩	23,000원
42 龍鳳文化源流	王大有 / 林東錫	25,000원
43 甲骨學通論	王宇信 / 李宰碩	40,000원
44 朝鮮巫俗考	李能和 / 李在崑	20,000원
45 미술과 페미니즘	N. 부루드 外 / 扈承喜	9,000원
46 아프리카미술	P. 윌레뜨 / 崔炳植	절판
47 美의 歷程	李澤厚 / 尹壽榮	28,000원
48 曼茶羅의 神들	立川武藏 / 金龜山	19,000원
49 朝鮮歲時記	洪錫謨 外/李錫浩	30,000원
50 하 상	蘇曉康 外 / 洪 熹	절판
51 武藝圖譜通志 實技解題	正 祖 / 沈雨晟·金光錫	15,000원
52 古文字學첫걸음	李學勤 / 河永三	14,000원
53 體育美學	胡小明 / 閔永淑	10,000원
54 아시아 美術의 再發見	崔炳植	9,000원
55 曆과 占의 科學	永田久 / 沈雨晟	8,000원
56 中國小學史	胡奇光 / 李宰碩	20,000원
57 中國甲骨學史	吳浩坤 外 / 梁東淑	35,000원
58 꿈의 철학	劉文英 / 河永三	22,000원
59 女神들의 인도	立川武藏 / 金龜山	19,000원
60 性의 역사	J. L. 플랑드렝 / 편집부	18,000원
61 쉬르섹슈얼리티	W. 챠드윅 / 편집부	10,000원
62 여성속담사전	宋在璇	18,000원
63 박재서희곡선	朴栽緒	10,000원
64 東北民族源流	孫進己 / 林東錫	13,000원
65 朝鮮巫俗의 研究(상·하)	赤松智城·秋葉隆 / 沈雨晟	28,000원
66 中國文學 속의 孤獨感	斯波六郎 / 尹壽榮	8,000원
67 한국사회주의 연극운동사	李康列	8,000원
68 스포츠인류학	K. 블랑챠드 外 / 박기동 外	12,000원
69 리조복식도감	리팔찬	20,000원
70 娼 婦	A. 꼬르벵 / 李宗旼	22,000원

71	조선민요연구	高晶玉	30,000원
72	楚文化史	張正明 / 南宗鎭	26,000원
73	시간, 욕망, 그리고 공포	A. 코르뱅 / 변기찬	18,000원
74	本國劍	金光錫	40,000원
75	노트와 반노트	E. 이오네스코 / 박형섭	20,000원
76	朝鮮美術史硏究	尹喜淳	7,000원
77	拳法要訣	金光錫	30,000원
78	艸衣選集	艸衣意恂 / 林鍾旭	20,000원
79	漢語音韻學講義	董少文 / 林東錫	10,000원
80	이오네스코 연극미학	C. 위베르 / 박형섭	9,000원
81	중국문자훈고학사전	全廣鎭 편역	23,000원
82	상말속담사전	宋在璇	10,000원
83	書法論叢	沈尹默 / 郭魯鳳	16,000원
84	침실의 문화사	P. 디비 / 편집부	9,000원
85	禮의 精神	柳 肅 / 洪 熹	20,000원
86	조선공예개관	沈雨晟 편역	30,000원
87	性愛의 社會史	J. 솔레 / 李宗旼	18,000원
88	러시아미술사	A. I. 조토프 / 이건수	22,000원
89	中國書藝論文選	郭魯鳳 選譯	25,000원
90	朝鮮美術史	關野貞 / 沈雨晟	30,000원
91	美術版 탄트라	P. 로슨 / 편집부	8,000원
92	군달리니	A. 무케르지 / 편집부	9,000원
93	카마수트라	바쨔야나 / 鄭泰爀	18,000원
94	중국언어학총론	J. 노먼 / 全廣鎭	28,000원
95	運氣學說	任應秋 / 李宰碩	15,000원
96	동물속담사전	宋在璇	20,000원
97	자본주의의 아비투스	P. 부르디외 / 최종철	10,000원
98	宗敎學入門	F. 막스 뮐러 / 金龜山	10,000원
99	변 화	P. 바츨라빅크 外 / 박인철	10,000원
100	우리나라 민속놀이	沈雨晟	15,000원
101	歌訣(중국역대명언경구집)	李宰碩 편역	20,000원
102	아니마와 아니무스	A. 융 / 박해순	8,000원
103	나, 너, 우리	L. 이리가라이 / 박정오	12,000원
104	베케트연극론	M. 푸크레 / 박형섭	8,000원
105	포르노그래피	A. 드워킨 / 유혜련	12,000원
106	셸 링	M. 하이데거 / 최상욱	12,000원
107	프랑수아 비용	宋 勉	18,000원
108	중국서예 80제	郭魯鳳 편역	16,000원
109	性과 미디어	W. B. 키 / 박해순	12,000원
110	中國正史朝鮮列國傳(전2권)	金聲九 편역	120,000원
111	질병의 기원	T. 매큐언 / 서 일 · 박종연	12,000원
112	과학과 젠더	E. F. 켈러 / 민경숙 · 이현주	10,000원

113	물질문명·경제·자본주의	F. 브로델 / 이문숙 外	절판
114	이탈리아인 태고의 지혜	G. 비코 / 李源斗	8,000원
115	中國武俠史	陳 山 / 姜鳳求	18,000원
116	공포의 권력	J. 크리스테바 / 서민원	23,000원
117	주색잡기속담사전	宋在璇	15,000원
118	죽음 앞에 선 인간(상·하)	P. 아리에스 / 劉仙子	각권 8,000원
119	철학에 대하여	L. 알튀세르 / 서관모·백승욱	12,000원
120	다른 곳	J. 데리다 / 김다은·이혜지	10,000원
121	문학비평방법론	D. 베르제 外 / 민혜숙	12,000원
122	자기의 테크놀로지	M. 푸코 / 이희원	16,000원
123	새로운 학문	G. 비코 / 李源斗	22,000원
124	천재와 광기	P. 브르노 / 김웅권	13,000원
125	중국은사문화	馬 華·陳正宏 / 강경범·천현경	12,000원
126	푸코와 페미니즘	C. 라마자노글루 外 / 최 영 外	16,000원
127	역사주의	P. 해밀턴 / 임옥희	12,000원
128	中國書藝美學	宋民 / 郭魯鳳	16,000원
129	죽음의 역사	P. 아리에스 / 이종민	18,000원
130	돈속담사전	宋在璇 편	15,000원
131	동양극장과 연극인들	김영무	15,000원
132	生育神과 性巫術	宋兆麟 / 洪 熹	20,000원
133	미학의 핵심	M. M. 이턴 / 유호전	20,000원
134	전사와 농민	J. 뒤비 / 최생열	18,000원
135	여성의 상태	N. 에니크 / 서민원	22,000원
136	중세의 지식인들	J. 르 고프 / 최애리	18,000원
137	구조주의의 역사(전4권)	F. 도스 / 김웅권 外	Ⅰ·Ⅱ·Ⅳ 15,000원 / Ⅲ 18,000원
138	글쓰기의 문제해결전략	L. 플라워 / 원진숙·황정현	20,000원
139	음식속담사전	宋在璇 편	16,000원
140	고전수필개론	權 瑚	16,000원
141	예술의 규칙	P. 부르디외 / 하태환	23,000원
142	"사회를 보호해야 한다"	M. 푸코 / 박정자	20,000원
143	페미니즘사전	L. 터틀 / 호승희·유혜련	26,000원
144	여성심벌사전	B. G. 워커 / 정소영	근간
145	모데르니테 모데르니테	H. 메쇼닉 / 김다은	20,000원
146	눈물의 역사	A. 벵상뷔포 / 이자경	18,000원
147	모더니티입문	H. 르페브르 / 이종민	24,000원
148	재생산	P. 부르디외 / 이상호	23,000원
149	종교철학의 핵심	W. J. 웨인라이트 / 김희수	18,000원
150	기호와 몽상	A. 시몽 / 박형섭	22,000원
151	융분석비평사전	A. 새뮤얼 外 / 민혜숙	16,000원
152	운보 김기창 예술론연구	최병식	14,000원
153	시적 언어의 혁명	J. 크리스테바 / 김인환	20,000원
154	예술의 위기	Y. 미쇼 / 하태환	15,000원

155	프랑스사회사	G. 뒤프 / 박 단	16,000원
156	중국문예심리학사	劉偉林 / 沈揆昊	30,000원
157	무지카 프라티카	M. 캐넌 / 김혜중	25,000원
158	불교산책	鄭泰爀	20,000원
159	인간과 죽음	E. 모랭 / 김명숙	23,000원
160	地中海(전5권)	F. 브로델 / 李宗旼	근간
161	漢語文字學史	黃德實·陳秉新 / 河永三	24,000원
162	글쓰기와 차이	J. 데리다 / 남수인	28,000원
163	朝鮮神事誌	李能和 / 李在崑	근간
164	영국제국주의	S. C. 스미스 / 이태숙·김종원	16,000원
165	영화서술학	A. 고드로·F. 조스트 / 송지연	17,000원
166	美學辭典	사사키 겡이치 / 민주식	22,000원
167	하나이지 않은 성	L. 이리가라이 / 이은민	18,000원
168	中國歷代書論	郭魯鳳 譯註	25,000원
169	요가수트라	鄭泰爀	15,000원
170	비정상인들	M. 푸코 / 박정자	25,000원
171	미친 진실	J. 크리스테바 外 / 서민원	25,000원
172	디스탱숑(상·하)	P. 부르디외 / 이종민	근간
173	세계의 비참(전3권)	P. 부르디외 外 / 김주경	각권 26,000원
174	수묵의 사상과 역사	崔炳植	근간
175	파스칼적 명상	P. 부르디외 / 김웅권	22,000원
176	지방의 계몽주의	D. 로슈 / 주명철	30,000원
177	이혼의 역사	R. 필립스 / 박범수	25,000원
178	사랑의 단상	R. 바르트 / 김희영	근간
179	中國書藝理論體系	熊秉明 / 郭魯鳳	23,000원
180	미술시장과 경영	崔炳植	16,000원
181	카프카—소수적인 문학을 위하여	G. 들뢰즈·F. 가타리 / 이진경	18,000원
182	이미지의 힘—영상과 섹슈얼리티	A. 쿤 / 이형식	13,000원
183	공간의 시학	G. 바슐라르 / 곽광수	23,000원
184	랑데부—이미지와의 만남	J. 버거 / 임옥희·이은경	18,000원
185	푸코와 문학—글쓰기의 계보학을 향하여	S. 듀링 / 오경심·홍유미	26,000원
186	각색, 연극에서 영화로	A. 엘보 / 이선형	16,000원
187	폭력과 여성들	C. 도펭 外 / 이은민	18,000원
188	하드 바디—할리우드 영화에 나타난 남성성	S. 제퍼드 / 이형식	18,000원
189	영화의 환상성	J. -L. 뢰트라 / 김경온·오일환	18,000원
190	번역과 제국	D. 로빈슨 / 정혜욱	16,000원
191	그라마톨로지에 대하여	J. 데리다 / 김웅권	35,000원
192	보건 유토피아	R. 브로만 外 / 서민원	20,000원
193	현대의 신화	R. 바르트 / 이화여대기호학연구소	20,000원
194	중국회화백문백답	郭魯鳳	근간
195	고서화감정개론	徐邦達 / 郭魯鳳	30,000원
196	상상의 박물관	A. 말로 / 김웅권	26,000원

239	미학이란 무엇인가	M. 지므네즈 / 김웅권	23,000원
240	古文字類編	高 明	40,000원
241	부르디외 사회학 이론	L. 핀토 / 김용숙 · 김은희	20,000원
242	문학은 무슨 생각을 하는가?	P. 마슈레 / 서민원	23,000원
243	행복해지기 위해 무엇을 배워야 하는가?	A. 우지오 外 / 김교신	18,000원
244	영화와 회화: 탈배치	P. 보니체 / 홍지화	18,000원
245	영화 학습 ─ 실천적 지표들	F. 바누아 外 / 문신원	16,000원
246	회화 학습 ─ 실천적 지표들	F. 기블레 / 고수현	근간
247	영화미학	J. 오몽 外 / 이용주	24,000원
248	시 ─ 형식과 기능	J. L. 주베르 / 김경온	근간
249	우리나라 옹기	宋在璇	40,000원
250	검은 태양	J. 크리스테바 / 김인환	27,000원
251	어떻게 더불어 살 것인가	R. 바르트 / 김웅권	28,000원
252	일반 교양 강좌	E. 코바 / 송대영	23,000원
253	나무의 철학	R. 뒤마 / 송형석	29,000원
254	영화에 대하여 ─ 에이리언과 영화철학	S. 멀할 / 이영주	18,000원
255	문학에 대하여 ─ 문학철학	H. 밀러 / 최은주	근간
256	미학 연습 ─ 플라톤에서 에코까지	한국외대 독일미학연구회 편역	근간
257	조희룡 평전	김영회 外	18,000원
258	역사철학	F. 도스 / 최생열	근간
259	철학자들의 동물원	A. L. 브라 쇼파르 / 문신원	22,000원
260	시각의 의미	J. 버거 / 이용은	근간
261	들뢰즈	A. 괄란디 / 임기대	13,000원
262	문학과 문화 읽기	김종갑	16,000원
263	과학에 대하여 ─ 과학철학	B. 리들리 / 이영주	근간
264	장 지오노와 서술 이론	송지연	18,000원
265	영화의 목소리	M. 시옹 / 박선주	근간
266	사회보장의 발견	J. 당즐로 / 주형일	근간
267	이미지와 기호	M. 졸리 / 이선형	22,000원
268	위기의 식물	J. M. 펠트 / 이충건	근간
269	중국 소수민족의 원시종교	洪 熹	18,000원
270	영화감독들의 영화 이론	J. 오몽 / 곽동준	근간
271	중첩	J. 들뢰즈 · C. 베네 / 허희정	근간
272	대담 ─ 디디에 에리봉과의 자전적 인터뷰	J. 뒤메질 / 송대영	근간
273	중립	R. 바르트 / 김웅권	30,000원
274	알퐁스 도데의 문학과 프로방스 문화	이종민	16,000원
275	우리말 釋迦如來行蹟頌	高麗 無寄 / 金月雲	18,000원
276	金剛經講話	金月雲 講述	18,000원
277	자유와 결정론	O. 브르니피에 外 / 최은영	16,000원
278	도리스 레싱: 20세기 여성의 초상	민경숙	24,000원
279	기독교윤리학의 이론과 방법론	김희수	24,000원
280	과학에서 생각하는 주제 100가지	I. 스탕저 外 / 김웅권	21,000원

281 말로와 소설의 상징시학	김웅권	22,000원
282 키에르케고르	C. 르 블랑 / 이창실	14,000원
1001 베토벤: 전원교향곡	D. W. 존스 / 김지순	15,000원
1002 모차르트: 하이든 현악 4중주곡	J. 어빙 / 김지순	14,000원
1003 베토벤: 에로이카 교향곡	T. 시프 / 김지순	18,000원
1004 모차르트: 주피터 교향곡	E. 시스먼 / 김지순	18,000원
1005 바흐: 브란덴부르크 협주곡	M. 보이드 / 김지순	18,000원
2001 우리 아이들에게 어떤 지표를 주어야 할까?	J. L. 오베르 / 이창실	16,000원
2002 상처받은 아이들	N. 파브르 / 김주경	16,000원
2003 엄마 아빠, 꿈꿀 시간을 주세요!	E. 부젱 / 박주원	16,000원
2004 부모가 알아야 할 유치원의 모든 것들	N. 뒤 소수아 / 전재민	18,000원
2005 부모들이여, '안 돼'라고 말하라!	P. 들라로슈 / 김주경	19,000원
2006 엄마 아빠, 전 못하겠어요!	E. 리공 / 이창실	18,000원
3001 《새》	C. 파글리아 / 이형식	13,000원
3002 《시민 케인》	L. 멀비 / 이형식	근간
3101 《제7의 봉인》 비평연구	E. 그랑조르주 / 이은민	근간
3102 《쥘과 짐》 비평연구	C. 르 베르 / 이은민	근간

【기 타】

모드의 체계	R. 바르트 / 이화여대기호학연구소	18,000원
라신에 관하여	R. 바르트 / 남수인	10,000원
說 苑 (上·下)	林東錫 譯註	각권 30,000원
晏子春秋	林東錫 譯註	30,000원
西京雜記	林東錫 譯註	20,000원
搜神記 (上·下)	林東錫 譯註	각권 30,000원
경제적 공포〔메디치賞 수상작〕	V. 포레스테 / 김주경	7,000원
古陶文字徵	高 明·葛英會	20,000원
그리하여 어느날 사랑이여	이외수 편	4,000원
딸에게 들려 주는 작은 지혜	N. 레흐레이트너 / 양영란	6,500원
노력을 대신하는 것은 없다	R. 쉬이 / 유혜련	5,000원
노블레스 오블리주	현택수 사회비평집	7,500원
미래를 원한다	J. D. 로스네 / 문 선·김덕희	8,500원
사랑의 존재	한용운	3,000원
산이 높으면 마땅히 우러러볼 일이다	유 향 / 임동석	5,000원
서기 1000년과 서기 2000년 그 두려움의 흔적들	J. 뒤비 / 양영란	8,000원
서비스는 유행을 타지 않는다	B. 바게트 / 정소영	5,000원
선종이야기	홍 희 편저	8,000원
섬으로 흐르는 역사	김영회	10,000원
세계사상	창간호~3호: 각권 10,000원 / 4호: 14,000원	
십이속상도안집	편집부	8,000원
얀 이야기 ① 얀과 카와카마스	마치다 준 / 김은진·한인숙	8,000원
어린이 수묵화의 첫걸음(전6권)	趙 陽 / 편집부	각권 5,000원

■ 오블라디 오블라다, 인생은 브래지어 위를 흐른다　무라카미 하루키 / 김난주　7,000원
■ 이젠 다시 유혹하지 않으련다　P. 쌍소 / 서민원　9,000원
■ 인생은 앞유리를 통해서 보라　B. 바게트 / 박해순　5,000원
■ 자기를 다스리는 지혜　한인숙 편저　10,000원
■ 천연기념물이 된 바보　최병식　7,800원
■ 原本 武藝圖譜通志　正祖 命撰　60,000원
■ 테오의 여행 (전 5 권)　C. 클레망 / 양영란　각권 6,000원
■ 한글 설원 (상·중·하)　임동석 옮김　각권 7,000원
■ 한글 안자춘추　임동석 옮김　8,000원
■ 한글 수신기 (상·하)　임동석 옮김　각권 8,000원

【이외수 작품집】

■ 겨울나기	창작소설	7,000원
■ 그대에게 던지는 사랑의 그물	에세이	8,000원
■ 그리움도 화석이 된다	시화집	6,000원
■ 꿈꾸는 식물	장편소설	7,000원
■ 내 잠 속에 비 내리는데	에세이	7,000원
■ 들 개	장편소설	7,000원
■ 말더듬이의 겨울수첩	에스프리모음집	7,000원
■ 벽오금학도	장편소설	7,000원
■ 장수하늘소	창작소설	7,000원
■ 칼	장편소설	7,000원
■ 풀꽃 술잔 나비	서정시집	6,000원
■ 황금비늘 (1·2)	장편소설	각권 7,000원

【조병화 작품집】

■ 공존의 이유	제11시점	5,000원
■ 그리운 사람이 있다는 것은	제45시집	5,000원
■ 길	애송시모음집	10,000원
■ 개구리의 명상	제40시집	3,000원
■ 그리움	애송시화집	7,000원
■ 꿈	고희기념자선시집	10,000원
■ 따뜻한 슬픔	제49시집	5,000원
■ 버리고 싶은 유산	제1시집	3,000원
■ 사랑의 노숙	애송시집	4,000원
■ 사랑의 여백	애송시화집	5,000원
■ 사랑이 가기 전에	제5시집	4,000원
■ 남은 세월의 이삭	제52시집	6,000원
■ 시와 그림	애장본시화집	30,000원
■ 아내의 방	제44시집	4,000원
■ 잠 잃은 밤에	제39시집	3,400원
■ 패각의 침실	제 3시집	3,000원

| ■ 하루만의 위안 | 제 2시집 | 3,000원 |

【세르 작품집】

■ 동물학	C. 세르	14,000원
■ 블랙 유머와 흰 가운의 의료인들	C. 세르	14,000원
■ 비스 콩프리	C. 세르	14,000원
■ 세르(평전)	Y. 프레미옹 / 서민원	16,000원
■ 자가 수리공	C. 세르	14,000원

【동문선 주네스】

■ 고독하지 않은 홀로되기	P. 들레름 · M. 들레름 / 박정오	8,000원
■ 이젠 나도 느껴요!	이사벨 주니오 그림	14,000원
■ 이젠 나도 알아요!	도로테 드 몽프리드 그림	16,000원

東文選 現代新書 94

진정한 모럴은 모럴을 비웃는다

— 책임진다는 것의 의미

알랭 에슈고엔 / 김웅권 옮김

오늘날 우리는 가치들이 혼재하고 중심을 잃은 이른바 '포스트 모던' 한 시대에 살고 있다. 다양한 가치들은 하나의 '조정적인' 절대 가치에 의해 정리되고 체계화되지 못하고, 무질서하게 병렬적으로 공존한다. 이런 다원적 현상은 풍요로 인식될 수 있으나, 역설적으로 현대인이 당면한 정신적 방황과 해체의 상황을 드러내 주는 하나의 징표라고도 할 수 있다. 자본주의의 승리와 이러한 가치의 혼란은 인간을 비도덕적으로 만들면서 약육강식적 투쟁의 강도만 심화시킬 우려가 있다. 그리하여 사회는 긴장과 갈등으로 치닫는 메마르고 냉혹한 세계가 될 수 있다.

개인의 자유와 권리가 확대되고, 사회적인 구속이나 억압이 줄어들면 줄어들수록 개인이 져야 할 책임의 무게는 그만큼 가중된다. 이 책임이 그의 자유와 권리를 보장해 주는 것이다. 개인의 신장과 비례하여 증가하는 이 책임이 등한시될 때 사회는 퇴보할 수밖에 없다. 기성의 모든 가치나 권위가 무너져도 더불어 사는 사회가 유지되려면, 개인이 자신의 결정과 행위 그리고 결과에 대해 자신과 타자 앞에, 또는 사회 앞에 책임을 지는 풍토가 정착되어야 한다. 그렇기 때문에 안개가 자욱이 낀 이 불투명한 시대에 책임 원리가 새로운 도덕의 원리로 부상되고 있는 것이다. 또한 어떤 다른 도덕적 질서와도 다르게 책임은 모든 이데올로기적·사상적 차이를 넘어서 지배적인 담론의 위치를 차지할 수 있다. 그것은 사회적·경제적 변화와 구속에 직면하여 문제들을 해결하기 위해 나타난 '자유의 발현' 이기 때문이다.

東文選 現代新書 81

영원한 황홀

파스칼 브뤼크네르

김웅권 옮김

"당신은 행복해지기 위해 사는가?"

당신은 왜 사는가? 전통적으로 많이 들어온 유명한 답변 중 하나는 "행복해지기 위해서 산다"이다. 이때 '행복'은 우리에게 목표가 되고, 스트레스가 되며, 역설적으로 불행의 원천이 된다. 브뤼크네르는 그러한 '행복의 강박증'으로부터 당신을 치유하기 위해 이 책을 썼다. 프랑스의 전 언론이 기립박수에 가까운 찬사를 보낸 이 책은 사실상 석 달 가까이 베스트셀러 1위를 지켜내면서 프랑스를 '들었다 놓은' 철학 에세이이다.

"어떻게 지내십니까? 잘 지내시죠?"라고 묻는 인사말에도 상대에게 행복을 강제하는 이데올로기가 숨쉬고 있다. 당신은 행복을 숭배하고 있다. 그것은 서구 사회를 침윤하고 있는 집단적 마취제다. 당신은 인정해야 한다. 불행도 분명 삶의 뿌리다. 그 뿌리는 결코 뽑히지 않는다. 이것을 받아들일 때 당신은 '행복의 의무'로부터 해방될 것이고, 행복하지 않아도 부끄럽지 않게 될 것이다.

대신 저자는 자유롭고 개인적인 안락을 제안한다. '행복은 어림치고 접근해서 조용히 잡아야 하는 것'이다. 현대인들의 '저속한 허식'인 행복의 웅덩이로부터 당신 자신을 건져내라. 그때 '빛나지도 계속되지도 않는 것이 지닌 부드러움과 덧없음'이 당신을 따뜻이 안아 줄 것이다. 그곳에 영원한 만족감이 있다.

중세에서 현대까지 동서의 명현석학과 문호들을 풍부하게 인용하는 저자의 깊은 지식샘, 그리고 혀끝에 맛을 느끼게 해줄 듯 명징하게 떠오르는 탁월한 비유 문장들은 이 책을 오래오래 되읽고 싶은 욕심을 갖게 한다. 독자들께 권해 드린다.   — 조선일보, 2001. 11. 3.

東文選 現代新書 44,45

쾌락의 횡포

장 클로드 기유보

김웅권 옮김

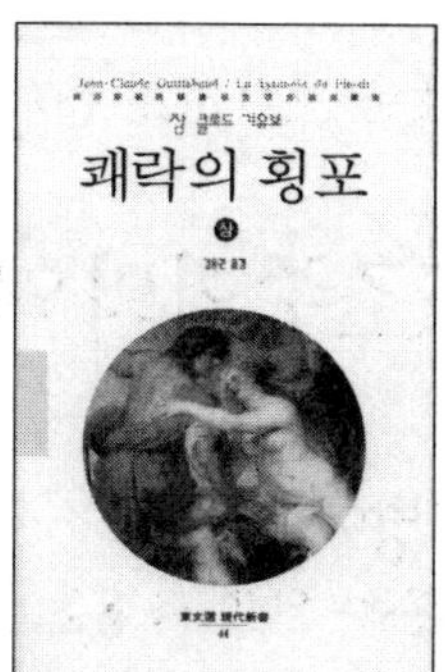

　섹스는 생과 사의 중심에 놓인 최대의 화두 가운데 하나라고 할 수 있다. 성에 관한 엄청난 소란이 오늘날 민주적인 근대성이 침투한 곳이라면 아주 작은 구석까지 식민지처럼 지배하고 있는 것이다. 이제 성은 일상 생활을 '따라다니는 소음'이 되어 버렸다. 우리 시대는 문자 그대로 '그것' 밖에 이야기하지 않는다.

　문화가 발전하고 교육의 학습 과정이 길어지면 길어질수록 결혼 연령은 늦추어지고 자연 발생적 생식 능력과 성욕은 억제하도록 요구받게 되었지 않은가! 역사의 전진은 발정기로부터 해방된 인간을 금기와 상징 체계로부터의 해방으로, 다시 말해 '성의 해방'으로 이동시키며 오히려 반문화적 현상을 드러내고 있다. 저자는 이것이 서양에서 오늘날 일어나고 있는 현상이라고 말한다. 서양에서 60년대말에 폭발한 학생 혁명과 더불어 본격적으로 시작된 '성의 혁명'은 30년의 세월을 지나 이제 한계점에 도달해 위기를 맞고 있다. 성의 해방을 추구해 온 30년 여정이 결국은 자체 모순에 의해 인간을 섹스의 노예로 전락시키며 새로운 모색을 강요하고 있는 것이다. 인간은 '섹스의 횡포'에 굴복하고 말 것인가?

　과거도 미래도 거부하는 현재 중심주의적 섹스의 향연이 낳은 딜레마, 무자비한 거대 자본주의 시장이 성의 상품화를 통해 가속화시키는 그 딜레마를 어떻게 극복할 것인가? 저자는 역사 속에 나타난 다양한 큰 문화들을 고찰하고, 관련된 모든 학문들을 끌어들이면서 폭넓게 성 문제를 조명하고 있다.

東文選 文藝新書 137

구조주의의 역사(전4권)

프랑수아 도스

김웅권 · 이봉지 外 옮김

80년대 중반 이래 포스트모더니즘의 유행이 불어닥치면서 한국의 지성계는 포스트모더니즘의 이론적 기반을 제공한 포스트 구조주의라는 용어를 '후기 구조주의'와 '탈구조주의'의 둘로 번역해 왔다. 전자는 구조주의와의 연속성을 강조한 것이고, 후자는 그것과의 단절을 강조한 것이다. 그런데 파리 10대학 교수인 저자는 《구조주의의 역사》라는 1천여 쪽에 이르는 저작을 통하여 구조주의의 제1세대라고 할 수 있는 레비 스트로스 · 로만 야콥슨 · 롤랑 바르트 · 그레마스 · 자크 라캉 등과, 제2세대라 할 수 있는 루이 알튀세 · 미셸 푸코 · 자크 데리다 등의 작업이 결코 단절된 것이 아니며, 유기적인 연관을 맺고 있다는 것을 밝힘으로써 이에 대한 하나의 해답을 제시하고 있다.

그는 지난 반세기 동안 프랑스 지성계를 지배하였던 구조주의의 운명, 즉 기원에서 쇠퇴에 이르는 과정에 대한 전체적인 조망을 통해 우리가 흔히 구조주의와 후기 구조주의라고 구분하여 부르는 이 두 사조가 모두 인간 및 사회 · 정치 · 문학, 그리고 역사에 관한 고전적인 개념의 근저를 천착하여 우리로 하여금 그것들의 정당성을 의문시하게 만드는 탈신비화의 과정에 참여하였다는 것을 밝혔으며, 이런 공통점들에 의거하여 이들 두 사조를 하나의 동일한 사조로 파악하였다.

또한 도스 교수는 민족학 · 인류학 · 사회학 · 정치학 · 역사학 · 기호학, 그리고 철학과 문학에 이르기까지 프랑스에서 흔히 인간과학이라 부르는 학문의 모든 분야에 걸쳐 이룩된 구조주의적 연구의 성과를 치우침 없이 균형 있게 다룸으로써 구조주의의 일반적인 구도를 제시한다. 뿐만 아니라 구조주의의 몇몇 기념비적인 저작에 대한 심층적인 분석을 통하여 주체의 개념을 비롯한 몇몇 근대 서양 철학의 기본 개념의 쇠퇴와 그 부활 과정을 보여 줌으로써 옛 개념들이 수정되고 재창조되며, 또한 새호운 개념으로 다시 태어나는 과정을 파노라마처럼 그려낸다.

東文選 文藝新書 175

파스칼적 명상

피에르 부르디외

김웅권 옮김

어느 정도 성취를 이룬 인간은 인간에 대한 관념을 내놓아야 한다. 《파스칼적 명상》이라는 제목이 암시해 주듯이, 본서는 기독교 옹호론자가 아닌 실존철학자로서의 파스칼의 심원한 사유 영역으로부터 출발해 인간과 세계에 대한 새로운 통찰을 제시하고 있다. 본서의 입장에서 볼 때 파스칼의 사상에서 중요한 것은, 인간 사유의 선험적 토대를 전제하지 않고 인간 정신의 모든 결정물들을 이것들을 낳은 실존적 조건들로 되돌려 놓고 있다는 것이다.

사실 사유에 대한 가장 근원적인 문제 제기들은 세계와 실제에 대해 거리를 두고 있는 상태에 대한 문제 제기에서 출발한다. 우리는 이러한 방법적 비판을 파스칼 속에서 이루어 낼 수 있다. 왜냐하면 그의 인류학적 고찰은 학구적 시선이 무시할 수밖에 없는 인간 존재의 특징들로 향하고 있기 때문이다. 그리고 또 하나의 이유는 그가 인간학이 스스로의 해방을 이룩하기 위해 수행해야 하는 상징적 슬로건을 제공하기 때문이다. 이 슬로건은 "진정한 철학은 철학을 조롱한다"이다.

이 책은 실제의 세계와 단절된 고독한 상아탑 속에 갇힌 철학자들이 추상적인 사유를 통해 주조해 낸 전통적 인간상을 송두리째 뒤흔들고 있다. 부르디외는 사회학자로서 기존 철학에 정면으로 도전하면서, 인간 존재의 실존적 접근을 새로운 각도에서 모색함으로써 전혀 다른 존재의 모습을 제시하고 있다. 그것은 사르트르류의 실존적 인간과는 또 다른 인간의 이미지이다. 그것은 관념적 유희로부터 비롯된 당위적이거나 이상적 이미지, 즉 허구가 아니라 삶의 현장 속에 살아 움직이는 실천적 이미지인 것이다.

東文選 文藝新書 191

그라마톨로지에 대하여

자크 데리다

김웅권 옮김

"언어들은 말하기 위해 만들어지고, 문자 언어는 음성 언어에 대리 보충의 역할만을 한다……. 문자 언어는 음성 언어의 대리 표상에 불과하다. 사람들이 대상보다 이미지를 규정하는 데 더 많은 주의를 기울이는 것은 기이한 일이다." — 루소

따라서 본서는 기이함을 드러낼 수밖에 없는 책이다. 그러나 그 이유는 문자 언어에 모든 주의를 기울임으로써, 이 책이 문자 언어로 하여금 근본적인 재평가를 받게 하기 때문이다. 그런 만큼 총칭적 '논리 자체'로 자처하는 것의 가능성을 사유하기 위해 그것(그러한 논리로 자처하는 것)을 넘어서는 일이 중요할 때, 열려진 길들은 필연적으로 상궤를 벗어난다. 이 논리는 다름 아닌 상식의 분명함에서, '표상'이나 '이미지'의 범주들에서, 안과 밖, 플러스와 마이너스, 본질과 외관, 최초의 것과 파생된 것의 대립에서 안정적 입장을 취하면서 음성 언어와 문자 언어의 관계를 규정하게 되어 있는 논리이다.

우리의 문화가 문자 기호에 부여한 의미들을 분석함으로써, 자크 데리다가 또한 입증하는 것은 그것들의 가장 현실적이면서도 때때로 가장 눈에 띄지 않은 파장들이다. 이런 작업은 개념들의 체계적인 '전치'를 통해서만 가능하다. 실제, 우리는 "문자란 무엇인가?"라는 질문에 야생적이고 즉각적이며 자연발생적인 어떤 경험에 '현상학적' 방식으로 호소함으로써 대답할 수는 없을 것이다. 문자(에크리튀르)에 대한 서구의 해석은 경험 · 실천 · 지식의 모든 영역들을 지배하고, 사람들이 그 지배력으로부터 해방시킬 수 있다고 생각하는 질문——"그것은 무엇인가?"——의 궁극적 형태까지 지배한다. 이러한 해석의 역사는 어떤 특정 편견, 위치가 탐지된 어떤 오류, 우발적인 어떤 한계의 역사가 아니다. 그것은 본서에서 '차연'이라는 이름으로 인지되는 운동 속에서 하나의 종결된 필연적 구조를 형성하고 있다.

東文選 文藝新書 201

기식자

미셸 세르

김웅권 옮김

　초대받은 식도락가로서, 때로는 뛰어난 이야기꾼으로서 주인의 식탁에 앉아 식사를 하는 자가 기식자로 언급된다. 숙주를 뜯어먹고 살고, 그의 현재적 상태를 변화시키고 그의 생명을 위태롭게 하는 작은 동물 또한 기식자로 언급된다. 끊임없이 우리의 대화를 중단시키거나 우리의 메시지를 차단하는 소리, 이것도 언제나 기식자이다. 왜 인간, 동물, 그리고 파동이 동일한 낱말로 명명되고 있는가?

　이 책은 우선 이러한 질문에 대한 대답으로서 이미지의 책이고 초상들의 갤러리이다. 새들의 모습 속에, 동물들의 모습 속에, 그리고 우화에 나오는 기이한 모습들 속에 누가 숨어 있는지를 알아서 추측해 볼 필요가 있을 것이다. 크고 작은 동물들이 함께 식사를 하는데, 그들의 잔치는 중단된다. 어떻게? 누구에 의해? 왜?

　미셸 세르는 책의 마지막에서 소크라테스를 악마로 규정한다. 이 소크라테스의 초상에 이르기까지의 긴 '산책'이 기식자라는 화두를 중심으로 펼쳐진다. 세르는 기식의 논리를 라 퐁텐의 우화로부터 시작하여 성서·루소·몰리에르·호메로스·플라톤 등의 세계를 섭렵하면서 펼쳐내고 있다. 뿐만 아니라 그는 경제학·수학·생물학·물리학·정보과학·음악 등 다양한 분야를 끌어들여 기식의 관계가 모든 영역에 연결되고 있음을 드러낸다. 특히 루소를 기식자의 한 표상으로 설정하면서 그가 주장한 사회계약론의 배면을 그의 삶과 관련시켜 흥미진진하게 파헤치고 있다.

　기식자는 취하면서 아무것도 주지 않는다. 말·소리·바람밖에 주지 않는다. 주인은 주면서도 아무것도 받지 않는다. 이것이 불가역적이고 되돌아오지 않는 단순한 화살이다. 그것은 우리들 사이를 날아다닌다. 그것은 관계의 원자이고, 변화의 각도이다. 그것은 사용 이전의 남용이고, 교환 이전의 도둑질이다. 우리는 그것으로부터 기술과 사업, 경제와 사회를 구축할 수 있거나, 적어도 다시 생각할 수 있다.

東文選 文藝新書 239

미학이란 무엇인가

마르크 지므네즈

김웅권 옮김

   미학이 다시 한 번 시사성 있는 철학적 주제가 되고 있다. 예술의 선언된 종말과 싸우도록 압박을 받고 있는 우리 시대는 이 학문의 대상이 분명하다고 간주한다. 그런데 미학은 상대적으로 최근에 태어난 것이다. 왜냐하면 예술에 대한 성찰이 합리성의 역사와 나란히 한 역사이기 때문이다. 마르크 지므네즈는 여기서 이 역사의 전개 과정을 재추적하고 있다.

   미학이 자율화되고 학문으로서 자격을 획득하는 때는 의미와 진리에의 접근으로서 미의 문제가 초미의 관심사가 되는 계몽주의의 세기이다. 그리하여 다양한 길들이 열린다. 미의 과학은 칸트의 판단력도 아니고, 헤겔이 전통과 근대성 사이에서 상상한 예술철학도 아닌 것이다. 이로부터 20세기에 이루어진 대(大)변화들이 비롯된다. 니체가 시작한 철학의 미학적 전환, 미학의 정치적 전환(특히 루카치 · 하이데거 · 벤야민 · 아도르노), 미학의 문화적 전환(굿맨 · 당토 등)이 그런 변화들이다.

   예술이 철학에 여전히 본질적 문제인 상황에서 과거로부터 오늘날까지 미학에 대해 이 저서만큼 정확하고 유용한 파노라마를 제시한 경우는 드물다.

   마르크 지므네즈는 파리I대학 교수로서 조형 예술 및 예술학부에서 미학을 강의하고 있다. 박사과정 책임교수이자 미학연구센터 소장이다.